BASTEI LÜBBE

LARRY NIVEN IM TASCHENBUCH-PROGRAMM:

ABENTEUER AUS DEM RINGWELTUNIVERSUM

24 238 Ringwelt
24 239 Ringwelt-Ingenieure
22 111 Kinder der Ringwelt
24 185 Geschichten aus dem Ringwelt-Universum
24 236 Ringwelt-Thron
24 258 Brennans Legende
24 262 Crashlander
24 266 Flatlander

DIE KZIN-KRIEGE

24 244 Das Katzenhaus
24 251 Neandertal
24 254 Höllenfeuer
24 265 Der Überlebende
24 269 Katzenmusik

LARRY NIVEN

DONALD KINGSBURY · MARK O. MARTIN
GREGORY BENFORD

DIE TROJANISCHE KATZE

DIE KZIN-KRIEGE

ABENTEUER AUS DEM RINGWELTUNIVERSUM

BASTEI LÜBBE

BASTEI LÜBBE TASCHENBUCH
Band 24 272

Erste Auflage: April 2000

Deutsche Lizenzausgabe 2000 by
Verlagsgruppe Lübbe GmbH & Co. KG.,
Bergisch Gladbach
Originaltitel: Man-Kzin-Wars, VI
Lektorat: Ruggero Leò / Dietmar Schmidt / Stefan Bauer
Titelbild: Arndt Drechsler
Umschlaggestaltung: QuadroGrafik, Bensberg
Satz: Fotosatz Steckstor, Rösrath
Druck und Verarbeitung:
Brodard & Taupin, La Flèche, Frankreich
Printed in France
ISBN 3-404-24272-6

Sie finden uns im Internet unter
http: / / www.luebbe.de

Der Preis dieses Bandes versteht sich einschließlich der gesetzlichen Mehrwertsteuer

INHALT

DIE HELDENSAGE VON LIEUTENANT NORA ARGAMENTINE

VON DONALD KINGSBURY

INS DEUTSCHE ÜBERTRAGEN
VON DIETMAR SCHMIDT

KAPITEL 1

(2435-6 n.Chr.)

Ein fünf Jahre altes Menschenkind ohne fächerförmige Ohren oder Fell war er und verfügte nicht einmal über Krallen, um sich zu verteidigen; er war ein Junge, den man von seiner Familie abgesondert hatte. Die Kzinti untersuchten ihn tagelang; sie stupsten, stachen, scannten und sondierten ihn und stellten ihm Fragen. Stumm hatte er die entnervenden Fremden ertragen; jedes einzelne Wort seines Sklavenidioms hatte ihn die Furcht vergessen lassen. Nur den Namen seiner Mutter sprach er immer wieder in Gedanken, als könnte dieser inwendige Laut sie zwingen, am Leben zu bleiben, denn er wollte nicht, daß sie starb. Er rief seine Mutter mit dem kzintischen Wort für Mami: *Prrt* – von allen Wörtern, die er kannte, das tröstlichste. Sie hatte ihm einmal eindringlich befohlen, ihren wirklichen Namen nie zu vergessen, nämlich Nora – aber an diesen Befehl konnte er sich schon lange nicht mehr erinnern. »Prrt!« rief er sie in seinen Gedanken, eindringlich, wie er es manchmal tat, wenn sie ihm keine Aufmerksamkeit schenkte. Unaufmerksam war sie oft.

Und nun kam sie nur noch in seinen Träumen zu ihm.

Der Junge war bestürzt. Wohin war ihr allgewaltiger Beschützer verschwunden? Netter-Gelber hätte sie doch niemals allein gelassen! Wieso war ihr Herr plötzlich so merkwürdig geworden, warum nannte er sich mit einemmal Grreff-Nig? Das war doch der Name eines Lords! Wohin war die Mutter verschwunden, wohin die Babys und seine Freunde, die fünfarmigen Jotoki? Was für eine Welt war dieses »W'kkai«? Endlich trieb ein pflichteifriger orangefarbener Kzin die gesamte Familie zusammen. Das Zimmer war grau, doch die Erleichterung hing spürbar im Raum, denn *sie* war dort. »Prrt!« schnurrte der Junge. Seine Geschwister waren aufgeregt, weil sie einander endlich wiedersahen; er war aufgeregt, weil er sie alle wiedersah. Die Babys heulten. Die Augen des kzintischen Wächters loderten.

Dieser riesige Kzin mit der großen Nase und den Lippen, die seine Zähne nie ganz bedeckten, war *anders* als *ihr* Kzin. Er war viel zu groß; sein Fell wies einen tiefen Orangeton auf und wurde durch schwarze Flecken entstellt. Er trug ein geckenhaftes, mit Spitzen besetztes Gewand von unvertrautem Zuschnitt. Und er war gemein. Der Junge betrachtete ihn wachsam. Er hatte immer nur einen Kzin gekannt, den Herrn eben, aber er vermochte jede kzintische Geste zu deuten, jeden Gesichtsausdruck und jedes Zucken des unbehaarten Schwanzes. Dieser Kzin war ärgerlich, ein Grinsen ließ seine Mundwinkel beben. Er fand kein Vergnügen daran, sich mit den Sklaven zu befassen. Das bedeutete Gefahr.

Ohne Warnung ohrfeigte der Kzin die Prrt, weil sie ihre Kinder nicht vom Kreischen und Quietschen abhielt, während er seine Aufzeichnungen aktualisierte. Der Junge stürzte herbei, um ihr zu helfen – und wurde mit einem brutalen Schlag gegen die Wand geschleudert. Auf der Stelle bedachte die Mutter ihren Ältesten mit einer Grimasse – der unausgesprochenen Warnung, sich augenblicklich nicht mehr zu rühren, und so erstarrte er ungewollt in einer ehrerbietigen Pose. Der Kzin mit der großen Nase bemerkte den kurzen Austausch überhaupt nicht, denn er vermochte menschliche Mienen nicht zu lesen. Ihm genügte, daß das Äffchen sich plötzlich beruhigte, und vermutlich überlebte der Junge nur deshalb die verstreichenden Minuten, bis schließlich Grreff-Nig,

Lord von Hssin, herbeikam und mit Fauchen und Knurren seinen Unmut kundtat, daß ein untergeordneter Buchhalter es gewagt hatte, sich an seinem Eigentum zu vergreifen.

Der Sklavenname, den der Junge von seinem Herrn Grreff-Nig erhalten hatte, lautete »Kz'eerkttt« und endete auf einen glottalen Knirschlaut, um ihn von »Kz'eerkt« zu unterscheiden. Der baumbewohnende Kz'eerkt, eine Art von Quasi-Primaten, die auf dem fernen Kzin heimisch war, galt in der kzintischen Mythologie als verschlagenes Tier, das alle überlistete, denen es an Mut mangelte. Seinen Schelmenstreich verkündete es anschließend immer lauthals von den Bäumen. Kz'eerkttt (mit dem glottalen Knirschen) bezog sich auf die Streiche. Die beste Übersetzung, die man für dieses Wort findet, lautet Spötteräffchen. Seine Zwillingsschwester hieß Nacktgesicht.

Spötteräffchen erinnerte sich nicht mehr an den Menschennamen, den seine Mutter ihm liebevoll ins Ohr geflüstert hatte, als er noch ein Baby war. Ihm kam es vollkommen natürlich vor, daß Weibchen wie seine Mutter und seine Schwestern nur durch Gefühlsäußerungen und Mienenspiel miteinander kommunizierten, Wörter hingegen gar nicht verstanden – nicht einmal die ganz einfachen, auch wenn man sie ganz laut, deutlich und langsam aussprach. Sein Bruder Flinkestier war ganz anders; er schnatterte mit den behenden Jotoki und plagte den alten Netter-Gelber solange, bis dieser ihnen Geschichten erzählte. Der dritte Bruder, das Baby, übte das Schreien und Knurren noch, und Spötteräffchen ermunterte ihn unablässig dazu, aber der Kleine war noch nicht imstande, die Laute so aneinanderzureihen, daß sie Sinn ergaben.

Spötteräffchen konnte mit dem Baby Unsinn schnattern und mit Flinkestier neue Wörter erfinden, Fauchlaute und gezischtes Knurren – Geheimwörter für Kzintischeiße und Kzintifurz, die nur sie beide kannten und die kein Kzin verstehen konnte. Nur die Schwestern begriffen nie etwas. Seine Zwillingsschwester Nacktgesicht schwieg genauso wie ihre Mutter. Die Mädchen gaben zwar durchaus Laute von sich, besonders, wenn man sie ärgerte, wenn sie Hunger hatten oder neugierig waren, aber ihre Laute ergaben ebenso wenig Sinn wie das Geplapper der Babys.

Spötteräffchen behielt nur drei geheiligte Menschenwörter für sich, die er sowohl in Momenten der Gefahr als auch des inneren Friedens wie eine Zauberformel immerfort wiederholte; diese Worte entstammten einem verlorenen, von unermeßlicher Zartheit erfüllten Leben: ›Plätzchen‹, der Name einer süßen Leckerei, die in den Sternen gebacken wurde; ›Erde‹, der Name eines Planeten, der größer war als Hssin und viel bessere Luft hatte; und ›Tausendfüßler‹, der Name eines Wurms mit fünfhundertzwölf Beinen. Wie groß ein Tausendfüßler war, das wußte Spötteräffchen nicht genau, aber er war sich ganz sicher, daß das Monstrum hoch genug aufragte, um einen Kzin mit einem einzigen Biß zu verschlingen.

Nach der Reise von Hssin auf diesen Planeten, nach dem Aufwachen in der Schlaftruhe, dem Transport von dem kleinen Schiff zu der von Leben erfüllten Raumstation, der Verwirrung und der Erlösung aus Todesnot geriet das Leben allmählich wieder in einfachere und zugleich interessantere Bahnen. Netter-Gelber gewann offenbar von Tag zu Tag an Format, was gut war, weil Sklaven stets mit ihrem Herrn aufstiegen. Doch war die Raumstation ein seltsamer, ungewohnter und aufregend gefährlicher Ort. Spötteräffchen beherrschte das Sklavenidiom der Jotoki fließend und die Heldensprache zumindest soweit, daß er die Unterhaltungen ringsum zum Teil begriff. Die Schlußfolgerungen, die er aus dem Gehörten zog, wollten ihm gar nicht gefallen. W'kkai war kein unbedeutender kzintischer Vorposten! Die Raumstation umkreiste vielmehr eine wichtige Welt der Kzinti. Dort unten lebten unzählige von ihnen! Die konnten doch nicht alle den Status eines Herren besitzen!

Einmal hatte ein kostbar und prächtig gekleideter Krieger verlangt, Spötteräffchen zu sehen, und Netter-Gelber hatte sich fast überschlagen in dem Bemühen, diesem Herrn zu Willen zu sein. Den jungen Menschen hatte diese Veränderung an seinem Meister mehr als erstaunt: ein Herr, der Sklavengebärden machte! Wer mochte dieser Si-Kish sein? Um über dieses wundersame Verhalten nachzudenken, fehlte Spötteräffchen die Zeit; er wurde eilends dem Helden von W'kkai übergeben und ermahnt-bedroht, sich nur ja respektvoll zu geben. Aufmerksam las der Junge die Gefühle des Monstrums: genauestens registrierte er die Ohrstellung des Kzins, das Zittern seiner Lippen, die Muskelanspannung, die Schwanzhaltung und die aufgestellten Haare rings um den Hals.

»Du also bist der kleine Mensch, dessen Flotte die Sonne blockiert?« fragte der Krieger den fünfjährigen Jungen.

Eine Antwort schien der erlesen gekleidete Held nicht zu erwarten. Er war weder verärgert noch angriffsbereit; offenbar wollte er nur seine Neugierde befriedigen, und Spötteräffchen, der vor diesem Krieger mißtrauische Furcht empfand, ließ sich von ihm anstarren.

Mit einem vagen Gefühl des Unbehagens hatte Spötteräffchen gefolgert, daß sie – er, seine Mutter und seine Geschwister – nicht nur die Sklaven der Kzinti waren, sondern auch ihre Feinde. Der Status als Sklave erschien ihm natürlich, doch das Feindschaftsverhältnis verunsicherte ihn. In den folgenden Tagen erwiesen sich seine vorsichtigen Nachfragen als sehr unergiebig; seine Ausdrucksmöglichkeiten waren zwangsläufig sehr beschränkt, denn sein unreifer Verstand mußte die Fragen mit Hilfe der Grammatik der Sklavensprache formulieren, die sich zum Stellen von Fragen denkbar schlecht eignete. Grreff-Nigs treuer Jotok, Schwer-zu-fangen, deutete mit mehreren Unterarmmündern zugleich an, daß die Tierart, zu der der Junge gehörte, ein Volk von Kriegern sei – ja, daß seine Mutter eine grimmige Kriegerin gewesen wäre! Wie absurd; dahinter konnte sich nicht mehr verbergen als eine typische wilde Jotokiphantasterei. Gebundene Sklaven wußten nicht, wie man Krieg führte. Und seine Mutter besaß weder den nötigen Verstand noch die spitzen Zähne, um eine Heldin zu sein: Vielmehr hatte sie die Mahlzähne eines Pflanzenfressers.

Manchmal nahm die Prrt seine Verwirrung und sein Erstaunen wahr und beugte sich vor unter dieser merkwürdigen Schwerkraft, die die Kzinti innerhalb ihrer Raumschiffe erzeugten – die Füße wogen schwerer als der Kopf! Mit den Fingern strich sie ihm durchs Haar, dann schubste sie ihn spielerisch in den Schlafgurten herum, bis er sich wieder wohl fühlte. Einmal zog sie ihn an seinem Kzintiwächter vorbei zum Bullauge, damit er sich die gewaltige, bewegte Kugel des nächtlichen W'kkai ansah. Spötteräffchen wußte, daß seine Mutter mit niemals versiegender Geduld auf die Lichter des Weltraums blicken konnte, ohne jemals dieser Beschäftigung müde zu werden. Was in ihrem simplen Gemüt wohl vorging, wenn sie so unbeirrt in die Leere starrte? Ganz bestimmt flößte der Anblick ihr keine Furcht ein. Ob ihr jemals der Gedanke kam, daß dort unten auf dem

Planeten unzählige Kzinti lebten, jeder mit einem Zeremonien-*Wzai,* der poliert werden mußte?

Am Horizont leuchtete ein Bogen aus Licht auf. Spötteräffchen hatte noch nie einen Sonnenaufgang aus dem Weltall gesehen, nur, wie der aufgedunsene R'hshssira sich in die staubige Atmosphäre von Hssin erhob. Das Bullauge verdunkelte sich, als das Sonnenlicht hereinbrach. Dabei war die Sonne im Vergleich mit dem gewaltigen R'hshssira so klein und doch so grell! Trotz des dunklen Bullauges konnte man nicht direkt hineinsehen. Froren die Kzinti denn nicht unter einer Sonne, die so klein war? Nun, sie hatten natürlich ihr Fell, und vielleicht glich die Sonne ihre mangelnde Größe dadurch aus, daß sie um so heißer strahlte.

Während sie zusahen, wuchs die Morgendämmerung über W'kkai an und bewegte sich wie eine Flutwelle aus Licht unter ihnen hinweg. Bei der blau und grün gefleckten glatten Fläche mußte es sich um das Meer handeln. Über der gewaltigen Raumstation zog ein anderes Raumfahrzeug vorbei. Spötteräffchen stellte fest, daß er ebenso gebannt zuschaute wie seine Mutter.

Eine neue Veränderung: Man schaffte sie hinunter auf die Planetenoberfläche. Mit Schwebelastern überquerten sie niedriges Hügelland. Auf der langen Reise zum fernen Ziel hatte Spötteräffchen Gelegenheit, in den Himmel hinaufzublicken und zu überlegen, wo sich wohl all die Stützen verbargen, auf denen der Himmel ruhte. Nach der Ankunft an der Parzelle wurden sie in einer Militärbaracke untergebracht, die aus Fertigteilen errichtet worden war. Dort war es noch schlimmer als auf Hssin: Es gab Käfer, die durch die Türritzen krochen und mit lautem Summen umherflogen. Die kleineren stachen.

Doch änderte sich alles viel zu schnell, als daß er lange wegen der Unannehmlichkeiten hätte schmollen können.

Allmählich gewöhnte sich die kleine Gruppe Flüchtiger an das neue Leben, sowohl Kzinti wie auch Sklaven. Netter-Gelber schien über großen Reichtum zu verfügen. Staunend beobachtete Spötteräffchen, wie Arbeitstrupps dem mächtigen Grreff-Nig einen Landsitz errichteten und mit einem luftigen Palazzo für seine Kzinrretti umgaben. Der Lord erhielt gezierte, aufgeputzte Weibchen von Vätern, die sich seine Gunst erhofften. Auf den zahlreichen Hochzeitsgelagen wetteiferte der Junge, der stolz seine neue Livree trug, mit den flinken Jotoki im Servieren von lebenden Tieren, und auf den Jagden übernahm er Botengänge. Die prächtigen Festzelte innerhalb des teilweise fertiggestellten Palastes wichen schließlich richtigen Unterkünften. Die Sklaven gewannen an Bedeutung: Einst hatten sie einem mürrischen Kzin gedient, der in den Ruinen von Hssin Kupferdraht und Schrauben zusammenklaubte. Nun servierten sie in den Korridoren und Festsälen eines Palastes seinen Weibchen die Milch in Schalen aus geprägtem Platin!

KAPITEL 2

(2436 n.Chr.)

Major Yankee Clandeboye runzelte die Stirn, als er den Reisebefehl auf seinem Infocomp las. Kurzfristiger konnte man wohl kaum nach Gibraltar Base beordert werden! Mit flinken Fingern rief er den Almanach der Asteroiden auf, ohne über die Tastendrucke nachdenken zu müssen; seine Finger beherrschten die Reihenfolge von selbst. Er wählte Egeria und Gibraltar aus und vergrößerte ihre Darstellung. Im Augenblick befand sich Egeria um achtzig Grad außer Konjunktion mit Gibraltar Base – es würde also eine lange Reise in einer engen Büchse werden. Wenn sich die Angelegenheit nicht über das Netzwerk klären ließ, drohten Schwierigkeiten. Schon wieder. Für jemanden wie ihn, dessen Disziplinarstrafe zur Bewährung ausgesetzt war, bedeuteten Schwierigkeiten grundsätzlich keine Herausforderung, sondern schlechte Neuigkeiten.

Fliegen auf einem Kuhfladen!

Er fluchte wie ein Flatlander, weil er ein Flatlander war. Allerdings hatte er in seinem ganzen Leben noch nie eine Kuh berührt oder gar Dung gerochen. Einmal hatte er im Sim-Raum seine Cousine Nora in einen Misthaufen gestoßen. Damals war er neun und sie drei gewesen. Seine Eltern hatten darauf beharrt, ihren Kindern Bildung zu vermitteln, und ihm deshalb *Old MacDonald's Farm* in die Bibliothek geladen. Sie fanden, daß jeder sich ein wenig mit der Vergangenheit der Erde beschäftigen sollte. Seine Cousine, die aus einer Farmstadt in Iowa stammte, hatte sich damals ihm gegenüber groß aufgespielt, in seinem eigenen Sim-Raum; dabei war es *seine*

Farm gewesen mit *seinen* Farben und Tönen und Gerüchen und mehr Kuscheltieren, als er jemals besitzen wollte – *seinen* Tieren. Nicht aber *ihre* Farm. Deshalb hatte er Nora in den Misthaufen geschubst. Dafür hatten die Kühe ihn ausgeschimpft. Normalerweise sangen sie nur im Chor mit den Schweinen, den Enten und dem Pferd, während die Gänse dazu tanzten.

Welche Schimpfkanonade erwartete ihn diesmal? Diese Belter wollten ihm einfach keine Ruhe lassen. Nervös blickte er sich in seinem kleinen Büro um. Keine unzulässigen Chemikalien. Nichts blockierte die Belüftungsöffnungen, nichts schwebte herum und bedeutete eine Gefahr – sein Talisman, eine Nixe an einem Faden, zählte nicht. Wenn man Flatlander war, mußte man das Überleben im Weltraum doppelt so gut beherrschen wie ein Belter, sonst wurde man von den Beltern mit Schikanen regelrecht in den Selbstmord getrieben. Nichts durfte man übersehen. Wurde man nicht dafür gemaßregelt, daß man unbedacht die geheiligte Luftversorgung malträtierte, dann für den Frevel, zuviel Haar mit sich herumzuschleppen – oder wegen etwas anderem, zum Beispiel wegen des eigenen Körpergeruchs.

Diesmal jedoch mußte es sich um etwas Bedeutsames handeln. Man beorderte niemanden über eine Entfernung von einem Viertel des Beltumfangs, nur um ihm für den nachlässigen Umgang mit Luftfiltern den Kopf zu waschen. Clandeboye tätschelte seinen verblaßten Talisman. Die Nixe tanzte im Luftstrom auf und ab und wackelte mit dem Schwanz. »Werd' dich brauchen, Baby.« Der Talisman war seine einzige Erinnerung an die Erde und ihre Meere, ein antikes Ding aus Plastik, angetan mit einem blauen Bikinioberteil, das ihn ins zwanzigste Jahrhundert datierte. Die Nixe hatte Clandeboye in den Krieg gegen die Kzinti begleitet und ihn heil wieder nach Hause gebracht. Ganze neunzehn seiner siebenundvierzig Jahre hatte Major Clandeboye im Weltraum verbracht. In einem auf sich allein gestellten Hyperschiff hatte er sich weiter von Sol entfernt als jeder arrogante Belter, dem er je begegnet war – tapfere Männer, diese Belter; sie verfielen in Panik, sobald sie weiter als fünf Meter von ihrem Druckanzug entfernt waren. Yankee hielt den Infocomp noch in der Hand und schaltete zurück auf seine Befehle. Sie waren von General Fry unterzeichnet. Noch so ein selbstgerechter Belter, der nie das Sol-System verlassen hatte. Was konnte dieser Exhibitionist gegen ihn haben?

Seit der Untersuchung des Virgo-Fiaskos war Yankee sklavisch darauf bedacht, sich den Anschein eines vorbildlichen Verwaltungssoldaten zu geben – er hatte sogar einen Fragebogen zur Selbstbeurteilung entworfen, den er täglich neu ausfüllte und einreichte. Eins wußte er genau: vergeben würde man ihm niemals – nicht nach fünf Jahren, und selbst dann nicht, wenn einst die Hölle zugefroren sein würde. Um Finagles willen, er war in seinem Verhalten *aufgegangen!* Und nun leistete er Schwerstarbeit, um sauber zu bleiben.

Na ja, fast sauber. *Oje, ojemine!*

Niemand konnte *davon* wissen. Für einen Moment sackte er in sich zusammen, was in der Schwerelosigkeit jeden Menschen aussehen läßt wie eine dahingeworfene Flickenpuppe. Dann packte Clandeboye einen Griff am Schott, schwang sich durch die Schleuse und stieß sich den schmalen Fallgang hinunter. Sein Herz pochte in Erwartung einer größeren Konfrontation. Konnte Smelly ihn verraten haben? Sein bester Freund? Das war doch wohl nicht möglich. Schließlich war Smelly (der in Wirklichkeit Smeegie hieß) ein schlaksiger Belter niedriger Moral. Clandeboye schob den Infocomp ins Holster.

Auf dem Weg zu Smeegie blieb ihm genügend Zeit, um seine Fassung wiederzuerlangen. Anfangs waren Yankee und Smeegie alles andere gewesen als Freunde. Als die Virgo-Freiwilligen für den Erkundungsvorstoß ins Sternbild der Jungfrau, tief ins kzintische Raumgebiet, zusammengewürfelt wurden, teilte man sie aufs gleiche Schiff ein. Smeegie hatte offen Einwände dagegen erhoben, unter einem Flatlander zweifelhafter Führung zu dienen. Dazu schätze er sein Leben zu sehr, hatte er angeführt. Doch die Gefahr schmiedet Bande, und als Major Clandeboye als einziger überlebender Stabsoffizier seine Leute zurückgebracht hatte, interessierte keinen von ihnen mehr, ob er ein Flatlander war oder nicht. Er traf seinen Freund in der Werkstatt an, zusammen mit ihrem orangefarbenen Kzintikrieger. Der Kzin war noch größer als Smeegie und grinste ihn an, während Smeegie an dem pelzigen Arm des Kzins hantierte. Um sich von seinen taktlosen Verdächtigungen abzulenken, ergriff Yankee die Gelegenheit und kniff dem Kzin mit der einen Hand in die Nase und der anderen in den Pelz unter dem kräftigen Kinn. Dann zog er ihm die Kiefer auseinander. Mit einem Finger fuhr er ihm über die Zähne. »Ich finde seine Zähne zu spitz«, sagte Yankee. »Wir sollten sie lieber abfeilen.«

»Wozu?«

»Damit er niemanden verletzt.«

»Das hat er doch schon.«

»Allerdings. Und genau das macht mir jetzt Kopfschmerzen«, knurrte Yankee und musterte Smeegie genau, ob sich bei ihm vielleicht Anzeichen für einen Verrat fänden.

»Hast du Angst, deine ... *Kameraden* könnten sich beschweren, oder was? Die würden doch nie zugeben, daß sie mit einem *mechanischen* Kzin übertölpelt worden sind. Dafür würde man sie auslachen, bis sie aus der Schleuse springen. Wer sollte wissen, daß du der Tele-Op gewesen bist? Na gut, ich weiß es, aber ich liebe Insiderwitze. Von Rechts wegen solltest du nicht einmal wissen, wie man einen Waldo bedient, geschweige denn, wie man in einem Op-Anzug kämpft. Dein Ruf als Schläger ist schließlich 'nen Scheißdreck wert – außer natürlich bei uns überlebenden ›Jungfrauen‹.« Smeegie grinste und arbeitete gleichzeitig mit einem sirrenden Werkzeug am Arm des Kzins. Er dachte an das schreckliche Ende des ersten Faustkampfs in der Offiziersmesse, Peiniger gegen Flatlander. Ein außerordentlich ramponierter Yankee hatte viel Zeit und Köpfchen in seinen umsichtigen Racheplan investiert.

»Ich hab's übertrieben.«

»Nur weil du ihnen eine Woche Urlaub im Autodoc verschafft hast?« fragte Smeegie hinterhältig. »Das war ein Gerätefehler. Ein schlecht justierter Dämpfungskoeffizient.« Smeegie war ein guter Lügner. »Du weißt selber, wie Waldos sind: Man kann damit kaum ein Ei aufheben, ohne es zu zerbrechen. Ich arbeite daran, oder nicht? Genau in diesem Augenblick arbeite ich daran. Vielleicht hast du ihnen sogar einen Gefallen getan. Wenn die mal 'nem echten Kzin begegnen, dann hat der seine Dämpfungskoeffizienten auch nicht auf ›Spiel‹ justiert. Du gibst einen guten Kzin ab, jawohl, Sir. Wenn die beiden irgendwann mal einem Ratcat in Fleisch und Blut begegnen, werden sie sich schon an die Folgen erinnern, die es haben kann, wenn man mit den Fäusten herumfuchtelt.«

»Sie glauben nicht, daß es einen weiteren Krieg geben wird.«

»Und sie können es auch beweisen, indem sie jedem Flatlander die Zähne einschlagen, der das Gegenteil behauptet.«

»Mein Vater hat sich immer über mein Temperament geärgert«, sinnierte Yankee. »Er sagte, Rache sei eine Handlungsmöglichkeit – aber ganz gleich, wie süß die Rache schmeckt, sei sie niemals das Ende der Geschichte. Er war Programmierer; für ihn war Rache eine Escape-Sequenz, die eine Endlosschleife der Gewalt aufruft.«

»Na, dann nur zu. Bemitleide doch diese Steineklopfer, die so tun, als wären sie Soldaten. Ich habe beide Kämpfe gesehen, und ich lache heute noch darüber.« Er zögerte. »Du machst dir Sorgen.«

Clandeboye empfand ein Schuldgefühl, daß er seinen Freund verdächtigt hatte, ihn verraten zu haben. Alles Geheimnisvolle raubte ihm immer den letzten Nerv. Was wußten sie über ihn, und woher? »Im Moment dünge ich meinen Raumanzug. Ich bin nach Gibraltar beordert. Klingt ganz danach, als sollte ich abgelöst werden.«

»Das darf doch wohl nicht wahr sein! Yankee, Sir, du bist der beste Schulungsoffizier, den wir haben. Und die wissen genug über dich, um dich zum Leuchtturmwärter auf Titan zu machen, wenn sie es wollten, aber keiner tut's. Wenn du dir unbedingt Gedanken machen willst, dann mach dir optimistische. Vielleicht hat sich irgendein General mit Bimsstein im Kopf überlegt, daß wir ein ganzes Regiment Waldo-Kzinti aufstellen könnten, und will die Idee mit dir besprechen. Generäle kriegen solche Ideen am laufenden Band. Wie würde es dir gefallen, ein Regiment aus orangen Waldos zu führen?« fragte er grinsend.

»Da soll doch Finagle auf Gottes Tod trinken!« rief Yankee entsetzt aus.

»Wo wir gerade von Finagle reden, du weißt ja, was er gesagt hat; er hat gesagt, daß die Realität unsere schlimmsten Alpträume jederzeit mühelos überbieten kann.«

»Vielleicht sollte ich Erkundigungen über den Kerl einholen. Smelly, ihr Belter kennt euch doch alle. Erzähl mir was über General Fry. Sein Name steht unter meinen Befehlen.«

»Persönlich hab' ich ihn nie kennengelernt. Wir waren da draußen und haben gekämpft, er saß derweil in seinem Büro. Er ist eine Ex-Goldhaut. Als junger Spund hockte er hinter einem Teleskop und suchte nach Fackelschiffen, die gegen die Abgasstrahlbestimmungen verstießen. Hat sich einen Algorithmus ausgedacht, um die Täter aufzuspüren. So kletterte er die Rangleiter hoch. Als Verwalter. Eine Goldhaut, die *gerne* Schmuggler gejagt hat! Galt während des zweiten Kzintisturms als As in Sachen Logistik. Bullen geben eben die besten Diebe ab. Fry konnte alles und jeden durch die Blockade schmuggeln.«

»Ich weiß nur, daß er ein Frauenheld ist. Er hatte ein Verhältnis mit meiner Cousine und hat sie nach Wunderland in den Tod geschickt.«

»Ich hab' noch nie begriffen, weshalb ihr Flatlander solche Probleme damit habt, wenn ein Mann mehrere Frauen hat – oder eine Frau mehrere Männer.«

»Er ist jetzt beim Geheimdienst«, knurrte Yankee, um das Thema zu ändern.

»Und du, paranoid wie du bist, glaubst, daß er hinter unsere Masche gekommen ist.«

»Jawoll.«

»Na, vielleicht bin ich von Ex-Goldhäuten nicht ganz so beeindruckt wie du. Bei uns Steineklopfern war es schon immer Tradition zu versuchen, Ceres' Dreißig-Prozent-Steuer durch ein paar kleinere Schiffsführungstricks zu umgehen. Und wir Steineklopfer kommen immer wieder damit durch.«

»Und ihr Steineklopfer werdet auch immer wieder

geschnappt, und dann steigt die Steuer auf hundert Prozent. Wenn ich mich richtig erinnere, dann war unser Commander Shimmel auch ein Steineklopfer und ist gern impulsiv Risiken eingegangen.« Commander Shimmel war im Sternbild der Jungfrau gestorben, 44 Lichtjahre von Zuhause entfernt, bei 59 Virginis am anderen Ende des kzintischen Raumgebiets, und er hatte zwölf Hyperschiffe mit in den Tod genommen. Außerdem 780 Mann. Offiziell ließ die United Nations Space Navy verlauten, daß er tapfer in der Schlacht gestorben sei.

»Darum geht's mir ja«, entgegnete Smeegie. »Die UNSN glaubt noch immer, er hätte seine Schiffe nur deswegen verloren, weil du dich geweigert hast, sein Angriffsmanöver zu unterstützen. Wenn der Geheimdienst so dämlich ist, wie soll er dann unserem kleinen Streich auf die Schliche kommen, den wir völlig unsichtbar begangen haben?«

»Smelly, für einen Belter sind deine Systeme wirklich grün. Du bist die personifizierte Weisheit. Im Gefängnis kannst du mein Butler werden.«

»Worum machst du dir Sorgen? Schließlich benutzt man Landplagen wie dich doch nicht mehr als wandelnde Organbank. Wenn du in den Knast kommst, schicken wir unseren pelzigen Rattenkater, um dich wieder rauszuholen, Sir!«

»Das brächtet ihr fertig.«

»Aber klar. Wir sind dort gewesen, und wir wissen, was passiert ist.«

Die Treue seiner Kameraden beruhigte Clandeboye nicht im geringsten. Seine Reise nach Gibraltar führte über Farmer's Asteroid, und er reiste in einem kleinen Versorgungstransporter. Er mußte sich dort in einem beengten

Raum zusammenkauern, in dem auf der Rückreise Gemüse transportiert werden würde. Belter begriffen nicht einmal, welch elegante Beförderungsmittel ein Flatlander als selbstverständlich voraussetzte – die Unterschiede waren einfach zu groß. Belter flitzten in leichten, billigen Schiffen umher und nahmen Unbequemlichkeit als gegeben hin. Wenn Yankee in einem dieser primitiven Raumfahrzeuge steckte, konnte er kaum glauben, daß er tatsächlich noch immer derselbe Mann sein sollte, der einmal ein überlichtschnelles Erkundungsschiff an die entgegengesetzte Grenze des Patriarchats gesteuert hatte, weiter weg, als je ein Mensch zuvor gekommen war.

Nach drei Reisetagen und erst auf halbem Wege nach Gibraltar beobachtete er als müder Tourist die Annäherung des Transporters an die gewaltigen Spiegel, die das Sonnenlicht ins Innere der gewaltigen Hohlwelt der Vegetarier lenkten. Die Spiegel kamen während der langwierigen Dockmanöver immer näher, bis sie den sternenbedeckten Himmel zur Hälfte ausfüllten. Gemeinsam mit der Crew des Transporters ging Yankee weit oben an der Längsachse von Bord und durchstreifte die Fallwege – denn die Docks rotierten im Gegensatz zur übrigen Welt nicht –, bis er zu einem Empfangsbereich gelangte. Ein wenig zögerlich führte er den Infocomp in ein Terminal ein, um seine Verbindung zum Rest der Menschheit wiederherzustellen.

Die Maschine leitete ihn an den Militärdienst weiter, welcher seine Befehle auslas. Yankee wartete. Eine Automatenstimme bestätigte seine Hotelreservierungen und unterrichtete ihn, daß sein Infocomp angerufen werde, sobald man eine Transportmöglichkeit nach Gibraltar Base für ihn gefunden habe. *Klick.*

Vor dreihundert Jahren war der Farmer's aus einem

Asteroiden geformt und danach mit Menschen und Farmen gefüllt worden. Die Tage der Pioniere waren jedoch längst vorüber. Yankee verbrachte einen ganzen Tag im Hotel und erholte sich in der schwachen zentripetalen Schwerkraft. Jahrelang war er in keiner erdähnlicheren Umgebung mehr gewesen. Die Gerüche stimmten, nur konnte er sich einfach nicht an einen Himmel gewöhnen, der mit Ackerfeldern gepflastert war. Er dachte an seine Singkühe und Tanzgänse – und an seine Cousine, Nora Argamentine, die in einer echten Farmstadt in Iowa aufgewachsen war.

KAPITEL 3

(2436 n.Chr.)

Der alte Patriarch hatte versagt, und das Patriarchat würde demjenigen gehören, der den alten Ruhm und die Ordnung wiederherzustellen vermochte. Wenn der Vater schwächer wurde, war es die Heldenpflicht seines Sohnes, Anspruch auf das Erbe zu erheben. W'kkai war der Sohn von Kzin. In einer Villa der ausgedehnten zentralen Metropole W'kkais hatte ein herrlicher Kzin, der größer und schwerer war als ein gewöhnlicher Kzintikrieger, einen Plan ersonnen, um die Blockade zu brechen und unter einer neuen Dynastie die Galaxis zu erobern. Alles hing davon ab, wie er an diesem Abend gekleidet war und wie subtil sein Parfüm wirkte.

Si-Kish trug Abendgarderobe aus edlem Brokat und erlesenen Spitzen, um sich während der langen Nacht W'kkais warmzuhalten. Als er aus dem Ankleideraum auf das Halbgeschoß trat, begutachtete er sich verstohlen im goldgetönten Reflexionsglas der Wände, die den Gang zur Treppe säumten. Auf keinen Fall durfte er besser angezogen sein als der junge und unerfahrene Mund des Patriarchen.

Eine gute Wahl, fand er, sich in den kräftigen Farben des Musters der Eifrigen Bemühung sehen zu lassen. Niederrangige Kzinti würden, wenn er sich denn mit ihnen abgeben müßte, beeindruckt sein – allerdings hätte er es vorgezogen, sie schlichtweg meiden zu können. Besonders gefielen ihm die Spitzenflossen, die von seinen Ärmeln herabhingen. Trotz aller Üppigkeit vermittelte seine Kleidung Enthaltsamkeit – und Respekt vor Mund. Welch eine Plage, diese Abendkleidung. Doch es ließ sich nicht leugnen: die Mode legte die Rollen des Dominanten und der Dominierten fest. In dieser Hinsicht war sie nützlich. Si-Kish hatte keine Zeit für Rangkämpfe. Mit alles verschlingender Leidenschaft nahm der Krieg gegen die Menschentiere Si-Kishs Zeit in Anspruch und beherrschte seinen Geist.

So besessen war er, daß er sein Fleisch nicht mehr selber jagte, sondern es sich frisch getötet ins Büro bringen ließ. Seine besten Offiziere ließ er seinem Harem dienen, damit er neue Söhne erhielt. Lange hatte er seine Söhne vernachlässigt und ihre Ausbildung anderen übertragen, sogar Sklaven. Er hielt sich jedoch nicht für einen wertvollen Kzin, weil er sich diese Nachlässigkeit erlauben konnte. Er vermißte die Jagd sehr und manchmal auch seine Haremspflichten. Am meisten von allem fehlten ihm die Übungskämpfe im Ring mit seinen Jungen.

Si-Kish war hingegen nicht dafür bekannt, jemals eine Kulturveranstaltung zu verpassen, denn auf W'kkai wurde das Geschäftliche in Nebenbemerkungen erledigt, während man etwa über eine Theateraufführung diskutierte, sich gegenseitig über einem Brettspiel verspottete oder an den Marktbuden zankte – manchmal sogar während der Jagd, wenn man denn Gruppenjagden ertragen konnte, auf denen ganze Familien in prunkvollen, farbenprächtigen Gewändern erschienen und aufgeblasene Lakaien Banner umherschleppten, die nur dazu taugten, das Wild zu verscheuchen. Verhandlungen wurden mit einer Förmlichkeit und einer Geschicklichkeit geführt, wie man sie sonst nur in einem Wettstreit zu sehen bekam – und oft mit der Rücksichtslosigkeit eines Kampfes auf Leben und Tod.

Si-Kish puderte sich dezent die zu zahlreichen Zöpfen geflochtene Mähne und wählte einen Duft aus, der ganz leicht Schweiß, schwere Anstrengung und erlegtes Wild andeutete. Endlich fertig, stolzierte er die breite Treppe in die Halle hinab, und sein persönliches Rudel prächtig gekleideter Helden schloß sich ihm als Gefolge an. Sie hatten schon lange auf ihn gewartet. Eine sternenweiße Limousine schwebte startklar über der Zufahrt, bereit für die Reise quer durch die Stadt.

Die Stadt war so angelegt, daß sie die Illusion von Weiträumigkeit vermittelte. Der Gravitationsschweber raste über Graspisten hinweg, die mit verhüllenden Baumsilhouetten verschmolzen. Künstliche Dämme wirkten wie ferne Hügelketten. Die vorüberziehenden Jagdgärten dienten ebensosehr wie zur Ernährung dem Zweck, den Blick auf die Stadt zu verstellen. Die Versorgungslaster, die jeden Tag Tausende von Tieren heranschafften, erreichten die Gärten unauffällig durch Tunnel unter dem Boden. Wenn einmal ein Gebäude zwischen der üppigen Vegetation zu erkennen war, schien es im Umkreis einer Tagesreise das einzige Bauwerk innerhalb des jeweiligen Jagdreviers zu sein. In der hohen Kunst der Landschaftsgestaltung waren die Architekten W'kkais wahre Meister.

Als sie unterwegs waren, aktivierte Si-Kish sein Ohr-Nase-Implantat, um seine Spezialeinheiten zu überprüfen, die er an verschiedenen Stellen eingesetzt hatte: ein Krieger in diesem Ministerium, eine Triade bei jenem Hierarchen, Krieger bei den ›oberen Sechzehn‹ der einflußreichsten Patriarchen, die an diesem Abend zu Hause geblieben waren; einige davon würde man wecken müssen. Andere ›Botschafter‹ wiederum nahmen Verbindung auf zu niederrangigen Namenlosen, die unter Beweis gestellt hatten, sich der bedrohlichen Lage deutlich bewußt zu sein, und die als Verbündete gewonnen werden mußten. Angeblich sollten Gesetz und Politik auf W'kkai vom Mund des Patriarchen bestimmt werden. Tatsächlich stellten die Gesetze jedoch die Endergebnisse von langwierigen, oft Wochen andauernden Schlachten zwischen Einfluß und Gegenrede dar. Si-Kish bevorzugte einen wohlorganisierten Überraschungsschlag, der mit der Perfektion einer Flottenschlacht geplant war.

Das Ziel seines persönlichen Kontingents an Helden war der Palast des Hinanschnellens.

W'kkais ausgedehntestes Kulturbauwerk besaß zahlreiche Eingänge, allerdings war immer nur ein einziger davon zu sehen. Selbst bei einer bedeutenden Tanzveranstaltung, zu der Hunderte von Gästen erschienen, vermittelte der gewaltige Palast den Eindruck, es handele sich um das Anwesen eines einzelnen, mächtigen Kzins, der einige wenige auserwählte Freunde empfing. Die weiße Limousine setzte die Gruppe vor dem Portikus des Lauer-Eingangs ab und verschwand unter Automatik.

Si-Kish führte sein Admiralsrudel an einer Steinsäule vorbei, in der eine verzierte blau-goldene Phiole ruhte, welche geformt war wie das Siegel der Familie Riit; zur Weihe dieses prachtvollen Bauwerks war der Urin des Patriarchen von Kzin eingeflogen worden und stand nun in der Säule, um dessen Oberhoheit über diesen heiligen Boden zu bekunden. Das Rudel gelangte ins Gebäude und marschierte einen freskengeschmückten Korridor entlang. Zum letzten Mal besprach sich Si-Kish dabei mit seinen gutgekleideten Adjutanten und schickte jeden einzelnen Krieger persönlich in dessen private Schlacht auf dem einen oder anderen Balkon. Jeder von ihnen hatte eine besondere Kontaktmission zu erfüllen.

Als der Hohe Admiral von W'kkai den Vorhang teilte, der den Eingang zur Loge des Mundes des Patriarchen verhüllte, und am Tisch des Mundes Platz nahm, war der

Tanz bereits im Gange. Aufmerksam betrachteten die männlichen Begleiter Seiner Wildheit das choreographierte Tänzeln der Kzinrretti und ließen sich nicht von Si-Kish' Ankunft ablenken. Der Mund war von der Schönheit der Kzinrretti bezaubert; Si-Kish hatte nur Augen für den Mund. Heimlich entfernte er ein juwelenbesetztes Brustband, das kostbarer war als jenes, das sein Gebieter trug. Er hatte einen Kampfring betreten oder genauer: einen Übungsring, in dem man freundschaftlich die Kräfte maß. Er mußte mit allem rechnen. Der Mund ignorierte ihn.

Ein Gegner, der vorgab, seinen Angreifer nicht zu bemerken, bis er zuschlug, war ein gefährlicher Gegner. Der in ausgesuchte Pracht gekleidete Mund des Patriarchen war ein mächtiger Held – Si-Kish hätte es nur ungern auf eine körperliche Auseinandersetzung mit dem jungen Krieger ankommen lassen. Der Mund war rätselhaft. Manchmal erwies er sich sogar als weise. Manchmal tötete er Narren, manchmal tolerierte er sie, niemals aber forderte er seine besten Ratgeber heraus, selbst wenn sie ihm etwas sagten, was er nicht zu hören wünschte; dann plagte er sie mit Verbalattacken und intellektuellen Schlägen. Fast verlieh ihm dieses Verhalten Größe.

Doch wollte dem Mund das Ausmaß der Katastrophe, die über das Patriarchat gekommen war, einfach nicht in den Kopf gehen. Ein Schicksalsschlag dieses Umfangs überstieg seine Vorstellungskraft. Der Mund hatte das Schweigen Kzins registriert – doch gab er sich, als empfände er kein Bedürfnis zuzuhören; das Ausbleiben des Handelsverkehrs war ihm nicht entgangen, aber solange Si-Kish' Krieger die Menschenteufel außerhalb der Zone hielten, in die ihre Geisterschiffe nicht imstande waren einzudringen, und solange der Mund den Kzinrretti beim Tanz zuschauen konnte, bereitete ihm die Bedrohung des Patriarchats nicht allzu viele Sorgen. Der Mund war in die Elite hineingeboren worden, und seine Schwäche hieß übersteigertes Selbstvertrauen. Er vermochte sich Kzinti nicht als Gejagte vorzustellen.

Im entscheidenden Moment ließ sich diese Überheblichkeit gewiß verwenden, um den Mund zu stürzen – doch die Festlichkeiten dieses Abends stellten nur einen einleitenden Wettstreit dar. Heute abend *durfte* Si-Kish nicht verlieren und würde andererseits den Ehrgeiz keinesfalls befriedigen können, der ihm in der Leber brannte. Er strebte nach mehr, als nur den Mund des Patriarchen abzusetzen; er wollte selbst Patriarch werden und das Machtzentrum des Reiches von Kzin nach W'kkai verlegen. Nun wurde ihm jede einzelne Kriegerfertigkeit abgefordert, sogar Geduld.

Wach und aufmerksam machte Si-Kish geistige Lockerungsübungen, während er auf den Angriff wartete. Der Mund würde seinen Ehrgeiz niemals begreifen und konnte deshalb auch keine Gegenmaßnahmen einleiten; dennoch war er ein Kzin, der Freude an jedem noch so nichtigen Scharmützel mit den Adligen hatte, die von ihm dominiert wurden. Das Geheimnis, an seinem Hof zu überleben, bestand darin, den Mund siegen zu lassen, ohne jemals die eigene Niederlage einzugestehen. Si-Kish fühlte sich an einen aggressiven Schüler erinnert, der sich gern mit seinem namenlosen Waffenmeister maß; der Meister mußte den Schüler ausbilden, ohne ihn zu töten oder selbst getötet zu werden. Zumindest für eine Weile.

Die Kzinrretti auf der Bühne waren zum Kampf gewappnet – natürlich nicht mit echten Rüstungen und Waffen – und sprangen in förmlichen Schlachtbewegungen umher, auf die man sie mit größter Präzision abgerichtet hatte. Der zart aufsteigende Brunstgeruch – in die Logen geleitet von einem Tanzmeister, der mehr an dem Verkauf von Weibchen interessiert war als an der Kunst – legte sich in Widerstreit mit den Kampfreflexen des alten Kriegers. Obwohl Si-Kish solch perverse sexuelle Darstellungen wie die von Kzinrretti in Kampfrüstung ablehnte, hatte er intellektuell keine Einwände dagegen; eine Kzinrret, die komplizierte Kriegstänze ausführen konnte, brachte Söhne mit flinken Reflexen zur Welt. Als meisterlichen Schlachtkämpfer schmerzte ihn die Vorstellung, wie rasch und blutig diese unschuldigen Weibchen in einem echten Kampf niedergemetzelt würden; doch erfreuten sich Scheinkämpfe großer Beliebtheit, und Si-Kish kannte den Mund gut genug, um ihn nicht in seiner gebannten Aufmerksamkeit zu stören.

Ganz offensichtlich hatte der Mund ein Auge auf ein schlankes Exemplar geworfen und würde sie vermutlich für seinen Harem erwerben – zum erheblichen finanziellen Vorteil Tanzmeisters.

Und im verborgenen setzte der Mund an, um Si-Kish aus dem Gleichgewicht zu bringen.

Plötzlich wandte er dem Hohen Admiral den Kopf zu, während sein Blick weiterhin auf der Bühne ruhte. »Diese Kleine dort ist sehr flink«, hauchte er. »Mich überrascht die Form ihrer Nase – lang und stolz, wie sie ist.« Das Weibchen streifte nun ihre silberne Rüstung ab, was mitten in der Schlacht eine sehr dumme Idee gewesen wäre, hier aber stand sie plötzlich im Zentrum der Aufmerksamkeit.

Der Brunstgeruch in der Luft wurde kaum merklich stärker. »Solche Kraft!« rief der Mund aus.

»Wir könnten sie gegen die Menschentiere schicken«, schlug Si-Kish im Spottfall der Heldensprache vor. Durch diese Replik suchte er das Gespräch auf ein militärisches Thema zu lenken, wo er weitaus versierter war als der Mund jemals werden konnte.

Der Mund knurrte verächtlich und schlug leicht mit den fächerförmigen Ohren. »Du hast mir für heute abend einen Aktionsplan versprochen«, wandte er Si-Kish' Entgegnung zu seinem Vorteil. »Besteht er etwa darin – daß du schlanke Schönheiten in Zieratrüstungen in den Tod schickst? Soll das dein kühner Vorschlag sein?«

Si-Kish drehte die Tischplatte, so daß sie für den Mund bequem einzusehen war, und gab einen Kode ein. »Mein zweitbester Plan, nur für den Fall, daß unsere Kzinrretti trotz ihres Mutes scheitern, besteht darin, auf der Stelle mit dem Bau von fünfhundertundzwölf Hyperkriegsschiffen zu beginnen.«

Einen Moment lang nahm der Mund völlig überrascht den Blick von seiner Favoritin. »Die Mechanik des Antriebes wurde bereits gemeistert?«

»Nein. In dieser Hinsicht ist leider noch alles beim alten. Aber wir können nicht warten. Die Zeit wird uns knapp. Wir wissen genug über den Hyperantrieb, um die Aufhängungen dafür zu konstruieren. Bis die Schiffe fertiggestellt sind, werden auch die Antriebe in Produktion gegangen sein. Es ist besser, Schiffe bereit zu haben und keine Antriebe, als Antriebe zu besitzen, aber keine Schiffe.«

Choew-Adjutant, ein gewaltiger Kzin, größer und schwerer als selbst der Mund, hatte sofort mit der Analyse des Kriegsplans begonnen, wie ein Waffenträger, der für seinen Herrn eine passende Wehr sucht. Nun schalteten auch weitere Adjutanten Bildschirme ein. Der Mund fuhr fort, seine Favoritin zu bewundern. Endlich fand Choew etwas, das wie ein Fehler im Szenario erschien, und flüsterte mit seinem Herrn.

»Deine Kriegsschiffe weisen eine merkwürdige Form

auf«, stellte der Mund fest. »Schlank sind sie.« Damit deutete er an, daß sie ein länger anhaltendes Gefecht nicht überstehen würden.

Si-Kish konterte mit dem Märchen von Reoll-Riit und dem Schtondat: Der Kzintikrieger, der so flink war wie alle Riits im Märchen, konnte sich immer wieder an einem weit entfernten Wasserloch satt trinken. Der Schtondat – massig, kräftig, aber langsam – mußte das Wasser innerhalb des eigenen Leibes horten. Im Märchen gehörte der Sieg dem Schnellen. Der tiefere Sinn des Gleichnisses bestand darin, daß ein überlichtschnelles Schiff rasch aufgetankt und versorgt werden konnte. Ein unterlichtschnelles Kzintischiff, das man mit einem Hyperraum-Shuntantrieb ausstattete, würde nicht so gut kämpfen wie ein Kriegsschiff von W'kkai, das man von vornherein darauf auslegte, aus dem Hyperraum anzugreifen.

Die Adjutanten fuhren fort, auf ihren Schirmen nach Schwächen des Hauptplans zu suchen. Nun konzentrierten sie sich auf den Blitzschlag gegen Procyon und Barnards Starbase und fanden einen Kritikpunkt: Die Menschen kontrollierten die Hyperwellen und hungerten den kzintischen Handel aus; gab es infolgedessen überhaupt genügend menschliche Fährten, um darauf eine intelligente Strategie zu gründen? Wie sollte W'kkai während der Offensive verteidigt werden? Si-Kish ging davon aus, daß die UNSN ihre Schiffe zurückrufen würde, um sich gegen den geplanten Angriff neu zu formieren – aber wie konnte sich Si-Kish darauf verlassen?

Die Adjutanten schweiften durch die Loge, als stünden sie bei einem Wettkampf auf der Matte, besprachen sich und formten Defensivgruppen gegen den Hohen Admiral von W'kkai. Auf der Bühne schwebten die Kzinrretti mittlerweile durch eine farbenfrohe Traumsequenz. Der

Mund schenkte ihnen keinerlei Aufmerksamkeit mehr; die Debatte über Si-Kish' ausgearbeiteten Streifzug interessierte ihn weitaus mehr.

Si-Kish wußte auf alles eine Antwort – die Spitzenflossen seiner Weste gestikulierten drängend und manchmal in spöttischer Abwehr. Schon vor langer Zeit waren alle Eventualitäten geklärt worden. Die gleichen Fragen, die ihm nun vorgelegt wurden, hatte der Admiral sich immer wieder gestellt, bis die Antworten weitestmöglich ausgefeilt waren – doch bei den Adjutanten des Mundes erweckte er den Eindruck, sie brächten ihn in Bedrängnis. Sie begriffen nur eins nicht: daß der Angriff auf die Menschentiere nur eine Finte war – ein Eröffnungszug, durch den niemand unterworfen werden sollte.

Weder Mensch noch Kzin kannte die Essenz, die Si-Kish während seiner gewissenhaften Analyse der Situation extrahiert hatte: Die Menschentiere waren künstlich erstarkt, das Patriarchat wurde künstlich schwach gehalten. Seine Flotte sollte nicht dem Zweck dienen, die Menschen mit blutigem interstellarem Kampf zu überziehen und zu unterwerfen, sondern die Lebensadern des Patriarchats wiederherzustellen: Kommunikation und Handel. Dann konnten die Helden der Galaxis die Äffchen vernichten und den Überlebenden nützliche Versklavung angedeihen lassen.

Mitten in einer besonders schwanzaufreibenden Debatte schwenkten die Scheinwerfer plötzlich auf die Loge des Munds. Nun mußten sich die versammelten Helden im Saal erheben. Sie standen alle zugleich auf, als hätten sie die Bewegung einstudiert. Durch den Logenvorhang huschten zwei zierliche Kzinrretti herein – die Favoritin des Munds und eine andere – und setzten dem Mund einen prachtvollen Helm auf. Er erhob sich – alle sollten den Mund des Patriarchen sehen können. Dann erloschen die Lichter, die auf ihn schienen, und alle Logen und Galerien wurden erhellt, damit der Mund die dominierten Kzinti sehen konnte, wie sie dastanden und ihn mit der Ehrenbezeugung bedachten, bei der man sich mit den Krallen über das Gesicht fuhr. Die beiden Kzinrretti, nur halb so groß wie der Mund, standen dicht bei ihm. Befriedigt vom Salut seiner Untertanen kitzelte er seine Favoritin hinter den Ohren.

So schnell sie sich eingestellt hatte, war die Stimmung für Disput und Wettstreit wieder gebrochen, mitten in einer wichtigen Erörterung. Unter seinem bombastischen Helm wirkte der Mund schwermütig. Als die Vorführung weiterging, beobachtete er die Kzinrretti, wie sie zwischen Nebel, der aus Hexenkesseln waberte, über die Bühne schlichen. Er warf Si-Kish einen Blick zu. »Laß mich das ansehen.« An Krieg war er nicht mehr interessiert. Er zog sein Siegel hervor und billigte elektronisch sämtliche Anträge, denn er hatte sich zu seiner Zufriedenheit davon überzeugt, daß der Konflikt in fähigen Händen lag. Sollte die Hierarchie der Hierarchen sich über die Einzelheiten den Kopf zerbrechen.

Für Si-Kish bedeutete der Beschluß den entscheidenden Durchbruch. Der Rest des Abends konnte nun wie eine Säuberungsaktion in erobertem Gebiet verlaufen. Er stimmte das Ohr-Nase-Implantat auf die Kodierung des Oberkommandos ab und forderte einen Lagebericht an, während er zusah, wie die Kzinrretti im Nebel ein Tier mit leuchtenden Federn beschlichen. Aus einem Sektor nach dem anderen trafen Meldungen ein. Der heftigste Widerstand kam vom Produktionshierarchen. Amüsiert wischte sich der Kriegeradmiral die Ohren. Natürlich sträubten sich die Kerle in den Produktionsabteilungen dagegen, daß ihre Standards außer acht gelassen wurden. Einige Standards waren mehrere tausend Jahre alt.

Schweigend verließ er rückwärtsgehend die Loge, wandte sich um und stolzierte die Korridore des Palastes entlang, während er noch immer auf die Meldungen hörte, bei denen es sich im Grunde um Gefechtsberichte handelte. Schließlich verließ er den Palast durch den Nördlichen Hoch-Eingang. Er verspürte das Bedürfnis nach einem einsamen Spaziergang. Drei Kzintage waren seit Sonnenuntergang verstrichen, und Si-Kish' Atem dampfte in der eisigen Luft. Frost versteifte das Haar rings um seinen Mund. Einige Schneeflocken schwebten herab. Si-Kish durchquerte eine schmale Gasse, die in den Fels geschnitten war und an einen Hohlweg erinnerte. In den Ritzen blühten Nachtblumen. Noch wollte er kein Beförderungsmittel herbeibeordern.

Er konnte nun an jede beliebige Stelle der Stadt gehen und dort seine Anhänger unterstützen, überlegte jedoch, daß es wohl am sinnvollsten wäre, sich in die Katakomben des Produktionshierarchen zu begeben und dort sein Prestige voll zur Geltung zu bringen. Sein Plan, W'kkai zum dominanten Planeten des Patriarchats zu machen, beruhte immerhin auf der raschen Einführung neuer Fertigungsstandards überall innerhalb eines Reiches, das so verzweifelt nach dem Hyperantrieb hungerte, daß es die altüberlieferte Verpflichtung gegenüber der Technologie Kzins ablegte.

Die Standards unterstützten *niemals* fortgeschrittene Technik; Standards, die sich nur mit achtzig Prozent der Geschwindigkeit des Lichtes verbreiten konnten, *mußten* ganze Lebensalter hinter dem technisch Möglichen zurückbleiben. Kzins Hemmschuh bestand darin, daß seine Macht auf einer Technik beruhte, die nicht gut genug war, um damit gegen die Menschentiere zu kämpfen. W'kkai hingegen mußte solche Beschränkungen nicht erdulden. Mit einer Hyperraumflotte konnte es seine Technik nach Meerowsk bringen, nach Hrooshpith-Pithcha, sogar nach Ch'Aakin und Brückenkopf, viel schneller, als Kzin jemals vermöchte. Und wo sich das Zentrum des Handels befand, dort saß der neue Patriarch.

Ein kühner Traum – nur eine einzelne Saugfliege summte Si-Kish noch im Ohr.

W'kkais Physiker waren noch nicht in der Lage gewesen, ihren ersten Hyperraum-Shuntantrieb zu bauen.

Dem Hohen Admiral war es zutiefst zuwider, all seine Hoffnungen auf einen einzigen Kzin setzen zu müssen. Das Risiko, daß ein einzelner Kzin scheitern konnte, war unerträglich hoch. Und es stach Si-Kish in der Leber, daß dieser eine Kzin, Grreff-Nig, kein bekannter W'kkaikzin war, sondern ein Barbar aus den Randgebieten. Grreff-Nig – der Zähnefletschende Gott helfe ihm! – benötigte einen Leibdiener, um sich angemessen zu kleiden, und zu allem Überfluß war er von der Treue zum regierenden Patriarchen so geprägt, daß er mit der Geistlosigkeit eines Berserkers das entfernte Kzin für eine Art Walhall der sagenhaften Krieger hielt.

Der einfältige Grreff-Nig würde sich niemals überzeugen lassen, eine Machtverschiebung von Kzin nach W'kkai zu unterstützen. Niemals. Nicht durch Vernunft, nicht durch kluge Schmeicheleien, nicht durch List und nicht durch Folter.

Man mußte von W'kkai stammen – zu einer Familie gehören, die seit tausend Jahren von den Patriarchen Kzins mit dem Zehnten belegt wurde, mußte Meister in einer farbenfrohen Kunst sein, von der die Wildheit ausgeglichen wurde, mußte *überlegen* sein –, um Si-Kish' Ehrgeiz zu teilen.

KAPITEL 4

(2436 n.Chr.)

Das Licht flackerte. Irritiert blickte General Lucas Fry einen Moment von dem kleinen, gerahmten Gesicht auf. Warum mußte Gibraltar plötzlich auf Notstrom umgestellt werden? Aber noch bevor sich in ihm die Sorge regte, kehrte die normale Energieversorgung zurück. Fry mußte den Arm ausstrecken und die Miniatur fangen, die von ihm fortgetrieben war. Die Bewegung führte er mit der sparsamen Leichtigkeit eines geborenen Belters aus, der im Weltraum niemals eine überflüssige Geste machte. Trotzdem haftete seiner Bewegung eine gewisse Nachdenklichkeit an – als wollte er alles wieder zu sich locken, was er je verloren hatte. Nur ein einziges Mal hatte sie Eitelkeit bewiesen: indem sie ihm dieses kleine Gemälde von sich überreichte, bevor sie sich zur Schlacht von Wunderland einschiffte.

Nur eine weitere Schiffsbesatzung, die für so lange Zeit im Einsatz vermißt wurde. Sechzehn Jahre lag es nun zurück, daß die Kzinti aus dem Alpha-Centauri-System vertrieben worden waren. Wirklich schon so lange? Immer noch erinnerte Fry sich an den Duft ihres vollen Flatlander-Haares, an das kleine rötlichbraune Löckchen, an dem sie sich zu zupfen pflegte, bevor sie eine ihrer dreisten Fragen stellte. Im Einsatz vermißt. Lange hatte er nicht an sie denken müssen – in einem Krieg mit so vielen Opfern gerieten die Toten leicht in Vergessenheit. Nun war er an sie erinnert worden.

Durch einen Punkt in einem Bericht, der General Fry schon seit Wochen nicht mehr aus dem Kopf ging.

Es handelte sich lediglich um ein winziges Fragment

der gefrorenen Speicher eines kzintischen Kriegsschiffswracks, das ziellos durch das Alpha-Centauri-System getrieben, erst jüngst entdeckt und für nachrichtendienstliche Ermittlungen aufgebracht worden war. Ohne seine unverheilte Liebeswunde hätte er jenes triviale Detail vermutlich nie bemerkt, das sich in einem Routinedokument verbarg. Schon vor langem hatte der Computer Gibraltars einige der alten kzintischen Kriegskodes gebrochen. Die entschlüsselten Einzelheiten wirkten kurios und chauvinistisch und lasen sich wie eine Belobigungsliste, die Julius Cäsar seinen Zenturionen überreicht hatte. Für jeden Leser, der praktische Ergebnisse erhoffte, waren sie vollkommen nutzlos.

Kzintikrieger wurden in dem Bericht gepriesen – alle Helden mußten für ihre Taten geehrt werden, auch mitten in einer verzweifelten Schlacht. So war es mit dem Krieg: sich hier und da einen Moment Zeit nehmen und untergegangene Krieger für ihre unsterblichen Heldentaten rühmen, die schon bald in Vergessenheit geraten würden.

Solche Einzelheiten waren alles, was das Team in Gibraltar den Dateien des Wracks entnehmen konnte. Alle wirklich interessanten Informationen waren während der Todeskrämpfe des Kriegsschiffs sorgfältig aus den Speichern getilgt worden. Versorgungslisten, Order, Kodes, Befehlszeilen, Strategien, Ausweichpläne – alles gelöscht. Doch radierten echte Krieger nicht die Taten geehrter Helden aus. In Schützengräben und den steuerlosen Wracks von Sternenschiffen sangen Krieger das Lied ihrer Helden aus skelettierten Mündern. Helden waren unsterblich – so glaubten zumindest die Helden.

Der Heroismus hatte General Frys Aufmerksamkeit auf sich gezogen und ihm innerhalb eines Sekundenbruchteils das Herz zum Pochen gebracht ... eine mehrdeutige Zeile in einer Belobigungsrolle bezog sich auf die furchtlose Aufbringung eines Aufklärers der UNSN … und die Gefangenennahme eines einzelnen, unbenannten Crewmitglieds.

Kann sich eine Heldin aus dem Grabe erheben? Die Hoffnung nahm die seltsamsten Wege. Grund zur Zuversicht bestand jedenfalls nicht. Ein Mann konnte sich mit »im Einsatz gefallen« abfinden, auf keinen Fall aber mit »im Einsatz vermißt«.

Nur ein einziges Schiff der UNSN war im Alpha-Centauri-System verlorengegangen, ohne daß man sein Schicksal kannte: der Hyperaufklärer *Shark*. Einen Augenblick lang hatte General Fry getrauert, und eine Träne war auf den Bericht geflossen. Nora war die Beobachterin der *Shark* gewesen. Fry hatte geglaubt, sie mittlerweile vergessen zu haben. Seltsam, wie lebhaft er sich an sie erinnerte. Ihre Miniatur hatte er jahrelang nicht mehr angeschaut, obwohl er das Versteck nie vergaß, in dem er sie vor seiner jeweils aktuellen Freundin verbarg.

Seine Gefühle setzten völlig falsche Prioritäten, so viel stand fest. Daß den Kzinti vor sechzehn Jahren ein funktionstüchtiges Hyperraumschiff in die Krallen gefallen war, das hätte Frys Hauptsorge sein müssen. War der Triumph der Kzinti nur vorübergehend gewesen und in dem Gemetzel der Schlacht ausgelöscht worden, die kurz auf die Kaperung des Schiffes folgte? Oder befand sich der überlichtschnelle Aufklärer der UNSN bereits in den technischen Hochburgen des Patriarchats? Angesichts der entsetzlichen Vision, die Kzinti könnten mit dem Bau einer überlichtschnellen Armada begonnen haben, verblaßte das Schicksal eines vermißten Soldaten zur Bedeutungslosigkeit. Trotzdem dachte Fry vorwiegend an eine gewisse charmante Frau und die Möglichkeit, sie wieder in die Arme schließen zu können.

»Major Yankee Clandeboye möchte Sie sprechen, Sir!« drang die Stimme des Sergeants aus dem am Schott befestigten Lautsprecher.

Der Termin war zur vollen Stunde angesetzt worden – und hätte schon Tage früher stattgefunden, doch verbot die Physik Hypershunt-Reisen so dicht an einer Sonne. Ein Blick auf das Chronometer zeigte, daß es bis zur vollen Stunde noch zehn Sekunden waren. »Bringen Sie ihn runter. Er soll lieber nicht den üblichen Weg nehmen; die Männer verschieben Maschinen.«

Clandeboye war ein Glücksfund, obwohl er unter den zwölf geeigneten Kandidaten für den Einsatz auf dem letzten Platz stand – mit einem großem Abstand zur Nummer elf. General Fry hatte Befehl erteilt, ihn als erste Wahl auf die Liste zu setzen, denn Clandeboye war der Cousin von Lieutenant Nora Argamentine. Er mußte sie gut gekannt haben, denn auf seine Empfehlung hin war Nora von einer Büroverwendung auf der Erde abgezogen und in den Asteroidengürtel geschickt worden, um dort beim Nachrichtendienst ihre Kampfausbildung zu erhalten.

Das alte Empfehlungsschreiben, das Fry aus den Archiven hatte kommen lassen, las sich ambivalent – dem Schreiben ließen sich sowohl ein Widerstreben, sie für eine gefährliche Verwendung vorzuschlagen, als auch große Bewunderung entnehmen. (Nora hatte offensichtlich auch ihrem Vetter unverhohlen den Arm auf den Rücken gedreht, damit er ihr die Empfehlung schrieb. Fry konnte beinahe hören, wie sie zu Yankee sagte: »Ich will diese Verwendung! Du wirst das für mich tun!« Und dann, geziert schüchtern, während sie sich ihre Locke um den Finger wickelte: »Ich werde meine Sache gut machen! Du wirst noch stolz darauf sein, daß du mich empfohlen hast!«)

Der Spezialist, der die Personalsuche durchführte, hatte Major Clandeboye aus guten Gründen ganz unten auf die Liste geschrieben. Seine Karriere war alles andere als glatt verlaufen. Trotz seiner Talente und Verdienste würde der Mann auf keinen Fall jemals wieder befördert werden. Keiner seiner Fehler hingegen erschien fatal. Lucas Fry war ein meisterhafter Machiavellist und hätte niemals angenommen, mit perfekten Menschen zusammenzuarbeiten. Stärken waren wichtig, aber die Schwächen lieferten die Druckpunkte, anhand derer man einen Menschen manipulieren konnte.

Clandeboyes Akte:

Die Bewertungen der verwaltungstechnischen Leistungen Major Clandeboyes waren hoch, aber offensichtlich lobten ihn die Offiziere, unter denen er diente, gegen ihren Willen.

Zwei Jahre vor Kriegsende war eine eigentümliche Anklage wegen Meuterei gegen Major Clandeboye erhoben worden, im September 2431. Zu einer Verhandlung war es jedoch nie gekommen. Die Beweise aus dem automatischen Logbuch seines Schiffes waren vernichtend – ohne Zweifel hatte er sich geweigert, Befehle auszuführen –, aber keiner seiner Vorgesetzten hatte überlebt und konnte gegen ihn aussagen; die überlebenden Virgo-Freiwilligen, die Clandeboye zurückgebracht hatte, verweigerten schlichtweg die Zeugenaussage.

Und obwohl Major Clandeboye gemeutert hatte, zeigte sein automatisches Logbuch, daß er sich nach der Vernichtung von Commander Shimmels Verband – als es zu spät war, seine unterstützende Rolle noch auszuführen – glänzend schlug.

Im Moment stand Major Clandeboye unter Bewährung, weil er sich auf eine Schlägerei eingelassen hatte, was für einen Offizier ungebührliches Verhalten darstellte.

Um weitere Informationen zu erhalten, fragte General Fry stets auf inoffiziellen Kanälen nach. Der Major galt als starrsinniger Moralist. Nein, er würde es nicht gutheißen, wenn ein bärbeißiger General eine törichte Tändelei mit einem jungen weiblichen Lieutenant einging, die nicht einmal halb so alt war wie er, und seine Macht mißbrauchte, um ihr zu verschaffen, was sie wollte. (Sie hatte Gefahr gewollt.) Das Problem mit den Moralisten – die sich nie irrten – bestand darin, daß sie nicht immer besonders gut waren im Ausführen von Befehlen, die ihrem Gewissen widersprachen. Moralisten stellten die Brutstätte der Meuterei dar. Sie erhielten ihre Befehle von einer höheren Instanz.

Die erste Regel beim Manipulieren eines Moralisten lautete, ihn als Sprachrohr für seine »höhere Instanz« zu benutzen und diese auszuhorchen, um sodann in der Sprache dieser Instanz auf ihn einzureden.

Wie hatte dieser Außenseiter es überhaupt geschafft, in der UNSN zu bleiben? Wahrscheinlich fand sich der Schlüssel für sein Schloß in der Antwort zu dieser Frage.

Clandeboye hatte für das extrem konservative *Belter Factnet* Artikel geschrieben, dazu einen schwülstigen Beitrag für den Datensumpf der Isolationistischen Partei Wunderland. Fry konnte sehr gut verstehen, daß Clandeboyes Offizierskameraden ihm wegen seiner Ansichten zürnten. Mit seinem Temperament hätte er sich wie ein Lauffeuer durch die Medien der Flatlander fressen und wegen seiner unpopulären Ansichten sehr weit kommen können, aber ein Soldat ließ dergleichen lieber unausgesprochen. So viele Sympathien Fry auch den Warnern vor einer Wiederkehr der Kzinti entgegenbrachte, für des Majors offene Herabsetzung der Patrouillen und der Friedenswache hatte er nichts übrig.

Clandeboye gehörte zu der Minderheit von Offizieren,

die glaubten, daß die Kzinti keineswegs vernichtend geschlagen worden seien und mit furchtbarer Rachsucht zurückkehren würden – eine lächerlich anmutende Vorstellung, wenn man bedachte, daß die Hypershunt-Schiffe der Menschheit ungestraft den kzintischem Weltraum durchstreiften. Die Alliierte Regionalmiliz der UN hatte der ungebärdig kriegslüsternen Menschheit einen dreihundertjährigen Frieden beschert, bis der Mann auf der Straße kaum noch wußte, was das Wort Krieg bedeutete, und Navy wie ARM sahen keinen Grund, weshalb ihnen im Falle der Kzinti nicht das gleiche gelingen sollte. Jeder – mit Ausnahme von Clandeboye und vielleicht noch den Wunderländern – ging davon aus, daß es genau so kommen müßte.

Trotz der Lächerlichkeit von Clandeboyes Standpunkten stellten seine Spekulationen über die Stärke und die Entschlossenheit eines gedemütigten Patriarchats ein alternatives Szenario dar, das man ernst nehmen sollte. Das konnte zumindest nicht schaden. Vom Standpunkt der Römer aus war die Möglichkeit, Hannibal könnte die Alpen überqueren, ebenfalls lächerlich gewesen, und die Generäle von Pearl Harbor hatten die Vermutung als lachhaft zurückgewiesen, bei den Echos auf den Radarschirmen könnte es sich um japanische Flugzeuge handeln, die von einer unsichtbaren Flotte gestartet waren.

Fry gelangte somit zu der Ansicht, daß der Weg ins Herz dieses Schurken über die Unterstützung seiner exzentrischen Ideen führte. (Unterstützung einschließlich freundlicher Anleitung selbstverständlich ...) Benötigte dieser Unberührbare etwa nicht dringend Verbündete? Fry würde sich natürlich im Hintergrund halten und die diversen Fäden ziehen. Es war nichts anderes als vernünftig, Offiziere zu pflegen, die für den Fall planten, daß das Patriarchat erneut zu kriegerischem

Leben erwachte. Das gute alte As im Ärmel. Bei allen Wetten mitbieten. Ein Clandeboye mit Einfluß mochte sich sogar bei den Bemühungen der Belter als nützlich erweisen, General Buford Early schachmatt zu setzen, einen Flatlander, dem schon lange ein wenig Zement in die Düsen geschmiert gehörte.

Was aber war mit dieser Meuterei? Auf den ersten Blick hätte diese unehrenhafte Anklage Clandeboye für jede heikle Mission vollends disqualifizieren sollen. Aber je mehr Fry sich mit der gerichtlichen Untersuchung befaßte, desto mehr faszinierte ihn, was er herausfand. Wenn Männer zu einem Offizier halten, existiert immer ein Grund dafür. Der Untersuchungsausschuß hatte nicht herausfinden können, weshalb Clandeboyes Untergebene loyal hinter ihm standen. Clandeboye mochte das psychologische Profil eines Meuterers aufweisen – eines Mannes, der stets glaubte, man nutze ihn aus –, aber keiner der Männer, die ihm die Treue hielten, entsprach auch nur annähernd diesem Profil. Es existierten weitere Unregelmäßigkeiten. Zum Beispiel war es höchst erstaunlich, daß die Untersuchungskommission zu dem Schluß gekommen war, der Straftatbestand der Meuterei sei erfüllt, und dies in der Dienstakte des Majors vermerkte – ihn aber nicht anklagte. In diesem Punkt bot sich Fry ein ganzes Waffenarsenal sowohl gegen Clandeboye als auch gegen dessen Feinde. Von hier aus konnte man die Entwicklung in beide Richtungen steuern.

Ganz besonders anziehend fand Fry das Verhalten seines Kandidaten im Gefecht. Der Mann improvisierte offenbar schneller als ein Computer. Allzu häufig fand sich dergleichen nicht. Von Shimmels etwaiger Brillanz war jedenfalls nichts aktenkundig.

Wog man alle Punkte in der Akte des Majors gegen Lucas Frys Absichten ab, so stellte die Schlägerei den schwärzesten Fleck dar. In letzter Zeit waren Schlägereien zu einer wahren Plage geworden, als orientierten sich die jungen Soldaten mit Vorliebe am Verhalten außer Rand und Band geratener Kzintijungen. Warum sollte man denn die Wildheit des Feindes bewundern, den man gerade besiegt hatte? Die moderne Jugend wurde immer unverständlicher. Selbst als Kinder hätten die Männer aus Frys Generation niemals durch Tätlichkeiten ihre Differenzen beigelegt. Im Weltraum, wo auf der anderen Seite des Schottes das Vakuum drohte, wäre solcherlei Verhalten tödlich gewesen. Anscheinend hatte der Krieg die Moral der Jugend untergraben; Gewalt schafft Recht, schien er ihnen zu sagen. Und dieser Clandeboye kämpfte also gerne, was? Nun, dafür konnte und würde er an die Streckbank genagelt und ausgiebig gedehnt werden.

Für Lucas Fry war selbstverständlich, daß man aus der Fähigkeit, einen anderen zusammenzuschlagen, noch lange keine Rechte ableiten durfte. Wenn die Menschheit die Kriegsmaschinerie der Kzinti vernichtet hatte, dann aus dem Willen zu überleben, nicht aber aus Rechtsempfinden. Fry war als Erwachsener in den Krieg gezogen und sich dieser Tatsache bereits bewußt gewesen. Die jüngeren Frauen und Männer hatten hingegen nur gesehen, daß der Krieg durch Gewalt und nicht durch Philosophie gewonnen worden war. Einen Überblick über die Geschichte besaßen sie nicht. Die Gewalt erschien ihnen als vorherrschender Lösungsweg für die meisten Konflikte; sie waren in die Gewalt hineingeboren worden.

Wie leitet man seine Weisheit an seine Kinder weiter? (Erwachsenen Männern wie Fry, 66, erschienen junge Männer wie Clandeboye, 47, als Kinder.)

Seine eigenen Eltern, erinnerte er sich, waren entsetzt

gewesen, als er die Goldhäute verließ, um dem Militär beizutreten. Sie hatten versucht, ihm beizubringen, daß man auch auf gewaltlosem Wege mit den Kzinti fertig werden könne. Sie hatten ihn beschworen, sich mit der Geschichte der Menschheit zu befassen, um zu begreifen, wohin Gewalt führe. Fry hatte sie ignoriert. Nun hatte er selber Weisheiten zu vermitteln – daß Gewalt durch Erbarmen ausgeglichen werden mußte. Nur besaß er keine Kinder mehr, die ihm zuhörten: Seine Kinder waren im Krieg umgekommen. Fry blieb nur noch sein Kader untergebener Offiziere.

Und er würde nicht zulassen, daß Clandeboye von seinem Temperament disqualifiziert wurde. Die Schwächen eines Menschen konnten zum Vorteil genutzt werden. Eine Schwäche war keine Medusa – wenn ein Mann seiner Schwäche ins Gesicht blicken konnte, so erstarkte er; wenn er seine Fehler nur indirekt durch einen Spiegel betrachtete, dann mußte er mit der Zeit verknöchern. Fry war sich in seiner Rolle als Zuchtmeister sicher genug, um zu glauben, er könnte die Söhne von Zeus und Danae lehren, ihren Medusen unmittelbar und ohne Spiegel gegenüberzutreten.

Die schwere Schottür schwang gerade weit genug nach innen, daß der Sergeant den Kopf hindurchstecken konnte. »Wir haben einen Weg an der Küche vorbei gefunden. Ich habe aufgepaßt, daß Ihr Junge nicht verloren geht.«

In Person entpuppte Major Yankee Clandeboye sich als zerknitterter Flatlander, der wie alle Flatlander eigenartig unbalanciert versuchte, in der Schwerelosigkeit zackig zu salutieren. Er wirkte leicht unbeholfen und verlegen; über das Charisma eines Befehlshabers verfügte er nicht. Dafür besaß er zuviel Haar; es bedeckte sogar seine Ohren. Aber das sollte keine Rolle spielen –

Flatlander beurteilte man eben nicht nach ihrer Größe, ihrer Hautfarbe, Anmut oder Körperhygiene. Die Vorzüge von Flatlandern lagen woanders.

»Sie werden sich gefragt haben, weshalb ich Sie von Egeria hierherkommen ließ. Überzeugen Sie mich davon, daß Sie der richtige Mann für den Auftrag sind, und ich sorge dafür, daß man Sie augenblicklich hierher versetzt. Wir sind hier beim Nachrichtendienst; ich nehme an, das wußten Sie bereits.«

»Sir, ich fühle mich sehr wohl bei der Schulung«, erwiderte Yankee gedehnt und mit rätselhaftem Grinsen.

Fry taxierte seinen Rekruten. Dieser Yankee war also ein Mann, der an seiner Suppe schnüffelte, bevor er den Löffel eintauchte. »Sie verhandeln also gern? Warum um Finagles willen wollen Sie in der Schulung denn glücklich sein?«

»Ich kann mir keine wichtigere Aufgabe denken, als Elitekämpfer auszubilden. Mit allem schuldigen Respekt gegenüber der ARM, Sir, aber ich glaube, wir haben uns im Krieg sehr schlampig aufgeführt. Den Sieg haben wir unserem sehr großen Glück zu verdanken und nicht reellen Fähigkeiten. Chuut-Riit wurde ermordet – Bufords Schuß mit verbundenen Augen ins Blaue. Die Outsider waren gerade rechtzeitig zur Stelle, um uns den kriegsentscheidenden Hyperantrieb zu verkaufen. Durch Zufall erweckten wir gerade rechtzeitig einen Slaver aus seinem jahrmilliardenlangen Schlaf, der die Kzinti vor unserer Offensive desorganisierte. Das war verdammt viel Glück.«

»Im Krieg ist das Glück mit dem Tüchtigen, wenn er seine Gelegenheiten zu nutzen versteht!«

»Da stimme ich Ihnen zu. Aber seit der Schlacht von Wunderland ging es dreizehn Jahre lang nur schleppend vorwärts. Unser Glück war aufgebraucht, unsere Führung mittelmäßig, bitte um Verzeihung, Sir.«

»Haben Sie Chumeyers *Taktik des Interstellaren Kriegs* gelesen?«

»Chumeyer war selbstverständlich ein Genie! Er hat Nachschub- und Kommunikationswege des Patriarchats brillant vernichtet. Mittlerweile ist sein Buch jedoch obsolet. Es handelt vom letzten Krieg! Chumeyer verfügte über hyperangetriebene Schiffe und die Überraschung gegen behäbige kzintische Transportschiffe, die noch gar nichts über die Schlacht von Wunderland wußten! Chumeyer hat für uns den Krieg gewonnen, das ist richtig, aber seine Siege hat er im interstellaren Raum errungen. Was ist mit den Angriffen auf kzintische Festungen? Man muß bis zum Weltkriegsjahr von 1916 zurückgehen, um Parallelen für solchen Unsinn zu finden. Viele Helden; überwältigende Verlustzahlen; schlecht ausgebildete Befehlshaber. Im nächsten Krieg dürfen wir uns nicht wieder auf unser Glück verlassen. Wir brauchen eine bessere Disziplin, eine viel bessere Disziplin. Wir brauchen eine radikal neue Strategie und sorgfältige Planung. Mit der Ausbildung, die wir heute leisten, formen wir die Navy, die wir viel früher brauchen werden als irgendeiner der alten Kämpen für möglich hält.«

»Solche Worte von einem Mann, der Schlägereien anfängt, die er nicht gewinnen kann?«

»Ich habe den Kampf nicht begonnen, Sir. Ich habe nur meine Stimme erhoben.«

Fry grinste breit. Er wußte, wie man einen Mann traf, ohne auch nur einen Finger zu heben. »Und selbstverständlich sind Sie als erster geschlagen worden?«

»Jawohl, Sir.«

»Wie ich höre, sind Sie ein guter Schulungsoffizier.«

»Das glaube ich, Sir.«

»Ich hätte eine bessere Aufgabe für Sie.«

»Es gibt keine bessere Aufgabe, Sir.«

»Was soll das heißen? Wollen Sie sich weigern, Befehle von mir entgegenzunehmen?«

Yankee wußte sehr gut, daß der General sich auf Meuterei bezog. Das war ein schwieriger Punkt, und er zögerte – setzte zu einer Antwort an, zu deren Beendigung ihm die Worte fehlten. Also begann er erneut. Er wollte verdammt sein, wenn er diesem Belter den Hintern küßte. »Jawohl, Sir. Ich tue, was für die Navy am besten ist.«

Fry räusperte sich laut und vernehmlich. »Nun, wenn das so ist, muß ich Ihnen eben in die Eier treten, um Sie zu überzeugen. In einer Schlägerei gibt es keine Regeln, richtig? Sind Sie bereit? Also, Fäuste hoch. Würden Sie gern Ihre Cousine retten?«

Clandeboye mußte Frys letzten Satz leise wiederholen. Er war vollkommen verblüfft und schwieg. »Nora?« brachte er schließlich hervor, und selbst nachdem er ihren Namen ausgesprochen hatte, glaubte er es noch immer nicht und suchte in seiner Erinnerung nach anderen Cousinen, die er vielleicht vergessen hatte.

»Wir haben Informationen, die darauf hindeuten, daß Lieutenant Argamentine in Gefangenschaft geraten sein könnte.«

»Lebt sie noch?«

»Das wissen wir nicht. Sie fiel gemeinsam mit ihrem Hyperaufklärer in kzintische Hände. Wir würden gerne wissen, was daraus geworden ist.«

»Wo ist der Aufklärer?«

»Das wissen wir auch nicht. Ihr Auftrag könnte einigen Aufenthalt innerhalb des Patriarchats einschließen.«

»Ich glaube kaum, daß irgend jemand in der Navy mir soweit traut, daß er mich ins Patriarchat schickt.«

Lucas Fry lächelte geheimnisvoll, während er sich mit

der Hand über den weißen Haarstreifen fuhr, der seinen an den Seiten kahlrasierten Schädel krönte. »Die Männer, die Sie zurückgeführt haben, vertrauen Ihnen.«

Dieses Gespräch raubte Yankee noch den letzten Nerv! »Aber vertrauen *Sie* mir denn, Sir?«

»Natürlich nicht! Ich interessiere mich für den Ausdruck auf den Gesichtern Ihrer Feinde, wenn Sie mit dem Beweis zurückkommen, daß die Kzinti eine Armada hyperangetriebener Dreadnaughts bauen.«

Clandeboye holte tief Luft. »Wir wissen nicht, was Noras Schiff zugestoßen ist, Sir?«

»Aber wir müssen es herausfinden, oder nicht?«

»Jawohl, Sir.« Yankee war zu beklommen, um mehr zu erwidern.

»Also sagen Sie ›Ja‹, oder was? Sie brechen heute auf.« Außerordentlich selbstzufrieden holte General Fry die Miniatur von Nora Argamentine hervor. »Und wenn möglich wollen wir sie ebenfalls finden. Wenn unsere Heldin lebt, können wir sie nicht länger in der Provinz leben lassen, wo sie nichts als Rattenkater zur Gesellschaft hat. Das wäre eines Gentlemans unwürdig. Soldaten kümmern sich umeinander.«

KAPITEL 5

(2436 n.Chr.)

Obwohl Yankee Clandeboye nun bei einem anderen Stern stationiert und der Krieg seit drei Jahren vorbei war, durchfluteten ihn wellenartig nostalgische Gefühle. Er hatte schon immer zu jenem Typ Flatlander gehört, der bei jedem neuen Anblick vor Staunen Augen und Nase aufriß. Damals war es der strahlend-weiße, zwergenhafte Begleiter Procyons am Himmel von We Made It gewesen, nun die Sicht durch die Fenster von Tiamat auf Alpha Centauri B, der neben Alpha Centauri A stand. Nur ein Flatlander, den Megajahr-Bande an die Erde fesselten, empfand als Tourist in einem Doppelsternsystem Ehrfurcht.

Das Wundervolk, das während des Krieges unter dem Joch der kzintischen Sklaverei gelitten hatte, behandelte ihn anders als damals die Crashlander – die Wunderländer betrachteten ihre zurückliegende Versklavung als eine Art Martyrium, das ihnen die Meinung gestattete, den Krieg auf eigene Faust gewonnen zu haben. Fast nahmen sie der UNSN ihre Anwesenheit übel. Yankee spürte es daran, wie sie seine Nachfragen um Informationen behandelten. Die Distanz von Interworld-Commissioner Markham war nur ein typisches Beispiel.

Yankees Nachrichtendienstteam der UNSN bestand ausnahmslos aus Beltern, und sie hatten im Schlangenschwarm von Alpha Centauri A ihr Basislager, auf dem Asteroiden Tiamat, wo die Leute sich sehr wohl fühlten, denn er war von Kolonisten aus dem Sol-Belt mit Tunneln durchlöchert und gezähmt worden. Yankee hatte sich einen Abstecher zum erdähnlichen Planeten Wunderland versprochen, doch zunächst gab es viel Arbeit zu erledigen. Die Wracks kzintischer Kriegsschiffe mußten durchkämmt und die Schlußfolgerungen mit den Ergebnissen anderer Teams verglichen werden. Yankees Augenmerk war indes auf etwas ganz anderes gerichtet.

An seinem zehnten Tag auf Tiamat, als ihn verärgerte Frustration überkommen hatte, begegnete Yankee einem alten Freund, einem Crashlander, aus der Zeit des Jungfrau-Einsatzes. Man sah auf den ersten Blick, daß der Mann Crashlander war: ein zwei Meter zehn großer Albino, der sich in fast jedem Durchgang bücken mußte, um hindurchzugelangen, so schlank, daß seine Gliedmaßen geradezu skelettiert wirkten.

»Brobding!« Hundertprozentig sicher war Yankee sich nicht, ob es sich wirklich um seinen alten Freund Brobding Shaeffer handelte – er konnte den einen Crashlander nicht vom anderen unterscheiden, und als die blassen Augen ihn verwundert anstarrten, glaubte er vollends, sich geirrt zu haben, bis sich die Lippen seines Gegenübers plötzlich zu einem breiten Lächeln verzogen, das die gewaltige Nase wackeln ließ.

»Yankee! Ich hab' dich gar nicht erkannt – für mich sehen alle Flatlander gleich aus! Ich dachte, du liegst in Eisen und faulst vor dich hin!«

»Man hat nicht gewußt, wie man mir meine Sünden anhängen soll!«

»Läßt Finagle dich wieder einem Phantom hinterherjagen?« Der Virgo-Einsatz war damals auf den Flottenwerften von We Made It im Procyon-System gestartet. Yankee erinnerte sich gern an die subplanetaren Labyrinthe von Crashlanding City. Die albinotischen Mechaniker und die gertenschlanken, hochgewachsenen Frauen, die gern einen echten Flatlander berührten, hatte er ins Herz geschlossen. In den Zeiten des Krieges, die so lange noch gar nicht zurücklagen, hatten sich die Crashlander sehr gut um die Soldaten gekümmert, von denen sie beschützt wurden. »Wohin soll's denn diesmal gehen?«

»Du würdest es eine aussichtslose Suche nennen; ich hoffe, wir müssen diesmal nicht ganz so weit wie auf die andere Seite der Jungfrau.«

»Dann gefällt dir also die Gastfreundschaft der Wunderländer?«

»Nicht wirklich«, murrte Yankee wehmütig. »Die sind alle so fest davon überzeugt, den Krieg aus eigener Kraft gewonnen zu haben – die Rolle, die Sol und We Made It bei ihrer Befreiung gespielt haben, will ihnen wohl überhaupt nicht ins Konzept passen.«

»Aber sie machen guten Vurguuz.«

»Hab' ich noch nicht probiert. Es heißt, das Zeug wäre wie eine Handgranate mit Zuckerguß.«

»Ich kenne ein gutes Lokal mit authentischen Junker-Antiquitäten an den Wänden. Dort wird die gute alte Zeit vor der Invasion glorifiziert, als Junker noch Junker waren und das Volk noch – ehrerbietig.«

Kurze Zeit später saßen sie schließlich in einem der »Bierkeller« Tiamats, wo sie Vurguuz schlürften und die Vergangenheit wiederaufleben ließen. Die Crashlander hatten den Krieg aus einer Situation heraus geführt, die sich von der der Wunderländer völlig unterschied. Die Kzinti hatten nicht gewußt, daß der Trabant des abgelegenen Doppelsterns Procyon besiedelt war, und die Kolonisten hatten nicht gewußt, daß ihre neue Heimat We Made It innerhalb der kzintischen Grenzen lag. Als der kleinen Kolonie dreihundert Jahre nach ihrer Gründung dämmerte, daß sie sich in einem interstellaren Krieg hinter den feindlichen Linien befanden, wußte sie Waffenbrüder wie Major Yankee Clandeboye sehr zu schätzen. Die Kameradschaft bestand auch über das Ende des Krieges hinaus fort.

Schließlich wandte sich das Gespräch – das mittlerweile recht redselig geführt wurde – den Kzinti zu.

Das Patriarchat hatte Procyon einst erkundet, erklärte Yankee verschwörerisch Brobding (das wußte er aus seinen neuen nachrichtendienstlichen Quellen). Die Sonden kehrten mit einem negativen Bericht über einen scheußlichen F5-Stern zurück, der sechzehnmal so hell war wie Kzinsonne, fast ein Unterriese, mit nur einem Planeten in brauchbarer Entfernung, dessen Rotationsachse jedoch in der Ebene der Umlaufbahn lag, was zu inakzeptablen Jahreszeiten führte: Der Planet sei unbewohnbar.

»Also haben die Kzinti bessere Sonden gebaut als wir«, entgegnete der Crashlander trocken. »Wann war das?«

»Schon vor langer Zeit, ungefähr als wir Menschen den Sinn und Nutzen unserer frühen interplanetaren Erkundungen in Frage stellten. Ich habe einige der alten Texte gelesen.« Er schlürfte etwas Vurguuz aus seinem Kelch, der aus geblasenem grünen Glas bestand. »Die Weisen jener Zeit vertraten die Ansicht, eine interstellare Zivilisation müsse wohlwollend und aufgeklärt sein.« Er grinste. »Manchmal waren die Weisen arrogant wie die Äffchen. Sie glaubten, daß der Mensch entweder allein im Kosmos oder hinter der Barriere der Lichtgeschwindigkeit sicher sei. Du solltest mal ihre Beweisführung lesen, daß wir allein im Universum sind. Sämtliche Beweise beruhen anscheinend auf der statistischen Analyse eines einzigen Meßwertes.«

Beide lachten sie ausgiebig auf Kosten ihrer Urahnen.

»Zum Glück für euch haben die Grenzkzinti das Interesse an Procyon verloren – oder euer Kolonistenschiff wäre direkt in einen kzintischen Vorposten gefahren, dessen Besatzung nur auf nackte Sklaven gewartet hat, die ihnen das Fell striegeln.«

»Glück für euch, meinst du«, widersprach Brobding und versuchte, seine Beine komplett unter dem Tisch unterzubringen. »Was, wenn die Outsider angekommen wären und ihren Hyperantrieb an die *Katzen* verkauft hätten!«

Die Crashlander hatten in der Tat das große Los gezogen. Als die kzintischen Konquistadoren das vierte menschliche Kolonistenschiff mit Kurs auf We Made It angriffen, war ihre erkundende Kriegsflotte bereits an Procyon vorbei. Den Doppelstern Alpha Centauri hatten sie nie sondiert – ein Doppelstern galt als unfähig, lebenstragende Planeten zu erhalten. Es gab so viele Sterne – und eine Unterlichtkultur breitet sich langsam aus. Nur durch einen Zufall fanden die Kzinti das mit Rohstoffen und Sklaven so üppig bedachte Alpha-Centauri-System. Für beide Seiten war es ein Schock gewesen.

In recht angeheitertem Zustand drehte Yankee den Stiel seines Kelches und beobachtete, wie das Licht in den Luftblasen der Flüssigkeit spielte. »Du hast mir noch gar nicht gesagt, weshalb du hier bist. Ich dachte, du wärst als Schürzenjäger in den Labyrinthen von Crashlanding City ganz glücklich? Hier kannst du nicht einmal eine Frau küssen! Du bräuchtest schon zwei davon, und eine müßte sich auf die Schultern der anderen stellen.«

»Dann muß ich mich wohl mit einer Kzinrret begnügen – wenn die so freundlich wäre, sich zu mir hinunterzubeugen! Na ja, so weit von der Wahrheit entfernt ist das gar nicht. Ich bin hier, um die kzintischen Gravitationsmaschinen zu entschlüsseln.« Brobding Shaeffer war Hypershunt-Ingenieur. Er besaß keine formelle Ausbildung; die Hyperraumtechnologie war so überraschend nach We Made It gekommen, daß so gut wie jedem ein rascher Aufstieg in Stefan Broziks Organisation bevorstand, wenn er ein gewisses Verständnis der eigenartigen Maschinerie unter Beweis stellte. Es gab noch keine Diplome für Hyperraumtechnik.

»Warum versucht ein Hyperraum-Analphabet wie du, die Gravitationstechnik zu verstehen? Dafür bist du doch überhaupt nicht ausgebildet!«

Brobding lachte auf. »Vielleicht hat mich Brozik deswegen hierhergeschickt. Gravtechnik der Kzinti ist ganz schön haarig. Wenn man sich zu lange mit orthodoxer Physik befaßt, gerät man, was das Denken und die Flexibilität angeht, in eine Sanddüne, aus der meine geschätzten Kollegen sich offenbar nicht befreien können. Ich bin der Wind, der die Düne wegbläst, bis das blanke Felsbett zutage tritt.«

»Aha. Des Teufels Blasebalg.« Die Crashlander hatten Dutzende Namen für die unterschiedlichen Winde.

»Jawoll.«

»Also steckst du deinen Schraubendreher in die diversen Gravitationsaggregate, die von den Kzinti zurückgelassen worden sind? Wenn du etwas herausbekommst, dann sag mir Bescheid. Ich bin zu einer Art Militärhistoriker geworden. Ich stochere in der Glutasche des Krieges und versuche herauszufinden, weshalb wir so viele Schlachten verloren haben, obwohl wir die kriegsentscheidende Waffe besaßen. Anscheinend läuft alles darauf hinaus, daß ihre gravitationsbetriebenen Schiffe innerhalb der Hyperraum-Singularität operieren können und sie sich diesen Vorteil damals auch zunutze machen konnten.«

»Das glaubt Brozik auch. Er baut Prototypen von Hyperschiffen, die mit gekaperten kzintischen Gravitationsantrieben ausgerüstet sind.«

»Davon hätte ich eins brauchen können! Ob du jetzt einen Hypershunt hast oder nicht, versuch mal, vor einer Ratcat zu fliehen, die mit sechzig Ge auf dich zuhält! Da verlierst du vor Angst den Verstand!« Yankee hatte gegen Kzintikrieger Weltraumgefechte auf Abstände von einer Lichtminute geführt, und näher wollte er sie nicht an sich herankommen lassen. »Ich höre, der kzintische Antrieb ist ein echter Murphy, wenn es ums Nachbauen geht.«

»Das Problem ist die Energieeindämmung.«

»Hier in Centauri erfährst du darüber nicht viel«, sinnierte Yankee. »Während des Krieges ging die Physik Wunderlands zum Teufel. Das Scholarium wurde dezimiert. Erst kamen die Kzinti, dann die ARM. Beim Angriff auf Down hat Wunderland fünf Top-Physiker verloren.«

»Brozik meinte, ich soll mit den Experten sprechen. Ich habe mir überlegt, ich könnte doch mit ein paar ansässigen Kzinti ein Schwätzchen halten. Es müssen doch auch ein paar Gravitiationstechniker zurückgeblieben sein.«

»Du bist mutiger als ich.« Für Yankee wäre es undenkbar gewesen, einem Kzin von Angesicht zu Schnurrhaar gegenüberzutreten.

Nun grinste der Crashlander; es sah aus, als wollte seine lange Nase die Lippen berühren. »Wenn du Lust auf einen Zug durch die Gemeinde hast, könnten wir nach Tigerstadt gehen.«

Der Held der Schlacht von 59 Virginis erbleichte. Die Tigerstadt von Tiamat war Gebiet der Kzinti und unterstand nur nominell dem menschlichen Gesetz. Selbst die Polizisten darin waren Kzinti. Das war kein Ort, wohin sich die Harmlosen begeben sollten.

Eigentlich hätte es überhaupt keine Kzinti mehr im Alpha-Centauri-System geben dürfen; schließlich ergaben sich Kzinti nicht. Aber der Krieg vermag über die Regeln nur zu lachen, die Helden sich auferlegen. Überlebende gibt es immer. Eine Kultur, die auf unbeugsamen Tapferkeitsregeln beruht, besitzt ihren Anteil an Kriegern, die Schande über sich gebracht haben, und auch ihren Anteil an Versagern und Exzentrikern. Kzinti wurden verwundet – und erwachten in menschlichen Krankenhäusern. Junge Kzinti, die das Alpha-Centauri-System als ihre Heimat betrachteten, hatten die Familien ihrer heldenhaften, aber gefallenen Patriarchen übernommen. Vor lauter Demütigungen geistig zerrüttete Kdaptisten nutzten Alpha Centauri als sichere Zuflucht und formulierten eine neue Religion. Mehr als genug Kzinti wußten genau, daß sie es nicht wagen konnten, nach Hause zurückzukehren, ganz gleich, wie schwer das Leben unter menschlicher Dominanz war.

Viele von ihnen besaßen überhaupt keine Heimat mehr. Viele hatten ihren Platz auf Wunderland gefunden – wurden von einer Fertigkeit, einem menschlichen Freund oder der Hoffnung auf Wiedereroberung am Leben erhalten. Nach ihrer Entlassung aus den Kriegsgefangenenlagern hatten sich die meisten in einen Teil Tiamats begeben, der während ihrer dreiundfünfzigjährigen Herrschaft über den Schlangenschwarm an kzintische Bedürfnisse angepaßt worden war: Tigerstadt.

»Komm mit«, forderte Brobding ihn auf, »ich weiß, wohin wir müssen.«

Yankee war immer gern mit seinem albinotischen Freund auf Zechtour gegangen. Nun wollten sie jedoch nicht die subplanetaren Labyrinthe von Crashlanding City durchstreifen, wo hinter jeder Biegung, jeder Windung geheime Vergnügen winkten, von denen nur die Einheimischen wußten. Yankee zögerte. Er fürchtete sich vor den Kzinti. Er wollte auf seinem Stuhl sitzenbleiben.

Er hatte das Team geleitet, das den Waldo-Kzin gebaut hatte, und er kannte genau die Körperkraft der Kzinti, ihr Temperament, ihre Geschwindigkeit im Kampf. Er hatte den simulierten Kzin ferngesteuert gegen zwei Menschen kämpfen lassen und hätte sie fast getötet, obwohl er die ganze Zeit die Kraft, über die er gebot, auf das Minimum beschränkte.

Brobding blickte Yankee forschend an und wartete. Ein winziges Lächeln spielte über sein Gesicht. »Wenn du einen grinsen siehst, solltest du dich einfach sehr schnell entschuldigen.«

Yankee erhob sich und schloß sich dem Crashlander an. Sie beide gingen mutterseelenallein nach Tigerstadt. *Warum mache ich das eigentlich?* fragte er sich – aber er konnte nicht anders.

KAPITEL 6

(2436 n.Chr.)

Zu dieser stillen Stunde war der Trophäenraum beinahe verlassen. Der einsame Kzin schnappte sich einen Vatach aus dem Imbißkäfig, biß dem Tier den Kopf ab, quetschte das warme Blut in einen Becher und fügte einen Spritzer gewürzter Hirnsoße hinzu. Ein einfacher Becher aus Stahl – die Zeiten, in denen der Kzin aus prunkvollen goldenen Kelchen getrunken hatte, waren vorbei. Er schlug mit dem Schwanz, dann setzte er sich unter den Grumpferkopf, der ebenfalls an die alten Zeiten gemahnte, als die gewaltigen Landgüter Wunderlands noch von Kzinti beherrscht wurden und das sechsbeinige Ungetüm so manchem Helden eine herausfordernde Jagd verschaffte. Der Trophäe wurde regelmäßig ein Öl ins Fell massiert, das sie riechen ließ, als sei sie noch am Leben.

Schon seit einer halben Ewigkeit bemühte sich Hwass-Hwasschoaw um eine Repatriierung – vorzugsweise nach Kzin. Seine Gedanken kreisten um nichts anderes. Dieses Asteroidennagetierloch trieb ihn noch in den Wahnsinn; auch die Behinderung durch seine verheilte Wunde und der verbliebene Schmerz machten ihn verrückt. Es ist kein leichtes Los, nach einem verlorenen Krieg in einem fremden Land gestrandet zu sein. Seine Familie hatte stets für den Geheimdienst gearbeitet, für das Auge des Patriarchen; er hatte noch Nachrichten von seinem Großvater und seinem Vater, die dem Patriarchen zu übermitteln seine heilige Pflicht war. Außerdem hatte er eigene Meldungen abzugeben. Aber er war gestrandet. Zumindest nach W'kkai mußte er zurückkehren, wo das Netz seines Vaters noch Bestand hätte. Hwass trug die zusätzliche Last der Lehren Kdapts, eine Bürde, die er sich selbst auferlegt hatte, wichtige Lehren, die zwischen den Sternen verbreitet werden mußten, damit die Kzinti am Ende über diese von Gott auserwählte Art obsiegten. Wer außer Kdapt-Kapitän hatte schon die Niederlage von Wunderland begriffen und den Weg gesehen, dem die Kzinti fürderhin folgen mußten?

Die Grumpfertrophäe stellte nur einen armseligen Ersatz dar für den Wilden Affen Obensim Frankhausen, der dort oben hätte hängen und auf seine Meister herabstarren sollen. Bei einem kzintischen Vorstoß in den Schlangenschwarm war er gefaßt worden. Die Zeiten waren so erbärmlich!

Vor langer Zeit, als Tiamat von innen durch verrücktgewordene Menschensklaven belagert wurde, hatten die Clubmitglieder ihren ausgestopften Partisanenführer, Obensim Frankhausen eben, in Stücke gehackt und eilends via Ausscheidungsturbine entsorgt. Den Club selbst gab es nur noch, weil die Menschentiere einen Raum brauchten, in dem sie gefangene Kzinti unterbringen konnten, und die Clubräumlichkeiten hielten sie zu diesem Zweck für die nahe liegendste, geignetste Lösung. Nachdem die Zeiten wieder ruhiger geworden und die entlassenen Kzinti Ehrenvereinbarungen eingegangen waren, wurde der Club zur Keimzelle der späteren Tigerstadt.

Obensim Frankhausen konnte niemals ersetzt werden, doch hatte man mittlerweile einen exquisit präparierten, ausgestopften Kz'eerkt diskret neben einem Urinal plaziert, der nun dem gleichen Zweck diente wie zuvor die Menschentrophäe. Der grinsende Kz'eerkt war in einer Pose eingefroren, als säße er in freier Wildbahn auf dem Ast eines Obstbaumes und greife gerade nach einer saftigen Persimone. In jüngster Zeit nannte man den Kz'eerkt »Ulf Reichstein Markham«, allerdings nie in Gegenwart von Menschen.

Hwass war unentwegt mit kriecherischen Bittgesuchen an Markham herangetreten, während derer Hwass sich so sehr darauf konzentrieren mußte, das Zucken seiner Lippen zu unterdrücken, daß er manchmal überhaupt keinen klaren Gedanken mehr fassen konnte, und schließlich hatte Markham ihm eine Passage auf einem Geisterschiff der UNSN nach Kzin gewährt. Eine Hoffnung, die sich mittlerweile zerschlagen hatte: Markham hatte sich als verschlagen und hinterhältig erwiesen, hinterhältiger und frustrierender als jedes andere Äffchen, mit dem der elende Kzin jemals zu tun gehabt hatte, und auch nie zuvor hatte ihn ein Affe derart zur Weißglut getrieben. Am Ende der Verhandlung hatte Hwass eine Passage erlangt, indem er im Gegenzug einen Auftrag annahm.

Dieser Auftrag ergab nicht sonderlich viel Sinn – Hwass sollte eine Botschaft des Friedens und des guten Willens an den Patriarchen übermitteln –, aber er lag im Rahmen seiner Möglichkeiten. Der Vater der Wildheit würde zwar vor Erstaunen mit den Ohren wackeln, wenn er hörte, daß die Menschen dem Patriarchen Unterwerfung anboten und Tribut, um das Angebot zu bekräftigen. Bevor der Handel wieder zurückgenommen worden war, hatte Hwass gehofft, der Patriarch würde einen Scherz wie diesen mit Gleichmut hinnehmen und nicht den Boten dafür hinrichten lassen!

Friede von Markham – einem Mann, der sein ganzes Leben lang Kzinti verfolgt und abgeschlachtet hatte, der der erbärmliche Sklave eines Thrintuns gewesen war und der nun in verräterischster Weise verbreitete, er bewundere kzintische Disziplin! Nicht nur, daß die Äffchen logen, sie begriffen nicht einmal, wie durchsichtig ihre Lügen waren. Aus Loyalität zu seinem Patriarchen mußte Hwass sich dergleichen gefallen lassen. Solche Demütigung ertragen – und für nichts, wie sich nun plötzlich herausstellte!

Pflanzenfresser ohne Stolz und Würde waren diese Menschen – und trotzdem, Gott stand auf ihrer Seite.

Die Menschen folterten die Kzinti regelrecht durch ihr unaufrichtiges Wort, in einer Weise, die einem integren Kzin guter Herkunft völlig fremd war. Diese Menschen, sie logen, um Hoffnung anzufachen – dann fügten sie eine weitere Schicht der Unaufrichtigkeit hinzu, um diese Hoffnung wieder zum Erlöschen zu bringen. Solch niederträchtiges Täuschen, Necken und Lügen ging als regelloses, boshaftes Spiel in einem fort weiter. Äffchen unterstützten sich beim Foltern gegenseitig. Kaum war die Passage zur Repatriierung von Markham genehmigt, kam waren die Vorbereitungen getroffen und die demütigenden medizinischen Untersuchungen vorüber, da tauchte ein anderes Äffchen mit dem unaussprechlichen Namen Yankee Clandeboye auf und annullierte die Papiere.

Markham hatte sich dafür entschuldigt und auf »höhere Autorität« berufen. Offenbar verfügten die Befehlshaber der Äffchen über keinerlei Befehlsgewalt! Würde sich das Spiel bis ins Unendliche fortsetzen – zuerst ein Versprechen, dann ein verräterischer Widerruf? »Stierkampf«, so nannten die Äffchen dieses Spiel; der Bulle wurde mit Banderillas und Lanzen so lange gequält, bis er genügend geschwächt war, um von dem feigherzigen Matador abgeschlachtet zu werden – ein Spiel, wie es eigentlich nur Kz'eerkt genießen konnten, weil diese Tiere keinerlei Selbstachtung besaßen. Heute abend verlangte Gott nach besonderem Flehen; Gott mußte ein Masochist sein, daß er diese haarlosen Weichlinge so liebte.

Gegen Verzögerungen hatte Hwass nichts einzuwenden. Heldenreisen wurden stets durch Unannehmlichkeiten erschwert. Er gehörte einer Art an, die auf kurze Sicht sehr impulsiv handelte, auf lange Sicht hingegen sehr viel Geduld bewies. Die Qualen einer Herausforderung machten den Helden in seinen Entschlüssen nur fester. Vermochte er seine Pflicht nicht zu erfüllen, so vererbte er sie an seine Söhne. Und wenn die Offenbarungen des Kdapt auf verstopfte Nasen stießen, so würden Hwass' Söhne sie dennoch riechen können! Doch widersprach es schlichtweg Hwass' Natur, sich auseinandersetzen zu müssen mit der Falschheit, Lüge, Unfähigkeit und Widersprüchlichkeit von Äffchen, denen er in seiner Niederlage die Kehle dargeboten hatte. Diese Äffchen weckten den irrationalen Choleriker in Hwass. Wie sehr es ihm mißfiel, daß ausgerechnet diesen Kreaturen die Wahre Gestalt verliehen worden war!

Doch daran ließ sich nichts ändern. Auf diese Weise sprach Gott im Dominanzfall zu den Kzinti. Darauf konnte man nur im Dominiertenfall antworten. Die Wahrheit war und blieb die Wahrheit. Eine frühere Generation von Kzinti dürfte in ähnlichem Ausmaß schockiert gewesen sein, als sie feststellen mußte, daß Kzinheimat nicht das Zentrum des Universums war.

Markham zu töten, stellte keine Lösung dar. Markham war der Dominante, und Gottes Prüfung sah für Hwass vor, einen anderen Weg zu finden, um die verräterischen Intrigen dieses Menschen zu umgehen.

Club-Leiter sprach ihn an. »Hwass, geehrter Dominanter.«

Hwass-Hwasschoaw knurrte zum Zeichen, daß er ihn gehört habe. Er war alles andere als guter Stimmung.

»Die Menschen sind hier.«

»Hier? Wirf sie hinaus!«

»Herr.« Club-Leiter blieb unnachgiebig. Ganz offenkundig wollte er dem impulsiv erteilten Befehl nicht Folge leisten.

»Dann begrenze ihre Gegenwart auf einen Raum. Unten, im Lager. Wer ist es diesmal? Diese zerbrechliche rosa Bohnenstange, die uns das Wissen um die Gravitation stehlen will? Er benimmt sich wie ein Tigripard, der den Schafen nachstellt.« Hwass war im Schafzuchtgebiet von Wunderland aufgewachsen.

Club-Leiter sprach im möglichst respektvollen Fall. »Ohne Eurer Dominanz widersprechen zu wollen, aber sie haben nur um etwas zu trinken gebeten. Betrunken sind sie bereits.«

Hwass fuhr zu seinem Untergebenen herum. »Denke immer daran, daß sie mit jedem Atemhauch eine Lüge von sich geben! Das sind keine ehrenwerten Krieger wie du und ich! Sie verstehen nichts von der Gravitation und suchen ihre Kenntnisse zu erweitern, um damit noch mehr Kzinti ermorden zu können! In der Nähe von Sternenmassen funktionieren ihre Geisterschiffe nicht, und nur dem Gravitationsantrieb haben unsere Kriegsschiffe die Überlegenheit zu verdanken, mit der wir die Äffchen in die Schranken weisen! Den Äffchen gehört nur der Weltraum zwischen den Sternen! Die stellaren Reiche dominieren immer noch wir. Ich habe mit diesem Menschen bereits gesprochen.«

»Sie sind zu zweit. Einer ist das magere Äffchen, das Ihr kennt. Der andere ist ein Major Yankee Clandeboye.« Club-Leiter hatte enorme Schwierigkeiten, den Namen auszusprechen, der sich nicht angemessen in das Fauchen und zischende Knurren der Heldensprache übertragen lassen wollte.

»Der?« Das Spiel lag nun offen vor Hwass. Um seine Passage zu erhalten, mußte er nicht nur die Friedensbotschaft nach Kzinheimat übermitteln, die ihn (wahrscheinlich) nichts kosten würde, sondern zusätzlich als Jagdführer im Hügelland der Schwerkraftbeherrschung dienen, und das mochte einen sehr hohen Preis zollen. Was konnten die Äffchen sonst noch von ihm verlangen – sein Fell, um sich einen Teppich daraus zu machen? »Bring sie herein«, befahl er widerstrebend.

»Was soll ich ihnen zu trinken anbieten?«

»Bananenbrei mit Orangensaft!« Club-Leiters membranöse Ohren gingen in Schockhaltung, als er diese Antwort hörte. Hwass rief sich ins Gedächtnis, daß sein Untergebener keinen Funken Humor besaß. »Sie bekommen Kahlua mit Sahne. Berechne ihnen den dreifachen Preis.« Und dreimal schlug er mit dem unbehaarten Schwanz.

Als Club-Meister sich durch den Fallweg zurückzog, musterte Hwass den großen Raum eingehend, um herauszufinden, ob er sich in präsentablem Zustand befand. Viele kzintische Zechgelage fanden hier statt, deshalb herrschte oft Unordnung im Raum, in letzter Zeit war es ruhig gewesen, und nur wenige Zelebranten gingen in diesen Tagen ihrer Beschäftigung nach. Hwass würde die Primaten in gebührender Form empfangen können. Die Familie Hwasschoaw kultivierte noch die eleganteren Umgangsformen der inneren Welten; sie waren ein wenig abgenutzt, erfüllten jedoch weiterhin ihren Zweck.

Hwass beugte sich am Eingang nieder, um den Raum aus der Zwergenperspektive zu begutachten, aus der ein Kz'eerkt ihn sehen mußte. Er strich die Teppiche aus Kudlotlinfell glatt, die sämtlich von Chuut-Riits Armada ins Alpha-Centauri-System gebracht worden waren und mittlerweile ein wenig abgeschabt wirkten: unersetzliche Kostbarkeiten. Auf Wunderland gab es keine pelzigen Kudlotlin zu jagen; für dieses Tier war es überall auf dieser Welt zu warm. Aber welche Rolle spielte das nun? Wichtiger war: Worauf sollten diese Winzlinge nur Platz nehmen? Kätzchen durften diesen Raum nicht betreten, der ausschließlich Helden vorbehalten war, und so gab es kein Mobiliar entsprechender Größe. Er wedelte mit den membranösen Ohren. Es konnte nicht schaden, wenn die Äffchen ein wenig albern aussahen, weil sie mit über dem Boden baumelnden Füßen dasitzen mußten.

Als sie schließlich erschienen, nachdem Club-Leiter sie so lange aufgehalten hatte, wie man einen Dominanten nur aufhalten konnte, zeigte sich die rosaäugige Bohnenstange genauso abscheuerregend schmeichlerisch wie immer. Der kleinere Mann verkündete seine Äffchenfurcht durch sämtliche Anzeichen und Gerüche, die Hwass in den vielen Jahren zu deuten gelernt hatte, in denen er über Menschensklaven geboten hatte. Wie der Held von 59 Virginis, der eine ganze Kzintiflotte besiegt hatte, sah er nicht aus. Dennoch nahmen die Chroniken genau das für ihn in Anspruch.

Hwass hatte über diesen Major sorgfältig Nachforschung angestellt, nachdem dessen Name auf dem Befehl aufgetaucht war, der Markhams Anweisungen widerrief. »Besiegt« war vermutlich eine der gewohnten, für Primaten typischen Übertreibungen. Die Menschen logen sogar noch in ihren Chroniken. Ihre ehrlosen Offiziere meldeten ihren Vorgesetzten stets, was diese zu hören wünschten. Tatsächlich bedeutete die Erwähnung in der Chronik vermutlich nicht mehr als daß Major Clandeboye ›entkommen‹ war.

»Und was isst, wass ich für Sie tun muß?« Hwass ärgerte sich maßlos darüber, daß er in seinem Ton keine

Ironie anklingen lassen konnte, doch andererseits erleichterte es ihn sehr, nicht in der Heldensprache reden zu müssen – denn der entwürdigende Rahmen dieses Gesprächs hätte ihn gezwungen, im Dominiertenfall zu sprechen. Den barbarischen Menschensprachen fehlten glücklicherweise alle Fall-Nuancen. »Isst Sie möglich mein Akzent zu verstehen?«

»Major Clandeboye hat ein Gerät in der Tasche, das ihm die Verzerrungen ausgleicht – und ich brauche so was nicht.« Der weißhaarige Mensch führte die Gruppe an den Tisch, als hätte er den Club mit eigener Hand errichtet, und nahm den Kahlua mit Sahne entgegen wie jemand, der einen Vollnamen besitzt. Sein Freund verhielt sich wie ein Diener; er folgte ihm auf dem Fuße und blickte auf Brobding, bevor er handelte. Unbehaglich fummelte er fortwährend an dem Gerät in seiner Tasche.

Hwass ließ sich einen Kahlua mit Sahne in einem größeren Becher reichen, der zu einem Kzin paßte. Er fühlte sich versucht, mit seiner Nase in den Bereich des Majors vorzustoßen, mit der Furcht zu spielen, die er dort roch, doch wäre derlei Verhalten seiner Sache nicht dienlich gewesen. Deshalb zügelte er sich mit bewundernswerter Selbstbeherrschung und ließ sich gegenüber den Menschen am Tisch nieder, anstatt sich neben den Major zu setzen. »Sie«, sagte er, »isst Menschenwesen ich mich interessiere weil Sie meine Rückkehr nach Kzin nicht genehmigen.«

Der Major blickte ihn erstaunt an. »Sie sind der heldenhafte Hwass-Hwasschoaw?« Stumm auffordernd sah er zu Brobding Shaeffer hoch, dann schaute er Hwass wieder in die Augen, erschauerte und senkte den Blick auf den feuchten Ring, den sein Kinderbecher auf der Tischplatte hinterlassen hatte. »Ich bitte Sie um Verzeihung, Ihre Passage nicht genehmigt zu haben.«

Das war nun schon die zweite erstaunliche Entschuldigung, die Hwass für diesen Akt menschlicher Untreue erhielt. Sie versprachen einem die Freiheit, dann schlugen sie einem den Kopf von den Schultern – und entschuldigten sich. Hwass starrte dieses unfaßbare Wesen an, das ohne die Gunst des Großen Gottes auch nicht einen Herzschlag hätte überleben können, eines Gottes, der in seiner Leber eine Trutzburg für schniefende, nach seinem Ebenbild erschaffene Kriecher errichtet zu haben schien. »Weiterreden.«

»Ich möchte Ihre Reise nach Kzin nicht unterbinden.«

Die Nasenflügel des Kzins bebten: die erste Lüge. Der nächste Satz würde die nächste Lüge enthalten. Der Krieger wartete.

Major Clandeboye hatte Schwierigkeiten mit der vereinfachten, aller idiomatischen Ausdrücke beraubten Grammatik, die man in Gesprächen mit Kzinti benutzen mußte. »Ich habe herausgefunden, daß Sie Informationen besitzen, die wir brauchen. Ich habe mich auf ein freundliches Gespräch gefreut.« Er schüttelte sich leicht.

»Ich isst kein Experte für Gravitation«, entgegnete Hwass knapp. »Ich Schiffe fliegen, nicht welche bauen.«

»Gravitation ist Shaeffers Problem, nicht meines. Sie waren mit Nachrichten betraut?«

»Alle Fleischfresser hören Nachrichten interessiert«, knurrte Hwass, der das Wort Nachrichten als Verbrämung von Geheimdienstarbeit falsch verstand.

»Entschuldigen Sie. Ich wollte sagen, Sie waren ein Fährtenkundiger.«

Woher wußte die UNSN davon? Mit der Zunge rollte sich der Kzin einen Schluck seines Getränks ins Maul. »Ja, ich isst bekannt alss aufmerksam. Isst Sie von mir erwarten ich verraten meinen Patriarch?«

»Nein. Wir haben schließlich Frieden. Es ist in unser

beider Interesse, diesen Frieden durch Beweise guten Willens zu festigen.«

Schon wieder Frieden und guter Wille! Hwass-Hwaschoaw begriff nicht ganz, was die Äffchen ihm sagen wollten. Die einzige Übersetzung für das Wort »Frieden«, die er hatte, war das Wort aus der Heldensprache, das für »Unterwerfung« stand. Die genauste Entsprechung für »Beweise guten Willens« lautete »Tribut«. Wohlbedacht antwortete er: »Welche Informationen Sie wollen als Tribut für meine Reise nach Kzin?«

»Ich verlange gar nichts von Ihnen. Ich will Ihnen nur einige Fragen stellen.«

Du lügst! dachte der Kzin entrüstet. Seine Lippen zuckten; er versuchte ein Grinsen zu unterdrücken.

Brobding stieß seinen Gefährten an. »Du bist unnötig höflich zu ihm.«

»Ich darf doch wohl höflich sein zu einem Kzin«, entgegnete Yankee; »besonders, wenn er so viel größer ist als ich.«

»Du sprichst im falschen Fall zu ihm. Interspeak kennt keine Fälle, soweit es einen Kzin betrifft, außer dem ›direkten Fall‹. Das erklär' ich dir später.« Was Brobding sagen, aber nicht vor einem Kzin aussprechen wollte, war, daß die Anstandsregeln erforderten, den Dominanz- und den Dominiertenfall zu benutzen. Weil die Menschen die Sieger waren, konnten allein sie Beleidigungen aussprechen, während Hwass, der Besiegte, sich auf kriecherische Höflichkeit zu beschränken hatte. Er sah Yankee an, daß dieser nun nicht mehr wußte, was er sagen sollte. »Mein Freund, du darfst nie vergessen, daß im direkten Fall jede höfliche Phrase einer Lüge gleichkommt.«

Yankee erbleichte, und Brobding Shaeffer wandte sich wie beiläufig ihrem Gastgeber zu, entschlossen, dem

Gespräch eine entspanntere Stimmung zu verleihen. »Mein Begleiter benutzte Ihnen gegenüber Redensarten, die Sie nicht verstehen konnten. Die Menschen sind so sehr an das Lügen gewöhnt, daß wir Standardlügen haben, die jeder versteht. Weil die wahre Bedeutung dieser Lügen allgemein bekannt ist, handelt es sich um keine Lüge mehr.« Nun besaß der Crashlander die volle Aufmerksamkeit des Kzins. »Lassen Sie mich Ihnen ein Beispiel nennen. Als mein Begleiter sagte, er verlange nichts von Ihnen, benutzte er nur eine Redewendung, um ihnen klarzumachen, daß er Sie so lange nicht nach Kzinheimat zurückkehren lassen wird, wie Sie seine Fragen nicht beantwortet haben.«

Als er diese klare Wahrheit hörte, beruhigte sich Hwass, und seine Krallen, die er verborgen gehalten hatte, ließen sich ohne Willensanstrengung wieder einziehen. »Sie isst mir schon versprochen Passage. Jetzt Sie Versprechen wegnehmen. Sie isst ohne Ehre!«

Der Crashlander sprach eine Phrase in der Heldensprache aus, die man grob übersetzen kann als: »Der Sieger hat die Freiheit umherzustreifen.« Dann fuhr er in Interspeak fort: »Ich glaube, das Versprechen gilt im Grunde noch immer. Die Fragen meines Begleiters zu beantworten schmeckt Ihnen vielleicht wie Blätter, aber in ihnen liegt kein Falsch. Stimmt es, was ich sage, Yankee?«

»Meine Fragen werden Sie nicht in ein Gefängnis der Widersprüchlichkeit sperren. Sie können von einem ehrenhaften Kzin beantwortet werden. Stimmt es etwa nicht, daß kein ehrenhafter Krieger seinen Kampfgefährten in der Schlacht im Stich läßt? Einige unserer Krieger sind ebenfalls dieser Ansicht. Ich wünsche Kenntnis über einen gefallenen Kameraden zu erlangen.«

»Ich isst nicht der Gott der jeden gefallenen Krieger kennt.«

»Aber zur Zeit der Schlacht von Wunderland gehörten Sie zum Dritten Schwarzen Rudel?«

»Ich isst.«

»Und das Dritte Schwarze Rudel hat Gefangene gemacht.«

»Wir nahmen Gefangene. Alle isst zerstört wenn Rudel isst zerstört. Ich weiß nicht Einzelheiten.«

»Aber es hat Überlebende gegeben. Sie zum Beispiel.«

»Ich nicht weiß Einzelheiten. Sie erinnern ich bei Höhepunkt der Schlacht bewußtloser Gefährte meiner mit Laser verbrannten Kameraden und isst sterben in kaputt Raumanzug. Ich nicht wieder isst Bewußtsein bis Wochen nach Ende der Schlacht.«

»Das Dritte Schwarze Rudel hat als erstes einen Gefangenen gemacht – lange bevor das Rudel seine Station verließ, um Traat-Admiral beizustehen.«

»Chronik isst zerstört.«

»Nicht komplett«, widersprach Yankee. »Wir sind immer noch dabei, Datenreste aus Ihren ausgebrannten Wracks zusammenzufügen. Die alten Kodes sind längst nicht mehr sicher. Ihre Sicherheitsoffiziere haben sehr gute Arbeit geleistet und alle heiklen Informationen ins Datennirwana geschickt, aber nicht alle Geister kommen in den Himmel. Ich bin an Ihrem ersten Gefangenen interessiert.«

»Ja, ich erinnern mich viel gut an sie.« Hwass' Gedanken überschlugen sich, während er langsam antwortete. Die Äffchen interessierten sich nicht für die Gefangene; aber sie war mit einem mehr oder weniger intakten Drei-Mann-Hyperschiff den Kzinti in die Pranken gefallen. Für das Schicksal dieses Schiffes interessierten sie sich!

Yankee unterbrach seinen Gedankengang. »Sie haben das Wort ›sie‹ benutzt. Kzinti neigen dazu, dieses Wort im falschen Zusammenhang zu benutzen. Sprechen Sie von einer weiblichen Gefangenen?«

»Ja. Diese Einzelheit erinnere ich sehr. Wir isst viel erstaunt Menschen versuchen Weibchen in Schlacht benutzen.«

»Wie war ihr Name?«

»Ich isst nicht erinnern solch Einzelheit.«

»Hieß sie Nora Argamentine?«

»Ich isst nicht weiß.«

»Was wurde aus ihr?«

Solange dieses Menschentier nur nach dem Weibchen fragte, war Hwass willens zu antworten. »Sie isst vernichtet in der Schlacht.« Und das Hyperschiff leider auch.

»Aber das haben Sie nicht persönlich gesehen?«

»Nein.«

»Was geschah mit ihr nach ihrer Gefangennahme?«

»Chuut-Riit isst Tierverhalten erforschen. Sie isst gegeben in Knechtschaft zu Tierausbilder der isst erforschen Verhalten.«

»An Bord eines Schiffes oder auf Wunderland?«

»An Bord eines Schiffess. Darum ich sagen sie isst vernichtet. Alle Kzintischiffe isst zerstört in der Schlacht. Niemand tut ergeben«, fügte er voller Stolz hinzu.

»Aber auch das haben Sie nicht persönlich gesehen?«

»Wie isst ich soll wissen dass? Ich isst schwer verwundet bevor Schlacht finden schreckliches Ende.«

»An Bord welches Schiffes befand sie sich? Wir kennen das Schicksal jedes einzelnen Ihrer Kriegsschiffe. Wir können herausfinden, was aus ihr geworden ist.«

»Unser Drittes Rudel isst großes Mutterschiff« ... groß genug, um das Hyperschiff im Wartungsschoß zu halten. »Ausbilder-der-Sklaven arbeiten dort. Ich isst nicht erinnern ihren Titel.«

»War es ein ...« Yankee zögerte. Er hatte das Wort ›Trockendock‹ im Sinn, aber in der Heldensprache gab es dafür keine passende Entsprechung. Nur seichte Seen trennten auf Kzin die Kontinente, und die Kzinti hatten offenbar die Raumfahrt entdeckt, bevor eine Seefahrertradition entstehen konnte. Achtzig Prozent ihrer Raumflottenbezeichnungen waren nicht kzintischen Seefahrtsausdrücken entnommen und folgten nicht den normalen grammatischen Regeln, was einen starken, rudimentären Beweis darstellte, daß die Kzinti ihre Raumfahrt einer Fremdintelligenz zu verdanken hatten. »Ein Schiff, um andere Schiffe zu reparieren?«

»Ja. Ein Mutterschiff.«

Yankee rief aus seinem Infocomp ein Wort ab und zeigte es Brobding. »Kannst du versuchen, das für mich auszusprechen?«

»*Nistende Reißzahnmutter*«, sagte der Crashlander mit seinem besten Knurr-Fauchen.

»War es das Schiff dieses Namens?«

»Ja.«

»Dieses Schiff ist niemals geborgen worden.« Yankee sprach diese Feststellung wie eine Frage aus.

»*Mutter* Kriegsschiff und in Kampfgebiet gerufen.«

»Dort ist sie niemals angekommen«, erklärte Yankee.

Hwass' Gedanken überschlugen sich. Etwas Neues! Also hatte Ausbilder-der-Sklaven weiterhin seinen kühnen Plan verfolgt, den Hyperaufklärer ins Patriarchat zu bringen! Nur war es ihm vermutlich nicht gelungen. Er stand gewiß unter Arrest und befand sich im Tiefschlaf. War es ihm trotzdem gelungen, so hatte er sich einen Vollnamen verdient. Konnte der Kommandant seine Befehle mißachtet und Ausbilder aufgeweckt haben? Wahrscheinlich war das nicht. Dieser alte Held hatte in seinem ganzen Leben keinen unabhängigen Gedanken gefaßt.

Ein Geheimnis. Und dieses Äffchen schnüffelte diesem

Geheimnis hinterher. Hwass' Interesse war geweckt. Befand sich wirklich ein Hyperraum-Shuntantrieb im Besitz des Patriarchen? Das würde alles ändern! Hwass empfand ein merkwürdiges Hochgefühl.

»Ich isst Sie helfen. Dann isst Sie mir helfen nach Kzin?«

»Abgemacht.«

KAPITEL 7

(2436 n.Chr.)

Die morgendliche Landschaft hätte sich überall und nirgends befinden können. Aus dem wogenden Nebel ragte ein dreifaches Kreuz empor. Tageszeit und Landschaft waren selbstverständlich beides Illusionen, erzeugt in der kleinen Kapelle in einem abgelegenen Winkel von Tigerstadt. Vor dem Kreuz schnurrte ein massiger Kzintikrieger seine Gebete. Er trug eine Maske aus Menschenhaut, die in heißem Dampf gedehnt worden war. Die Maske zeigte buschige Augenbrauen und Bart sowie eine finstere Miene; das menschliche Gesicht war viel zu groß, denn dahinter mußte sich die Schnauze eines Kzins verbergen können.

Die geschnurrten Worte, abgefaßt im Dominiertenfall, galten dem Unsichtbaren Großvater zur Linken, dem Vater in den Kulissen zur Rechten und dem Sohn in der Mitte; es waren genau die Worte, die die Lehren des Kdapt vorschrieben. Die Maske ehrte die Wahre Gestalt Gottes und stärkte Hwass-Hwasschoaw, während er sich für den Glücksfall bedankte, der sich an diesem Tag ereignet hatte. Er verpflichtete sich dem Ziel, den verlorengegangenen Hyperraum-Shuntantrieb wiederzufinden.

Eine interessante Herausforderung. Hwass hatte mehr Gewährsleute innerhalb der kzintischen Gemeinde als ein Mensch auch nur zu träumen wagen durfte. Clandeboye besaß Zugang zu überlichtschnellen Kommunikationslinien und Beförderungsmitteln sowie zu den Flottenchroniken der Menschentiere. Ohne die Hilfe des anderen vermochte weder Mensch noch Kzin zu obsiegen, doch gleichzeitig wagten sie es nicht, einander zu unterstützen. Dieses Dilemma war subtil genug, um selbst einen w'kkaiischen Rätselpriester zu faszinieren.

In den darauffolgenden Tagen durchstreifte Hwass ganz Tigerstadt auf der Suche nach einem überlebenden Besatzungsmitglied der *Nistenden Reißzahnmutter*, das zur Zeit ihrer letzten Schlacht an Bord gewesen war. Keine Spur zu finden. Also begann er, Geschichten über Ausbilder-der-Sklaven zu sammeln, der sich dadurch in Unehre gebracht hatte, daß er – vermutlich zu Recht – darauf bestand, das menschliche Aufklärungsschiff *Shark* unverzüglich zu den Flottenwerften des Planeten Kzin zu schaffen. Hwass war dem Sklavenmeister nie begegnet und wußte auch nur von ihm, weil es sich dabei offenbar um einen Favoriten Grreff-Hromfis gehandelt hatte, dem Dominanten von Chuut-Riits Drittem Schwarzen Rudel. Mittlerweile aber war Hwass auf den namenlosen Barbaren von Hssin sehr neugierig geworden.

Seine neuerlangte Geltung bei der Navy der Primaten nutzte er, um das Sperrgebiet um Aarku bei Alpha Centauri B besuchen zu dürfen. Auf Aarku war Ausbilder-der-Sklaven als Sklavenzüchter stationiert gewesen, bevor man ihm dem Dritten Rudel zuteilte. Ganz offensichtlich verstand er sich glänzend auf die Ausbildung der schwierigen Jotokisklaven. Doch war Aarku noch mehr gewesen als nur eine Sklavenfabrik. Der Asteroid wurde nach wie vor genutzt, um alle kzintischen Schiffe zu warten, die im Alpha-Centauri-System verkehrten. Die Techniker waren ausnahmslos Kzinti, und viele von ihnen hatten Ausbilder-der-Sklaven gekannt.

Die Oberfläche Aarkus war ein Schiffsfriedhof für Hunderte kzintischer Kampfschiffwracks. Sie boten eine großartige Gelegenheit, kzintische Waffen direkt mit ihren menschlichen Gegenstücken zu vergleichen. Hwass nahm sich dort die Zeit, eine gründliche Analyse der Niederlage auszuarbeiten, die er eines Tages dem Patriarchen vorzulegen gedachte. Wenn er diesen Bericht nicht persönlich übergeben konnte, so würde es einer seiner Söhne oder Enkel für ihn verrichten. Während Clandeboye Hwass benutzte, benutzte er seinerseits den Major.

Einen beträchtlichen Anteil seines Aufenthalts auf Aarku verwandte Hwass darauf, dort eine Kdaptisten-Zelle zu gründen. Die aus Kzinti bestehenden Bergungsmannschaften hatten in einem Schiffswrack ein mumifiziertes Menschentier gefunden. Hwass zeigte ihnen, wie man den Leichnam häutete und aus dem Leder Masken für die Kdaptisten-Zeremonien anfertigte. Aus den Knochen des Tieres wurden Altarschmuck und Kerzenhalter geschnitzt.

Die Erkundung auf Aarku verriet ihm, daß die meisten überlebenden Bekannten von Ausbilder-der-Sklaven nun auf Wunderland lebten. Das erschien ihm sehr günstig. Hwass erhielt erneut eine Reiseerlaubnis, die ihm den Aufenthalt im Sperrgebiet ermöglichte. Von Aarku begab er sich auf direktem Wege nach Wunderland. Nie zuvor hatte ein Kdaptist mehr Bewegungsfreiheit besessen, um die Lehre zu verbreiten.

Hwass' Nachforschungen in den Kzinti-Wohnblocks von München lieferten ihm viele neue Geschichten. In der Tierwelt hatte Ausbilder-der-Sklaven eine gewisse Reputation erlangt, weil er sich auf die Neurophysiologie des menschlichen Gehirns spezialisiert hatte. In ihrer rührseligen Art hatten die Primaten ein Waisenhaus, aus dem Ausbilder-der-Sklaven viele seiner Versuchsexemplare erhalten hatte, in ein Mahnmal zum Gedenken an die gefolterten Kinder umgewandelt. Jeder einzelne der vielen Hundert Namen war in eine Platte aus Eternium graviert worden. Im Museum wurden kzintische Dokumente ausgestellt, einige davon waren mit der kompakten Punkt-und-Komma-Handschrift von Ausbilder-der-Sklaven bedeckt. Erläuternde Skizzen von Gehirnoperationen, schlechte Gedichte aus der Hand Ausbilders, die Schädelklammern aus dem Testlabor, die Sägen und die Mikroventile, alles war sichtbar ausgelegt.

Die Sammler, die für dieses Mahnmal die Erinnerungsstücke zusammengetragen hatten, waren sehr gründlich vorgegangen. Doch bemerkte Hwass (der zynisch ein schwarzes Reueband angelegt hatte, um Einlaß zu erlangen) ein Exponat, von dem er sicher war, daß kein Menschentier seine Bedeutung erkannt hatte. Das Schild wies es als kleines dreidimensionales Puzzle aus, das Ausbilder-der-Sklaven benutzt habe, um sich bei langwierigen Experimenten die Wartezeit zu vertreiben. Nur handelte es sich nicht um etwas derart Triviales, sondern um ein hölzernes Puzzle der Rätselpriester, wie Hwass-Hwasschoaw leicht erkannte, denn sein Vater stammte von W'kkai. Für ein Auge des Patriarchen aber war das Puzzle mehr: nämlich ein geheimer Datenspeicher.

Hwass durchstreifte die Nebenstraßen Münchens, bis er in einem Laden, der Antiquitäten und Kuriositäten verkaufte, ein echtes Rätselpriester-Puzzle auftrieb. Er polierte es neu, bis es so glänzte wie sein Gegenstück im Museum, dann kehrte er dorthin zurück und tauschte die beiden gegeneinander aus. Die Schlösser auf den Vitrinen waren so primitiv, wie man es bei Menschen erwarten durfte. Aus den gravierten Markierungen verfolgte Hwass die Herkunft des Puzzles zu einem nunmehr beinlosen Kzin zurück, der es Ausbilder-der-Sklaven geschenkt hatte, als Respektgeschenk für ein gelöstes

Problem. Der verkrüppelte Krieger verdiente sich seinen Lebensunterhalt, indem er alte kzintische Elektrogeräte reparierte – davon waren noch Hunderttausende in Gebrauch. Den Datenspeicher auszulesen bereitete ihm keine Schwierigkeiten. Kodeschlüssel waren die Lösung des Puzzles. Die Datenbank erwies sich als enzyklopädisches Kompendium über die Neurochemie des menschlichen Nervensystems und war mit dem Leben zahlreicher Sklaven und Waisen erkauft worden. Höchst interessant erschien Hwass die Erwähnung eines gasförmigen Neurotoxins, das schon in kleinster Dosierung das menschliche Nervensystem komplett zum Stillstand brachte, während es auf Kzinti überhaupt keine Wirkung zeigte.

In seinem Schwebestuhl, der immer wieder Funktionsstörungen aufwies, erzählte Ausbilders Freund zahlreiche Geschichten über seinen schillernden Kameraden. So erfuhr Hwass, daß Ausbilder-der-Sklaven einen ausgezeichneten Ruf als Gravitationstechniker genoß und, obschon nicht als Ingenieur qualifiziert, erheblich mehr von Gravitationsmathematik verstand als seine Pflichten es erfordert hatten.

Die ausgedehnten Gespräche lieferten neues Fleisch für Hwass' Spekulationen. Ausbilder war Experte für Chemie und Gravitation gewesen – eine ungewöhnliche, vielseitige Kombination. Er hatte sich offenbar von Schwierigkeiten niemals einschüchtern lassen. Während viele Schiffskommandanten dem Mechanismus des Hyperantriebs ratlos gegenübergestanden hätten, wäre Ausbilder-der-Sklaven geneigt gewesen, wenigstens zu versuchen, einen widerspenstigen Hyperraum-Shuntantrieb wieder funktionstüchtig zu machen. Hatte er dabei Erfolg gehabt?

Besaß er den Mut dazu? Das war immer von großer

Bedeutung. Grreff-Hromfis jüngster Sohn hatte die Schlacht überlebt und berichtete, daß Ausbilder-der-Sklaven auch als Trainer für Grreff-Hromfis Nachwuchs gedient und mehrere von ihnen getötet habe, um den Rest zu disziplinieren. Hwass wußte, wie gefährlich es war, das Junge eines dominanten Vorgesetzten zu fordern und zu töten – wenn der Sohn nicht siegte, mochte der Vater durchaus geneigt sein, den Ausbilder selbst herauszufordern. Und kein Held hatte je einen Kampf gegen Grreff-Hromfi überlebt. Doch, Mut war vorhanden bei Ausbilder-der-Sklaven – und doch galt er als »Grasfresser«.

Konnte ein seltsamer Krieger wie Ausbilder-der-Sklaven den Kommandanten der *Nistenden Reißzahnmutter* zum Duell gefordert – und besiegt – haben? Sehr wahrscheinlich war dies zwar nicht, aber immerhin möglich. Hatte er unter der Mannschaft einen Verbündeten besessen, von dem er aus dem Tiefschlaf erweckt worden war? Zwei gegen eine komplette Besatzung? Lächerlich! Aber das Schiff war aus dem Alpha-Centauri-System geflohen. Nur wie? Alle Spekulation indes war nutzlos.

Dieser Ausbilder-der-Sklaven war ein hssinischer Barbar, den Chuut-Riit rekrutiert hatte, als die Armada auf dem letzten Sprung nach Wunderland das R'hshssira-System durchquerte. Falls er das Kommando über die *Nistende Reißzahnmutter* an sich gerissen hatte, *wohin* hätte er sie gebracht? Zum nahen Hssin. Er konnte die *Mutter* nicht zurückgelassen haben und an Bord der *Shark* weitergereist sein, denn das Aufklärungsschiff war bei der Kaperung schwer beschädigt worden. Die darauffolgende Untersuchung hatte ergeben, daß es überhaupt nur wegen einer Störung des Antriebsaggregats gekapert werden konnte. Eine Reparatur unter Weltraumbedingungen war unmöglich, sogar an Bord eines erstklassig ausgestatteten Reparaturschiffs wie der *Mutter.*

Hwass verfügte über genügend Zeit, um seine Vermutung über die Abfolge der Ereignisse unentwegt zu begutachten, zu überprüfen und wenn nötig zu korrigieren. Nach menschlicher Zeitrechnung war Hssin im Jahre 2422 erobert worden. Die *Mutter* konnte nicht vor 2423 dort eingetroffen sein, was nun dreizehn menschliche Jahre zurücklag. Ausbilder-der-Sklaven mußte gehofft haben, auf Hssin die nötigen Einrichtungen vorzufinden, um die *Mutter* für eine weitere interstellare Reise überholen und ausrüsten zu können. Die *Mutter* war kein Schiff, mit dem man von Stern zu Stern sprang. Konnte es sich je wieder aus den Ruinen von Hssin erhoben haben? Sehr wahrscheinlich war das nicht. Befand es sich noch dort?

Welch schwierige Entscheidung. Hwass roch einfach keine Möglichkeit, Hssin zu erreichen, ohne daß Major Clandeboye ihn an Bord eines Menschenschiffs dort hinbrachte. Clandeboye würde ihm jedoch nicht helfen, es sei denn, Hwass käme ihm in irgendeiner Form entgegen. Also mußte Hwass sich als wertvoller Helfer bei Clandeboye unentbehrlich machen. Danach müßte er die menschliche Expedition vernichten und aus eigener Kraft nach Kzin weiterreisen. Möglicherweise fiel es den Äffchen nicht auf, wenn er eine kleine Kapsel mit dem Nervengas an Bord schmuggelte, das Ausbilder-der-Sklaven entwickelt hatte.

Bestand eine Chance auf Erfolg? Nur einen Augenblick lang stellte Hwass diese Möglichkeit in Frage. Ein Held mochte solch eine Tat planen – aber wenn man aus dem Debakel von Wunderland überhaupt etwas lernen konnte, dann daß kein Krieger ohne die Hilfe des Bärtigen Gottes triumphieren konnte. Um in einer Auseinandersetzung mit den favorisierten Menschen Gottes Gunst zu erlangen, erforderte es einen in höchstem Maße geschickten Kdaptisten. Kein einfaches Gebet, kein noch so wortreiches Flehen wäre genug.

Diese Jagd führte in theologisches Neuland! Vielleicht ein Opfer? Doch selbst das wildeste Raubtier von Kzin auf einem Altar aus purem Gold würde *diesen* Gott nicht beeindrucken, wenn seine geliebten Menschen auf dem Spiel standen. Ein Kdaptist mußte unablässig danach streben, die Bedürfnisse Gottes und dessen Sicht des Kosmos zu erkunden. Ein Opfer mußte allerhöchsten Kampfesmut und größtes Geschick einschließen – aber es mußte auch *angemessen* sein. Ein weiser Pflanzenfresser würde dem Patriarchen wohl kaum seltene, kostbare Gräser zum Geschenk darbieten!

Aber wonach nur verlangte es Gott am meisten?

KAPITEL 8

(2436 n.Chr.)

Nackt bis auf das Fell unternahm der Lord namens Grreff-Nig auf seinem ausgedehnten w'kkaiischen Landsitz eine Einzeljagd. Ihn verlangte nach ein wenig Entspannung, während er auszusortieren versuchte, welche Beute er genau jagte. Eins seiner abenteuerlustigeren Weibchen, das in Hitze war, folgte ihm in gebührender Entfernung und beobachtete mit kühlen gelben Augen jede seiner Regungen. Geduldig wartete sie darauf, daß er ihr Aufmerksamkeit schenkte. Sie war eine Tochter des Hohen Admirals Si-Kish, Grreff-Nigs bedeutendster Gönner auf W'kkai. Grreff-Nig gestattete ihr, ihm zu folgen, beachtete sie jedoch nicht; seine Aufmerksamkeit galt Wichtigerem. Der scharfe Geruch eines Zianyas lenkte ihn ab und verleitete ihn zu einer wunderbaren Hetzjagd über die Felshöhen, bis er am Ende das Tier in einer Klamm stellte und es, als es zu entkommen versuchte, ansprang und tötete. Nachdem Grreff-Nig so seine Blutlust gestillt hatte, fand er Zeit, die Böschung hinaufzuklettern und von der Höhe über seine Welt hinauszublicken.

Die anderthalb Jahre, die er auf W'kkai verbracht hatte, waren ausgesprochen erhebend gewesen, und doch fühlte Grreff-Nig sich getäuscht.

Man hatte ihn mit den besten Philosophen und Werkzeugmachern zusammengebracht. Behelligte er jemanden mit einer Frage, so erschien ein Arbeitstrupp samt Gerät, um die Antwort zu meistern. Man flog ihn auf verschiedene Kontinente, um mit den besten Mathematikern W'kkais zu jagen, die glanzvoll das Gewebe des

Universums zerfetzten, während sie gleichzeitig ihre Beute im Schein des Lagerfeuers in Stücke rissen. Oft wurde Grreff-Nig in den Weltraum geflogen, wo ein komplettes, abgeschirmtes Laboratorium zur Erforschung des Hyperraums errichtet worden war. Weibchen und Ehren gleichermaßen hatte man ihm zuteil werden lassen, dazu Diener, die sich um sein Anwesen kümmerten – und doch war er der Betrogene.

Zuerst hatten ihn die modischen Schärpen und Schnallen und die mit Nadeln am Gewand befestigten Rüschen fasziniert – nun fühlte er sich darin wie in einer Zwangsjacke. Oft stand er kurz davor, seinen Leibdiener zu töten. Ohnedies waren alle Diener Spitzel; seine engsten Freunde Wächter. Selbst wenn seine Mitarbeiter ihm die Wahrheit sagten, so erfuhr er von ihnen doch nur, was die Patriarchen von W'kkai ihn wissen lassen wollten.

Der grandiose, langsame Sonnenuntergang war es wert, von so hoch oben auf den Klippen betrachtet zu werden, auch wenn es Grreff-Nig wenig natürlich erschien, auf gebrochenem Schiefer zu stehen, dem Himmel ausgesetzt, ohne von schützenden, druckfesten Wandungen umschlossen zu sein, nicht einmal von den Wänden der Klamm, um die Luft zu halten. Er war zu lange im Weltraum gewesen, um sich je wieder an das Leben auf einem Planeten zu gewöhnen. Doch das orange Lichtspiel auf den dahinjagenden Wolken bot seiner Phantasie ein würdiges Schlachtfeld. Unter solchen Wolken mochten die Bewohner von Kzin ihre tarnende Färbung entwickelt haben.

Auf den Sonnenuntergang würde die Nacht folgen. Grreff-Nig erschauerte. An das Wetter auf dieser Welt gewöhnte er sich noch schwerer als an seinen überfüllten Harem.

W'kkai war seiner K2-Sonne viel zu nahe. Die Gezeiten hatten W'kkais Rotation soweit verlangsamt, daß es nur noch zwei Jahreszeiten in unmittelbarem Wechsel gab: 79 Stunden Licht gefolgt von 79 Stunden Nacht. Tags grillte die heiße Sonne die Kzinti, ließ sie in ihren Pelzen schwitzen und dampfen und zehrte ihre Energie auf, die sie zur Jagd brauchten. Nach Einbruch der Dunkelheit zog sich eine Wolkendecke zusammen, dann regnete es, und Wärme strömte mit dem Niederschlag in die Atmosphäre. Die Abkühlung durch die Nacht wurde so ein wenig verzögert, doch bei Morgendämmerung bedeckte stets eine Eisdecke die Pfützen, manchmal auch Schnee.

Die orange W'kkaisonne erschien gut doppelt so groß wie Alpha Centauri A von Wunderland aus betrachtet, aber sie war weder so gewaltig noch so rot wie R'hshssira, der Braune Zwerg, der Grreff-Nig gewärmt hatte, als er noch der junge Ausbilder-der-Sklaven gewesen war. Warum sehnte er sich ausgerechnet mitten im Luxus seines Anwesens nostalgisch nach der winzigen Höllenwelt Hssin, nach den Jagdhöhlen ihres Jotokigeheges, wo er als namenloses gehetztes Junges Zuflucht gefunden hatte?

Ein unbehaarter Schweif peitschte.

Grreff-Nig war sich der überwältigenden Attraktivität seines Weibchens durchaus bewußt – der Schönheit ihrer schwarzen Finger, mit denen sie sich unter ihm an den roten Fels klammerte –, doch statt darauf zu reagieren, warf er ihr die Überreste des Zianyas vor. Sie mußte hungrig gewesen sein, denn sie schlug mit einem gezierten Dankesblick die Zähne in das Tier. Grreff-Nig näherte sich ihr nicht; statt dessen sprach er sie an und lockte sie näher zu sich – er wußte, daß sie nichts von dem begreifen würde, was er ihr sagen wollte. Weil er auch gar nicht beabsichtigte, ihr irgend etwas zu erläutern, verzichtete er auf das modulierte Zischen und Knurren, Würze und Geruch der Sprache. Diese Sprache hörte Grreff-Nig nur in seinem Kopf. Er redete fast zusammenhanglos und förderte Erinnerungen zutage, die er vor einem Männchen niemals ausgebreitet hätte.

Wie sollte er ihr erklären, daß er einst einen Harem aus Schönheiten ersehnt hatte, als er noch draußen zwischen den Sternen mit nichts als Sklaven zur Gesellschaft lebte? Von ihr hatte er geträumt. Dann ließ er sich doch zu dem simplen Idiom aus Gebärden und Grunzlauten herab, auf die ein Weibchen reagieren konnte. »Liebe dich. Begehre deine Finger«, das war alles, was er in ihrem Vokabular auszudrücken vermochte. Es reichte nicht; seine Weibchen waren eine Last. In der elenden Einsamkeit des Weltraums hatte er zu lange ohne weibliche Gesellschaft auskommen müssen, um daran gewöhnt zu sein, wieviel Aufmerksamkeit sie ihm abverlangten.

Man mußte wohl als verwöhnter Sohn eines W'kkailords aufwachsen, um genügend Energie zu besitzen, mit weiblichen Launen umzugehen.

Ihre Antwort auf sein Sinnieren, das offenbar an sie gerichtet war, bestand in einem Neigen des Kopfes und einem durchdringenden Geruch aus dem aufgestellten Pelz ihrer Lenden. Ein Weibchen verstand stets *irgend etwas,* nur nie das, was gemeint war. Geistesabwesend wandte Grreff-Nig den großen, orangegelben Kopf zur Klamm und betrachtete die Büsche, die sich dort im Wind an die Böschung klammerten. Er schlug mit den fächerförmigen Ohren. In bestimmtem Ton sprach er zum Gott der Luft, des Windes und des Geruchs. »Mit meinen eigenen Augen fand ich den Stern W'kkai am Firmament und träumte, wünschte mich hierher.« Für diesen Satz wählte seine Stimme den Spottfall, mit dem man in der Heldensprache Opfer verlacht.

Indem er sich Chuut-Riits Armada anschloß, war er zuerst von Hssin nach Wunderland geflohen. Nach der katastrophalen Schlacht von Wunderland war er an Bord der *Nistenden Reißzahnmutter,* mit weniger als Lichtgeschwindigkeit nach Hssin zurückgeschlichen, den erbeuteten Aufklärer der UNSN im Laderaum; er hatte die Kolonie vom Krieg vernichtet vorgefunden und dort zwölf Jahre lang in den Ruinen gescharrt und mit den Geistern gesprochen – so, wie er nun mit seinen Frauen redete. Währenddessen hatte er den Hyperantrieb repariert, seine einzige, verzweifelte Hoffnung, R'hshssira erneut zu entkommen. Als die Gelegenheit zur Flucht kam, hatte er gejauchzt vor Entzücken. Und gejauchzt hatte er, als er das sagenhafte W'kkai erreichte.

Was man besitzt, ist nie so wichtig wie das, was man vermißt. War es so nicht schon immer gewesen? Kurz versank Grreff-Nig ganz in Gedanken an eine friedliche Jagd in den waldigen Höhlen und Kuppen des Jotokigeheges auf Hssin, einen Tag, wie er ihn nie wieder erleben würde. Dann regte sich in ihm sein leidenschaftlicher Wunsch, das entsetzliche Gefängnis wieder zu verlassen, zu dem seine Geburtswelt geworden war. In der Erinnerung empfand er keine Leidenschaft mehr, er dachte lediglich an die übelriechende Kabine des UNSN-Schiffes, vollgestopft mit Sklaven und einem störrischen Hypershunt-Aggregat, und an die Ironie, ausgerechnet W'kkai zum Ziel genommen zu haben! Nichts war mehr einfach.

Welche Mühen er auf sich genommen hatte, nur um von jenem Gefängnis in dieses hier verlegt zu werden!

Der Krieger Grreff-Nig war sich mehr und mehr sicher, daß die Lords von W'kkai ihn als Gast gefangenhielten – ohne daß er davon wissen sollte. Er hatte seine Vermutung sehr bedächtig überprüft, durch Methoden, die zu subtil waren, als daß seine Feinde ihrer gewahr wurden. Grreff-Nig hatte etwas Besseres erwartet – Vergötterung, sogar entblößte Kehlen –, doch war er hier ohne Gefolge eingetroffen, nur in Begleitung von Menschen- und Jotokisklaven, aber keinem einzigen Krieger, und hätte deshalb eigentlich mit einem unangenehmen Schicksal rechnen müssen. Es spielte keine Rolle, daß er eine wohl einzigartige, kostbare Kriegsbeute mitbrachte: einen der schrecklichen Raumantriebe der Menschen, mit denen sie ihre Schiffe in den Hyperraum eintauchen ließen.

Selbst das hatte nicht ausgereicht. Für die W'kkaikzinti war er noch immer Ausbilder-der-Sklaven, auch wenn sie es nicht wagten, ihm das ins Gesicht zu sagen. Seine Krallen fuhren aus. Er hegte den Verdacht, daß er gehackte Zianyaleber sein würde, sobald W'kkais Naturalistikern und Ingenieuren der Nachbau der gestohlenen Maschine geglückt war. Er würde ein ausgestoßener Kzin sein, der in den falschen Jagdgarten eingedrungen war. W'kkai war nicht sein Revier: Ein Revier besaß er nicht.

Hssin war unwiderruflich verloren.

Sein Mund zuckte und entblößte die Reißzähne; er rief sich in Erinnerung, wie Hssin von den wildgewordenen Äffchen verheert worden war. Diesen Baumaffen war er es schuldig, die Sterne mit einer Flotte zu verdunkeln, deren Macht jeden Äffchenbau in einen Jagdpark verwandelte. Doch leider geriet sein Plan allmählich aus den Fugen.

Die W'kkaikzinti glaubten fest, daß es ihre Flotte sein würde, die die Blockade durchbräche und die Menschheit erniedrigte. Das war schön und gut – doch trachteten sie außerdem danach, mit ihrer neuen Flotte den gegenwärtigen Patriarchen zu demütigen. Sie glaubten, aus dem Grase W'kkais könnte sich ein frisches, verjüngtes Patriarchat erheben. Sie träumten von einem Monopol auf den Hyperantrieb. Das konnte Grreff-Nig förmlich schmecken; riechen konnte er es. Sie träumten von W'kkais Dominanz. Da war sie wieder, die offene Wunde: das Bedürfnis zu dominieren, gekoppelt mit der Notwendigkeit, sich zu fügen – der Fluch aller Kzinti.

Schon bevor die Menschentiere die Natur des Himmels über ihren Köpfen begriffen hatten, erhoben die Schiffe des Patriarchen im System von W'kkaisonne Steuern. Und die ganze Zeit über trennten sich die Adligen von W'kkai nur grollend von ihrem Tribut. Warum sollte die kulturell überlegene Welt von W'kkai auch ihren Reichtum an degenerierte Vaterfresser ausliefern! Nun erforschten die Physiker von W'kkai den einzigen Hyperantrieb, den die Kzinti je in die Klauen bekommen hatten. Zum erstenmal im Laufe ihrer Geschichte konnten die W'kkaikzinti weiter ausholen! Und Grreff-Nig war in der idealen Position, einen Blick auf ihre Reaktionen zu werfen. Verwegen planten sie den Bau einer Kampfschiffflotte, der die Admiräle des Patriarchen nichts entgegenzusetzen hätten. Um genau zu sein, hatten sie mit dem Bau sogar bereits begonnen.

Diese Selbstbetrüger! Während des ganzen Krieges hatten sie nur ein einziges Gefecht geführt! W'kkais örtlich begrenzter Zusammenstoß mit einem leichten Aufklärungsverband aus dem Procyon-System, der sich während der Demütigung ereignet hatte, war zu einem epischen Heldenlied aufgebläht worden. Diese überheblichen, von Si-Kish angeführten W'kkaikrieger, die an diesem unbedeutenden *Scharmützel* teilgenommen hatten, fühlten sich als heldenhafte Retter des Planeten! In Wirklichkeit waren sie die Verlierer. Hätten sie die Schlacht von Wunderland mit eigenen Augen beobachtet, so wären sie längst nicht so versessen darauf, ihre Hyperschiffflotte aufzustellen und den schmachvollen MacDonald-Rishshi-Friedensvertrag zu brechen, ohne den Patriarchen auch nur zu informieren, obwohl sie durch ihr Ungestüm möglicherweise sein Leben opferten.

In einem Universum der unterlichtschnellen Sternenschiffe hatte jeder Eroberer die Pflicht, unabhängig zu operieren, und konnte, von der Zeitverzögerung bedingt, seinen Patriarchen erst im nachhinein von den mutigen Taten seiner Helden berichten; bei Unterlichtgeschwindigkeit konnte der Patriarch nicht an zeitkritischen Entscheidungen beteiligt werden. Diese Doktrin paßte nach Grreff-Nigs Meinung nicht mehr zu einem Schlachtraum, den überlichtschnelle Schiffe dominierten. Ihm wollte es vielmehr erscheinen, als bedürften die Regeln der Kriegführung einer Neuformulierung.

Grreff-Nig erkannte, daß er dem Patriarchen seltsamerweise treu ergeben war. Wieso – das wußte er nicht. In der winzigen Kolonie auf der abgelegenen Grenzwelt Hssin war der Patriarch nie mehr als ein ferner Mythos gewesen. Niemand auf Hssin hatte je dem Patriarchen die Kehle dargeboten, und auch von Steuern war die Kolonie kaum betroffen gewesen. Von der Pracht des Patriarchats hatte dort niemand etwas geahnt, bis die Flotte Chuut-Riits auf dem Weg nach Wunderland durch das R'hshssira-System marschiert kam. Und doch, ganz gleich, wie fern Kzin immer gewesen war, ein niederer Sklavenausbilder konnte nicht anders, als den Ehrgeiz W'kkais als schlimmsten Verrat zu betrachten.

Solange es unmöglich blieb, einen Hyperantrieb zu bauen, war das ganze Problem rein akademischer Natur gewesen. Grreff-Nig und seine Jotokitechniker hatten immense Schwierigkeiten gehabt, den einen erbeuteten

Motor zu reparieren und neu abzustimmen, und deshalb war Grreff-Nig davon ausgegangen, daß es viele Generationen dauern würde, bis man ein Duplikat des Aggregates anfertigen konnte. Er hatte ein geheimes Netz aus Kzintiwelten im Sinn gehabt, die sich alle dieser Herausforderung widmeten und im Austausch heimlich Physiker durch die menschliche Blockade schmuggelten; die Kzinti einig verschworen unter der Oberaufsicht des Patriarchen.

Wie brillant die Mathematiker W'kkais sein mochten, darüber hatte Grreff-Nig niemals nachgedacht. Er kannte sich zwar mit der Mathematik aus, war im Grunde jedoch kaum mehr als ein besserer Gravitationsmechaniker mit dem Fachgebiet Schwerkraftpolarisatoren. Daß die Mathematiker innerhalb so kurzer Zeit bereits eine Theorie des Hyperraums ausgearbeitet hatten, traf ihn völlig unerwartet und erfüllte ihn mit Staunen. Und daß die Ingenieure bereits Prüfstände für Hypershunts konstruierten, bedeutete einen unglaublichen Durchbruch.

Trotzdem war der Fortschritt unausgeglichen. Grreff-Nig konnte bereits absehen, daß der Vormarsch der Überlichttechnologie mit dem Hemmschuh konservativer Strategie behaftet sein würde, einer militärischen Doktrin, die sich im Laufe der Jahrtausende vor dem Hintergrund unterlichtschneller Transportation entwickelt hatte: überlichtschnelle Krallen, die von unterlichtschnellen Gehirnen gelenkt wurden. Der Patriarch mußte erfahren, was vorging – und zwar bald. Andernfalls drohte ein neuerliches Desaster.

Grreff-Nig hatte begonnen, einen Fluchtplan nach Kzinheimat auszuarbeiten. *Ja, ich werde es tun; nein, ich lasse es sein.* Bilder davon, wie er mit dem Patriarchen Zianya teilte, wechselten sich mit seinem Wissen um die Bedingungen in den Kerkern W'kkais ab. Wie jeder angehende Intrigant scheute er noch die schweren Entscheidungen.

Wie er die *Shark* zurückerobern oder einen der neueren Schiffsprototypen kapern sollte, das wußte er nicht, also träumte er von seiner Fertigkeit als Pilot. Es war höchst wahrscheinlich, daß ihm die wichtigsten kzintischen Navigationsgeräte den Dienst versagen würden – aber auf Hssin war es ihm gelungen, die Navigationsmethoden der Menschen zu enträtseln, bevor er Lieutenant Argamentines widernatürlichen Verstand auf die weibliche Norm zurückgeschnitten hatte. Schon früh war ihm klargeworden, daß er, wenn er das gekaperte Schiff jemals in einen befreundeten Hafen steuern wollte, zuvor die menschlichen Navigationscomputer würde entschlüsseln müssen. Er bezweifelte, daß seine Verbündeten auf W'kkai die Funktion einer bestimmten kodegeschützten Box erkannt hatten; zu sehr konzentrierten sie sich auf das Geheimnis des Hyperantriebs.

Die Menschen bezeichneten W'kkais unbedeutende K2-Sonne mit den Katalognummern BD+50°1725 oder Hdraper-88230 oder Gliese-380. Unter diesen Namen fand sich in der Datenbank weder eine Auflistung von Planeten, die kleiner waren als Gasriesen, noch von nahegelegenen interstellaren Gefahrenquellen – die Menschen wußten furchtbar wenig über den Kzintiraum. Die Annäherung an W'kkai hatte Grreff-Nig praktisch im Blindflug vornehmen müssen. Trotzdem wußte er mit dem menschlichen Katalogsystem immerhin umzugehen. Mittlerweile hatte er sogar herausgefunden, daß Kzinsonne darin als 61 Ursae Majoris mitsamt Hyperraumkoordinaten verzeichnet war. Selbst wenn die feinen Details fehlen sollten, wäre das genau genug.

Auf die Begeisterung folgte Ernüchterung. Auf W'kkai war alles zur Kunstform erhoben worden – selbst die

Folter. Ein Verlies kam hier einem Rätsel gleich, zu dessen Lösung man ein Lebensalter benötigte. Die Kerkersteine waren von eidgebundenen Priestern in Formen voller Schönheit, Balance und Ingenieurskunst gestaltet: Mit einer einzigen Fingerbewegung konnte man sich vielleicht befreien – oder den Kerker in eine kleinere Zelle umwandeln oder sich sogar selbst den Fischen zum Fraß vorwerfen.

Gegen Kzinti zu kämpfen fiel Grreff-Nig viel schwerer als gegen Menschen. Als Barbar von Hssin war er in dem Glauben aufgewachsen, W'kkai sei eines der großen Zentren von Gelehrsamkeit und Weisheit. In Wahrheit war der Planet jedoch ein Hort der Engstirnigkeit. Die ansässigen Lords waren zu weit von Kzin entfernt, um direkt an der überwältigenden Macht des Patriarchen teilzuhaben, und gleichzeitig zu weit hinter der Front, um bei anderen Schlachten als ihren kleinlichen internen Streitigkeiten Blut geleckt zu haben.

Die größte Gefahr bei Grreff-Nigs Flucht wäre die w'kkaiische Flottenstärke. Als ausgebildeter Kampfpilot wußte er, womit er es zu tun bekäme. Es würde viel schwieriger sein, den gravitationsbetriebenen Dreadnaughts W'kkais auszuweichen als – nach der Flucht – einem behäbigen Überlichtschiff zu entkommen, dessen Äffchenbesatzung noch nicht die Geheimnisse des Schwerkraftpolarisators ergründet hatte. Die Vertragserzwinger der UNSN lauerten außerhalb des W'kkai-Systems, jenseits der kugelförmigen Hyperbarriere, die von der Masse der W'kkaisonne erzeugt wurde, und blickten aus einer Höhe von drei Lichtminuten auf die kzintische Militärtechnik herab – ganz wie Äffchen, die in einem Baum sitzen und mit Nüssen nach den am Boden umherschweifenden Tieren werfen. Noch hatten sie es nicht gewagt, sich zu einem richtigen Gefecht der

W'kkaisonne zu nähern. Ihre dümmliche Blockade jeglichen militärischen Austauschs zwischen den Kzintiwelten war kein großes Schwanzzucken wert. Schon wenige kzintische Hyperschiffe würden sie ein für allemal brechen. Procyons Planet, jener, der nach einem unverständlichen menschlichen Wortspiel benannt war, konnte ein ganzes Jahrtausend lang Sternenschiffe bauen und würde dennoch kein Netz flechten, dessen Maschen eng genug waren, um keinen Fisch mehr entkommen zu lassen. Der Weltraum war größer, als die unwissenden Vertragserzwinger auch nur ahnten.

Grreff-Nig hegte nicht den geringsten Zweifel, daß er, wäre er einmal jenseits der Hyperbarriere, an den Äffchen vorbeischlüpfen könnte. Im offenen Weltraum war er ein Veteran. Auf sich allein gestellt hatte er bereits die halbe Entfernung zur legendären Welt Kzin übersprungen – und zwar, als der Krieg schon vorüber war und die Blockade bereits bestand. Was bedeuteten da noch weitere fünfzehn Lichtjahre? Vor hier aus konnte er Kzinsonne mit bloßen Augen *sehen;* sie strahlte als Stern der vierten Größenklasse zwölf Grad abseits des galaktischen Nordens, der stolze Griff im Sternbild der Schwerter.

Er mußte das Risiko dieser Reise auf sich nehmen; eine andere Wahl blieb ihm nicht. Nach den schmachvollen Bedingungen des MacDonald-Rishshi-Friedensvertrags behielten sich die Menschen alle überlichtschnelle Kommunikation vor. Der Patriarch konnte noch gar nicht erfahren haben, daß ein hyperangetriebenes Schiff in kzintische Hände gefallen war. Und die Menschen würden es ihm kaum verraten.

Die Flucht bedurfte eines genauen Zeitplans. Wenn Grreff-Nig sich davonstahl, *bevor* die w'kkaiischen Physiker den Hypershunt vollkommen begriffen hatten, wäre dies mit einem Risiko verbunden: das einzige dem Patriarchat zur Verfügung stehende Modell könnte auf der Reise nach Kzin vernichtet oder von den Äffchen zurückerobert werden, und dann hätte Grreff-Nigs voreilige Entscheidung die Kzinti auf alle Zeit dem Joch der Menschen überantwortet. Geduld! Diese Lektion hatte Chuut-Riit gelehrt, und und Grreff-Nigs Namensgeber Grreff-Hromfi hatte sie zu lehren versucht, aber selbst nicht vollends gelernt.

Die Zeitabstimmung. Zu früh oder zu spät. Wenn er zu lange wartete, dem Patriarchen sein Geschenk zu überbringen, mochte W'kkai so sehr erstarken, daß es sich selbst in einen Krieg stürzte. Und auch das ließe die Kzinti in der Gewalt siegreicher Menschen. Etwas wie einen »örtlich begrenzten« Krieg gab es nicht mehr! W'kkai konnte den Menschenraum angreifen, doch die Menschen würden W'kkai einfach umgehen und den wehrlosen Planeten Kzin vernichten.

Alle Kzintiwelten mußten den Hyperraum-Shuntantrieb erhalten. Wenn die Helden ihre Schmach ungeschehen machen wollten, mußten sie als vereintes Rudel die Menschentiere jagen und töten, alle, ihre Frauen und Kinder.

Und welches Rudel konnte solcherart interstellare Loyalität fordern? Nur das glorreiche Patriarchat!

Später, nachdem er von der Jagd zurückgekehrt war, lustwandelte Grreff-Nig auf den Balkons seines Landsitzes und beobachtete einen seiner Menschensklaven beim Spiel mit seinen jüngeren Brüdern. Das Lieutenant-Nora-Tier hatte sich als ausgezeichnetes Zuchtvieh erwiesen. Wie ihre Söhne einander die Zähne zeigten, hätte man glauben können, sie würden sich im nächsten Moment gegenseitig an die Kehle fahren, aber in Wirklichkeit lachten sie nur.

Grreff-Nig war außerordentlich enttäuscht, daß er sie zurücklassen müßte. Seine Frauen zu verlassen machte ihm längst nicht so viel aus, aber gute Sklaven waren immer rar. *Das älteste Menschentier wäre genau das richtige Sklavengeschenk für den Patriarchen gewesen.* Wie bedauerlich!

KAPITEL 9

(2436 n.Chr.)

Hwass-Hwasschoaw hatte es nicht gewagt, Masken aus Menschenhaut nach Wunderland zu bringen – in dem kleinen Shuttle, das ihn von Tigerstadt dorthin brachte und das von kzintihassenden Tieren bemannt war, hätte er sie nicht sicher verbergen können. Dadurch fiel es ihm erheblich schwerer, Einkehr mit Gott zu halten.

Kdapts Vorschriften mußten rigoros eingehalten werden.

Über der unaufgeräumten Elektrowerkstatt, die bei den Münchner Kdaptisten oft als geheimer Versammlungsort Verwendung fand, gab es eine Dachkammer. Dorthin zog sich Hwass zurück. In dem beengten, auf menschlichen Platzanspruch zugeschnittenen Raum meditierte er. Wie sollte ein ergebener Kzin den Bärtigen Gott anrufen, der dem Patriarchen jahrtausendelang den Sieg geschenkt hatte – der jedoch jeden kzintischen Angriff auf die neu entdeckten, bäumekletternden Schoßtierchen scheitern ließ? Mit Stopfen in der Nase fastete Hwass allein in der Dunkelheit, umgeben von zusammengeklaubtem Schrott, und dachte nach.

Welche Logik verbarg sich hinter des Herrn Voreingenommenheit?

Hwass, adliges Mitglied der Augen des Patriarchen, mußte sich hier in einem Elendsviertel verkriechen, während ringsum die Menschentiere zu Wohlstand kamen. Wie seltsam. Niemals mischte Gott sich ein, wenn ein Kzin eine Fehlentscheidung traf; solch ein Kzin wurde als edles Intelligenzwesen anerkannt und erhielt Gelegenheit, zur Weisheit zu reifen – oder zu sterben –, indem er die Folgen seines Tuns erduldete. Bei den Menschen jedoch hielt Gott es anders. Wieso?

Ein guter Handwerker, so überlegte Hwass, greift nur in seine Schöpfung ein, wenn sie sich anders als beabsichtigt entwickelt. Ein Mechaniker begibt sich nicht an die Reparatur seiner Maschine, bevor sie Störungen zeigt. Ein Töpfer berührt den Ton erst dann, wenn er eine Unvollkommenheit entdeckt. Gott war ein Kunsthandwerker. Wieso bewunderte er die Schönheit seines Werks nicht mehr und hatte beschlossen, einzuschreiten?

In Gottes universellem Meisterwerk schienen allein die Menschentiere, die er nach seinem Angesicht erschaffen hatte, die einzige Unvollkommenheit zu sein, die ihn störte. Der Herr mischte sich unablässig zum Heil der Menschheit ein. Ein Menschentier brauchte nur einen Fehler zu machen, und schon eilte Gott herbei, um es zu erretten. Gottes Primaten durften lügen und betrügen und ihre Weibchen prügeln, sogar in der Schlacht die Flucht ergreifen – er aber rettete sie trotzdem. Traf ein Mensch eine Entscheidung, die für ihn tödliche Folgen hatte, so lud Gott ihn ein, wiedergeboren zu werden. Der himmlische Lenker gestattete es den Menschen nicht zu verlieren, ganz gleich, wie niederträchtig sie sich verhielten. Da sie aber vor den Folgen ihrer Fehler bewahrt wurden, konnte die Menschheit niemals weise werden ... so weise, wie ein Kzin durch die Fehler wurde, die er in seiner Jugend beging.

Von den Menschen wurde gesagt, sie hätten Gott schwer gekränkt, indem sie die Frucht von seinem Baum der Erkenntnis aßen. Verfolgte Gott etwa den Zweck, die Menschentiere auf ihrer tierhaften Entwicklungsstufe zu halten – naiv, unschuldig, unweise? Welche bessere Methode gab es, einem Tier die Klugheit vorzuenthalten, als es vor den Folgen seines Handelns zu bewahren?

Allmählich begriff Hwass. Die Sünden der Menschen verursachten Gott Pein; er mischte sich ein, um die Dinge zurechtzurücken. Menschen vernichteten willkürlich sein Werk; Gott errichtete ihre Häuser neu. Während Gott von seinen Kzinti Mut, Disziplin und Ehrenhaftigkeit verlangte, weil er sie respektierte, verzog er seine Primaten aus lauter Liebe. Sahen die Menschen ihn in ihren Schriften nicht immer als den zürnenden Gott, der dennoch stets Gnade walten ließ? War der Bärtige Gott nicht besessen von der Erlösung jener, die er nach seinem Ebenbild geschaffen hatte? Jawohl, hier lag der Pfad in Gottes Leber!

Die Erlösung zu begreifen war der Schlüssel, um Gott zu verstehen. Und der Gottessohn war der Schlüssel zur Erlösung. Kdaptistische Beharrlichkeit hatte den Weg gefunden. Die Dachkammer erbebte unter den Zuckungen von Hwass' mächtigem Leib, und Spinnen flohen in ihre Ritzen und Winkel. Durch Gottes Sohn würde Hwass Gott erreichen!

Clandeboye hatte Hwass mit einem Peilsender versehen, nicht komplizierter als jene, die die ARM einsetzte, um Kriminelle zu überwachen. In der Münchner Werkstatt zeigte er Hwass' beinlosem Elektronikerhelden, wie man den Sender entfernte und einem jungen Kdaptisten der richtigen Körpergröße anhängte, der sich in ein sicheres Haus im Süden der Stadt begeben und bis zu Hwass' Rückkehr dort bleiben sollte.

Hwass wählte einen Zeitpunkt in der schwärzesten Nacht, noch vor dem Aufgang von Alpha Centauri B, um sich auf der Ladefläche eines Lastwagens aus München in den Wald schmuggeln zu lassen; er beabsichtigte, sich weit von jeder Stadt entfernt zu halten. Die heilige Suche nach dem Sohn Gottes begann als eine Art umgekehrte Jagd: Hwass hielt sich von allem und jedem fern, sprach rasch, leise und ausdauernd und blieb stets außer Sicht- und Riechweite. Tagsüber versteckte er sich, nächtens bewegte er sich, manchmal unter dem fahlen Schein von B, bis er die von Menschen besiedelten Regionen weit hinter sich gelassen hatte. Diese Reise war ein einziges Vergnügen. Oft unterbrach er seine Spur, so daß man ihm niemals folgen konnte. Es war eine Freude, den Sohn Gottes zu jagen.

An jedem Abend hörte er die Quetzvögel gurgeln. Sie jagten erst, wenn A untergegangen war, und wurden richtig aktiv, wenn B als hellster Stern von allen das Firmament dominierte. Einmal sah Hwass einen der Vögel auf einem Ast sitzen und einen Leuchtpilz verzehren; das strahlende Gefieder schimmerte dabei geisterhaft. Der Duft des Vogels und der scharfe Gestank des zerbissenen Pilzes erschienen Hwass wie ein Gedicht über den Wald. Wie sollte er dieses Leben je wieder aufgeben und gegen die Zivilisation eintauschen?

Am dritten Tag witterte er den Rauch eines von Menschen entzündeten Feuers und glaubte, den Sohn gefunden zu haben. Er roch brennende Erdeneiche und grünes Bündelholz. Das frische Fleisch über dem Feuer wurde zu heiß und verkohlte; Blut tropfte in die Flammen. Hwass erkannte menschlichen Schweiß und saures Bier vor dem würzigen Hintergrund von Insektenpheromonen und feuchter Erde. Doch bevor er sich seiner Beute dicht genug genähert hatte, um sie zu erblicken, nahm er ihren weiblichen Geruch wahr. Das war nicht der Sohn Gottes. Hwass wich der Frau aus und kam schließlich an einen Steilhang, von dem aus er einen ungehinderten Blick aufs Sternenzelt hatte. Eine Weile versank er in der Betrachtung des Firmaments, dann eilte er rasch und leise weiter.

In der Morgendämmerung gelangte er auf eine

bewachsene Lichtung, auf der eine Herde sechsbeiniger Sprinter graste. Die Tiere ragten kaum über das Gras hinaus. Hwass war hungrig und spürte die Versuchung, aber er griff nicht an. Er befand sich auf einer religiösen Suche, und Hunger schärfte den Verstand. Mittlerweile war er sehr weit von den Grenzen der menschlichen Besiedlung entfernt. Seine Jagd war waghalsig, denn er jagte einen Menschen. Am dämmrigen Himmel stand nur noch B als einziger Stern.

Zwei Tage später – er fastete noch immer und fing sich nur selten einen kleinen Nager, den er auf der Stelle heißhungrig verschlang – fand er die erste Fährte: einige Fischhäute am Ufer eines Bachs. Am Abend, als A unterging, hatte er die Hütte des Menschen gefunden. Ihre Wände bestanden aus Baumstämmen, doppelt so lang wie ein Mensch groß ist – dünnen Baumstämmen, die ein Mann alleine schleppen und einkerben konnte. Teichschilf deckte das Dach. Am besten aber war der Geruch nach Männchen. Hwass hatte sich den orangen Pelz mit Schlamm aus dem Teich beschmiert, um besser getarnt zu sein. Er hätte den Einsiedler ohne weiteres angreifen und töten können – mörderische Klauen gegen ein antikes Jagdgewehr –, doch aus religiösen Gründen war es erforderlich, den Sohn Gottes lebend zu fangen.

Hwass wartete. Tiere bewegten sich im Forst und ließen Zweige knacken. Summende Insekten versprühten ihre Paarungsdüfte in die Luft. Ein Terraeichhörnchen zankte ungehalten und warnte den Wald. Hwass machte kein Geräusch; die dünnen, flügelähnlichen Ohren hatte er aufgestellt und lauschte darauf, daß der Mensch sich zum Schlaf niederlegte. Mit der Nase sog er die Nachtluft ein – und wartete. Noch vor dem B-Aufgang mußte er jedoch handeln.

Finsternis. Geweitete Pupillen. Der Mensch rührte sich

kaum noch. Zeit zu handeln. Nur das von Wolken gestreute Sternenlicht und seine geblähten Nüstern führten Hwass, der geräuschlos über die finstre Heide huschte. So dunkel war es, daß er mit den Fingern über die Baumstämme tasten mußte, um den Eingang zu finden. Bedächtig schätzte er die inneren Dimensionen der Hütte ab, damit er rasch, behend und akkurat zuschlagen konnte.

Er streckte einen Arm durch das offene Fenster.

Grob zerrte er den nackten Mann durch die Öffnung; mit einer Hand hielt er ihm fest den Mund zu. »Verdammt noch mal, jetzt aber ganz langsam!« gab der zappelnde Einsiedler von sich. Doch der Kzin begann sein Opfer zu fesseln, bevor es die Benommenheit des Schlafes völlig abschütteln konnte. Die Überraschung war vorbei, das Adrenalin durchströmte sein Blut, und das Lamm Gottes wehrte sich stumm, wild und entschlossen, bis es sich überhaupt nicht mehr bewegen konnte. Als der Mann fest verschnürt war, gab Hwass seinen Mund frei, und der Mensch fauchte: »Ich war's nicht. Ich bin es nicht schuld. Ich will meine Klamotten!« Er blickte schuldbewußt auf Schwarzbärfelle, die über einen nahen Busch ausgebreitet waren. Sein geflicktes Hemd und die Arbeitshose bestanden aus Hält-ewig-Stoff, der jedoch über die Grenzen der Ewigkeit hinaus abgenutzt war, und beide Kleidungsstücke erholten sich nun am Bachufer von einer Wäsche. Für den Mann waren sie wertvoll.

»Du isst Sohn Gottes«, antwortete Hwass sanft, erleichtert, daß er wirklich ein Männchen gefangen hatte. Wäre es ein Weibchen gewesen, hätte er sie freilassen oder um der Geheimhaltung willen töten müssen.

»He, da hast du den Falschen erwischt!« ertönte die verzweifelte Antwort.

»Nein. Du isst sein perfekter Sohn.«

»Ich doch nicht. Mein Großvater kam nach Wunderland, um dem ganzen Geschwätz zu entkommen.«

»Dein Großvater isst überall und zugleich«, sagte der Kzin. »Er isst mit dir hier. Du isst heilig.«

»Sag das mal Myrtle. Für sie bin ich der *Teufel!* Ich hab' schon zwei Ehen hinter mir. Ich bin ein gemeiner, streitsüchtiger Tunichtgut, der gerne angeln geht und im Wald mit sich allein ist. Wegen des Friedens, den man da hat.«

»Ich isst gefangen Gottes Sohn«, fauchte Hwass drohend. Auf theologischem Gebiet duldete er keinen Widerspruch.

Der Einsiedler war überrascht, daß sich nach sechzehn Jahren noch Kzinti frei im Wald herumtrieben. Dieser hier hatte offenbar in der langen Zeit den Verstand verloren. Trotzdem zwang die Panik den Menschen dazu, Einwände zu erheben. Der streitsüchtige abtrünnige Ehemann sagte das Erstbeste, was ihm in den Sinn kam, so geistlos es auch war. »Meine Zähne sind faul. Du wirst doch wohl nicht im Ernst glauben, der Sohn Gottes könnte mit schlechten Zähnen gestraft sein«, erklärte er hoffnungsvoll.

»Jedes Menschenmännchen isst Gottes Sohn, Zähne egal. Du isst Sohn Gottes, den ich jage. Menschenbibel sagt der Sohn Gottes kann überall gefunden werden, sogar nackt oder im Kerker. Matthäus 25, Vers 36.«

»Finagle errette mich!«

Hwass fauchte. »Finagle atheistisches Teufelsbiest. Kann Sohn Gottes nicht berühren.«

Der Sonderling erwog einen Moment lang, sich die Lungen aus dem Hals zu schreien – aber niemand würde ihn hören. Da er gefesselt war, blieb ihm die Vernunft als einzige Waffe. »Was immer du willst, du hast es. Sag mir, was du willst, und ich geb' es dir. Ich küsse sogar den Boden, auf den du gepißt hast.«

»Du isst Wahre Gestalt.«

»Was soll das heißen?«

»Du isst schön und isst Gestalt Ebenbild Gottes.«

»Sonst hat mich nur meine Mutter so angeguckt.«

»Nicht von Mutter reden. Mutter von Sohn isst Tier ohne Seele!«

»Soll das heißen, du bist gar nicht katholisch?«

»Heute nacht wir sprechen nur Wichtiges mit Vater von Sohn.«

Der alte Einsiedler geriet allmählich in eine sarkastische Stimmung. »He, Dad!« rief er über die Schulter. »Wir haben Besuch!«

»Ruhe!« zischte Hwass. »Wichtiges isst vor uns. Dein Vater isst schrecklich beschäftigt mit Sünden der Menschheit: Lügen, Betrug, Eitelkeit, Feigheit und ehrlose Ränke. Ihr Menschen isst sprechen mit zwei Seiten von Kopf! Menschen größter Sünder von alle Intelligenzen. Große Sorge er isst tragen in Leber und ich will euch Menschen helfen, denn ihr isst gemacht nach seinem Ebenbild. Er weint, weil Menschen vom rechten Weg weichen. Er will euch wieder auf rechten Weg. Er helfen euch immer. Er isst besessen. Sorge isst schwere Qual – sogar für Gott. Er isst so erfüllt mit verrückte Sorge, er sieht nur euch und er nicht sieht seine anderen Jungen. *Das du isst richtig machen.*«

»Klar doch.«

»Du isst jetzt beruhigen Gottes Leber.«

»Wenn du mich losbindest, gehe ich auf die Knie und bete flehentlich. Du sagst dein Gebet, und ich wiederhole es. Ich bete jetzt schon!«

»Du nicht isst beten. Du isst nehmen alle Sünde von Menschen auf deine Seele mit Mut von wahrem Krieger und isst erlösen Gott von Sorge für alle Menschen. Du isst schuld für alle Sünde. Du isst nehmen alle Strafe auf dich. Du isst vergeben alle Menschen ihre Taten, du isst sie reinigen mit deinem Leid und machen Gott wieder froh. Diese Pflicht ich verlangen von Sohn von Gott.«

Und während der gefesselte Sohn Gottes hilflos ins Zwielicht blinzelte, fällte der fromme Kzin mit seiner Taschenfackel einen geradegewachsenen Baum. Getrockneter Schlamm rieselte ihm aus dem glatten Fell. Der Riese schnitt den Baumstamm in zwei Teile, kerbte sie ein und schnürte sie zu einem wuchtigen Kreuz zusammen. Er maß die Armspanne des Einsiedlers, der mittlerweile begriffen hatte, welches Schicksal ihm bevorstand, und hysterisch um sein Leben flehte. Hwass bohrte Löcher an den richtigen Stellen des Querbalkens. Dann bohrte Hwass sorgfältig Löcher in die Handgelenke, wobei er darauf achtete, größere Arterien und Venen zu vermeiden. Dann befestigte der Kzin mit improvisierten Stecken aus Eisenholz den Sohn Gottes am Kreuz und hob ihn in den Nachthimmel. Er hing nun deutlich über der Augenhöhe des Kzins. Es begann zu regnen.

Im strömenden Regen baute Hwass freudig zwei weitere, kleinere Kreuze, die er rechts und links vom gekreuzigten Sohn Gottes errichtete, eins für den Unsichtbaren Großvater, das andere, um Gott zu rufen, so daß er wisse, daß er gesucht wurde.

Als die Wolken sich klärten, ging Alpha Centauri B über den nebelbedeckten Bäumen auf. Der Einsiedler, den das erste Schmerzdelirium übermannt hatte, konnte seinen Peiniger auf dem feuchten Heideboden sitzen und etwas flechten sehen – was war das? Ein Korb?

Aus biegsamer Rinde flocht Hwass-Hwasschoaw eine Menschenmaske, um die Maske aus Menschenhaut zu ersetzen, die er nicht hatte mitbringen können. Korbflechten gehörte zu den Tätigkeiten, die er sich als Jüngling von den Sklaven seines Vaters hatte beibringen lassen. Damals wollte sein Patriarch ihm nicht gestatten, auch nur einen Sklaven zu beaufsichtigen, ohne zuvor die erforderlichen Fertigkeiten der Sklavenarbeit erlernt zu haben. Einmal hatte er einen der Schmiedesklaven seines Vaters getötet, weil der sich weigerte, ihn die Kunst des Dotierens zu lehren. Sein Vater billigte diesen Schritt im nachhinein, indem er sich an dem blutigen Mahl beteiligte – obwohl er gerade einen wertvollen Besitz verloren hatte.

Von Geburt an war es Hwass vorbestimmt, Patriarchen-Auge zu werden, ein Name, den er nie erwähnen durfte und der doch allen anderen sozialen Namen, unter denen er bekannt werden mochte, übergeordnet war. Augen verlebten oft ein sehr ruhiges Leben und beobachteten. Manchmal wurde ihr Leben plötzlich sehr hektisch, und sie mußten ihren Verstand benutzen, um zu überleben; manchmal wurde die unbedeutendste Fähigkeit zum Schlüssel für das Überleben. Sein Vater hatte ihm daher befohlen, *alles* zu lernen.

Beim Flechten erinnerte er sich an seines Vaters Worte: »Ein Herr, der selber nicht vermag, was seine Sklaven für ihn leisten, ist nicht mehr als ein unkundiges Tier.« Sein Vater war ein auf W'kkai geborener Aristokrat, nominal ein Angehöriger der Aristokratie von W'kkai, aber seine Treue gehörte eher Kzin als W'kkai. Für die Gewohnheit der W'kkaikzin, ihre Sklaven über ihr Äußeres bestimmen zu lassen, hatte er nichts als Verachtung übrig.

Die Korbflechter seines Vaters hatte er nicht töten müssen; sie hatten sich überschlagen, ihm alles beizubringen, was sie wußten. Die Maske nahm rasch Gestalt an. Die Haut war fein geflochten, zeigte ausgeformte Backenknochen, ein gespaltenes Kinn und wulstige Augenbrauen. Die Augen bestanden aus Bachkieseln, von der Strömung des Wassers poliert. Das Haar machte Hwass aus dünnen Pflanzenfasern, die er sauber ausklopfte, während der Sohn Gottes unter seiner fürchterlichen Sündenlast starb.

Der Tag kam, ihm folgte die Nacht und der stumpfe Glanz von B, schließlich ging Alpha Centauri A erneut auf. In seinem Delirium zog vor den Augen des Einsiedlers noch einmal geisterhaft der Frühling eines Jahres vorbei, in dem B der Abendstern war. Der Stern warf Schatten auf den Karl-Jorge-Boulevard und ließ die stählernen Erker des Joachimsdoms vor dem Purpurhimmel erglänzen. Die Gemeinde sammelte sich zur Messe, und sein Großvater, den er viel mehr liebte als seinen Vater, hielt ihn mit der Festigkeit an der Hand, wie sie Erwachsenen zu eigen ist, die Kinder vor Calvinisten, Kzinti und anderen Schrecken beschützen. Der Einsiedler erinnerte sich deswegen an die Szene, weil er damals zum erstenmal die Statue eines gefolterten Mannes am Kreuz erblickt hatte. Das Kreuz war überlebensgroß und erhob sich über den gewaltigen Eingang des Doms. Er hatte seinen Großvater nicht nach der Bedeutung gefragt, doch der alte Mann hatte die Bestürzung seines Enkels gespürt und von sich aus eine Erklärung angeboten.

»Hab keine Angst, Sohn. Die Kzinti tun so etwas keinem Menschen an. Kreuzigung ist typisch für die Christen – die Kzinti sind erst seit neun Jahren hier und hatten noch keine Zeit, um wiedergeboren zu werden. Laß ihnen fünfzig Jahre Zeit, bis sie konvertiert sind, dann wirst du wirkliche Abscheulichkeiten zu Gesicht bekommen.«

Der Sohn Gottes hatte einen Tag lang kein Wort gesagt. Nun, da er von seiner Vision plötzlich in die Gegenwart katapultiert wurde, brüllte er, ohne seine Schmerzen zu beachten, den Kzin an: »Bist du wiedergeboren?«

»Rattenkatz isst leben elf Leben?« Die Ohren des Riesen zuckten amüsiert, als er das Schimpfwort der Äffchen für die Kzinti benutzte. Eigentlich meinte er neun, aber Hwass hatte das Dezimalsystem nie gemeistert. Wenn er von der Grundzahl acht umrechnen sollte, verhaspelte er sich ständig.

»Einmal von der Mutter geboren, das zweitemal von Christus!« schrie der Einsiedler erläuternd.

Der Kzin war nach wie vor verwirrt.

»Bei Finagles zensierten Eiern! Ob du dich zum Christentum bekennst, will ich wissen! Ich versuche mir zu erklären, was du hier anstellst! Kreuzigung ist eine christliche Opferung.«

»Ich isst Kdaptist«, informierte Hwass bedächtig sein Opfer.

Dem Einsiedler verschwand erneut die Sicht. Wieder folgte er dem Blick seines Großvaters zu dem Kreuz im Joachimsdom seiner Halluzination. »Mein Großvater hat mich vor Typen wie dir gewarnt!« kreischte er den Kzin an. Dann versank er erneut ins Delirium, in Visionen und Offenbarungen.

»Christen!« dozierte sein Großvater mit Donnerstimme, die von München bis in das Hinterland des Planeten hallte. »Sie delegieren ihr Fehlverhalten an Christus, der an ihrer Stelle leidet. ›Laßt Christus die Qualen ertragen‹, so lautet ihr Kredo. ›Soll doch Christus an meiner Stelle bestraft werden.‹ Christus verdient sich Gottes Gnade auf die harte Tour, und alles, was sie tun müssen, ist sonntags von Christi Blut zu trinken und von seinem Leib zu essen. Die Christen erhalten Gottes Vergebung aus zweiter Hand. Für diesen Dienst sind sie Christus dankbar und verehren ihn dafür. Das ist seit Tausenden von Jahren *der* Verkaufsschlager. Christen können ganz schön pampig werden, wenn man sie selber ans Kreuz schlägt; dann glauben sie, Gott vernachlässige seine Pflicht, und nehmen sich einen Anwalt, um ihn zu verklagen.«

Hoch oben an seinem Kreuz kochte der Einsiedler vor Wut und Empörung. Er war doch nicht Christus! Das war nicht seine Aufgabe! Warum sollte er leiden? Das war ein Sakrileg!

Unter ihm feilte Hwass geschäftig ein theologisches Argument aus. Da Gott diesen Tieren die Gabe der überlichtschnellen Kommunikation geschenkt hatte, besaßen ihre schlimmsten Sünden mit Sicherheit die Fähigkeit, aus allen Reichen der Menschen hierherzufliegen, zu diesem Heilmittel, das Hwass aus dem Leib des Gottessohnes gemacht hatte. Die Maske war nun fertig. Wenn er sie trug, durfte er dem Sohn Gottes direkt in die Augen blicken. Er roch dessen Furcht und Schmerz. Das Wahre Gesicht war von Schmerz verzerrt. Manchmal war die Qual so groß, daß der Sohn bewußtlos wurde, doch dann sackte er durch und bekam keine Luft mehr. Stets kam er unmittelbar darauf wieder zu sich und streckte die Beine durch, um wieder atmen zu können. Das Opfer erfüllte seinen Zweck. Die Sünden der Menschheit flogen herbei, bei jedem Keuchen, jedem Stöhnen traf eine neue ein. Mit ihnen kam die Strafe, die zur Sünde gehörte. Kdapt hatte die Natur der Primatengestalt und ihres Verstandes wahrlich gemeistert.

Der Joachimsdom war verschwunden, doch der Großvater hatte ein kreiselndes Münchener Hotel mitgebracht, daß durch die kzintische Besetzung schäbig geworden war und durch das Delirium schrecklich undeutlich wirkte. Opa versuchte seinen Enkel davon zu überzeugen, seine erste Frau nicht zu verlassen. Der Alte konnte solch ein Langweiler sein! Was spielte das jetzt noch für eine Rolle – es war Jahre zu spät! Cindy-belles Knochen ruhten schon lange unter einer kzintischen Fabrik. *Es gibt kein Zurück. Bei Finagle, was spielt das noch für eine Rolle, wenn ein Kzin einen ans Kreuz genagelt hat? Sterben. Ich will nur noch sterben.*

»Du kannst Cindy-belle natürlich die Schuld für deine Fehler geben, Sohn. Natürlich ist es sehr schmerzfrei für dich, all deine Sünden an sie weiterzureichen, ihr die Schuld zu geben, sie zur Quelle deiner eigenen Dummheit zu machen. Danach fühlst du dich gut. Du bekommst die Absolution. Du bist gerettet – für eine Weile. Aber weiß Gott nutzt es dir auf lange Sicht überhaupt nichts. Du kannst deine Sünden nämlich nicht weiterreichen. Auf lange Sicht wirst du selber ans Kreuz genagelt. Christus hat nie auch nur eine einzige Seele errettet außer seiner eigenen.«

Halt's Maul, Alter! Wo stand geschrieben, daß im Universum alles *wörtlich* zu nehmen sei?

Der Großvater hielt die Hand seines Enkelsohns fest umklammert, und wieder standen sie in München vor dem bemalten Christus aus Holz. »Er wollte die Sünden der Welt auf sich nehmen. An deiner Stelle wollte er leiden, und gelitten hat er. Nur retten konnte er niemanden. Christus kann dir keine einzige Sünde abnehmen, und du kannst deine Sünden an niemanden abgeben. Du kannst nicht einmal davor weglaufen.«

Halt's Maul! Laß mich sterben. Die Reue quälte ihn nun

mehr als alles andere. *Ich könnte jetzt bei Cindy-belle sein, der Junge wäre erwachsen, und mein irrsinniger Kzin hätte jemand anderen gefunden, einen anderen Sünder. Zu schnell wird man alt, zu spät wird man weise.* Warum konnte dieser alte Geist nicht endlich mit dem Schwafeln aufhören?

Mit ausgedörrten Lippen, die fast zu steif zum Sprechen waren, bat er um Wasser. Wenn der verdammte Rattenkater die Bibel gelesen hatte, wie er behauptete, dann würde er ihm wohl einen in Essig getränkten Lumpen hinhalten. Der Mann verlor das Bewußtsein; später kam er wieder zu sich. Vor seinem Gesicht erblickte er eine Tasse voll Wasser aus dem Bach – an einem Stecken, der bis zu dem verrückten Kzin hinunterreichte, welcher nun die übergroße Maske eines menschlichen Gesichtes trug. Warum Wasser und kein Essig? Wollte der Rattenkzin ihn am Leben halten, damit er um so länger litt? Er krümmte die aufgesprungenen Lippen zu einem Lächeln. Behaglich und warm war ihm. Der Schmerz selbst ist ein Betäubungsmittel. Er schwebte. Doch wollte er noch immer das Wasser und schlürfte umständlich daran. Das Naß belebte ihn, doch als sein Großvater wieder zu schwafeln begann, wünschte er, es wäre anders. Wollte der verdammte Alte ihm denn gar keinen Frieden lassen? Nüchternen Rat bis an sein Lebensende. Nun tranken sie während des Krieges Bier in einer Münchener Kneipe.

»Die Straße, die du nimmst, Sohn – von deiner Frau weglaufen und Vater alles andere aufbürden –, die führt nirgendwo anders hin als in den Tod. Ganz gleich, wohin du fliehst, du wirst nichts finden außer deinem Totenbett, und je schneller du läufst, desto eher kommst du dort an.«

Der streitsüchtige Einsiedler erstickte wieder. Diesmal war er erwachsen und befand sich am Ende seines

Lebens. Als er versuchte, sich aufzurichten, versagten seine Beine ihm den Dienst. Mit schlaffen Beinen vermochte er nicht zu atmen, und seine Beine ließen sich nicht dazu überreden, ihm zu helfen. Er flehte seine Beine an, seinen Leib wieder aufzurichten, dann schwanden ihm die Sinne.

Der Kzin beobachtete gespannt.

Genau im Moment des Todes wären alle Menschentiere erlöst – zumindest zeitweilig. Jeder Mensch in allen Reichen der Menschentiere befände sich im Stand der Gnade. Ihr Leiden würde sterben, sobald der Sohn starb. Und dann wäre Gott nicht mehr abgelenkt von der Qual, die von seinen zahllosen Ebenbildern aufstieg!

Hwass betete. Friede dem Bärtigen Gott! Patriarchenmut, -kühnheit und -stärke des Großen Gottes sollten nun durch das Opfer seines eingeborenen Sohnes wiederhergestellt werden. Verjüngt würde er aufmerksam *allen* zuhören, die ihn anriefen, nicht nur seinen jammernden Lieblingen.

Der Leib am Kreuz sackte zusammen, bäumte sich ein letztesmal auf und hing still. Hwass wandte sich dem kleineren Kreuz zu, Gottes Antenne. Jetzt! Die Maske, die seinen Respekt vor der Wahren Gestalt bekundete, saß fest auf seiner Nase. Hwass riß sich zusammen. In der Luft hingen die Gesänge der Himmlischen Heerscharen und die Gerüche des Ruhmes. Seine Jägersinne spürten, daß Gottes volle Aufmerksamkeit auf ihm ruhte. Er tat nur eine Bitte, mit kräftiger, sonorer Stimme bat er, sorgfältig formuliert im schnurrenden Dominiertenfall der Heldensprache:

»Mächtiger Patriarch, Sohn des Großvaters und Vater des Sohnes«, begann er förmlich, »der Duft deines Urins entströmt jedem Stern am Himmel. Wie dein Kot in den Schlamm der Erde fiel, um dein Ebenbild hervorzubringen, so schleudere ich meine Seele in den Schlamm Kzins, um Treue zum Willen Gottes hervorzubringen. Gehorsame Kinder gelobe ich dir.«

Hwass erinnerte sich an sein Leben in den Schafgebieten von Wunderland. »Ein Hund mit großen Zähnen mag in deinen Augen häßlich sein. Ein ungezähmter Hund mag die Schafe reißen. Aber ein Hund mit großen Zähnen, der im Glauben erzogen wurde, der ist ein Schäferhund.«

Dann leistete er seinen Schwur. »In meine treuen Klauen lege den Hyperraum-Shuntantrieb, so daß meine tapferen Kzinti sich frei ihrem Schicksal stellen mögen! Laß uns deine Ebenbilder leiten. Wir werden sie disziplinieren, wir werden ihr Verhalten lenken. In der ganzen Galaxis findest du kein größeres Volk als das Volk der Helden. Benutze uns. Um mehr bitte ich nicht.«

Nach einer Weile respektvollen Schweigens nährte sich Hwass vom Leib des Gottessohnes, auf daß er die Gnade der Wahren Gestalt teile, wie Gott es in Matthäus 26, 26 befahl, und trank sein Blut, das ganze Blut, das für viele vergossen wurde zur Vergebung der Sünden, wie Gott es in Matthäus 26, 27-28 verlangte.

KAPITEL 10

(2436-7 n.Chr.)

Als Major Yankee Clandeboye sich um die Organisation der Expedition nach Hssin bemühte, mußte er feststellen, wie viele Navyoffiziere er sich zum Feind gemacht hatte. Er verfügte über alle notwendige Autorität, um diese Expedition ins Leben zu rufen, aber er benötigte mehr als Autorität: Er war auf die Kooperation anderer Offiziere angewiesen. Und ganz gleich, welchen Antrag er stellte, wurde er jedesmal an eine andere Abteilung der Navyverwaltung verwiesen. Admiral Jenkins war ganz eindeutig nicht bereit, mit Yankee zusammenzuarbeiten.

Aus der Gerüchteküche erfuhr Yankee schließlich, daß Admiral Jenkins, Kommandeur der im Alpha-Centauri-System stationierten 8. Flotte, schon seit Jahren einen bilateralen Vernichtungskrieg gegen General Fry führte; einen verdeckten Krieg, der durch Rufmord, Umleitung von Nachschub, Verfälschung von Tatsachen, Zurückhalten von Vorschlägen und Innovationen sowie Schikane von Offizieren geführt wurde, und durch einen offenen Krieg um Etats und Waffenbeschaffung. Jenkins und Fry differierten politisch wie philosophisch und gehörten konkurrierenden Machtblöcken innerhalb der Streitkräfte an. Seitdem es während der Invasion von Down das letztemal zur offenen Auseinandersetzung gekommen war, herrschte zwischen ihnen eine Art brodelnder Waffenstillstand.

Einer von Yankees Informanten hielt all das für recht komisch. »Er genießt seine kleinen Kriege richtig. Kämpft gleichzeitig an sechs oder sieben verschiedenen Fronten. Einmal hat er versucht, Buford Early vors

Kriegsgericht zu bringen. Das hat zwar nicht geklappt, aber es hielt die Vulkane am Rauchen.«

»Das hat Admiral Jenkins versucht?« fragte Yankee ungläubig.

»Nein. General Fry.«

»Und die ARM läßt meinem Chef das Ganze durchgehen?«

»Was bleibt ihnen anders übrig? Fry hat eine Vergangenheit als Goldhaut. Die Goldhäute und die ARM arbeiten widerwillig zusammen. Du weißt schon, die alte Rivalität zwischen Beltern und Flatlandern.«

»Und da halte *ich* mich für unbeliebt!«

Die oberen Behörden der ARM taten ihr Bestes, um solche Streitigkeiten einzudämmen. Doch gerade der innere Aufbau der Alliierten Regionalmiliz verschlimmerte die Konflikte. Die ARM war niemals dazu gedacht gewesen, Krieg gegen die Kzinti zu führen oder zwischen Fremdintelligenzen zu vermitteln. Im Laufe von dreihundertfünfzig Jahren hatte sie sich darauf spezialisiert, militärisch nutzbare Technologie aufzuspüren und zu unterdrücken, anstatt sie zu nutzen. Die militärische Antwort der ARM auf die kzintische Bedrohung stellte nicht mehr dar als ein hastiges Flickwerk aus den falschen Teilen der Bürokratie.

Yankees Gewährsleute legten ihm nahe, Jenkins zu übergehen, nach Sol zurückzukehren und dort ein Schiff anzufordern. Davon abgesehen, daß diese Möglichkeit einen Umweg von zehn Lichtjahren (dreißig Tagen Reisezeit) bedeutet hätte, wollte Clandeboye nicht ausgerechnet vor Fry sein Unvermögen eingestehen und ihn um Hilfe bitten – der alte Spieler hatte ihn zweifellos mit voller Absicht in diese ungünstige Ausgangsposition gebracht, um zu sehen, wie er damit zurechtkam.

Yankee blieb nichts anderes übrig, als von einer

Gerüchteküche zur nächsten zu kriechen und sich die wildesten Latrinenparolen anzuhören, immer in der Hoffnung, er fände einen Ansatzpunkt zur Lösung seines Problems. *Vielleicht,* überlegte er ironisch, *sollte ich Jenkins wegen Meuterei anklagen. Gute Idee, schlechte Chancen.*

Er war in genau der richtigen Stimmung, um Brobding Shaeffers Einladung zum Abendessen ins Restaurant Sternenbrunnen auf Tiamat anzunehmen. Brobding war schon immer eine gute Gerüchtequelle gewesen.

Im Sternenbrunnen ging es erheblich förmlicher zu als Yankee lieb war; es gab sogar einen echten Oberkellner. Der Mann trug einen schwarzen Frack mit türkisen Knöpfen, die wie Austern geformt waren, und er geleitete Yankee gleich an Shaeffers Tisch. Der Tisch stand gleich am Rand einer der Galerien, von denen man direkt in den Brunnen blickte. Yankee schaute über den Rand – und durch das Fenster bis hinunter zum Anfangspunkt des Kosmos. Er fühlte sich unbehaglich in dem Wissen, daß schon ein kleiner Materialfehler in der »Haut« genügte, um ihn durch den Fußboden in den Weltraum zu saugen, wo er einen noch besseren Blick auf die Sterne hätte. Wem es entgangen war, daß Tiamat rotierte, bemerkte es spätestens jetzt; das Sternbild des Pfaus zog gerade unter dem Boden des Brunnens vorüber. Yankee erkannte aus seinen Tagen als sternenbesessener Navigator Peacock wieder – Alpha Pavonis, Riesen-Doppelstern, Periode 11,7 Tage. Sein Kopf steckte voller ähnlich nutzloser Details.

Brobding Shaeffer war gut in Form und begann auf der Stelle, Yankee den neusten Klatsch zu hintertragen – noch bevor Yankee Platz genommen hatte. Brobding hatte es sich auf einem kissenübersäten Halbmond bequem gemacht, von wo aus er einen wunderbaren

Blick auf den Brunnen hatte. Er hatte eine junge Dame im Arm und grinste glücklich übers ganze Gesicht. »Ich hab's direkt aus dem ICS-Anbau, daß Griesgram Jenkins deine Mission als unmittelbaren Eingriff in den Amtsbereich der Achten Flotte betrachtet. Als gezielte Beleidigung. Beim 3-D-Fußball gestern abend hat er sich lauthals darüber beschwert, daß einem Meuterer in *seinem* Reich umfassende Autorität erteilt worden sei.«

»Und ich dachte, er freut sich darüber«, entgegnete Yankee sarkastisch. »Als wir das letztemal miteinander gesprochen haben, grinste er wie ein Kzin.«

»Setz dich. Das ist Chloe.« Shaeffer wandte sich Chloe zu und wies mit einem gekrümmten Daumen auf seinen Freund. »Das ist Yankee. Er ist Meuterer.«

Yankee setzte sich. »Hör schon auf damit.«

»Das klingt *sehr* abenteuerlich!« rief Chloe aus mit dem Talent einer jungen Frau, die etwas darüber gelesen hat, wie man Männer zum Reden bringt. Ihre losen schwarzen Locken besaßen künstliche Spannkraft. Entweder war sie eine naive Zwanzigjährige beim ersten Rendezvous oder eine sehr selbstsichere Sechzehnjährige, die vorgab, schon zwanzig zu sein. Bei Brobding mußte man damit rechnen, daß er sich mit Minderjährigen einließ, im Raumanzug ohne Unterhose erwischt wurde oder in Tigerstadt zuviel trank. Das Mädchen – und sie war noch ein Mädchen – starrte Yankee unablässig an. Sie klimperte sogar mit den Wimpern. »Also?«

»Ist nur noch eine Geschichte vom Krieg«, knurrte Yankee.

»Erzähl sie uns. Ich hab' dich nie gefragt, was damals eigentlich geschehen ist«, sagte Brobding. »Dazu bin ich zu höflich.«

»Genau das schätze ich an dir«, versetzte Yankee.

»Wollen Sie es uns wirklich nicht erzählen?« fragte

Chloe. »Ach bitte. Ich bin ein Flottenkind und liebe es, wenn man mir vom Krieg erzählt.«

»Nein.«

»Wie kann ich Sie bestechen?« fragte sie flirtend.

»Mit einem Schiff, Kleines.« Er lächelte sie freundlich an, und sie kaute auf der Lippe.

Diesen Moment erwählte Brobding, um strahlend zu verkünden, er habe einen Kzintimechaniker von Aarku herbeigeschafft, der bereit sei, über die Schwarze Kunst der Wartung von Gravitationsantrieben zu sprechen. »Den nehme ich mit nach Procyon.«

»Ich hoffe, du hast einen Käfig, der die Wutanfälle aushält«, meinte Yankee.

»Den brauche ich nicht. Er hat seine Beine im Krieg verloren. Das ist auch der Handel: Er hilft uns – wir lassen ihm neue Beine wachsen.«

»Glaubst du wirklich, da macht er mit? Kzinti tragen ihre Wunden mit Stolz.«

Brobding grinste. »Sie sind nicht alle gleich. Diesen Kzin würde es schrecklich demütigen, wenn er einen anderen Kzin um neue Beine bitten müßte. Das würde er niemals tun – obwohl er mittlerweile sein Leben für neue Beine geben würde. Er ist alt. Aber er sagt, wir Menschen sind ehrlos – also kann er uns bitten. Er kommt von Ch'Aakin. Sobald Broziks Jungs ihm das Hirn ausgepumpt haben, schicken wir ihn wieder nach Hause.«

Yankee erinnerte sich, daß Ch'Aakin ein Nachbarstern Procyons war – nur neun Lichtjahre entfernt. Ein lausiger M2-Stern, nicht einmal eine goldplattierte Bleidublone wert. Während des Krieges hatten die Crashlander versucht, ihn zu erobern – neun Lichtjahre ist einfach zu dicht, um sich behaglich zu fühlen –, aber die Schlacht um Ch'Aakin geriet zu einem Blutbad, einem Fiasko, von dem die Navy nicht gern sprach.

Am nächsten Abend war Yankee zu einem formellen Diner in die Offiziersmesse geladen. Hier mußte er eine andere Sorte von Förmlichkeit über sich ergehen lassen. Die grauen Schottwände waren steif mit Bullaugenrändern aus Messing dekoriert, die man vom Grunde des irdischen Pazifiks geborgen hatte. Über dem Kopf des langen Tisches hing ein korallenverkrusteter Propeller von irgendeinem antiken Jagdflugzeug, das über die Kante seines Flugzeugträgers gekippt war. So waren die Flatlander, sie importierten ihre Bande zur Erde. Die Sitzordnung der Offiziere folgte den Dienstgraden, und ihre Platzhalter waren Miniaturen von Militärwaffen aus chinesischem Elfenbein.

Yankee hatte mehr auf eine formlose Zusammenkunft gehofft, bei der er die Hindernisse aus dem Weg räumen konnte, die den Beginn seiner unorthodoxen Erkundungsmission hinauszögerten. Statt dessen fand er sich in einem Hinterhalt wieder.

Obwohl die großen Datenmagazine die ›Clandeboye-Artikel‹ nie veröffentlicht hatten, erfuhren sie damals weite Verbreitung und regelmäßige Verdammung. Oftmals hatten die Kritiker nur andere Besprechungen gelesen. Die Kritiker an der Dinertafel waren vollkommen rücksichtslos. Sie wollten ihm *beweisen,* wie sehr er im Unrecht sei – daß die Patrouillen der UNSN das kzintische Raumgebiet fest im Griff hätten.

Jeder einzelne Offizier am Tisch besaß Kampferfahrung aus der grimmigen dreizehnjährigen Offensive, die auf die Schlacht von Wunderland gefolgt war. Bei jedem Einsatz waren rund vier Prozent der beteiligten Schiffe vernichtet worden. Hier saßen die hartgewordenen Überlebenden, von denen einige großartige Soldaten waren, während andere einfach nur Glück gehabt hatten. Keiner von ihnen hatte einen guten Grund, die Stärke der Kzinti herunterzuspielen, und doch tat jeder von ihnen genau das.

Yankee fröstelte innerlich. Mit ihm am Tisch saß der Kern genau der Navy, die den nächsten Angriff der Kzinti abzuwehren hätte. Der Hyperantrieb übte auf den Verstand von Menschen offenbar einen recht merkwürdigen Einfluß aus: Er verlieh ihnen die Illusion, sie beherrschten den Weltraum. Yankee erinnerte sich an Vice-Commander Yoni Marshalls Parabel von den Flöhen, die im ersten überschallschnellen Flugzeug der Erde mitreisten – sie hielten sich für die Herren jedes Winkels und jeder Ritze auf Erden. Derselbe Marshall hatte ihm dreidimensionale Angriffsstrategie beigebracht, und derselbe Marshall war zusammen mit den Bodentruppen gefallen, die versuchten, die Verteidigungsanlagen von Down zu überwinden.

»Die Patrouillen der UNSN decken nicht einmal die Spitze des Patriarchats ab!« rief Yankee frustriert aus.

»Das müssen sie auch nicht«, entgegnete ein zuversichtlicher Lebemann, der acht Jahre mehr Diensterfahrung besaß als Yankee.

Während Yankee höflich dem Unsinn zuhörte, mit dem der Kerl seine Argumentation zu untermauern suchte, schweiften seine Gedanken ab. Er war tiefer in den kzintischen Weltraum vorgestoßen als irgendeiner der anwesenden Offiziere. Dort draußen gab es so viele Welten. Man munkelte von einem Planeten namens Brückenkopf, den die Kzinti seit der Zeit von Dschingis-Khan besetzt hielten. Die UNSN wußte nicht, wo Brückenkopf war, und hätte nicht einmal etwas von seiner Existenz geahnt, hätte Chuut-Riit ihn nicht in einem seiner Bücher über Militärstrategie als absonderliches Fallbeispiel erwähnt.

Dennoch stellte Brückenkopf eine vorgeschobene Basis

in dem Unterlichtkrieg dar, den die Kzinti gegen die Pierin führten und der in diesem Augenblick im Gange war. Wer waren die *Pierin?* Die Kzintikrieger, die diesen Krieg fochten, hatten vermutlich noch nichts vom Mensch-Kzin-Krieg erfahren. Die Kzinti führten interstellare Kriege seit der Zeit, da die Menschen die ersten Schwerter aus rotglühendem Eisen schmiedeten, oder der Bronzezeit oder der Zeit vor Ur oder sogar seit der Zeit vor der Erfindung des Bieres. Das war genügend Zeit, um ein enges Netz aus Basen und Stationen aufzubauen.

Wie viele Kzinti gab es dort draußen? Wie viele mit Waffensystemen ausgerüstete und von Kzinti bemannte Felsen verbargen sich im interstellaren Raum? Wie viele elende kleine kzintische Festungswelten wie Hssin gab es noch? Wie viele Fabrikwelten? Hunderte? Tausende? Das wußte niemand.

Diese jungen Männer, die so viele Kameraden verloren hatten, konnten nicht einmal zugeben, daß sie in eine Pattsituation gedrängt worden waren. Der Hyperantrieb stellte in bezug auf Logistik und Transport eine großartige Waffe dar und erlaubte wieder die Blitzkriegführung. Die UNSN fand sich in die Lage versetzt, die wesentlichen Kzintiwelten einzukesseln und zu isolieren. Doch die Hyperraumsingularität, die jede stellare Masse mit einer ›verbotenen Zone‹ umgab, hielt Invasionsschiffe mit Hypershuntantrieben ebenso mühelos auf wie ein Wall einen mittelalterlichen Eroberer.

In den schlimmen Zeiten, bevor es die ARM gab, konnte eine Kavallerie auf ihren Pferden über tausend Meilen Gelände galoppieren und die mächtigsten Städte einer Domäne belagern – aber die Pferde konnten nicht durch Mauern laufen. Die mechanisierte Wehrmacht konnte wohl mit Panzern, Halbkettenfahrzeugen, Lastwagen und Motorrädern über die Steppen Rußlands preschen – aber die Straßen Stalingrads, wo Lastwagen, Kampf- und Schützenpanzer nutzlos waren, vermochte sie dennoch nicht zu erobern. Nach dreizehn Jahren hatten die Hyperflotten der Menschheit den kzintischen interstellaren Handel so gut wie zerschlagen. Eine große Wirkung zeigte diese Tatsache dennoch nicht. Das Patriarchat hatte sich schon vor langer Zeit an Nachschub gewöhnt, der sich mit höchstens achtzig Prozent der Lichtgeschwindigkeit bewegte. Wenn man auf Kzin ein Ersatzteil bestellte, so traf es vielleicht ein halbes Jahrhundert später ein. Infolgedessen stellte selbst der kleinste kzintische Vorposten ein mehr oder weniger unabhängiges Produktionszentrum dar. Eine kzintische Angriffsflotte bedeutete ein behäbiges, schlecht ausgestattetes Abenteuer. Aber ein von Kzinti verteidigtes, belagertes Sonnensystem war so gut wie unbesiegbar.

Der Gravitationsantrieb der kzintischen Kriegsschiffe erlaubte ihnen, Beschleunigungen zu erzielen, mit denen sie jedes Schiff ausmanövrieren konnten, das von den Menschen an die Front geschickt wurde. Innerhalb der Hyperraumsingularität war beinahe jede Klasse kzintischer Kriegsschiffe ihren menschlichen Gegenstücken überlegen. Duelle mit Strahlenwaffen über lange Entfernungen waren ineffektiv; bei unterlichtschnellen Strahlgeschwindigkeiten vermochte ein gut abgeschirmtes Kzintischiff schneller auszuweichen als der Strahlgenerator korrigieren konnte. Selbstlenkende Raketen boten die besten Chancen, Treffer zu erzielen, aber ihre Geschwindigkeit war erheblich geringer als die des Lichtes, und so konnten aufmerksame Abwehrcrews die Raketen im Anflug abschießen.

Das Ergebnis der Belagerungen war mager. Down und Hssin stellten die einzigen klaren Siege dar.

Der Angriff auf Down war ein massierter Überraschungsangriff auf eine Welt gewesen, deren kleine Sonne eine Singularität aufwies, die nur achtzehn A. E. weit reichte, also nicht weiter als bis zur Uranusbahn. Down war ein anomaler Vorposten tief innerhalb des Menschenraums, weiter von Kzin entfernt als jede andere Welt des Patriarchats, schlecht ausgerüstet, niedrig besteuert, unterentwickelt und unterbesetzt. Trotzdem hatten die ansässigen Krieger ein Viertel der angreifenden Flotte vernichtet, bevor sie ausgelöscht werden konnten.

Yankee hörte geduldig zu. Vor einem der Offiziere stand eine Elefantenminiatur aus feinstem geschnitzten Elfenbein als Platzhalter auf dem Tisch. Das Tier war in einer Sturmangriffspose dargestellt. Der Offizier verbreitete Erinnerungen an die Landung seiner Eliteeinheit auf Down, während er zwar sein Huhn mit Pflaumen vernachlässigte, seinen Slibowitz jedoch nicht. »Da saß ich nun auf dem Turm, ohne hinunterzukommen, und mein bester Schütze, der mir Deckung geben sollte, wird mit dem Hintern zuerst in einen Graben geschleudert, wo er mit manövrierunfähigem Panzeranzug steckenbleibt. Weglaufen kann er nicht, also bleibt er da sitzen und knallt jeden Ratcat ab, der über den Graben setzt. Und ich hocke da und schwitze Ziegelsteine, denn wenn sie ihn erwischen, dann bin ich Hackfleisch. Aber er erwischt ein gutes Dutzend von ihnen, einen nach dem anderen, wie sie über die Kante kommen, weil sie ihn nicht sehen können.«

Yankee fühlte sich an einen Spieler erinnert, der begeistert seinen Zuhörern bis in alle Einzelheiten schildert, wie er am frühen Morgen einhundert ›große Scheine‹ gewonnen hat – ohne die tausend ›großen Scheine‹ zu erwähnen, die er am Abend zuvor verloren hatte. Das

Verlustverhältnis im Bodenkampf auf Down betrug drei Menschen für einen Kzin. Kein Sieger erinnert sich an solche Einzelheiten.

Down war große militärische Bedeutung zugemessen worden, weil es hinter der Front lag. Welcher Unsinn! Down besaß nicht den geringsten strategischen Wert. Vermutlich war dieses Ziel aus reiner Frustration ausgewählt worden. Keine der großen Welten fällt, also nehmen wir uns die schwächste.

Andererseits war die Eroberung von Hssin im Jahre 2422 unumgänglich gewesen. Nur zwei Lichtjahre trennten die Welt von Wunderland, und 5,3 Lichtjahre von Sol. Hssin war der Bereitstellungsraum für den kzintischen Vorstoß gegen das Herz der Menschheit gewesen. Theoretisch bot Hssin ein leichtes Ziel. R'hshssira war ein gescheiterter Stern, dessen Singularität nur acht A. E. weit reichte, nicht einmal zur Saturnbahn. Per Hypershunt war Alpha Centauri nur eine Woche entfernt, ein idealer Bereitstellungsraum, um den Angriff zu versorgen. Dennoch hatten die wilden Krieger von Hssin ein Drittel der UNSN-Flotte vernichtet, bevor es wunderländischen Marineinfanteristen gelang, einen ersten Brückenkopf zu errichten.

Dreizehn Jahre Offensive. Zwei Siege. Tausende von Kzintischiffen im interstellaren All vernichtet, Hunderte von Raids, Dutzende erfolgloser Belagerungen. Patt. Der MacDonald-Rishshi-Friedensvertrag hatte beiden Seiten gegeben, was sie brauchten: Das Patriarchat benötigte Luft zum Atmen, die Menschheit mußte aufhören, mit dem Kopf gegen Wände zu rennen. Das Ergebnis als Sieg der Menschen zu bezeichnen, war reines Wunschdenken.

Und die Menschheit nutzte die Zeit nicht, die der Vertrag ihr schenkte.

Das Diner erfüllte seinen Zweck. Die Gastgeber hatten

sich einmal mehr in ihrer Ansicht bestärkt, den Krieg gewonnen zu haben und den Frieden zu sichern. Und Major Yankee Clandeboye wurde in seiner Ansicht bestärkt, daß er auf orthodoxem Wege niemals nach Hssin käme. Seine Gastgeber waren Gentlemen. Nachdem sie ihren Gast verbal besiegt hatten, prosteten sie ihm mit Vurguuz zu. Er hob das Glas und fragte sich dabei, wer diese Pappkameraden seien. Sie besaßen keinerlei Substanz. Er würde sie niemals wirklich kennenlernen. Hinterher empfand er tiefste Verzweiflung.

Wenn ein Mann verzweifelt ist, geht er gedankenverloren und einsam. Yankee ging den langen Nachhauseweg zu Fuß. Er stand bereits vor seiner Wohnungstür, als er bemerkte, daß Chloe seine Ankunft erwartete. Sie kauerte auf dem roten Flurteppich und hatte die Arme um die Beine geschlungen.

»Chloe!« Yankee steckte seinen Daumen ins Schloß, und die Tür öffnete sich. »Hallo«, antwortete sie und folgte ihm in die Wohnung.

»Sie müßten schon lange im Bett sein, junge Dame.«

»Gute Idee«, entgegnete sie sittsam. »Gehen wir ins Bett.« Mit einem kaum wahrnehmbaren Lächeln sah sie zu, wie der Schock sich auf Yankees Gesicht offenbarte. Sie machte eine kunstvolle Sprechpause, dann rief sie triumphierend: »Erwischt!« Mit wippendem schwarzen Haar ging sie an die Konsole und rief die Kodes für eine klimpernde Abart Stampfmusik auf, die er nicht verstand. »Cornucopia«, erklärte sie. Das verstand Yankee ebenfalls nicht.

»Wo ist Brobding?« fragte er; eine andere Frage fiel ihm nicht ein.

»Ich gehe niemals wieder mit einem Mann aus, nachdem er mich seinen ›George verstecken‹ ließ. Wie sollte ich ihn dann noch jemals respektieren?«

»Äh ... wie war das? Ich glaube, ich habe da etwas nicht verstanden.«

»Wie sagen doch gleich die Flatlander dazu?« überlegte sie laut in einem Ton, bei dem er sich fragte, ob sie ihn nun aufzog oder nicht.

»Ich sollte Sie wohl besser nach Hause bringen.«

»Das sagen Sie ja mit zusammengebissenen Zähnen. *Sie* brauchen wohl eine Entspannungsmassage – den ganzen Rücken hinunter bis zum Po.«

»Im Moment würde mich nur eins entspannen – gewissen Leuten den Hals umzudrehen«, knurrte er. Weil er ihr dabei in die Augen sah, beschlich sie abrupt die Furcht. Das brachte ihn so sehr durcheinander, daß er sie sogleich beschwichtigen mußte. »Sie meine ich ja gar nicht!« sagte er lachend, um sie zu beruhigen. »Sie haben sogar einen ganz hübschen Hals. Wenn ich ihnen den breche, ruiniere ich ihn. Was ich sagen will: Ich brauche keine Massage. Ich muß Sie nach Hause bringen, bevor es zu spät ist – bevor Sie später nach Hause kommen, als Sie dürfen.«

»Ich bin gerade erst gekommen, und jetzt werfen Sie mich schon wieder hinaus?«

»Ja.«

»Nein. Ich bin hier, weil ich Sie für die Schülerzeitung interviewen möchte. Sie müssen mir alles von Ihrer Meuterei erzählen. Ich schreibe über Sie.«

»Nein, das stimmt nicht.«

»Könnten wir statt dessen zusammen unter die Dusche gehen?«

»Junge Dame, ich will ganz offen zu Ihnen sein: Ich brauche nicht noch mehr Ärger. Ich stehe bereits so tief im Dreck, daß selbst eine Giraffe nicht mehr rausgucken würde.«

»Was ist eine Giraffe?«

»Nur so eine Redensart. Ein ausgestorbenes Tier, glaube ich.«

»Ich bedeute aber gar keinen Ärger. Ich schwöre Ihnen, ich habe noch nie einen Mann geschwängert – Ehrenwort.«

»Ihr Vater ist vermutlich ein Chief Petty Officer mit *so* breiten Schultern, und Unteroffiziere haben viel Spaß daran, mich zu Brei zu schlagen. Sie dürfen eigentlich keinen Major verprügeln, aber bei mir läßt man's ihnen durchgehen. Die Schuld kriege ich. Meine Führungsakte sieht schrecklich aus.«

»Das ist alles schön und gut, aber mein Vater ist kein Unteroffizier. Er ist Konteradmiral.«

Yankee ergriff sie beim Handgelenk. »Junge Dame, Sie gehen jetzt auf der Stelle nach Hause.«

»Nein!«

»O doch!«

»Nix da.«

»Und wenn ich Sie jeden Millimeter bis dahin tragen muß.«

»Darüber läßt sich reden. Aber dann müssen wir einen großen Umweg machen, damit Sie mir ein Eis spendieren können. Zwischen hier und Zuhause gibt es keine einzige gute Eisdiele.«

»Es sieht ja ganz so aus, als bekäme ich kein besseres Angebot.«

Also brachte er sie nach Hause und lud sie auf dem Weg in eine Eisdiele ihrer Wahl ein. Er fragte sie, ob ihr Vater sich je Sorgen um sie mache. Dazu habe er zuviel zu tun, gab sie zur Antwort. Nun, mache sich dann nicht ihre Mutter ständig Sorgen? Nein. Chloe war auf Tiamat geboren, nur wenige Monate, bevor ein Mob den Asteroiden während der Großen Schlacht von den Kzinti befreite. Ihre Mutter gehörte, mit einer Axt bewaffnet, dem Mob an und fand den Tod. Chloe trug den eisernen

Ehering ihrer Mutter an einer Kette um den Hals. »Aha, dann sind Sie also fast sechzehn«, stellte er sanft fest.

»Nein, ich bin fast siebzehn«, erwiderte sie steif.

Yankee hatte eigentlich vor, sie vor der Tür ihrer Wohnung abzusetzen und die Flucht zu ergreifen, aber sie zerrte ihn hinein, um ihn ihrem Vater vorzustellen. »Papa! Ich hab' ihn! Gib mir nicht die Schuld, daß es den ganzen Abend gedauert hat! Er war nicht zu Hause!« Mit leiserer Stimme fügte sie, an Yankee gewandt, hinzu: »Nun müssen Sie mir von der Meuterei erzählen. Papa wird es schon aus Ihnen herausquetschen.«

Ein knochiger, aber gutaussehender Wunderländer in einem Bademantel aus Spinnenseide erschien. Nach altem Flatlanderbrauch schüttelte er Yankee die Hand. »Wie ich sehe, haben Sie meinen kleinen Teufelsbraten überlebt. Heute morgen hat sie während des Frühstücks pausenlos von ihnen phantasiert. *Der* Clandeboye. Ich schätze, das war ein Ablenkungsmanöver, damit ich sie nicht über diesen Tunichtgut von Crashlander befrage, in den sie verknallt ist, aber das ist egal. Ich fand es überfällig, daß wir uns kennenlernen.«

»Sag ihm, er soll uns von der Meuterei erzählen, Papa.«

»Alles zu seiner Zeit.« Ungeduldig schickte er seine Tochter hinaus und wandte sich wieder Yankee zu. »Wie ich höre, suchen Sie ein Schiff, das Sie nach Hssin bringt. Stimmt das?«

»Das ist Sache des Nachrichtendienstes.«

»Sehen Sie, ich möchte ein Schiff nach Hssin schicken, aber mir fehlt die erforderliche Autorität. Allerdings besitze ich die erforderliche Sicherheitseinstufung, um einen Blick auf Ihre Order werfen zu dürfen, falls Sie sie mir zeigen wollen. Möglich, daß wir uns handelseinig werden.«

Ungläubig zog Yankee seinen Infocomp hervor.

Konteradmiral Blumenhandler sprach weiter, während er sich mit dem Gerät befaßte. »Na ja, na ja, na ja«, meinte er grinsend. »Ich habe Schiffe, aber keine Order. Sie haben Order, aber kein Schiff.« Vor sich hin brummend, las er die kleinen Zeichen auf dem Display. »Nun, das nenne ich einen luftdichten Befehl. Wenn Sie eins meiner Schiffe requirieren würden, wüßte ich nicht, wie ich Sie zurückweisen sollte. Ich könnte selbstverständlich zornig sein; ich könnte vor Wut schäumen, aber zurückweisen könnte ich Sie nicht.« Seine Augen funkelten. »Natürlich würde ich im Gegenzug ebenfalls um einen Gefallen bitten – ein Gentlemen's Agreement, nichts weiter; nichts Schriftliches.«

»Und Jenkins?«

»Jenkins hat in dieser Hinsicht *Vorschläge* eingebracht – aber wann hätte ein *Vorschlag* jemals das gleiche Gewicht besessen wie ein Befehl? Lassen Sie mich erklären, was ich meine – ganz unter uns. Jenkins ist ein Außerweltler. Ich gehöre zum Wundervolk; meine Familie hat jahrhundertelang den Neunzehn Familien gedient. Jenkins dient der ARM. Ich habe einen Treueid auf die ARM abgelegt – aber mein Herz schlägt für die Sicherheit Wunderlands. Setzen wir, um meinen Seelenfrieden zu wahren, voraus, daß die Treueide, die ich geschworen habe, einander weiterhin nicht widersprechen. Treue zu Wunderland und Treue gegenüber der ARM, beides verlangt von mir nicht, daß ich den Sitz küsse, auf dem Jenkins sich flegelt. Haben wir uns verstanden?«

»Ich habe geschworen, meine Pflichten gegenüber der Navy zu erfüllen. Meine Befehle sind klar.« Auf diese höfliche Weise machte Yankee klar, er sei nicht geneigt, seine Kompetenzen zu überschreiten.

»Selbstverständlich. Lassen Sie mich Ihnen erklären, worin meine Interessen bestehen. Schon die Erwähnung

Hssins erfüllt mein Herz mit Furcht, und viele einflußreiche Wunderländer empfinden ähnlich. Hssin, so versichert uns die ARM, wurde vernichtet. Ich glaube der ARM, weil ich dort gewesen bin. Aber kann Hssin nicht wieder infiziert worden sein? Jenkins tut diese Vorstellung als lächerlich ab. Alle kzintischen Versorgungsschiffe mit Kurs auf Hssin sind vernichtet worden. Patrouillen haben Vorbeiflüge unternommen. Diese flüchtigen Inspektionen haben nichts erbracht. Aber was hat das schon zu bedeuten? Auf einem Planeten gibt es Tausende von Stellen, an denen man sich verbergen kann. Wenn man Ihnen den Auftrag erteilt, könnten Sie sich auf Hssin verstecken?«

»Ich glaube nicht, daß das besonders schwierig wäre. Ich beabsichtige, es herauszufinden.«

»Was Sie auf diesem Planeten vorhaben, interessiert mich ehrlich gesagt nicht. Das ist eine Angelegenheit des Nachrichtendienstes, von der ich gar nichts wissen will. Der Gefallen, um den ich Sie bitten möchte, liegt mir im Gegensatz dazu sogar sehr am Herzen und garantiert Ihnen meine volle Kooperation. Ich möchte, daß eine intensive Untersuchung Hssins vorgenommen wird. Als wir im Jahre 22 von dort aufbrachen, lebte auf dieser Welt kein einziger Kzin mehr. Wenn Sie sie verlassen, möchte ich, daß das gleiche gilt.«

»Ich bringe einen Kzin mit. Ich mußte bereits einen anderen Handel schließen.«

»Und Sie nehmen ihn wieder mit, richtig?«

»Der Handel sieht vor, daß ich seine Repatriierung durch Markham abstemple, wenn der Kzin mitkommt. Er will nach Kzin zurück.«

»Auf Nimmerwiedersehen. Ich erwarte nicht, daß Sie auf Hssin Kzinti begegnen. Wenn doch, ist es mir egal, ob Sie sie dort töten oder mit aus dem System nehmen –

solange Hssin nur tot ist, wenn Sie aufbrechen. Ich gebe Ihnen zehn wunderländische Marineinfanteristen mit, erfahrene Leute, die dort gewesen sind. Wenn sie mir bestätigen, daß Sie aufgeräumt haben, dann glaube ich, daß Sie Ihren Auftrag erledigt haben. Keine Befehle, kein Gerede, kein Papierkram.«

Yankee tastete den Vorschlag rasch auf Haken und Fallstricke ab. Er ging nicht gern große Risiken ein, ohne sich das Ganze sehr sorgfältig überlegt zu haben, aber manchmal blieb keine andere Wahl, als auf der Stelle eine Entscheidung zu treffen. »Abgemacht.«

Der Admiral grinste. »Nicht so schnell. Ich würde keines meiner Schiffe einem Feigling in die Hände geben. Sie werden mir sagen müssen, was es mit dieser Meuterei auf sich hat.«

»Ja!« rief Chloe begeistert. »Abenteuerzeit!«

»Was machen Sie denn hier?« stöhnte Yankee. »Sie sollten längst im Bett sein. Ab mit Ihnen!«

»Nichts da. Ich hab' eine Vereinbarung mit meinem Vater.«

In die Falle gegangen. »Es ist ganz einfach«, erklärte Yankee ärgerlich. »Ich habe Befehle mißachtet.«

Der Admiral wartete. »Hinter der Geschichte steckt doch wohl ein wenig mehr.« Diese Feststellung kam einem Befehl gleich.

»Im Hinterland der Kzinti trieben wir Unfug – dort, wohin sich noch nie ein Mensch vorgewagt hatte. Wir wußten überhaupt nichts. Wir suchten nach Spuren von Leben. Bei 59 Virginis fanden wir welche: eine größere Kzintiwelt. Commander Shimmel plante einen tiefen Erkundungsvorstoß. Das Überraschungsmoment war sehr wichtig. Noch konnte ihnen keine elektromagnetische Nachricht verraten haben, daß ihre Feinde schneller reisen als das Licht. Shimmel stieß hinein, aber ich hielt meine Gruppe gegen den Befehl zurück. Shimmels zwölf Schiffe verschwanden. Offiziell heißt es, die Kzinti hätten ihn erwischt, weil ich nicht da war, um ihm Feuerschutz zu geben. Meiner Meinung nach hat Shimmel seine Schiffe in die Singularität gerammt. Und ich glaube, seine Offiziere sind ihm aus blindem Gehorsam in die Mauer gefolgt. Das habe ich nicht getan. Ich sagte Shimmel, daß seine Berechnungen zweifelhaft waren, daß er zuviel riskierte. Daraufhin wurde er wütend und befahl mir den Einflug. Ich habe getrödelt. Als er verschwand, war ich ziemlich entsetzt und ging hinein – nach eigenen Berechnungen, an einem anderen Eintrittspunkt. Wir haben nach ihm gesucht, aber niemanden gefunden. Die Kzinti hingegen fanden uns, und die Gruppe mußte sich aus dem System herauskämpfen.«

»Warum haben Sie seinen Berechnungen nicht vertraut? Er hatte die Standardcomputer der UNSN und die übliche Formel. Wir alle haben diese Formel benutzt.«

»Ein Kommandeur besitzt aber eine gewisse Bewegungsfreiheit, wie dicht er tatsächlich an die Singularität heran will. *Sie* vertrauen also auf die Formel. Ich nicht. Um Finagles willen, niemand kennt sich doch wirklich mit dem Ganzen aus! Das sind doch alles Näherungen! Alles über den Daumen gepeilt. Die einfachste Faustregel lautet, daß der Radius einer Singularität in Astronomischen Einheiten gleichzusetzen ist mit dem Sechsunddreißigfachen der Quadratwurzel aus der Sternmasse in Solmassen. Würden Sie darauf wirklich Ihr Schiff verwetten? Wenn nein, dann haben Sie verdammt recht! Die Formel trägt noch tausend weiteren Faktoren Rechnung, um das Ergebnis zu optimieren. Vertrauen Sie diesem Ergebnis? Ich nicht. Weil ich weiß, daß es nicht auf einem theoretischen Verständnis des Hyperraums beruht. Es basiert auf der Erfahrung und einem bißchen faulen Zauber, den man diesem unbegreiflichen Handbuch entnommen hat, das die Outsider uns verkauft haben. Als ich auf We Made It ausgebildet wurde, rammte einer der Flugschüler sein Schiff in die Singularitätsmauer. Und er verwendete die damals aktuelle Formel. Das einzige, was wir von ihm fanden, war eine Gasspur, drei Astronomische Einheiten lang. Der Antrieb ist wahrscheinlich immer noch im Hyperraum, wer weiß? Das hat mir einen Heidenschrecken eingejagt. Ich habe mich *eingehend* mit Singularitäten befaßt und meine eigenen Faustregeln aufgestellt. Und ich will verdammt sein, wenn ich mir von irgend jemandem befehlen lasse, sie nicht zu benutzen. Ja, ich weiß, es sind *konservative* Regeln, aber ich lebe noch!«

»Ihre eigene Einschätzung zählt für Sie mehr als die der *Navy?*«

»Papa! Du hast versprochen, diplomatisch zu sein! Das war abgemacht!«

Yankee vermochte sich nicht zu beherrschen, er mußte den Köder schlucken. »Mir bedeutet die Navy mehr, als Sie sich vorstellen können, Sir! Wenn's nach mir ginge, dann wären Gestalten wie Jenkins und Buford Early damit befaßt, die Scheiße der jüngsten Rekruten zu kompostieren, und zwar mit Schaufeln.«

»Also finden Sie, es gibt Momente, in denen auch ein gehorsamer Offizier sich Befehlen entgegensetzen muß?«

»Das kann ich so nicht sagen. Zu dem Zeitpunkt habe ich nicht unbedingt nachgedacht. Ich habe *reagiert.* Es war eine Frage des Urteilsvermögens. Ich hab' versucht, meine Männer am Leben zu halten, damit sie weiter gegen die Kzinti kämpfen können. Nach meiner Einschätzung war es in keinerlei Hinsicht besonders sinnvoll, in die Singularität zu fliegen. Manchmal muß man Opfer bringen – aber dann muß es sich auszahlen. Als ich nach Hause kam, fand ich ein Gedicht. Ich habe es auswendig gelernt. 25. Oktober 1854. Die Schlacht von Balaklawa. Tennyson. Die Briten vermochten besser Befehlen zu gehorchen als ich es jemals können werde.« Er schloß die Augen.

›Vorwärts, Leichte Brigade!
Ihre Kanonen nehmet im Sturm‹, sagte er; und
In das Tal des Todes
Ritten die Sechshundert . . .

Jemand hatte geirrt:
Doch nicht an ihnen war es zu widersprechen.
An ihnen war es nicht zu fragen warum,
An ihnen war's zu gehorchen und zu sterben.
Und in das Tal des Todes
Ritten die Sechshundert.

Kanonen zur Rechten,
Kanonen zur Linken,
Kanonen von hinten
Feuerten donnernd die Salven;
Von Kugel und Granate bestürmt,
Während Roß und Helden fielen,
Sie, die so gut gekämpft,
Kamen zurück aus dem Schlund des Todes,
Zurück aus dem Maul der Hölle,
Alle, die noch übrig,
Übrig von sechshundert Mann.

KAPITEL 11

(2437 n.Chr.)

Die von Wunderländern bemannte Fregatte *Erfolg* war im Jahre 2422 in Dienst gestellt worden und hatte bei R'hshssira ihr erstes Gefecht erlebt. Beim erfolglosen Sturm auf Ch'Aakin 2425 schwer beschädigt, wurde sie im kommenden Jahr überholt und mit einer erweiterten Mittelsektion versehen, in der ein Exemplar der bislang stärksten, verbesserten Hyperraum-Shuntantriebe untergebracht werden konnte, die nun auf We Made It von den Fertigungsbändern rollten. Zwischen 2426 und 2433 überfluteten menschliche Hyperkriegsschiffe den kzintischen Weltraum. Dabei war die *Erfolg* ein mobiler Teil von Admiral Chumeyers Flotte, die die Nachschublinien der Kzinti vernichtete.

Den MacDonald-Rishshi-Friedensvertrag nannte Yankee lakonisch nur »Waffenstillstand«. Im ersten Friedensjahr hatte die *Erfolg* mit ihrer siebzigköpfigen Besatzung noch vor den kzintischen Sonnensystemen patrouilliert, dann hatte eine neue Klasse kleinerer, wirtschaftlicherer (und weniger kampfstarker) UNSN-Patrouillenschiffe sie in eine inaktivere Rolle gedrängt. Doch Blumenhandler war es in typisch wunderländischer Paranoia gelungen, die Außerdienststellung der *Erfolg* zu verhindern. Sie befand sich in kampffähigem Zustand.

Als Yankee durch die Nabelschnur seines Shuttles an Bord ging, wurde er sein ungutes Gefühl nicht los. Zwar hatte Konteradmiral Blumenhandler militärische Weitsicht bewiesen, die über den Patrouillendienst hinausblickte – aber besäßen seine Leute ähnliche Vorstellungskraft? Yankee wurde von einem jungen Offizier mit einem großen Adamsapfel empfangen. ›Claukski‹ stand auf seinem Namensschild, und er führte Yankee durch einen engen Gang, der mit Rohren, Kisten und Leitungen vollgestopft war. Das meiste davon stammte aus dem Umbau von 26. Der Offizier, der nicht älter sein konnte als fünfundzwanzig, entschuldigte sich höflich für die Unbequemlichkeit und wies immer wieder auf mögliche Gefahrenquellen hin, während sie gingen. Wo sonst hätte man neues Gerät auch unterbringen sollen, als in den Gängen? Kampfschiffe waren nicht auf Komfort ausgelegt.

Claukski führte ihn in eine beengende Messe, in der fünf Kameraden des Offiziers saßen. Einige von ihnen waren zu jung, um Kriegsveteranen zu sein. Clandeboye rechnete mit unverbindlicher Kameradschaft und einem geheimen Biervorrat, doch man schien zu wissen, wer er war, und mehr daran interessiert zu sein, mit ihm über seine Veröffentlichungen zu diskutieren als sich mit ihm zu betrinken. Solche Begeisterung wärmte ihm das Herz. Und es kam noch besser: Die jungen Offiziere konnten es kaum abwarten, ihm zu zeigen, welchen Unfug sie ersonnen hatten.

Die Gefechtsstationen der *Erfolg* waren mit einem Simulator verbunden, der das ganze Schiff in einen »Spielmodus« schalten konnte. Die Offiziere zeigten Yankee ihre »Speicherstände«, Nachbildungen der echten Schlacht um R'hshssira, die mit voller Besatzung erneut gefochten worden war. Die Taktiken, die sie aus ihren Übungen entwickelt hatten, wichen radikal von den Standardvorgaben der UNSN ab.

Brillant. Trotzdem war Yankee von ihrem Ansatz enttäuscht. Wie Hunderte von Soldatengenerationen zuvor bereiteten sich auch diese jungen Offiziere lediglich darauf vor, den letzten Krieg noch einmal zu führen.

Yankee versuchte, seine Bedenken diplomatisch vorzubringen, denn er beabsichtigte nicht, die Begeisterung zu dämpfen. »Haben Sie sich nicht unnötig Beschränkungen auferlegt?« fragte er. »Angenommen, es kommt wieder zum Krieg; wären dann nicht auch Schiffe der UNSN mit Schwerkraftpolarisatoren ausgestattet? Man gibt sich *einige* Mühe, möglichst bald Ergebnisse zu erzielen. Der Krieg ist niemals statisch.«

Sechs junge Männer grinsten ihn an und zeigten ihm ein weiteres, wilderes Szenario. Die Spezifikationen der Schiffe – von Feuerkraft bis Besatzungsleistung – ließen sich mit Hilfe einer Initialisierungstabelle einstellen. Für verschiedene Verbesserungen der Schiffssysteme waren bereits taktische Modelle vorhanden. Die aufgezeichneten Simulationen auf den Gefechtsbildschirmen sprachen Yankees Ausbilderinstinkte an, und er stellte fest, daß er selber grinste.

Leutnant Tam Claukski, der junge Spund mit dem großen Adamsapfel, war der erste, der wieder sachlich wurde. »Wir haben nur ein großes Problem, das wir gern mit Ihnen diskutiert hätten, Sir.«

Die haben allerdings ein großes Problem, dachte Yankee; *sie haben ihre Kzintikriegsschiffe nicht mit Hyperraum-Shuntantrieben ausgerüstet.* Wenn sie wirklich beabsichtigten, sich auf einen zukünftigen Krieg vorzubereiten, dann würde sich dieses Versäumnis als riesengroß erweisen. »Probleme? Was für Probleme meinen Sie?«

»Als wir versuchten, mit unserem Modell kzintische Hyperflotten zu simulieren, bekamen wir gewaltige Probleme.«

Yankee war einfach nicht an Flottenoffiziere gewöhnt, die dem Offensichtlichen aufgeschlossen gegenüberstanden, und als er nun plötzlich begriff, daß er diesen Jungen weder etwas einzureden noch sie mit Engelszungen zu überzeugen brauchte, durchfuhr ihn hochgradige Erregung. Sie *wußten* es bereits. Er empfand bodenlose Erleichterung und hieß Claukski mit einem Nicken fortzufahren.

»Anscheinend eignet sich unser Basismodell hervorragend zur taktischen Analyse, aber das ist wohl mehr Zufall als Absicht. In dem Modell wissen wir alles über unsere Flotte und welche Hilfe wir ihr von außerhalb des Schlachtraums zukommen lassen können. Ohne Hyperantrieb sind die Kzinti auf diejenigen Schiffe beschränkt, über die sie vor Ort verfügen. Das hält die Anzahl der Unbekannten in einem handhabbaren Rahmen. Die Taktik dominiert über die Strategie.« Tam verzog das Gesicht. »Wenn wir hingegen annehmen, daß auch die Kzinti über einen Hyperantrieb verfügen, dann ändert sich alles. Jede örtlich begrenzte Schlacht ist dann mit dem kompletten Patriarchat verknüpft. Die Anzahl der Unbekannten steigt ins Unermeßliche. Die Strategie dominiert über die Taktik. Wir dachten eigentlich ...« Die Stimme des Leutnants verstummte. Offenkundig hatte sich das, was er einmal gedacht hatte, als falsch erwiesen. Nun warteten sie alle auf Yankees Kommentar.

Yankee sagte kein Wort; er dachte nach. Das Patriarchat verfügte bereits über einen ausgedehnten Militärapparat. Unterlichtschnelle Nachrichtenverbindungen machten jede zentralisierte Reaktion auf eine Bedrohung unmöglich. Daher gab es überall kzintische Fabriken. Die Rattenkatzen besaßen selbst dort Vorposten, wo keine Zivilisation, die über den Hyperantrieb verfügte, jemals freiwillig einen Stützpunkt eingerichtet hätte. Daher winkte den Kzinti ein gewaltiger Vorteil, falls sie zusätzlich noch den Hyperantrieb in die Klauen bekämen. Durch einen zentralen K.o.-Schlag wären sie nicht verwundbar. Gleichzeitig konnten sie von zahlreichen

Punkten ausgehend eine Offensive vortragen. Einer solchen Bedrohung war nicht leicht zu begegnen.

»Ich bin tief beeindruckt von ihrem taktischen Knowhow. Vermutlich wollen Sie nun, daß ich Sie die Kunst der Großen Strategie lehre.«

Der Ausdruck auf ihren Gesichtern bejahte seine Frage.

Yankee seufzte. »Ich bin höchstens ein Schmalspurstratege, aber gemeinsam werden wir wohl etwas ausarbeiten können.« Schon der Gedanke weckte in ihm Entzücken. Diese Reise würde der reinste Vergnügungstrip.

Acht Tage später näherte sich die wunderländische Fregatte vorsichtig dem Zielstern. R'hshssira lag als roter Punkt voraus. Auf den Teleskop-Bildschirmen taumelte militärischer Schrott von der alten Schlacht durchs All; jedes einzelne Stück konnte einen Hinterhalt bedeuten. Nur keine Eile: sie hatten tagelang Zeit, um zu orten und auszuwerten. Für die kzintische Strategie wäre es typisch, wenn man versuchte, die *Erfolg* so tief wie möglich in den Schwerkrafttrichter R'hshssiras zu locken, bevor man angriff. Aus der Entfernung zeigten die Sensoren nichts; keine Energiequellen, keine abrupten Beschleunigungsänderungen. R'hshssira sah ganz nach einem unbewohnten Sonnensystem aus. Mißtrauisch drang die *Erfolg* weiter vor: immer noch nichts.

Erst als die kümmerliche Totgeburt von Stern aufgebläht den Himmel voraus erfüllte, entdeckte die *Erfolg* ein komplettes Schiff. Es zeichnete sich vor dem aufgewühlten Rot R'hshssiras ab, eindeutig eine kzintische Konstruktion – kugelförmig, riesig, mütterlich, mit all den Greif- und Ankervorrichtungen eines fliegenden Trockendocks. Die *Nistende Reißzahnmutter.* Die Crew der *Erfolg* wußte, wonach sie suchte.

Der Kommandant ließ das Schiff bereits aus der Entfernung mit Waffen anvisieren, dann erst begann er mit dem Geschwindigkeitsangleich.

»Für ein aktives Schiff hat sie das falsche Strahlungsprofil«, meldete einer von Yankees Männern an der Sensorcouch.

Der Kommandant bat um Vorschläge. Er reckte den Hals, um Yankee anzublicken. »Wie nahe möchten Sie denn gern heran?«

»Halten Sie lieber Abstand, das ist sicherer. Wir wollen nichts überstürzen. Sie sieht tot aus, aber ich nehme noch nicht an, daß sie wirklich tot ist.« Das Schiff konnte tot und doch mit tödlichen Fallen gespickt sein. Yankee hoffte auf einen Glücksfall, hoffte darauf, die *Shark* im Schoß der *Mutter* zu finden. Allerdings rechnete er nicht mit soviel Glück.

Sie riefen das Schiff auf allen kzintischen Kommunikationsfrequenzen an. Keine Antwort. Wenn sie nicht tot war, so spielte sie es immerhin.

»Wir könnten unseren Kzin hinüberschicken«, kam eine Stimme aus den Helmkopfhörern.

»Auf keinen Fall!« fauchte Yankee. »Diese zottige Kampfmaschine bleibt schön hinter Gittern!« Statt des Kzins sandte er zwei Marineinfanteristen in Panzeranzügen mit Inspektionsameisen hinüber, kleinen, handgroßen Robotern, die programmiert waren, neugierig in jede Ritze zu kriechen und alles aufzuzeichnen.

Drei Stunden dauerte es, bis sie das Schiff erreicht und geentert hatten. Eine Routineoperation – aber die lange Ungewißheit zerrte an jedermanns Nerven.

»Alle Shuttles sind fort«, meldete einer der Marineinfanteristen mit blechern klingender Stimme. Fünf Minuten später gab der zweite durch, daß es an Bord keine *Shark* und keine Luft gebe. Für die nächsten acht Stunden rührten sich die Raumsoldaten nicht mehr, während die

Robot-Ameisen überall herumschnüffelten, in Löcher krabbelten, Gänge entlangflitzten, Beleuchtungskörper und Lüftungsschächte zerlegten. Immer wieder meldeten die Ameisensensoren Neuigkeiten: Keine Nahrungsvorräte an Bord. Die Kälteschlafkammern leer. Die Treibstofftanks leer. Atmosphärenregeneration tot. Schwerkraftpolarisatoren tot.

Da erst begab sich Yankee selbst auf die Reise. Die Helmscheinwerfer seines Teams fanden Dinge, die die Robot-Ameisen zu finden nicht programmiert waren. In der Luftschleuse, die keine Luft mehr abzupumpen brauchte, lagen vertrocknete Blätter, die sich als Jotokifutter erwiesen. Auf dem Boden des leeren Raumanzugschranks fand Yankee eine kzintische Striegelbürste, die an einem Ende abgenutzt war und in der noch Kzintihaare hingen.

Ein kühnerer Vorstoß geriet zu einer raschen Rutschpartie durch kalte Korridore voller unummantelter Rohre, schlangenartig gewundener Leitungskabel und gravitationsloser Laufstege. Mit abgeschalteten Lampen und schußbereiten Waffen sprangen ihnen die beiden Marineinfanteristen voraus, gaben sich gegenseitig Deckung und den Nachfolgenden immer wieder das Zeichen, sich nicht zu bewegen. Als die Gruppe auf die energielose Brücke gelangte, fanden sie dort, daß die Außenpanzerung durchbrochen, aufgerollt und zum Himmel offen war; das Innere der Brücke wurde schwach von den trübroten Strahlen R'hshssiras erhellt. Die weißen Lichtstrahlen der Helmscheinwerfer ließen Schatten durch die Kommandozentrale tanzen. Sie war behelfsmäßig zur Bedienung durch einen einzelnen Kzin ausgestattet worden. Interessant, denn als das Schiff in den Kampf gerufen wurde, war die Besatzung vollzählig gewesen.

Die eingehende Suche in den Schatten mit Hilfe der Scheinwerfer förderte ein Bruchstück eines langhalsigen Vogels aus Porzellan zutage, ein Unikat von Wunderland – eine Kriegstrophäe, die den Krieg nicht überlebt hatte. Die Navigationsinstrumente standen zur Benutzung bereit. Der Experte für Kzintielektronik fand die Kommandogehirne – gelöscht. In der Imbißbar gab es nicht einen einzigen Kzinti-Snack. Äffchenneugier brachte Yankee dazu, einen Knopf zu drücken, der normalerweise ein Getränk spendete. Nichts. Doch unter dem Hahn stand die umgedrehte Oberseite eines menschlichen Kinderschädels, aus der man einen Trinkbecher gefertigt hatte. Als sie weiter vorstießen, fanden sie die Werkstätten. Einige Werkzeugmaschinen waren mit Gewalt entfernt worden. Die Qualität der Werkzeugmaschinen war beeindruckend. Aber so dachten die Kzinti eben: Wenn sie Ersatzteile brauchten, konnten sie sich nicht an die Heimat wenden. Sie mußten sie selbst bauen, während die Schlacht noch im Gang war. Diese Werkzeugmaschinen dienten nicht der Massenproduktion, es waren vielseitige Instrumente, die Unikate für jeden erdenklichen Bedarf herstellten.

»He, Sir. Kommen Sie mal hierher. Einiges hiervon ist gar kein Kzintischrott.«

Yankee richtete seinen Lichtstrahl in geschwungenem Bogen auf die Boxen und ging hinein. Dort blickte er auf Regale mit alten Bauteilen, die entweder repariert oder ersetzt werden sollten.

Der Ingenieur wies mit dem Scheinwerfer auf mehrere Stellen. »Die säuberlich inventarisierten Teile stammen von der *Shark*. Sie sind schwer beschädigt und gehören zum Rumpf, nicht zum Antrieb. Die *Shark* muß ein paar schwere Treffer erlitten haben. Mit solchen Schäden wäre sie nicht mehr einsatzklar gewesen.«

»Kann die Crew die Einschläge überlebt haben?«

»Schwer zu sagen. Man kann schon daran sterben, daß man an einer Rose schnüffelt und eine Knospe in die Luftröhre bekommt, und man kann eine Nuklearexplosion überleben, wenn man an der richtigen Stelle hockt. Die *Shark* gehörte zum kleinsten Hyperschifftyp, der je gebaut wurde. Verwundete hat es bestimmt gegeben.«

Yankee versuchte sich seine Cousine in einer Gefechtssituation vorzustellen. Sie hatte überlebt – sein Kzin hatte das bestätigt. Aber wieviel wußten die Kzinti über die Heilung verwundeter Menschen? Inwieweit interessierten sie sich überhaupt für dergleichen? Wie lange konnte eine verletzte Gefangene überlebt haben? Einen Tag? Eine Woche? *Sechzehn Jahre?*

Widerstrebend kehrte er an die Werkzeugmaschinen zurück. Sosehr Yankee seine Cousine auch liebte, es ging nicht hauptsächlich um sie – er durfte den Hypershunt nicht vergessen. Die Werkzeugmaschinen ringsum waren außerordentlich fortschrittlich und ausgefeilt – ob man wohl mit viel Geschick einen Hyperantrieb mit den Maschinen reparieren konnte? Yankee bezweifelte es, schloß es jedoch nicht aus.

Die Beantwortung dieser Frage überließ er lieber einem anderen Team. Er hatte ein ganzes Schiff zu erkunden.

Und sie erkundeten es. Eine kleine Abteilung war als Folterkammer benutzt worden. Eine heiße Nadel der Nachforschung. Fesseln. Nervenstimulatoren. Streckvorrichtungen. Gelenkauskugler. Ein Gerät, um jemandem bei lebendigem Leib streifenweise die Haut abzuziehen. Yankee war so aufgebracht, daß er den Raum verlassen mußte. *Die arme Nora.* Dann fanden sie in einem ehemaligen Materiallager eine Ansammlung menschengroßer Käfige. Yankees Entsetzen vertiefte sich.

Woanders stießen sie auf Sklavenquartiere, die mit Kletterbalken möbliert waren, welche an Baumbewohner denken ließen. Wieder Jotoki. Yankee nickte. »Damit ist zumindest geklärt, wie ein Kzin allein ein großes Schiff wie dieses führen konnte. Er hatte eine Jotokicrew. Weiß irgend jemand irgend etwas über diese Viecher?«

»Major Clandeboye, Sir!« drang die Stimme eines Marineinfanteristen aus den Kopfhörern. »Steuerbords von Ihnen. Sehen Sie sich das an.«

Es sah aus wie ein Gefängnis, und es war nachträglich eingerichtet worden. Zusätzliche Platten waren angeschweißt worden – Panzerplatten. Alle Flächen waren mit elektronischen Alarmgebern übersät.

»Aha, aha, aha«, machte Yankee. »Was immer hier drin gesessen hat, war so gefährlich, daß den Kzinti – oder dem Kzin – vor Angst bald das Fell ausgefallen wäre.« Er lachte auf. »Vielleicht sollten wir den Käfig lieber geschlossen lassen.«

»Drinnen ist keine Luft, Sir. Nichts könnte dort überlebt haben.«

»Wenn es einem Kzin Angst einjagen kann, braucht es vielleicht gar keine Luft.«

»Sir, für Geistergeschichten haben wir jetzt keine Zeit. Ich bin auch so schon nervös genug.«

Mit einem gewissen Humor in der Stimme entgegnete ein anderer Marineinfanterist: »Da drin ist nichts, wovor sich ein Mensch fürchten müßte. Angesichts der Größe des Käfigs kann es höchstens so groß sein wie zehn Kzinti.«

»Können Sie den Käfig öffnen?« fragte Yankee seinen Elektronikspezialisten und betrachtete die Schließvorrichtung, die vom Boden bis zur Decke reichte.

Die Männer warteten schweigend und hörten einander über den Helmfunk beim Atmen zu, während der Experte die Schlösser mit seinen Instrumenten sondierte.

»Tut mir leid, Sir. Das Ding ist ein *gutes* Schloß. Und es ist von beiden Seiten gesichert. Vielleicht ist es gar keine Zelle, sondern ein Safe. Wir bräuchten also einen Safeknacker. Wir werden einen Schneidbrenner heranschaffen müssen.«

Ein Waffenspezialist kam von der Fregatte herüber und schnitt ein sauberes Loch in die Tür; Türangeln und Schloß ließ er an Ort und Stelle. Der Schnitt war nicht breiter als einen Millimeter, und seine Tiefe wurde von einem Ultraschall-Signalgeber reguliert, so daß der Schneidstrahl nicht grillen konnte, was immer sich im Safe befand. Yankee beging den Fehler, als erster hineinblicken zu wollen. Unsanft schob ihn der Unteroffizier der Marineinfanteristen beiseite. »Mit Verlaub, Sir, nur für den Fall, daß ein Monster drin ist: den Kopf hinhalten muß ich.« Die Waffe schußbereit, lugte er hinein. »Bei Finagles sperrangelweit offenstehendem Mund!« – mehr brachte der Unteroffizier nicht heraus.

Yankee blickte als zweiter in die Zelle. Es war der Salon einer Dame. Yankee blieb im Eingang stehen; er konnte kaum fassen, was er sah. *Das ist ihrer,* dachte er.

Ohne daß der geringste Zweifel bestand, erkannte er in der Möblierung den Geschmack seiner Cousine wieder. Lieutenant Argamentine liebte die Rokoko-Exzesse des *Ancien régime,* die sie gern mit den Exzessen des Turbulenz-Stiles im ausgehenden zweiundzwanzigsten Jahrhundert kombinierte. In dieser Kammer stand nun ein Turbulenz-Rokoko-Bett mit kzintischen Einschlägen und sogar einer Andeutung von klassischem Barock. Ein Betthimmel aus Satin und eine Kontrolleiste zur Anpassung der Gravitation gehörten ebenfalls dazu. Am Kopfende zielten goldene Cherubim mit gespanntem Bogen auf den König von Frankreich und dessen Gefolge akrobatisch begabter Mätressen. Der König saß auf einem römischen Thron. Entrückte Spielleute klammerten sich enggedrängt an die Bettpfosten; einige davon hatten Menschenköpfe auf den Leibern kzintischer Tiere. Eine Chimära mit Rattenschwanz und Adlerflügeln, die an einem Pfosten hinaufkletterte, trug ihre Violine wie ein umgehängtes Gewehr. Der rasende Aufstieg wurde am oberen Ende der Pfosten von einer Barriere aus Muscheln blockiert, auf der Karyatiden mit großen Brüsten standen und den Baldachin stützten.

Der Rest der Einrichtung verblaßte im Vergleich dazu zur Belanglosigkeit. Es gab ein ausladendes Futon, auf dem man sich bequem niederlassen konnte. Einen dicken Teppich, eine intarsienverzierte Kommode mit zwei Schubladen. Einen Spiegel mit Rokoko-Rahmen. Einen kleinen Sekretär.

Nicht wenige Stunden ihrer Kindheit hatte Yankees Cousine Nora darauf verwendet, ihm genau zu erklären, welche Möbel sie sich später einmal von ihrem Mann wünschen würde. Sie besaß eine Sammelmappe mit 2-D-Bildern, die sie aus Innenarchitektur-Magazinen und –Katalogen ausgeschnitten hatte, und diese Mappe war dicker gewesen als ihr Daumen. Außerdem besaß Nora Disks voller 3-D-Displaydarstellungen, auf denen man die Täfelung, die Farbe, die Holzmaserung, das Poltermuster oder den Schrankstil verändern konnte. In Kriegszeiten träumte man vom Frieden.

Mit seinen dicken Handschuhen versuchte er im Schein der Helmlampe den zierlichen Sekretär abzutasten. Woher hatte sie diese Stücke? Kein wunderländischer Schreiner hatte jemals etwas auch nur entfernt ähnliches gebaut! Yankee zog das Helm-Skop hinunter und erkannte in der Vergrößerung geschäumte Metallplastik, wie die Kzintiingenieure sie gern verwendeten, wenn es ihnen gleichzeitig auf Stabilität und Gewichtsersparnis ankam. Irgendwie war es gelungen, den Schaum zu Schichten zu formen, die genau die gleiche Oberflächenbeschaffenheit aufwiesen wie Holz. Die Intarsien zeigten ein flämisches florales Muster. All das mußte von den Werkzeugmaschinen der *Mutter* hergestellt worden sein. Aber wie lange dergleichen dauerte ... Andererseits, wenn man während unterlichtschneller Reisen eins im Überfluß besaß, dann Zeit.

Yankee wußte sehr wohl, daß Nora einen Mann zu allem beschwatzen konnte – aber ihre Magie wirkte auf einen *Mann.* Wie war es ihr gelungen, einen Kzin zu bearbeiten? Er wandte sich wieder den Bettpfosten zu. Nora hätte weder gewußt, wie man dergleichen aus Metall schnitt, noch die Geduld dazu besessen – und außerdem keine Vorlagen. Die Pfosten wirkten bei näherer Betrachtung, als wären sie nicht geschnitzt, sondern mit Hilfe einer variablen Form gepreßt worden; vermutlich auf 3-D-Modellen basierend, die nach Skizzen Noras erstellt wurden. Ein fremder Verstand hatte die Vorlagen ausgeführt, denn die Vorlagen für die nachgebildeten Tiere stammten offenkundig nicht von der Erde. Sie waren weniger irdisch als die grotesken, fratzenschneidenden Wasserspeier der gotischen Kathedralen. Warum hätte ein Kzin ihr diesen Gefallen erweisen sollen? Und sie gleichzeitig in diesem üppigen Gefängnis halten sollen? Wer immer diesen Kerker erbaut hatte, mußte zugleich unter Noras Zauber gestanden und schreckliche Angst vor ihr gehabt haben.

Das Ganze wollte einfach keinen Sinn ergeben. Die Nora, die Yankee kannte, wäre kreischend auf einen Stuhl gesprungen, wenn man eine Rattenkatze in den Raum geführt hätte. Diesbezüglich war sich Yankee gewiß, daß auch er kreischend auf einen Stuhl gesprungen wäre, sähe er sich mit einem bewaffneten Kzin konfrontiert, der weniger als einige Lichtminuten entfernt war.

Es wurde noch schlimmer. Die Marineinfanteristen fanden das neurologische Labor. Ausrüstung befand sich kaum noch darin, aber die Displays schon. Die elektronischen Aufzeichnungen waren verschwunden, doch in bequemer Nähe zum Operationstisch lag eine Notizsammlung – aus dem Material, das die Kzinti anstelle von Papier verwendeten. Die Schrift wirkte penibel sauber; dieser Kzin hatte sich während seiner Experimente tatsächlich Notizen in Realzeit gemacht. Seine Anmerkungen waren chronologisch sortiert.

Als sie wieder auf der Fregatte waren, zeigte sich der wunderländische Kzintispezialist wenig optimistisch, was die Übersetzbarkeit der Notizen betraf. Er hatte den Großteil seines Erwachsenendaseins für die kzintische Bürokratie gearbeitet. »Technisches Fachchinesisch«, erklärte er. »Selbst in einer wissenschaftlich standardisierten Sprache wie Englisch ist technischer Jargon schwer zu entschlüsseln, wenn man nur ein Linguist ist. Das hier ist natürlich Heldensprache, und ich erkenne die Wörter, die Daten und die Grammatik, sogar grob den Sinn – aber der Inhalt, das ist etwas ganz anderes. Die chemische Symbolik liegt vor uns – aber wir wissen nicht genau, wie die Kzinti überhaupt biochemische Sachverhalte *auffassen*. Es läßt sich damit vergleichen, eine wissenschaftliche Arbeit aus Newtons Zeiten zu lesen. Immerhin besitzen wir einen Vorteil, weil wir wissen, daß es um Chemie und Medizin geht. Das eine oder andere werden wir schon verstehen, ich vermag nur nicht zu sagen, wie weit unser Verständnis letztendlich gehen wird.«

Die erste Analyse enthüllte, daß die Notizen von Experimenten an einer Vielzahl von Menschen handelten;

einer davon Lieutenant Nora Argamentine. Ihre Genomanalyse befand sich in ihrer Dienstakte – wer immer dieser Kzin gewesen war, er hatte jedenfalls mit genetischen Informationen gearbeitet, die ganz eindeutig zu Nora gehörten.

»Können Sie schon sagen, was er mit ihr anstellen wollte?«

»Ja, und ich hab's bereits überprüft: Er wollte ihr Haar wachsen lassen.«

»Wie bitte?«

»Er beschäftigte sich damit zu erreichen, daß ihr am ganzen Körper ein Fell wuchs. Ich weiß nicht, ob es ihm gelungen ist; die Aufzeichnungen brechen abrupt ab. Vielleicht, als sie nach Hssin aufgebrochen sind.«

Yankee war noch nicht bereit, die Planetenoberfläche zu betreten. Zwar deutete alles darauf hin, daß Kzin und Sklaven das Schiff aufgegeben hatten, um auf Hssin zu leben, aber Yankee mußte erfahren, was er nur konnte, bevor er versuchte, Noras Spur durch die Ruinen einer vernichteten Stadt zu folgen. Wenn Nora dort unten noch lebte, wollte Yankee nicht durch ungenügende Vorbereitung riskieren, daß sie als Geisel getötet wurde.

Er ließ Hwass-Hwasschoaw frei in der *Mutter* umherstreifen – in Begleitung eines Marineinfanteristen und einer Robo-Ameise. Außerdem hatte er eine Explosivladung auf Hwass' Rücken angebracht, an der Stelle, die ein Kzin nicht mit seinen Händen erreichen konnte. Einige von Yankees Leuten stichelten ihren Chef, er sei wohl ein wenig paranoid. »Lieber paranoid als tot«, entgegnete er. Dem Kzin gegenüber sagte er unumwunden: »Ich traue Ihnen nicht.«

Der Kzin nahm solche Ehrlichkeit gnädig hin. Er war mit Clandeboye einen Handel eingegangen, an den er sich getreu hielt. Yankee hingegen gab sich keinen Illusionen hin; er vermutete, der Kzin hege Absichten, über die sich nicht verhandeln ließe – auch wenn dieses Thema niemals offen erörtert wurde, war Hwass zweifellos genausosehr wie die UNSN am Verbleib des Hyperraum-Shuntantriebs interessiert. Wenn sie von Nora Argamentine sprachen, so war sie der Deckmantel, mit dem sie ihr jeweiliges Interesse am Schicksal der *Shark* kaschierten.

Hwass legte schließlich einen Bericht vor, in dem er angeblich die Abfolge der Ereignisse niedergelegt hatte, die zur Fahrt der *Nistenden Reißzahnmutter* nach Hssin geführt hatten. Die Logbücher existierten nicht mehr. Yankee war über die Scharfsinnigkeit erstaunt, die Hwass' Beobachtungen erkennen ließen. Das Niveau seiner Ausführungen betonte die Gefährlichkeit des Kzins. Der Bericht war eingehend, aber nach Yankees Ansicht stellte Hwass darin zu viele Mutmaßungen an. Hwass schien sich nur sehr schwer mit der Vorstellung eines Sklavenaufstands abfinden zu können. Yankee hingegen fiel es schwer, sich an den Gedanken fünfgliedriger Sklaven zu gewöhnen.

Er stellte eigene Recherchen an. Die Datenbank der ARM hatte nicht sonderlich viel Material über die Jotoki.

Neugeborene Jotoki waren nicht größer als Elritzen. Jeder sexuelle Konflikt war ihrer Art fremd, denn die fünf winzigen Arme, die sich während der Teichphase paarten, waren stets von unterschiedlichen Geschlechtern, und für verbundene Jotoki war eine Scheidung so undenkbar, wie es für einen Menschen unvorstellbar war, sich von Herz oder Leber zu trennen. Als Kinder waren Jotoki kleine, huschende, unverständige Tiere, die ihr Überleben im Wald hauptsächlich ihrer großen Anzahl verdankten, und nicht ihrer Schläue. Wie Kröten oder Fische waren sie die Beute der Fleischfresser. Erst die Adoleszenz führte zu einer endokrinen Veränderung in ihrem Nervensystem. Als Halberwachsene verfügten sie über die nötige Körpergröße und den erforderlichen Verdauungsapparat, um die Entwicklung von fünf untereinander vernetzten Gehirnen zu ermöglichen. (An dieser Stelle kam es Yankee in den Sinn, daß die menschliche Intelligenz von der Beckengröße der Mutter begrenzt wurde; noch vor nicht allzu langer Zeit war die Mutter eines Supergenies bei der Entbindung gestorben. Die Jotoki kannten diese Einschränkung nicht.)

Blieben sie in der Wildnis sich selbst überlassen, so wurden sie zwar sehr raffiniert, erlernten aber nie das Sprechen. Der wilde, nicht adoptierte Jotok galt unter den Kzinti als wohlschmeckendes Jagdwild, das durch seine Verschlagenheit zudem herausfordernd gefährlich war; aus diesem Grunde waren sie in den Jagdgärten der Kzinti reich vertreten. Um sprechen zu lernen, mußten sie von einem sprechenden Erwachsenen adoptiert werden. Wie mochte es gewesen sein, bevor sie von den Kzinti versklavt wurden? War damals ein erwachsener Jotok zu einem Waldspaziergang aufgebrochen und suchte sich einen Jotoki-Teenager im geeigneten Alter aus, der zu seinem an ihn gebundenen Diener wurde? Gab es irgendwo zwischen den Sternen noch eine Welt, auf der die Jotoki in Freiheit lebten? Innerhalb des Patriarchats jedenfalls war es nur einem erwachsenen Kzin gestattet, einen heranreifenden Jotok zu adoptieren.

Am Ende seines Berichts hatte der ARM-Forscher eine offene Frage gestellt. Kzinti mit Vollnamen, die ihre Harems hatten und Söhne, die sie aufzogen, erzählten großartige Geschichten von Jotokijagden – wie schlau diese Tiere sich der Verfolgung entzögen, wie gefährlich sie sein könnten. Gedichte priesen den Geschmack des frisch erlegten Jotoks. Im allgemeinen wurde jedoch behauptet, Jotoki gäben niederträchtige, unzuverlässige Sklaven ab. Kzinti aber, denen durch aggressivere Rivalen ein eigener Harem verwehrt blieb und die sich nicht einmal eine einzige Frau leisten konnten, adoptierten oft Jotoki und zogen sie als Sklaven auf – und diese Kzinti lobten ihre Tugenden.

Yankee rief Hwass zu sich, um sich dessen Bericht erläutern zu lassen. An einigen Stellen entbehrte das Englisch des Kzins der Klarheit. Offenbar setzte er vieles als selbstverständlich voraus, das Yankee nicht wußte. Und bezüglich gewisser Feinheiten hatte er sich möglicherweise absichtlich unklar ausgedrückt.

»Fangen wir ganz am Anfang an, damit ich sicher sein kann, alles verstanden zu haben. Konzentrieren wir uns auf Nora und die Sklavenrevolte.«

Zu schockiert von seinen eigenen Entdeckungen, um sich direkt auszudrücken, begann Hwass seine Darlegungen ein wenig umwunden. »Ja. Ich isst geschlossen daß Gefangene Argamentine zuerst isst gefangen in Käfig.«

»Ihr Kzinti behandelt eure Kriegsgefangenen wirklich mit höchstem Edelmut!« rief Yankee ärgerlich aus, war jedoch Diplomat genug, um weder die Folter noch die Experimente zur Sprache zu bringen.

»Sie isst Tier«, erklärte Hwass.

»Sie ist ein intelligentes Lebewesen und kein Tier!« fuhr Yankee ihn an. Die Wut hatte ihn übermannt.

»Viele Tiere isst intelligent. Nicht richtiges Kriterium. Gott isst viele Arten Tiere geschaffen. Dumme Tiere. Kluge Tiere. Törichte Tiere. Essentiere. Unsaubere Tiere. Unehrliche Tiere. Alless isst Platz in Gottess Reich.«

»Und Sie sind kein Tier?«

»Nein.«

»Einigen wir uns darauf, daß wir uneins sind. Zurück

zum Thema. Nora hockt also im Käfig. Was geschah dann? Was Sie herausgefunden haben, erinnert mich fatal an eine Meuterei.«

»Bei Wunderland isst großer Kampf in *Mutter*. Sie isst nicht sehen die Spur. Gut beseitigt.« Er verwies auf seinen Bericht über ausgebesserte Beulen und Löcher und die elektronische Ausrüstung, die zunächst manipuliert und später in den alten Zustand zurückversetzt worden war – einschließlich einer Anzapfung des zentralen Kontrollnetzes. »Beweiss isst zeigen deutlich Werkzeuge isst für Formen von Waffen, die für nichts gut außer Schlacht in Schiff.« Hwass hatte den Kampf detailliert rekonstruiert – angefangen dabei, daß die Schlafkammern unter Gas gesetzt worden waren, bis hin zu den letzten Tötungen auf den Korridoren.

»Jotoki gegen Rattenkater?«

Hwass schien Yankees Wortwahl nicht sonderlich zu gefallen. »Sklave gegen Herr«, verbesserte er ungehalten.

»Kommt so was öfter vor?«

Hwass lächelte über die Beleidigung und wartete, bis er sich wieder beruhigt hatte, dann sprach er weiter. »Niemalss. Isst Werk von niederträchtigem Verräter, Ausbilder-der-Sklaven. Isst Todesstrafe für ihn durch Zerhacken der Leber.«

»Kommt mir bekannt vor.«

»Sie isst müssen verstehen! Rollen Dominierender und Dominierte festgelegt isst machen Krieg profitabel. Manchmal aber erzeugen Rätselpuzzle.

Rätsel Nummer eins: Ausbilder-der-Sklaven isst befohlen in Schlacht. Isst seine Heldenpflicht. Alss Dominierter er muß glorreich gehorchen. Alle Teile von Puzzle isst an richtiger Stelle. Isst gute anwendbare Lösung. Alsso Rätselpuzzle fertig.

Aber Hwakkss! Er isst merken Teil stehen hervor. Viele

Wege um Rätsel fertig machen – aber nur ein Weg isst ohne Teil stehen hervor. Hwakkss, dies hervorstehendes Teil isst Schlachtverlusst wichtige Gefangene und alless besonderes Wissen! Nummer zwei: Ausbilder-der-Sklaven isst andere wichtige Pflicht. Gefangene muß zu Patriarch damit großes Wissen isst Kriegsgewinn. So guter Ausgang isst goldenes Verlangen. Aber Rätselpuzzle isst neu fertig gemacht mit neuem Teil stechen heraus.

Hwakkss! Neues herausstechendes Teil isst Bruch Dominanzbund/Wort/Ehre – fliehen auss der Schlacht – töten Krieger die hochhalten Bund. Schlechter Geruch.

Rätsel gelöst auf eine Weise, Ausbilder-der-Sklaven isst Verräter. Rätsel gelöst andere Weise, Ausbilder-der-Sklaven isst Verräter. Wie isst Ihr Äffchenwort: Zwickmühle?«

»Klingt ganz nach einem Rezept für die Meuterei«, brummte Yankee. »So wie ich das sehe.« Doch überzeugt war er noch nicht. »Also winkt Ausbilder-der-Sklaven mit seinem *Wzai,* und seine Sklaven durchschwärmen das Schiff und töten alle anderen Kzinti?« Wenn man es so ausdrückte, klang es nicht sonderlich wahrscheinlich.

Hwass wirkte gequält. So einfach war es nicht.

Zunächst mußte er nun die besondere Natur der Sklaven erläutern, über die Ausbilder-der-Sklaven gebot. Kein Jotok konnte oder würde rebellieren. (Dessen war sich Hwass absolut gewiß.) Jeder Jotok, so erklärte er, war als Stratege ein hoffnungsloser Fall, weil er ein Tier mit fünf Bewußtseinen war. Die spinnenhaften Vegetarier führten unablässig interne Streitgespräche mit fünf Parteien. Jedes Gehirn lenkte nur einen Arm und ein Auge, obwohl es die Gewalt darüber jederzeit an ein anderes Gehirn abtreten konnte. Je nachdem, welche Gehirne gerade wachten und welche schliefen, durchlief ein Jotok im Laufe eines Tages ein wahres Kaleidoskop an Persönlichkeitsveränderungen. Er vermochte einfach keine Befehle zu erteilen – doch ein hinlänglich geschulter Jotok konnte Befehle *befolgen!*

»Wenn ich es richtig verstanden habe, dann weigern sich viele Kzinti, Jotoki zu besitzen, weil sie hinterhältig und unberechenbar sein können. Das klingt für mich überhaupt nicht, als würden sie Befehlen gehorchen.«

»Sie isst müssen verstehen mystische Ordnung von Gott seinen Geschöpfen auferlegt. Wenn Sie Gottess Verstand kennen, alless isst enthüllt. Dass Geheimnis von Jotokitreue isst einfach. Niemals Jotok *kaufen.* Er isst Ihnen dienen oder nicht – aber er isst treu seinem Ausbilder. Niemals Jotok alss Geschenk annehmen. Er isst hart arbeiten – aber er isst treu seinem Ausbilder.« Hwass schlug heftig mit dem Schwanz auf. Wie nervtötend, einem Tier dieses grundlegende Wissen erklären zu müssen. »Ausbilder-der-Sklaven isst haben keine Söhne zum Aufziehen. Er isst haben Zeit Jotoki schulen. Die schlechten er isst verkaufen, die besten er behalten. Sie isst verstehen jetzt?«

»Nicht wirklich.«

Hwass fuhr ungeduldig mit seiner Belehrung fort. Nur ein Szenario war denkbar: Als Ausbilder-der-Sklaven herausfand, daß die *Nistende Reißzahnmutter* in ein tödliches Gefecht geschickt wurde, umriß er seinen geschulten Jotoki einen Schlachtplan, noch *bevor* man ihn wegen Insubordination verhaftete und in Kälteschlaf legte. Die Jotoki mußten nur seinen brillanten Plan zur Ausführung bringen. »Ausbilder-der-Sklaven isst meisterlicher Stratege.«

Zuerst der tödliche Gasangriff auf die Quartiere, um alle schlafenden Kzinti zu töten. Hwass wußte nicht, welches Gas benutzt worden war, aber gewiß verstand Ausbilder-der-Sklaven genug von Chemie, um es herzustellen. Darauf folgte der fehlgeschlagene Angriff auf die

Kommandozentrale, der die mittlerweile in Alarmbereitschaft versetzten wachen Kzinti auf die Gefechtsstationen hetzte. Dadurch war eine Kaskade tödlicher Fallen ausgelöst worden; die eine trieb die überlebenden Kzinti in die nächste.

»Wenn er so ein brillanter Stratege ist, warum hatte er dann solche Angst vor Lieutenant Argamentine?«

»Ausbilder-der-Sklaven isst bekannt alss Feigling. Spottname heißt ›Der-Gras-isst‹. Lieutenant-Beobachter isst einmal entkommen. Isst versuchen Ausbilder töten.« Hwass wackelte belustigt mit den Ohren. »Ausbilder pißt Gemüsebrühe. Isst gemacht großen Fehler. Isst geglaubt weibliche Frau ist feminin.«

»Da hat er recht gehabt.«

»Isst falsch. Weibliche Frau alle Lesben.«

»Sie möchten wohl gern aus der Schleuse fliegen.«

»Isst Witz«, grinste Hwass. »Mich aus Schleuse stoßen isst Bruch ehrhaften Vertragss.«

»Nur die Ruhe. Ich bin einfach ein bißchen sarkastisch. Ihre Reise zurück nach Kzin haben Sie sich verdient.«

»Zweimal«, knurrte Hwass.

Vielleicht doch gar keine schlechte Idee, ihn rauszuschmeißen, dachte Yankee, *Vertrag hin, Vertrag her.* Der Kzin wußte einfach zuviel. Allerdings spielte es keine Rolle, was Hwass wußte: Wenn die *Shark* repariert worden war, dann hatte der Patriarch bereits davon erfahren, und wenn nicht, dann nutzte es dem Patriarchen auch nichts, wenn er erfuhr, daß Ausbilder versagt hatte. Außerdem beförderte Hwass eine Friedensbotschaft von Commissioner Markham.

»Auf mein Wort ist Verlaß«, antwortete er daher.

»Handel isst noch nicht fertig. Sie isst brauchen Führer nach Hssin.«

Der Rattenkater glaubte also, die *Shark* könnte dort

unten sein. »Angenommen, wir finden das Schiff am Boden? Was würden Sie dann tun?«

»Isst interessante hypothetische Frage.«

Später, als Yankee die Einzelheiten der Landung auf Hssin mit dem Kommandanten der *Erfolg* besprach, murrte er ungehalten über Hwass-Hwasschoaw. »Jedesmal, wenn ich mit ihm spreche, bekomme ich Zustände. Der plant, uns alle umzubringen.«

»Natürlich tut er das«, entgegnete der Kommandant. »Schließlich ist er ein Kzin. Aber er kann nicht, wie er will.«

»Mir gefiel es überhaupt nicht, wie er auf die Schlitze der Klimaanlage blickte. Als er davon sprach, wie Ausbilder-der-Sklaven die Besatzung der *Mutter* vergiftete, trat so ein Funkeln in seine Augen. Wieso hat er dieses Detail überhaupt bemerkt? Weil er sich die ganze Zeit über mit solchen Ideen beschäftigt.«

»Wir haben auf diesem Schiff acht voneinander unabhängige Lebenserhaltungssysteme. Die Klimaanlagen schalteten in der gleichen Sekunde ab, in der sie Feuer oder Giftgas feststellten.«

»Ich glaube, es wäre nicht dumm, wenn wenigstens zwei Mann ständig Raumanzüge tragen würden.«

»Was ist mit vergifteter Nahrung?« fragte der Kommandant spöttisch.

»Ich werde darüber nachdenken.«

»Seine Unterbringung ist im Grunde ein Käfig. Wenn er rauskommt, steht er ständig unter Bewachung.«

»Er wird fliehen. Dann wird er versuchen, uns alle zu töten und das Schiff an sich zu bringen.«

Der Kommandant lachte auf. »Er hat nicht die geringste Chance.«

»Darauf würde ich mich nicht verlassen.«

KAPITEL 12

(2437 n.Chr.)

Grreff-Nigs Plan, die *Shark* zu stehlen und nach Kzin zu entkommen, ging reibungslos voran. Eine ihm unterstellte Gruppe w'kkaiischer Techniker hatte das Menschenschiff nach seinen Vorgaben umgebaut. Nur die inneren Aufbauten, von denen er sicher wußte, daß sie zumindest teilweise das Hyperfeld erzeugten, hatte er unverändert gelassen, und alle anderen durch kzintische Konstruktionen ersetzt, die viel weiter entwickelt waren als alle Standardtechnik des Patriarchats. Grreff-Nig war im Alpha-Centauri-System Wartungstechniker gewesen und besaß große Erfahrung darin, Kampfjäger illegal zu modifizieren; er wußte, daß er das tödlichste kleine Kampfschiff zur Verfügung hatte, das je von Kzinti in Dienst gestellt worden war. Jedes einzelne Schiff der nach Standardspezifikationen erbauten Angriffsflotte W'kkais konnte er damit ausmanövrieren – wenn es in gefechtsklarem Zustand war.

Vorsichtige Tests hatten nur geringfügige Probleme enthüllt. Natürlich hatte es bislang in der neuen Konfiguration noch keinen einzigen Probelauf des Hyperantriebs gegeben – jedes Experiment außerhalb der Singularität mußte sorgfältig vor den Überwachungspatrouillen der UNSN verborgen werden. Trotzdem bereitete die Hyperraumleistung der *Shark* Grreff-Nig noch die wenigsten Sorgen; schließlich hatte er dreizehn Jahre damit verbracht, ihren Antrieb zu überholen. Dieser Hyperraum-Shuntantrieb hatte ihn von Hssin nach W'kkai gebracht und nie irgendeine der Instabilitäten gezeigt, die für die w'kkaiischen Nachbauten charakteristisch waren und den W'kkaikzinti solches Kopfzerbrechen bereiteten.

Während der ersten Tests der modifizierten *Shark* hatte ihn stets ein allzu förmlich gekleideter W'kkaikrieger als Testpilot begleitet. Grreff-Nig hatte es eingerichtet, für diesen »letzten« Testlauf (der in Wirklichkeit erst die Nummer drei in einer Serie von acht-plus-eins darstellte) per Vorrangshuttle früher als nötig zu erscheinen. Seinen treuen Sklaven Schwer-zu-fangen hatte er mitgebracht, um einige »erforderliche Startvorbereitungen« zu treffen. Irgendeinem Offizier würde bei lebendigem Leib die Haut abgezogen werden, weil er das ungewöhnliche Ereignis nicht registriert hatte.

Nun war die *Shark* betankt und überprüft. Es fehlte nur der parfümierte Schiffs-Tester, der praktischerweise auf W'kkai aufgehalten worden war und sich zweifelsohne bereits über den Vorrangshuttle wunderte, der vor ihm das Testschiff erreicht hatte. Trotzdem war er gewiß noch nicht beunruhigt; der Befehl zum Start der Testsequenz würde auf elektromagnetischem Wege von der Forschungsstation gegeben und konnte nur im Notfall und nur von Schiffs-Tester übersteuert werden. So glaubte zumindest jeder.

Als Schiffs-Tester sich endlich auf dem Weg befand, hatten Schwer-zu-fangens fünf Arme die Instrumente bereits neu verdrahtet. Die Flucht war nun nicht mehr zu verhindern.

Grreff-Nig richtete sein Augenmerk auf den umgebenden Weltraum. Die Forschungsstation war nur ein glitzernder Punkt am Himmel, aber W'kkai stand als große Scheibe vor der sternenbesetzten Schwärze. Selbst auf einhundert Lichtsekunden Entfernung strahlte W'kkaisonne noch so hell, daß sie ausgeblendet werden mußte. Grreff-Nig und Schwer-zu-fangen stand ein langwieriges

Manöver bevor. Weil die Singularität rings um W'kkaisonne sich über drei Lichtstunden erstreckte, dauerte es bei voller Schwerkraftpolarisator-Leistung wenigstens einen Tag, bis sie via Hypershunt entkommen konnten. Immerhin war ihre Chance, allen Verfolgern zu entrinnen, sehr groß. Eine Kugel mit einem Radius von drei Lichtstunden bildete ein gewaltiges Volumen, und die Flotte W'kkais, die das Raumgebiet zu verteidigen hatte, beschränkte sich aus reiner Notwendigkeit auf die wichtigsten Punkte. Desertionen vorbeugen konnte sie nicht.

Die größte Gefahr stellte der Teil der Flotte dar, welcher dicht an W'kkai stationiert war, weil er seinen Verfolgungsbefehl so gut wie unverzüglich erhalten würde; die Verzögerung durch die Signalübertragungszeit wäre minimal. Doch selbst gegenüber den besten *Racheschrei*-Kampfjägern, die in Abfangreichweite lagen, besaß die verbesserte *Shark* einen Beschleunigungsvorteil von zwölf Ge. Wachsam blickte Grreff-Nig auf den strahlendhellen Lichtpunkt des kalten Hrotish, eines Planeten von sechsfacher W'kkaimasse mit einem wichtigen, w'kkaigroßen Mond. Auch dort, nur sechs Lichtminuten entfernt, lag eine Flotte stationiert.

Mehrere »Fluchtkonen« wirkten vielversprechend, auch wenn der Desperado die damit verbundenen Risiken keinesfalls unterschätzte. Der Zähnefletschende Gott warf die Knochen ohne Anteilnahme. Grreff-Nig dachte an den größten Zufall seines Lebens zurück: wie er beim Test illegaler Modifikationen am *Racheschrei*-Jäger von Kr-Kommandant genau zur richtigen Zeit am richtigen Ort war. Nur der Zufall hatte ihn an eine Stelle geführt, von der aus sie den menschlichen Ramscoop *Yamamoto* vernichten konnten, als er das Alpha-Centauri-System passierte. Das Glück mochte auch nun mit ihm sein – aber nicht notwendigerweise.

Flüchtig erinnerte er sich an Grreff-Hromfi, den größten Strategen, den er je gekannt, den Krieger, den er geehrt hatte, indem er seinen Namen annahm. »Denke, bevor du springst«, hatte der Meister unablässig wiederholt. »Sieh hin, bevor du springst.« Grreff-Nig hatte einen Kurs programmiert, der sich unvorhersehbar durch den Fluchtkonus krümmte, so daß die Sensorstationen auf W'kkai, behindert durch die Lichtgeschwindigkeitsverzögerung, seine tatsächliche Position nur mit immer größer werdender Ungenauigkeit angeben konnten.

Ein wachsamer Held, der da aufmerksam seine Instrumente überprüfte. Er blickte auf die glitzernde Forschungsstation und dann direkt auf Hrotish, bevor er grinste – und sprang. Die umgebaute *Shark* schoß mit einer Beschleunigung davon, wie sie menschliche Technologie nicht zu erzielen vermochte.

Raketenbeschuß stellte die beste Möglichkeit dar, ihn aufzuhalten, aber Grreff-Nig bezweifelte, daß man Lenkwaffen gegen das einzige verläßliche, einsatztaugliche Hypershunt-Aggregat einsetzen würde. Und wenn doch, dann verfügte Grreff-Nig über Strahler – und in Schwer-zu-fangen über einen sehr guten »Waffen-Offizier«; der Jotok hatte diese Rolle stets übernommen, wenn sie für das Dritte Schwarze Rudel der Fünften Flotte im Alpha-Centauri-System illegal Kampfschiffe modifizierten. Selbstverständlich hätte er den *Sklaven* niemals laut »Waffen-Offizier« nennen dürfen – aber denken durfte er es. Durch seine fünf vernetzten Gehirne war Schwer-zu-fangen der schnellste Waffen-Offizier, dem Grreff-Nig jemals zugesehen hatte.

Strahlerangriffe bedeuteten eine weitere Gefahr, aber Grreff-Nig bezweifelte nicht, jeder offensiven Strahlwaffe ausweichen zu können, denn er hatte nie einen

W'kkaikrieger kennengelernt, der sich auf diese Kunst verstand. Grreff-Nig hingegen kannte sich damit aus; er war von Grreff-Hromfi ausgebildet worden und dieser wiederum von Chuut-Riit persönlich. Die Menschen bevorzugten Strahlwaffen und hatten sie bei der Verteidigung von Menschensonne mit großer Erfindungsgabe zum Einsatz gebracht. Da Chuut-Riit niemals irgendein Detail übersah, hatte er ihre Äffchenlisten analysiert und einen Abwehrtanz formuliert. Die Schwäche der Strahlwaffen lag in der Verzögerung durch die Lichtgeschwindigkeit. Gegen unbewegliche Ziele waren sie sehr nützlich, auch bei Überraschungsangriffen über weite Entfernungen. In Entfernungen unter einer Lichtsekunde Abstand ließen sie sich sehr wirkungsvoll einsetzen. In allen anderen Fällen konnte man sich gegen den Beschuß verteidigen.

»Ka-bumm!« Schwer-zu-fangen stieß den harmonisch klingenden Ausruf mit allen fünf Mündern seiner fünf Arme zugleich aus. Er hatte die erste Rakete mit einem Strahlenschuß abgefangen.

Grreff-Nig knurrte etwas, das in der Heldensprache soviel hieß wie: »Paare dich mit Schtondats!« Glücklicherweise wurde die *Shark* von den robotischen Mördern *gehetzt;* ein Angriff von vorn wäre erheblich gefährlicher gewesen. Also hatte er sich in seiner Einschätzung geirrt, die W'kkaikzinti würden keine Raketen gegen ihn einsetzen. Mit dem Entern der *Shark* wollten sie sich nicht begnügen; vielmehr lechzten sie nach Blut. Manuell gab er Modifikationen der automatischen Ausweichmanöver ein. Schwer-zu-fangen vernichtete zwei weitere Raketen, dann folgte eine Pause, in deren Anschluß er fünf Lenkwaffen zerstörte, die letzte schon recht nahe. Sie erblühten zu Feuerblumen, sobald ihre Schwerkraftpolarisatoren versagten. Eine einzige Rakete besaß wenig Erfolgsaussichten, doch natürlich könnte Schwer-zu-fangen jederzeit mit einer größeren Anzahl überfordert werden. Grreff-Nig wünschte, er flöge mit anderen Jägern in Gefechtsformation, dann hätten sie mehrere Abwehrstrahler zur Verfügung und könnten sich gegenseitig den Rücken freihalten. Aber so war die Flucht selbstverständlich viel spannender.

So abrupt er begonnen hatte, endete der Raketenangriff wieder. Das war ein gutes Zeichen. Je weiter sie vorankamen, desto schwerer fiel es den Verfolgern, die augenblickliche Position der *Shark* zu bestimmen. Trotzdem überwachte Grreff-Nig seine Instrumente mit der Aufmerksamkeit eines Jägers, der eine Herde wehrhafter Beutetiere beschleicht. Eine Gruppe von Raketen verfügte über den Vorteil, untereinander kommunizieren zu können, um dann koordiniert in einem einzigen Augenblick anzugreifen. Die Kommunikationsverzögerung durch die Lichtgeschwindigkeit verhinderte diese Abstimmung wahrscheinlich, dennoch durfte man diese Möglichkeit nicht außer acht lassen.

Der zweite Raketenangriff war in der Tat völlig anders als der erste. Die Gefechtsköpfe detonierten vor der *Shark*. Eine Verzweiflungsstrategie, denn die Verfolger konnten nur wissen, wo die *Shark* gewesen war. Wenn die Raketen hinter dem ehemaligen UNSN-Schiff explodierten, bedeuteten sie keine Gefahr. Selbst einem Naheinschlag achtern bot die *Shark* ein so kleines Ziel, daß das Risiko gering blieb. Ein Gefechtskopf, der weit voraus detonierte, wäre bereits zu diffus geworden, wenn die *Shark* ihn durchdrang. Schließlich und endlich reisten die Kzinti seit Jahrtausenden mit achtzig Prozent der Lichtgeschwindigkeit durch den interstellaren Raum. Die starken Schwerkraftpolarisatorfelder, welche die Schiffe der Kzinti aufrieben, schützten diese hinlänglich vor normaler interstellarer Materie. Trotzdem wich Ausbilder-der-Sklaven den Feuerbällen aus, wobei er sorgfältig darauf achtete, sich davon nicht in einen Hinterhalt locken zu lassen. Dieses Erlebnis ließ ihn an ein dämliches Video denken, das er einmal auf Wunderland gesehen hatte. Die Amerikanische Revolutionsluftkralle bombardierte Hamburg mit Tausenden von geflügelten B-(2·8+1). Der Fürst der Hunnen in Hamburg hatte den Engländern Söldner geschenkt, die auf amerikanischem Boden kämpfen sollten, und darob waren die amerikanischen Menschentiere erzürnt. Die Hunnentiere versuchten sich zu verteidigen, indem sie explodierende Zylinder in die Luft schossen. Aber die berserkerhaften Äffchen durchflogen unbeirrt die schwarzen Flakwolken, stießen gegen die Engländer ihren Rebellen-Racheschrei aus und bombardierten dabei die Hunnen.

Der Kzin floh um sein Leben, bis die Feuerbälle der »Flak« nach und nach verschwanden; die jeweilige Position der *Shark* wurde zu unsicher, als daß ein Streuschußangriff noch Sinn ergab. Doch schon bald würden weitere Angreifer von der Seite kommen. Schwer-zu-fangen in seiner Rolle als Waffen-Offizier beobachtete die Verfolger mit den Weitwinkel-Teleskopsensoren.

»Elf Verfolger sichtbar«, meldete einer von Schwer-zu-fangens Armen.

Grreff-Nig machte sich weitaus mehr Sorgen über Schiffe, die sich von Hrotish aus näherten, als über die Gruppe, die bereits auf die *Shark* gefeuert hatte. Doch nichts geschah. Die Verfolger verschwanden aus der Ortung, weil die *Shark* stärker beschleunigte. Nicht zu wissen, wo der Feind steckte, und immer damit rechnen zu müssen, doch noch in die Falle gelockt zu werden, war erheblich entnervender als unter Beschuß zu liegen. Zur Sicherheit vollführten sie noch großzügigere Ausweichmanöver. Nach ereignislosen Stunden begann Grreff-Nig, den Fluchtkurs methodisch umzuprogrammieren. Die Verfolger hatten ihn verloren, nur er selbst wußte, wo er sich befand: nunmehr weit oberhalb des schmalen Asteroidengürtels von W'kkaisonne. Er hatte eine gute Vorstellung davon, wo sich die Kriegsschiffe der W'kkaiflotte zu Beginn seiner Flucht befunden hatten und wohin sie sich vermutlich wenden würden. Seine Berechnungen (die auf Informationen von vor der Flucht basierten und daher vermutlich unzureichend waren) ergaben, daß vor ihm noch fünf Kriegsschiffe lagen, über die er sich Gedanken machen mußte; eins von ihnen trug acht schnelle *Racheschrei*-Kampfjäger. Selbst wenn sie ihn orteten, besäße er immer noch den Beschleunigungsvorteil vieler Stunden. Sie könnten ihn dann nur einmal beschießen, während er rasch an ihnen vorbeiraste. *Fast so leicht, wie der Mutter Milch zu stehlen,* dachte er. Er würde sich mit beinahe einem Achtel der Lichtgeschwindigkeit bewegen.

Sobald er einmal die Singularitätsgrenze hinter sich gelassen hatte, würde ihn eine andere Herausforderung erwarten: den UNSN-Patrouillen zu entkommen. Augenblicklich befand sich dort draußen nur ein einziges Hyperschiff, aber da die Äffchen über Hyperwellenfunk verfügten, konnten sie rasch aus lichtjahreweiter Entfernung Verstärkung herbeirufen. Der Kommandant mußte auf das »Flak«-Feuerwerk aufmerksam geworden sein und hatte vermutlich bereits Hilfe angefordert. Daß sein Patrouillenschiff sich auf der anderen Seite der Singularität befand, spielte keine Rolle – mit einem Hopser, einem Haken und einem Sprung konnte er sich auf die *Shark* stürzen. Schon vor langem hatte die UNSN die Kunst perfektioniert, gravitationsbetriebene Kzintischiffe im interstellaren Raum einzuholen und zu vernichten. Nichts davon fand man in Lehrbüchern – nicht einmal in denen aus der Kralle Chuut-Riits. Grreff-Nig mußte in den wenigen Stunden der Ruhe, die ihm noch verblieben, sorgfältig über das Problem nachdenken. Wenn man ein Hyperschiff mit einem Gravitationsantrieb ausstattete, ergab sich ein größeres Problem: der Schwerkraftpolarisator erzeugte im Betrieb seine eigene Hyperraumsingularität. Deshalb mußte Grreff-Nig das Gravitationsfeld abklingen lassen, bevor er in den Hyperraum verschwinden konnte – was gleichbedeutend war mit einem Abbremsen auf Ruhgeschwindigkeit. Wenn er mit zwanzig Prozent der Lichtgeschwindigkeit aus der Singularität herausschoß, wäre er daher für die UNSN einen ganzen Tag lang verwundbar, bevor er ihr in den Hyperraum zu entkommen vermochte.

Deshalb begann er den Abbremsvorgang schon früh. Das war riskant. Andererseits bedeutete es, daß die W'kkaiflotte vermutlich an ihm vorbeiraste und, während sie vor ihm die Hyperbarriere durchstieß, zu einer Ablenkung wurde, die seine Flucht tarnte – es sei denn, man fand und vernichtete ihn, bevor die UNSN ihn ortete und vernichtete. Grreff-Nig hoffte inbrünstig, daß aus diesem Zwischenfall kein neuer Krieg entstand – keine einzige Welt im ganzen Patriarchat wäre darauf vorbereitet!

Die *Shark* verließ die Singularität viel später als ursprünglich von Grreff-Nig geplant, und sie war noch immer sehr schnell – aber doch so langsam, daß er in einen Schwarm w'kkaiischer Kriegsschiffe einflog. Die Sensoren erfaßten immer mehr von ihnen, bis er zwanzig auf äußerste Reichweite geortet hatte. Mit dieser Formation hätte Grreff-Nig nicht gerechnet. Auch vier UNSN-Schiffe waren bereits anwesend. Die beiden Verbände griffen sich nicht gegenseitig an; beide verhielten sich vorsichtig und hatten Defensivformationen eingenommen. Dank der Lichtverzögerung entsprach das, was er sah, möglicherweise längst nicht mehr der aktuellen Lage.

Anscheinend behielten die Äffchen ihre Blockadeformation bei und warteten auf Verstärkung. Die W'kkaiflotte hingegen befand sich offenbar auf einem konservativen Abwehrkurs, der die UNSN-Kriegsschiffe nicht bedrohte. Beide Vorgehensweisen gereichten der *Shark* zum Vorteil. Grreff-Nig empfing fragmentarisch aufgeregte Kommunikation zwischen Held und Menschentier.

Man gab ihn als Abtrünnigen aus. Der w'kkaiische Kommandeur erteilte den Tieren ausdrückliche Erlaubnis, ihn zu vernichten, und garantierte völligen Verzicht auf jegliche Vergeltungsmaßnahme. Wenn die Schiffe der UNSN sich aus dem Kampf heraushalten wollten, würden die Krieger W'kkais den Verräter eigenhändig ausschalten. Alle Anstandsregeln, die aus dem MacDonald-Rishshi-Vertrag entstanden, wurden befolgt. Nur die Lichtminuten verhinderten, daß die Opponenten sich gegenseitig an die Kehle fuhren.

Grreff-Nig empfand gewaltige Erleichterung, denn seine zeitliche Abstimmung hatte sich als perfekt erwiesen. Sein Glück als Überlebender hielt an. Bevor jemand ihn erreichen konnte, würde die *Shark* in den Hyperraum eintauchen und allein innerhalb einer interstellaren Sternensphäre wieder herauskommen.

Das Gravitationsfeld erlosch. Die *Shark* war relativ zu ihrem Ausgangssystem zum Stillstand gekommen – minus der Fluchtgeschwindigkeit aus der Umlaufbahn W'kkais. Grreff-Nig wackelte mit den Ohren und setzte den Phasenwechsel für den Aufbau des Hypershunts in Gang. Nichts geschah.

Einen Moment der Bestürzung lang glaubte der riesige

Kzin, daß Schwer-zu-fangen einen Fehler bei der Neuverdrahtung der Steuerleitungen gemacht haben mußte. Schwer-zu-fangen hingegen hegte derlei Bedenken nicht. Den größten Teil seines Lebens hatte er mit diesem Aggregat zugebracht. Unverzüglich huschte er ans Antriebsgehäuse und schlug die Halteklammern beiseite. Das Gehäuse löste sich ab und trieb gegen die Schottwand. Dort, wo sich das Antriebssystem hätte befinden sollen, ruhte eine gußeiserne Attrappe mit der korrekten Masse und Gewichtsverteilung.

Ein Umstand, der sorgfältiges Nachdenken erforderte – aber der Tod wartete nur wenige Minuten in der Zukunft. Es war keine Zeit, gequält aufzumaunzen und es fehlte die Zeit, Si-Kishs Verfolgungswahn zu verfluchen. Vor W'kkaisonne wartete die UNSN. Die W'kkaiflotte näherte sich vorsichtig ihrem Abtrünnigen – natürlich vorsichtig, denn die Krieger wußten, daß die *Shark* nicht in den Hyperraum entkommen konnte.

»Gefechtsstationen!« kreischte Grreff-Nig Schwer-zufangen zu.

Eine Sekunde später hielten sie mit voller Beschleunigung auf W'kkaisonne zu. Eine Flucht war unmöglich. Ganz gleich, wie hektisch Grreff-Nig jeden Gedanken verfolgte, es gab keinen Ausweg. Entweder kämpfte er bis zum ehrenvollen Tod oder erduldete die Schmach, sich zu ergeben. Brillant wich er den Angriffen aus, aber er saß wie betäubt vor der Steuerung. Er vermochte nicht mehr von sich als dem edlen Grreff-Nig zu denken. Ihm kam jener furchtbare Tag in den Sinn, als eine Bande hssinischer Junge ihn eingekreist hatte und erlegen wollte – er hatte sein Leben dadurch gerettet, daß er Gras fraß. Welche Ehre bedeutete es für ein Junges, wenn es seine Befähigung zum Krieger damit unter Beweis stellte, daß es die Ohren eines Grasfressers am Gürtel trug? Grasfresser verhandelte die Übergabe der *Shark* unter elektronischem Rauschen und Gewaltmanövern. Er wußte, daß die W'kkaikzinti das Schiff retten wollten, weil es der Prototyp eines tödlichen Jagdschiffes war, das zum Stoßkeil w'kkaiischen Ehrgeizes werden sollte, aber er war sich nicht sicher, ob man sein Leben schonen würde, sobald die *Shark* erst in Sicherheit wäre. Das spielte keine Rolle. Lieber sollte W'kkai über Kzinheimat triumphieren und ein neu gestärktes Patriarchat erheben, als daß Helden als Sklaven schnatternder Affen lebten. Sollten sie ihren Prototyp doch nehmen.

An Bord der *Shark* war nicht genug Platz, daß ein Krieger sie entern konnte. Schwer-zu-fangen und sein Herr ergaben sich daher im Weltraum ihren Häschern und wurden an Bord eines Kriegsschiffs genommen. Der Sklave verschwand in die Sklavenquartiere; der Beschämte wurde noch in der Luftschleuse bis aufs Fell ausgezogen, denn ohne Kleider war ein W'kkaikrieger nicht mehr als ein namenloses Tier. Kein W'kkaiheld unter denen, die ihn gefangengenommen hatten, sprach ihn noch mit Namen an. Er hatte keinen Namen. Sie vermochten ihn nicht einmal anzusehen.

KAPITEL 13

(2437 n. Chr.)

Bei Morgendämmerung landete das Bodenkommando auf den Ebenen außerhalb dessen, was sie alle Fort Hssin nannten. Aus großer Höhe hatte Yankee einen kurzen Blick auf die Ruinenkolonie erhascht und sofort die allgegenwärtige Zerstörung registriert; ganze Stadtbezirke waren eingestürzt oder ganz verschwunden – doch vom Boden gesehen wirkte die Kolonie fast intakt. Beim schrägen Eintritt in die giftige Luft nahm das rötliche Licht des gewaltigen, aufgedunsenen R'hshssira über dem Horizont einen noch stärkeren Rotstich an. Nun verschleierte das vorherrschende Zwielicht im Verein mit der tiefen Lage des Landeplatzes die Verletzungen an den ausgedehnten, einstmals luftdichten Gebäuden. Unablässig peitschte der Wind die dünne Schneedecke auf, die sich vor der Stadt und den Bergen erstreckte, die der Morgen erhellte.

»Was für ein gottverlassener Ort.«

Sie verfügten über Karten von Hssin, angefertigt von den Flottenstreitkräften, die die Welt vernichtet hatten. Diese dreidimensionalen Plots konnten sie auf den Innenseiten ihrer Helmscheiben abspielen, zusammen mit Aufnahmen der Marineinfanterie vom Bodenangriff, beides über die Schauplätze der Schlacht miteinander verknüpft.

Dennoch, kaum waren sie durch die zerstörte Atmosphärenkuppel in die Stadt gelangt, kamen sie sich vor wie Touristen, die in einer riesigen Nekropole vom Weg abgekommen sind und keinen freundlichen Einheimischen finden können, der sie aus ihrer Bredouille erlöst –

sie fanden nur mumifizierte Kzinti, die im Dunkeln an dem Fleck lagen, wo sie erstickt waren.

Die Größe der Räume und Korridore wirkte einschüchternd – erbaut waren sie für zweihundert Kilogramm schwere, zweieinhalb Meter hohe Kzinti. Durch die Spuren der Schlacht kam das Bodenkommando nur sehr langsam voran. Ein gräßlicher Saal enthielt zahlreiche aufeinander gestapelte, improvisierte Krankenhausbetten für schwerverwundete Krieger, die mit aufgesetzten Masken gestorben waren, während sie auf Hilfe warteten, die niemals eintraf. Nun blieben sie der Nachwelt erhalten. Einige Dächer wiesen Löcher auf, durch die man den Himmel sehen konnte, und die Gänge lagen voller Schnee. Einige Korridore endeten vor Schächten, die nun mit Trümmern angefüllt waren. Yankees Scheinwerfer fiel auf den umgedrehten Kopf eines grinsenden Kzins, der aus einem Loch in der eingebrochenen Decke zu ihnen herunterhing. Ein Korridor war mit dem heruntergestürzten Schutt von vier Obergeschossen gefüllt. Einige der Höhlen, die Yankee gern erkundet hätte, wurden von dem vorsichtigen Statiker des Teams für unbegehbar erklärt.

»Hier kann niemand überlebt haben!« rief einer von Yankees Begleitern aus.

»Sie sind ein Flatlander.« Mit Lampe und Augen musterte Yankee die Einzelheiten der fremdartigen kzintischen Luftschleusen; er stellte eine Faszination zur Schau, wie sie nur einem Mann zu eigen sein konnte, der sein halbes Leben im Belt und an Bord von Raumschiffen verbracht hatte. »Wenn Sie eine Weile im Weltraum gelebt hätten, dann wüßten Sie, daß eine Stadt wie diese hier in kleine, luftdichte Abteilungen segmentiert ist, so daß selbst mehrere Unfälle gleichzeitig noch keine alles vernichtende Katastrophe bedeuten könnten. Die

Lebenserhaltung ließe sich in allen möglichen Abteilungen wiederherstellen. Um diese Aufgabe würde ich mich zwar nicht reißen, aber machbar wäre es. Und nach so etwas suchen wir.«

Aber sie fanden nichts. Sie schreckten davor zurück, ihren Kzin auf die Oberfläche zu schaffen, denn sie fürchteten, der Anblick der Vernichtung könnte ihn in einen Wutanfall versetzen. Doch gerade dieser Kzin hatte mit Chuut-Riits Armada diese Stadt passiert und kannte das Verhalten von Kzinti, die gezwungen waren, auf engem Raum miteinander zu leben. Das Bodenkommando benötigte sein Wissen.

In einem der am wenigsten zerstörten öffentlichen Plätze Hssins hatte Clandeboye eine aufblasbare Kommandozentrale errichtet, kaum mehr als ein Ballon mit transportabler Luftschleuse, Lebenserhaltungssystem und Kommunikationsschnittstellen. Yankee fügte Instrumente hinzu, die ihm erlaubten, Hwass mit Hilfe ferngesteuerter Sensoren zu überwachen, dann ließ er den Kzin an die Oberfläche fliegen und ihn, von Marineinfanteriewächtern begleitet, frei umherschweifen.

Was der Krieger auch auf dieser Welt empfand, auf der die Beweise für ein Massaker allgegenwärtig waren, er bewahrte eisige Ruhe. Er war der Bluthund auf der Suche nach der verlorenen Spur. Eine der allerersten Stellen, an denen er nachschaute, war der alte Jagdpark von Hssin.

»Isst wo ich meine ersten Menschen jagte mit Chuut-Riit.«

»Warum schneiden wir diesem Flohkätzchen nicht einfach die Kehle durch?« flüsterte einer von Yankees Männern aus dem Überwachungsteam; das Mikrofon hatte er immerhin abgeschaltet. Er war ein modebewußter Belter, der in seinem Irokesenschopf fein ziselierte Kämme trug, eine Mode, die nach dem Krieg aufgekommen war und von der älteren Beltergeneration als Dekadenzerscheinung betrachtet wurde. Ein Belter trug den Irokesenschnitt, damit der Kopf rasiert war und ihm in der Schwerelosigkeit nicht das Haar in die Augen fallen konnte. Kämme hineinzustecken, so knurrten die Eltern, zeuge von der Ablehnung des Praktischen durch eine ungehorsame Folgegeneration.

Yankee nahm die Augen nicht von dem kleinen Farbdisplay, auf dem die Darstellung bei jeder Kopfbewegung des Kzins hüpfte und schwankte. »Er revanchiert sich nur dafür, daß wir ihm das Massaker an seinen Leuten unter die Nase reiben. Seien Sie geduldig. Er wird uns direkt zu diesem Ausbilder-der-Sklaven führen.«

»Warum sollte er das tun?« fragte der Logiker unter Yankees Begleitern. »Das läge überhaupt nicht in seinem Interesse.«

»Das glauben Sie vielleicht. Hwass ist ein Spieler. Wenn er die *Shark* vor uns findet, wird er vermutlich versuchen, uns alle umzubringen. Wenn er sich mit diesem Ausbilder und seinen Sklaven zusammentut, kann er vielleicht sogar die *Erfolg* kapern und nach Kzin bringen. Allein schafft er das nicht. Warum also sollte er Ausbilder nicht finden wollen?«

»Für einen Pessimisten sind Sie aber in verdammt zuversichtlicher Stimmung!« versetzte der Belter.

Ein anderer von Yankees Männern bemerkte trocken: »Er will nur, daß unsere erschrockenen Äuglein am Bildschirm kleben bleiben.«

»Wenn dieser Ratcat uns umbringen will, warum machen wir dann keinen kurzen Prozeß mit ihm?« Wieder der Belter mit seinem alten Lied.

»Weil wir nicht *wissen*, daß er uns töten wird«, antwortete Yankee fröhlich und beobachtete, wie Hwass' Kameraauge durch einen Jagdpark schweifte, der nun in einen versteinerten Wald verwandelt war. Giftiger Schnee war durch das offene Dach hineingetrieben.

»Also sollen wir abwarten, bis er es versucht, bevor wir Einwände erheben?« knurrte der frisierte Belter sarkastisch.

»Nein. Wir ziehen schneller.«

»Nero fiedelt, während Rom brennt. Yankee zieht Damesteine, während Rom brennt? Das ergibt doch keinen Sinn!«

Yankee grinste. »›Schnell ziehen‹ ist ein alter Flatlanderausdruck, der benutzt wurde, bevor ihr Raumleichen die Sprache durch Redewendungen wie ›Nano-Klatschen‹ verunstaltet habt.«

»Wir wollen ihn nano-klatschen? Na, das halte ich aber für ein Gerücht. Mit der Perücke eines alten Mannes klatscht man keine Fliege.«

»Was Sie sagen, ergibt keinen Sinn«, entgegnete Yankee. »Alt bin ich noch lange nicht; ich bin ein junger Hahn, der für Küken den Babysitter spielt.«

Der Kzin hatte während des Geplänkels die Spur aufgenommen: Er bewegte sich nicht mehr willkürlich suchend von hierhin nach dorthin, sondern preschte zielgerichtet voran.

»Was macht er?«

»Hwass glaubt, daß Ausbilder-der-Sklaven unverzüglich in den Jagdpark gegangen wäre. Der Jagdpark war ein Jotokigehege, und er wurde dort zum Sklavenherrn ausgebildet. Dort hat er auch seine Leibsklaven her. Sentimentalität. Wir suchen die Orte wieder auf, an die uns sentimentale Bande knüpfen, und hinterlassen Spuren, die jemand wie Hwass wittern kann.«

»Sentimentalität bei einem Kzin?«

»Wer weiß? Sozusagen primatisiere ich ihre Emotionen. Ich bin selber sentimental, deshalb sehe ich es so. Ich habe einmal auf einer brennend eiligen Fahrt einen Umweg gemacht, nur um bei einem bestimmten Motel zu übernachten: Ich habe dort das Zimmer gemietet, in dem ich zum erstenmal gebumst habe. Nummer 27. Die Tapeten hatten ein Dekor aus Bambus und Sternen. Über dem Zimmercomputer hing eine riesige Animation von einem Hirsch im Wald; Programmierung vom Fließband. Das Biest latschte einfach immer weiter zwischen den Bäumen durch. Ich kann mich an alles an dieser Frau erinnern, bis auf ihre Augen. Sie trug nämlich eine VR-Brille, die am Computer hing, und die verwandelte mich für sie in … Finagle weiß wen. Vielleicht hängen die Kzinti an ihrem ersten Sklaven. Wer kann das sagen?«

»Isst benutzter Reiseweg«, drang Hwass' Stimme aus den Kopfhörern.

Das Kameraauge bewegte sich nun mit der Geschwindigkeit, wie sie nur jemand vorlegen kann, der sich vom plötzlichen Nachgeben des Gerölls nicht beeindrucken läßt. Hwass wußte zwar nicht, wohin sein Weg ihn führte, aber er folgte der Spur von jemandem, der es gewußt hatte. Einmal blieb er stehen, um kzintische Stiefelabdrücke in einer Schneewehe zu betrachten, die eindeutig nach der Zerstörung der Überdachung entstanden waren – und zwar im Laufe vieler Jahre.

Yankee sandte rasch eine Nachricht an die *Erfolg:* »Wir haben ihn.« Dann schaltete er auf die Kamera eines der Marineinfanteristen um und überzeugte sich davon, daß die Sprengladung noch immer an Hwass' Rücken haftete. Fasziniert folgte er sodann wieder der Kamera des Kzins, der sich geschickt einen Weg durch die Trümmerwüste bahnte.

Unvermittelt blieb Hwass stehen. Eine interne Luftschleuse war geschlossen. Er benutzte sie per Handbetrieb und gelangte in eine Abteilung, in der den übermittelten Daten zufolge die Luft zwar atembar, aber sehr kalt war. Hwass' scharfe Augen erkannten sofort, wo Lecks geflickt worden waren. Er fand ein Notstromaggregat vom gleichen Typ, wie es an Bord der *Mutter* gefehlt hatte. Als er es einschaltete, erhellten sich langsam Leuchtkörper, und die Klimaanlage begann, die abgestandene Luft aufzubereiten. Das System war betriebsbereit hinterlassen worden, als hätte jemand damit gerechnet, eventuell zurückkehren zu müssen.

In einem stakkatohaften Rhythmus begannen nun die Bilder zu wechseln. Yankee wußte nicht genau zu sagen, weshalb Hwass sich bestimmte Dinge ansah, aber die Blicke des Kzins waren knapp und zielgerichtet, als hakte Hwass auf einer selbst erstellten Checkliste einen Punkt nach dem anderen ab. Er hastete durch die wenigen abgedichteten Räume, überprüfte dies, kontrollierte jenes. Offenbar merkte er sich Einzelheiten, bei denen er sich nicht sicher war, ob seine menschlichen Herren ihm eine zweite Gelegenheit geben würden, sie zu betrachten. Endlich verharrte er mitten in der Überprüfung einiger Werkzeugmaschinen. Das Gesicht des Kzin konnten sie nicht sehen – sie hörten nur seine Stimme. »Sie isst geschlagen, Major Yankee Clandeboye. Sie isst fort. Motor der *Shark* isst hier gewesen aber isst fort.«

Yankee schaltete sein Mikrofon auf den Kanal um, der ihn mit der Fregatte verband, und sprach mit dem Kommunikationsoffizier. »Senden Sie per Hyperwelle eine Nachricht direkt an General Fry, Sol, Gibraltar Base.« (Sie hatten außerhalb von R'hshssiras Singularität ein Hyperfunkrelais ausgesetzt, mit dem sie elektromagnetisch kommunizieren konnten. Die Nachricht würde von der *Erfolg* zum Relais länger unterwegs sein, als sie für die 5,3 Lichtjahre von R'hshssira nach Sol benötigte.

»Anführungszeichen: ›Die *Shark* wurde an das Patriarchat übergeben.‹ Anführungszeichen.«

Der Kommandant schaltete sich ein. »Was soll das heißen? Was haben Sie gefunden?«

»Noch keine Details.«

»Welche Bestätigung?«

»Keine. Hwass hat es uns soeben gemeldet, und er klang sicher. Senden Sie die Nachricht! Ich will nicht, daß er zu dem Schluß kommt, wir wüßten zuviel. Vielleicht meint er, es lohnte sich, uns alle zu töten, wenn er damit die Nachricht unterdrücken kann. Wie ich schon sagte, ich traue diesem Kzin nicht.«

»Es gibt so etwas wie Übervorsichtigkeit«, wandte der Kommandant ein.

»Captain, wissen Sie, wofür ein Mann Brustwarzen hat?«

»Da haben Sie mich kalt erwischt, Yankee. Wozu?«

»Für alle Fälle.«

Später am Tag begann Yankees Team mit der gewissenhaften Auswertung des Fundes.

Auf einem anderen Geschoß unter dem Arbeitsbereich, den Ausbilder-der-Sklaven für sich selbst wieder tauglich gemacht hatte, entdeckte Yankee eine luxuriöse Wohnsuite mit eigener Luftschleuse und separatem Lebenserhaltungssystem. Auch sie war während der Schlacht zerstört und später wieder repariert worden; als Yankee eintrat, erkannte er die Suite als das, was sie einmal gewesen war: den Haremsbereich eines einflußreichen Kzins.

Die Innenwände bestanden aus Steinen (oder besaßen eine betont steinartige Oberfläche), die selbst für eine Kzintiunterkunft abnorm gewaltige Proportionen aufwiesen. Geräumigkeit bedeuteten Macht und Reichtum – und einen Vollnamen. Den Boden bedeckte ein kreisrunder, gobelinartiger Teppich, in den Jagdszenen eingewoben waren: hier ein Kzin, der durch oranges Gras strich, dort ein riesiger Kzintikopf, der aus dem Blattwerk hervorlugte. Überall die leuchtenden Farben von Beutetieren, die flohen, sich duckten, davonflogen oder sich in den Ästen verbargen. Der Teppich war weich wie Flaum, genau richtig für Jagd und Spiel.

An den Wänden hingen keine Waffen oder Trophäen, trotzdem handelte es sich eindeutig um die Halle eines Männchens. In die Ostwand war eine majestätische Glypte geschnitten, die eine adlige Familie verherrlichte: ein Dutzend Kzintigesichter im Profil – die Gesichter von Eroberern. Unter einem prachtvollen Rundbogen befand sich in einer Nische eine Astgabel aus poliertem Holz, halb Baum, halb von der Macht eines Bildhauers bearbeitete Naturstudie. Neben der Nische schien ein vom Boden zur Decke reichender Wandteppich ein schmales Fenster in den grauen Stein zu schneiden, das an eine Schießscharte denken ließ. Das dargestellte Fenster gewährte einen Ausblick auf die farbenprächtige Landschaft eines noch nicht eroberten Planeten, der einer phantasievollen Vision entsprungen sein mußte. Als letzter Schliff fehlte dem männlichen Dekor nur noch eine Schar schlanker Kzinrretti, die geschmeidig durch die Halle schweiften, um zu dienen und zu unterhalten.

Ein gewölbter Durchgang am Ende der Halle führte zu den Unterkünften der Kzinrretti: eine Küche, Geburtskammern, Kinderzimmer für die Jungen und weitere Räume, deren Funktion sich Yankees Verständnis entzog. Keine Spur davon, daß ein ganzer Harem hier den Tod gefunden hatte. Die letzten Bewohner waren jedenfalls Menschen gewesen, und die rötlichbraunen Haare auf dem Teppich entsprachen Lieutenant Argamentines Genotyp. Yankee mußte daran denken, wie sie sich immer an ihrem Löckchen gezupft hatte, wenn sie nervös war. *Verdammt, verdammt, verdammt.*

In den Tunneln und Höhlen, die für balgende Kätzchen gedacht waren, fanden sie eine Kiste mit plumpen, fremdartigen Spielzeugen – vielleicht hatte ein Kzin (oder ein Jotok) geglaubt, ein Menschenkind könnte mit dergleichen spielen wollen, vielleicht handelte es sich auch lediglich um Überreste aus früherer Zeit. Die einzigen Nahrungsmittel, die sie in der Küche fanden, waren auf die Bedürfnisse menschlicher Säuglinge abgestimmt. Jemand hatte sogar einen Stapel Windeln hergestellt. Eines der ledergebundenen Bilderbücher zeigte nicht nur die Bißspuren einer Kzinrret, sondern außerdem etwas, was ganz nach den Kritzeleien eines zweijährigen Kindes aussah. Das Bodenkommando fand genügend organische Überreste, um sicher zu sein, daß Argamentine die Mutter der Kinder war. Einen gemeinsamen Vater schienen die Kleinen nicht zu haben. Gefrorenes Sperma von Wunderland? In der Maschinenwerkstatt fand sich ein großer Haufen Ausschußmaterial – samt und sonders Versuche, ein bestimmtes Bauteil des Hypershunt-Aggregats nachzufertigen. Yankee brachte einige Probestücke davon auf die Fregatte und legte sie dem Bordingenieur vor, der sie testete und laut auflachte.

»Wußte er, was er tat?« wollte Yankee wissen.

»Kann ich nicht sagen. Vielleicht hat er willkürliche Varianten hergestellt, um zu sehen, ob eine davon funktionierte, aber das bezweifle ich, wenn ich ehrlich bin. Das ist, als würde man einen Quanteneffektchip auf zufällige Variation programmieren und hoffen, bei der hundertsten Variante käme ein funktionsfähiger Computer heraus. Ich vermute eher, daß er genau wußte, was er tat, daß er aber einfach an die Grenzen seiner Ausrüstung gestoßen ist.«

Yankee kämpfte immer noch damit, gedanklich zu verarbeiten, welche Konsequenzen ein Hyperantrieb in den Klauen des Patriarchats bedeutete. »Anscheinend hat er ein Teil herstellen können, das gut genug war.«

»Vielleicht aber auch nicht. Die Spezifikationen sind sehr eng. Vielleicht konnten sie einen Sprung machen und stecken nun im interstellaren Raum fest, wo sie sich zu Tode frieren. Ich habe einmal einen Hypershunt repariert, laut Testläufen perfekt. Aber während des ersten Sprungs gab es trotzdem einen Totalausfall. Wenn unser Hyperfunkgerät ebenfalls ausgefallen wäre, hätte man uns bis heute nicht gefunden.«

Immer wieder kehrte Yankee in den Kzinrrettipalazzo zurück; er war auf der Suche nach etwas, das nicht vorhanden zu sein schien. Seine Cousine ging ihm nicht aus dem Kopf. Sie war nicht der Typ gewesen, der einfach nur irgendwo wohnte. Sie brauchte Kontakt zu Menschen. Wenn man sie einsperrte, hing sie am Telefon. Wenn man die Telefonleitung durchschnitt, ging sie ins Netz. Wenn man ihr den Infocomp abnahm, begann sie Briefe zu schreiben. Yankee besaß noch Briefe von ihr, die sie ihm aus dem Internat geschickt hatte, in das man sie steckte, nachdem ihr Vater bei Ceres gefallen war. Einmal hatte sie im Lebensmittelgeschäft eine alte Dame kennengelernt und mit ihr ein Gespräch über Kaffeesorten begonnen – und drei Monate später daran gedacht, der netten alten Frau eine Geburtstagskarte zu schicken. Ganz bestimmt besaß General Fry noch ihre Liebesbriefe und hatte sie irgendwo versteckt.

Nora mußte einen Stift gehabt haben, denn das gefundene Bilderbuch enthielt Kritzeleien, die von einem ihrer Babys stammen mußten – das vermutlich die Mutter nachgeahmt hatte. Yankee wußte einfach, daß Nora sich nicht der Versuchung hätte widersetzen können, die vom Besitz eines Stiftes ausging.

Auf der Suche nach einem Versteck zerriß er ausgerechnet in einem der unwahrscheinlichsten Kzinrrettiräume einen Fellteppich, als er mit der Gesäßtasche an einer losen Leiste hängenblieb. Während er sich befreite, rutschte ein Teil der Wandvertäfelung beiseite – nur einen winzigen Spalt. Yankee stürzte sich darauf. Was er fand, erregte ihn zutiefst: ein Kzinrrettiversteck, etwas, das sich ein Hund für seine Knochen geschaffen hätte, hätte es Hunde mit Händen gegeben. In dem Versteck lag nichts weiter als eine anrührende Sammlung von Tand. Ein Dreijähriger hätte das Sammelsurium vielleicht zu schätzen gewußt. Mitten im Plunder verbarg sich ein kleines Bilderbuch für Kzinrretti. Yankee schlug es auf und erkannte Noras zierliche Handschrift; sie hatte einfach die leeren Stellen zwischen den Bildern beschrieben. Es war Noras Tagebuch.

Sie hatte niemanden, mit dem sie sprechen konnte, deshalb sprach sie mit sich selbst.

Das erste, was ihm beim Durchblättern ins Auge stach, stand in Versalien geschrieben: »DAS HIER IST MEIN GEDÄCHTNIS.« Yankee blickte auf den Absatz darüber und las: »Nora-aus-der-Zukunft, falls Du diese Zeilen liest und sie nicht verstehst: Ich schreibe, weil mich mein Gedächtnis im Stich läßt.«

Yankee besaß viel zuwenig Geduld, um erst in die aufblasbare Kommandozentrale zurückzukehren, deshalb hockte er sich in der großen Halle des Palazzos auf den Teppich und las das Tagebuch von Anfang an, wo sich Noras Schrift auf der Suche nach weißem Papier wie Schnörkel um das Bild wand.

KAPITEL 14

(2437 n.Chr.)

Der Kzin wurde, nackt bis auf sein gelboranges Fell, von bewaffneten Wächtern in die Gemächer von Si-Kish gebracht, welcher gerade sein Gewand in einem golden getönten Spiegel bewunderte und den Schwanz reglos hielt. Der namenlose Gefangene bemerkte den schlanken Schwanz: Er war verziert – mit einem Miniaturstreitkolben aus Silber. *Dieser Sohn-eines-Gemüses kann vermutlich sogar damit umgehen. Mit blitzartiger Schnelligkeit.* Der Gefangene betrachtete das Mobiliar des prunkvollen Saals, in den durch ein Dachfenster diffuses Tageslicht einfiel. Jedes Möbelstück wirkte zu zerbrechlich, um eine gute Handwaffe abzugeben, und befand sich außerdem außer Reichweite.

Die Wächter gingen. Das bedeutete, daß Si-Kish die Kampffähigkeit des nackten Kzins verächtlich abtat. Keine weise Entscheidung – aber kein W'kkaikzin vermochte sich körperliche Kraft ohne die dazugehörige Kleidung vorzustellen. Diesen Weichlingen fehlte ein ernüchternder Aufenthalt an der Grenze, wo Kzinti selbst für die oberflächlichsten Fragen der Ehre bereitwillig ihr Leben vergeudeten – und wo sich Gefangene niemals demütig betrugen. Dennoch wartete dieser Namenlose auf seinen neuen Namen, der sein Schicksal umschreiben würde. Wenn er »Wandelnder-Toter« oder ähnlich lautete, dann war es mit ihm aus. Er hoffte, es wäre nichts ähnlich Gräßliches wie »Grasfresser«.

»Ich zürne dir längst nicht so sehr wie einige unserer niedrigen Adligen.«

Ich erhalte Bewährung!

Schließlich zupfte sich Si-Kish am spitzenbesetzten Kragen, bis er richtig saß, ließ sich jedoch noch immer nicht herab, den Namenlosen anzublicken. »Du bist W'kkai nützlich gewesen. Tatsächlich schätze ich deine Treue zum gegenwärtigen Patriarchen, dessen träges Verhalten so viel Leid über uns gebracht hat. Du ehrst unsere Heldentradition. Ich werde dich nicht beleidigen, indem ich dir nahelege, daß deine Treue dem Falschen gilt. Meiner Ansicht nach ist es das Patriarchat, das überleben muß – nicht aber der Patriarch. Wenn der Sohn feststellt, daß er ein besserer Krieger geworden ist als sein Vater, so ist es seine Pflicht, seinen Erzeuger zu fordern. Dieses Prinzip ist die Grundlage der ständigen Erneuerung im Patriarchat.«

Als Si-Kish sich umdrehte, wußte der nackte Kzin, daß er nun seinen neuen Namen erfahren würde – und sein Schicksal. »Möglicherweise bedürfen wir deiner erneut, *Rätsel-Häftling*. Meine Physiker sind noch nicht am Ende ihrer Jagd nach dem Hyperraum angelangt. Sie sagen, sie bräuchten dich nicht mehr – ich aber glaube ihnen nicht. Wenn wir weitere Fragen haben, wirst du bereitwillig antworten. Wenn die Bereitwilligkeit dir nicht liegt, hilft die Telepathie. Oder die Heiße Nadel der Nachforschung.«

»Ich danke Euch für den Namen«, sagte Rätsel-Häftling. Sein Sarkasmus blieb unhörbar, weil er gezwungen war, im Dominiertenfall zu sprechen. Das also ... man übergab ihn den Rätselpriestern zur Verwahrung.

Niemand hatte Spötteräffchen je sagen müssen, daß er als ältestes Männchen für seine Angehörigen in besonderer Weise verantwortlich war. Ihm kam es vor, als kannte er seine Pflicht seit damals auf Hssin, als er Mutter und

Geschwister rettete, indem er den Mechanismus eines schadhaften Druckschotts erfaßte, der seine panikerfüllte Mutter überforderte. Ihr aller Leben wurde von den übelriechenden Gasen bedroht, während der Herrenkzin und die Jotokimechaniker abwesend waren, und Spötteräffchen hatte die Krise gemeistert.

Netter-Gelber verreiste oft, aber weshalb gab es nun einen neuen Herrn? W'kkai bedeutete einen Schock nach dem anderen. Kaum hatte man sich an das Neue gewöhnt und fühlte sich sicher – *Zack*, kam schon die nächste Veränderung. Wie einfach war doch das Leben gewesen, als er noch jung war und es so wenige von ihnen in ihrer kleinen Welt gab, als sie noch von Kuppel zu Kuppel jagten, vom Schiff zur nächsten Ruine, die abgestützt werden mußte. Damals war das schlimmste Vorzeichen einer Katastrophe ein Rattern in der Luftmaschine gewesen.

Wie riesig W'kkai doch war! Der Weltraum war so winzig! Noch immer erinnerte sich Spötteräffchen gern an den Tag, an dem er entdeckte, daß es sich beim Himmel um kein Dach handelte. Er mußte sich auf den Boden legen und sich Ziegel auf den Bauch stapeln, so hoch er konnte, um zu begreifen, daß die Luft durch ihr eigenes Gewicht am Boden gehalten wurde! Merkwürdig. Und die Weite brachte es mit sich, daß viel zuviel geschah.

Spötteräffchen war immer damit beschäftigt, ein Baby stubenrein zu bekommen, einen jüngeren Bruder aus einem Graben zu erretten oder für seine Mutter Obst zu stehlen. Manchmal wollte er nur seinen Spaß haben und vergaß darüber seine Pflichten. Nacktgesicht geriet einmal mit dem Kopf zwischen zwei Bretter und steckte fest; sie mußte eine halbe Arbeitsschicht lang schreien, bis er sie gefunden hatte. Sie war so *dumm!* Er empfand damals natürlich ein gewisses Schuldgefühl, doch andererseits mußte ein Mann gelegentlich seinen Spaß haben. Arbeit gab's mehr als genug zu tun! Es war nicht leicht, ein Sklave zu sein. Er wollte richtige Kleider wie ein W'kkaikzin!

Kzinti beknurrten unablässig die Faulheit ihrer Sklaven. Sklaven seien so träge, daß sie auf sich allein gestellt gar nicht überleben könnten. Sie mußten von wachsamen Augen dazu bewegt werden, für ihr Überleben zu arbeiten. Das stimmte. Spötteräffchen ging mit wohldurchdachter List jeglicher Arbeit aus dem Weg, und dazu mußte er jederzeit genau wissen, ob er unter Beobachtung stand oder nicht. Auf W'kkai hatte er neue Methoden erlernen müssen, die Arbeit zu meiden, weil es viel mehr kzintische Aufseher gab, und von denen war kein einziger so nachlässig wie Mutters Netter-Gelber.

Es war ein Spiel. Wenn man Spötteräffchen beobachtete, schuftete er sehr, sehr hart. Wenn niemand hinsah, tat er gar nichts. Wie er die langen W'kkainächte liebte! Dann war es kühl und niemand sah ihn. O Freude! Zuerst begannen die Sterne zu strahlen und kündigten die Nacht an, dann zogen die Wolken auf. Auch die Nachtinsekten mochte er, denn sie waren groß, und manche hatten leuchtende Segmente am Bauch!

Im Moment machten zwei Umstände das Vermeiden von Arbeit angenehm leicht. Die Kzinti waren Diener gewöhnt wie etwa die Jotoki, in deren Schulung man seit Hunderten von Generationen Erfahrung besaß. Netter-Gelber war ein Sklavenausbilder gewesen und hatte sich auf die Jotoki spezialisiert. Er kannte Dutzende von Maschinen und Tausende von Trainingsmodi in der virtuellen Welt, mit denen er einen Jotok für praktisch alles ausbilden konnte. Für Äffchen hingegen gab es keine

Übungsgeräte. Und die Kzinti waren zu ungeduldig, um jemanden von Angesicht zu Angesicht auszubilden. Wenn Spötteräffchen von einem Kzin untätig erwischt wurde, bat er respektvoll um unverzügliche Unterweisung, und damit hatte es sich gewöhnlich.

All das hatte er mühevoll ganz allein herausgefunden, während er auf dem Landsitz umherstreifte. Seinen Brüdern vermochte er seine Ideen nicht mitzuteilen. Die einzige Sprache, die er kannte, das Sklavenidiom, war viel zu primitiv, um damit solch komplizierte Überlegungen auszudrücken. Er wußte, was er dachte, aber auf dem Wege des *Sprechens* vermochte er diese Gedanken nicht weiterzugeben. Deshalb lastete eine besondere Verantwortung auf seinen Schultern, denn wenn er versagte, würde über seine Äffchenfamilie die Katastrophe hereinbrechen. Wenn er sich vergnügte, dann vermochte er nicht mehr ernsthaft nachzudenken, aber während der Arbeit hatte er dazu den Kopf frei.

Die beste Aufgabe war das Striegeln der Kzinrretti. Die waren wirklich so dumm wie Schtondat-Knochen!

Instinktiv schnitt er diese drängenden Fragen niemals einem Kzin gegenüber an – nicht einmal vor Lord Grreff-Nig, der sein Lehrer war, sein Herr und Beschützer, sein besonderer Freund, der schon mit ihm gerauft und gespielt hatte, als er noch ganz winzig gewesen war. Zwar wagte er es, seinen kzintischen Lord »Netter-Gelber« zu nennen, nur einen Biß weit von diesen nach Aas stinkenden Fleischfresserzähnen entfernt, aber nichts um alles im ganzen Kzinreich hätte Spötteräffchen dazu bewegen können, diese mächtige Kampfmaschine mit seinen Phantasievorstellungen von Äffchen zu provozieren, die sich auf Teppichen aus Kzintihaut flegelten und sich mit Kzintiohren Luft zufächelten. Solch amüsante Ideen mußte man ausnahmslos für sich behalten.

Wenn er den Kzinti als Diener aufwartete, hörte er oft, wie die Kzintosch sich mit heldenhaften Eroberungen brüsteten, die Sklavenvölker hingegen kamen in diesen Erzählungen nur als gespreizter Hintergrund für die glorreichen kzintischen Siege vor. Nur die Kzinti hatten eine Geschichte.

Spötteräffchen wäre niemals auf die Idee gekommen, seine Mutter in seine neugierigen Überlegungen einzubeziehen, obwohl er ihr oft Monologe hielt. Sie, die sie weiblich war, verfügte nicht über genügend Verstand, um ihm zu sagen, woher sie kam. Sein Vater, der es vielleicht vermocht hätte, war wohl tot. Jedenfalls vermutete Spötteräffchen, daß die Äffchen im Gegensatz zu den Jotoki Väter hatten, denn Netter-Gelber sprach ihn und seine Brüder als männlich an; auf Spötteräffchens Mutter und ihre Töchter bezog er sich mit den gleichen weiblichen Formen, in denen er auch von seinen Kzinrretti-Gemahlinnen redete.

Natürlich war Spötteräffchen nicht älter als seine geistesschwache Schwester; sie erreichte seine Körpermaße. Trotzdem konnte sie ihm nichts von seiner Verantwortung abnehmen, denn sie vermochte nicht zu denken; sie war schon kaum dazu in der Lage, sich mit dem Fauchen und Schnurren ihres begrenzten Vokabulars verständlich zu machen. Die ganze Zeit über mußte Spötteräffchen sie schützen; wie lästig das war! Seine Brüder waren ihm da keine große Hilfe – sie waren noch Babys und mußten sich mit ihren eigenen Zwillingsschwestern abgeben, und das waren wirklich dumme Geschöpfe.

Seine Mutter verehrte er. Auch sie war nicht besonders klug, und er mußte sie wie den Rest der Sippe beschützen, aber sie war größer als er und schneller. Wenn sie ihn bei etwas Törichtem ertappte, brachte sie ihn leicht zum Grinsen. Mit dem Griff ihrer kräftigen Hand zügelte sie seinen größten Enthusiasmus. Sein Grinsen erwiderte sie jedesmal; aber sie ließ ihn nicht los, bevor er begann, über die Dummheit nachzudenken, die zu begehen er im Begriff gewesen war.

Hier lag für ihn das größte Rätsel: Wenn sie so dumm war, wieso wußte sie dann immer, wann er sich durch eine Dummheit in Gefahr brachte? Dieses Geheimnis beeindruckte ihn zutiefst. Seiner Mutter gegenüber konnte er unglaublich fürsorglich sein, besonders dann, wenn er ihr bei einer ihrer regelmäßigen Entbindungen zur Seite stand und die fünfbeinigen Jotokihebammen davonscheuchen mußte. Was wußten sie schon von der Geburt? Schließlich krochen sie aus Teichen heraus – was immer ein Teich auch sein sollte.

Spötteräffchen wußte nicht, ob er nun ausgewachsen war oder nicht. Er fühlte sich groß und glaubte, alles zu wissen, aber er wuchs immer weiter. Ein Kzintosch war doppelt so groß wie eine Kzinrret. Wenn er doppelt so groß werden sollte wie seine Mutter, stand ihm noch einiges bevor. Er war noch nicht einmal so groß wie sie. Wenn er größer würde, fiele ihm die Arbeit sicher leichter.

Alles wurde immer merkwürdiger. Eines Morgens striegelte er eine Kzinrret, und das Haar stand ihr am einen Ende vor Wut zu Berge. Sie fauchte ihn an, und er fürchtete sich, dabei schien sie seine Aufmerksamkeiten zu genießen. Im ganzen Harem kam es zu Konfrontationen, die durch Fauchen ausgetragen wurden. Mit jedem Tag wurde es schlimmer, bis sich der Harem in heller Aufregung befand. Ständig veränderten sich die Pakte zwischen den Kzinrretti. Spötteräffchen beobachtete, daß eine von ihnen am Hang eines Hügels eine Höhle grub.

Dabei war er doch stolz darauf, wie gut er mit den Weibchen von Netter-Gelber zurechtkam. Er verstand ihre Gebärden und erkannte ihre Stimmungen, er wußte, wann sie gestriegelt werden wollten, wann ihnen der Sinn nach Spiel stand und wann sie in Ruhe gelassen werden wollten. Er wußte, welche Geschenke er ihnen bringen mußte: hübsche Steine und bunte Blätter. Er verstand ihr Geschwätz und konnte sogar mit ihnen plappern, während er spielte. Deshalb wollte er die Bürde auf sich nehmen herauszufinden, was vorging.

Ihr neuer Herr roch seltsam, und die Kzinrretti fürchteten, er könnte ihre Jungen fressen. Was war mit Netter-Gelber geschehen? Warum begann der neue Herr mit einer Umordnung der Sklavenquartiere?

Nur Neugierde und Vorsicht trieb ihn dazu, nach Antworten zu suchen – bis Schwer-zu-fangen von irgendwoher in fast katatonischem Zustand zurückkehrte. Nur einer seiner Arme konnte sich noch artikulieren. Da verwandelte sich die Neugierde des Jungen in tiefe Besorgnis. Seine Jotokifreunde ließen ihn allein und versammelten sich in ihren Baumhütten, wo sie hysterisch vor sich hin brabbelten. Nur Witzbold kroch zu Spötteräffchen hinab, um ihn zu trösten, aber er verriet nicht mehr, als daß Netter-Gelber etwas Schreckliches widerfahren sei. Mehr konnte er nicht sagen; er hatte keinen ruhigen Arm.

Für die nächsten dreißig Stunden ließ Spötteräffchen seine Familie keinen Moment lang aus den Augen. Er beobachtete seine Mutter und ließ sich alle möglichen Entschuldigungen einfallen, um ihr bei der Arbeit zu helfen. Seine Schwestern trieb er zusammen, seine Brüder bewahrte er vor Schwierigkeiten und verbarg sie so gut vor allen Blicken der Kzinti, wie er nur konnte.

Auf W'kkai zieht sich die Abenddämmerung lange hin, und es scheint ewig zu dauern, bis sich die Dunkelheit endlich über das Land gelegt hat. Doch kaum war es finster, als eine Jotokiabordnung Spötteräffchen zur Beratung in die Baumhütten rief. Solchen Respekt hatte man ihm zuvor noch nie erwiesen. Er stand an jenem einmaligen Punkt in der menschlichen Entwicklung, an dem ein Kind bemerkt, wie reich und vielfältig die Welt ist, und doch schon genügend Reife besitzt, um zu verstehen, wie wenig es weiß.

Für Spötteräffchen waren die Jotoki der Quell aller Weisheit. Netter-Gelber war stets viel zu beschäftigt, um ihm seine Fragen zu beantworten, auch wenn es dem Jungen oft mit Übungskämpfen gelang, den Vater in ihm hervorzulocken; bei keinem anderen Kzin hätte er dergleichen gewagt. Netter-Gelbers kzintische Gefolgsleute hatten nichts als die Arbeit im Sinn, aber sie fragten sich niemals, weshalb Unterlegscheiben rund sind. Die Jotoki jedoch wußten alles über Maschinen, und bereitwillig nahmen sie diese auseinander, nur um dem Jungen zu zeigen, warum eine Unterlegscheibe rund sein *mußte.* Die Jotoki bauten die Schiffe, die von einem Stern zum anderen flogen – und das flößte Spötteräffchen eine gewaltige Ehrfurcht ein. Daß er nur zwei Arme hatte, machte ihn befangen, und manchmal kam er sich vor wie ein geringerer Sklave.

Die Jotokimenge in den Bäumen verhielt sich sehr ernst. Ein Arm Schwer-zu-fangens stopfte sich nervös Blätter in den Untermund und redete mit den Lungen der anderen Arme. Netter-Gelber sei gefangen, berichtete er dem Jungem. »Wir haben nun einen neuen Herrn, dem wir alle gehören.«

Die anderen Jotoki taten durch schrille Laute ihre Verzweiflung kund. Mit den fünf Schulteraugen starrten sie alle auf Spötteräffchen. Er blickte auf all die Augen, in denen die Nachtlampen glitzerten, dann schaute er unsicher wieder Schwer-zu-fangen an und senkte schließlich den Blick auf die Füße. Er wußte, daß sie etwas von ihm wollten. »Warum hat man ihn gefangen?«

»Er ist ein Krieger.«

Das sollte wohl als Erklärung genügen. Die Aufgabe der Krieger bestand im Kämpfen, und die einen Kämpfe wurden gewonnen, andere gingen verloren. Für Spötteräffchen reichte diese Erklärung indes nicht aus. Eine Niederlage hatte den ehrenvollen Tod zur Folge, keine Verhaftung. »Krieger sterben!« rief er daher hochmütig.

»Nein.« Schwer-zu-fangen war kollektiv von Trauer erfüllt. »Manchmal werden Krieger nach einer Niederlage festgenommen. Netter-Gelber ist schon vorher einmal verhaftet worden. Nun hat ein anderer Krieger die Pflicht, ihn wieder zu befreien.«

»Ein Krieger muß ihn befreien«, warf einer von Grusels Armen ein. »Darauf bestehen wir«, bekräftigte Grusels dünnster Arm.

Spötteräffchen wußte genau, daß seine Freunde ihn vorschicken wollten. Er sollte ihre Nachricht an einen großen Kzintikrieger überbringen. »Ich werde mich verirren«, entgegnete er abwehrend. »Ich habe kaum je den Besitz verlassen.«

»Während die Schlacht von Wunderland im Gang war, hat ein großer Krieger ihn befreit«, erklärte Schwer-zu-fangen gewichtig und unisono mit allen fünf Stimmen.

»Wird sein Freund ihm auch diesmal helfen?« fragte Spötteräffchen verschlagen in der Hoffnung, sich aus der Diskussion heraushalten zu können.

»Nein. Doch muß der Sohn eines verkrüppelten Kriegers danach streben, das Ziel zu erreichen, das der Vater verfehlte.«

Spötteräffchen kicherte. Allein für solche *Worte* konnten Sklaven totgeprügelt werden. »Weiß der Sohn dieses Helden denn vom edlen Ziel seines Vaters?« Wenn solch ein Krieger nur wenige Stunden weit entfernt war, konnte es Spötteräffchen gelingen, ihm nachts die Botschaft von Grreff-Nigs Notlage zukommen zu lassen. Der Junge bekam schon Angst, wenn er nur daran dachte, obwohl er wußte, daß er in der Tat sehr gut schleichen konnte. Und dann mußte er an seine geistesschwache Mutter denken. Was sollten sie alle ohne Netter-Gelber anfangen? Die Lage war verzweifelt. »Ich bin doch nur ein kleiner Junge!« rief er unter Tränen.

»Du bist der Sohn eines Kriegers!« beharrte Schwer-zu-fangen mit sonorer Kollektivstimme, und der mitleidigste seiner fünf Arme fügte quietschend gegen den Willen der anderen vier hinzu: »Laßt ihn in Ruhe! Er ist noch kein Krieger!«

»Ich bin nicht Netter-Gelbers Sohn!« beklagte sich Spötteräffchen, dem erst jetzt der wahre Zweck der Kabale zu Bewußtsein kam. »Ich raufe mich nur mit ihm! Wir tun doch nur so!«

»Du entstammst einem Kriegervolk«, sagte Schwer-zu-fangen sanft.

Machten sie wieder Andeutungen auf seinen unbekannten Vater? »War mein Vater ein Krieger?« Schon der Gedanke ängstigte ihn.

»Von deinem Vater wissen wir nichts. Deine Mutter war ein großer Krieger.« Eine weibliche Form von Krieger oder Held gab es nicht.

Spötteräffchen nahm die Schultern zurück. *Das schon wieder!* Wie oft hatten sie ihn, mit vielen Mündern plappernd, mit solchen Andeutungen geärgert! Er wurde wütend. »Meine Mutter ist eine närrische Mutter!« rief er.

»Deine Mutter hat dreizehn Kzintikrieger getötet«, kam langsam und melodiös die Antwort.

Die anderen Jotoki hatten ihre fleischigen Gliedmaßen

gehoben und schützten damit ihre Köpfe; sie saßen in Abwehrhaltung auf den Untermündern, die Armlungen so eingestellt, daß sie flaches Atmen gestatteten, die Stimme aber zum Verstummen brachten. Die ganze Versammlung wurde von der Erinnerung an das schreckliche Verbrechen überwältigt, und nur ein einziges dünnes Stimmchen brachte den Mut auf, es zu rechtfertigen. »Sie hat Netter-Gelber gerettet ... aus der Gefangenschaft«, piepste es.

Die Offenbarung flößte dem Jungen ebensoviel Furcht ein wie seinen Gastgebern.

Sie berichteten abgehackt, was geschehen war; sie erzählten abwechselnd die Einzelheiten, um die Schuld zu teilen, und sie übertrieben, um den Jungen zu beeindrucken. Der Bericht war manchmal alles andere als akkurat, doch mußten die Ereignisse im Sklavenidiom wiedergegeben werden, das sich kaum dazu eignete, Rebellion und Kriegsstrategien zu diskutieren. Die Jotoki mußten Wörter erfinden und andere Wörter verknüpfen, sie mußten Umschreibungen für ihre zusammengesetzten Wörter formulieren, um sie zu erklären. Sie mußten Analogien zu Maschinen und zur Sklavenarbeit ziehen. Und sie mußten sich einem achtjährigen Jungen begreiflich machen, der nur die halbe Sprachfertigkeit eines Erwachsenen besaß. Völlig unwissend über die menschliche Entwicklung glaubten sie, daß Spötteräffchen der Lieutenant Nora Argamentine, die sie einst gekannt hatten, geistig ebenbürtig war.

Die Jotoki hatten die Kriegsgefangene überredet, eine Meuterei gegen die Besatzung der *Nistenden Reißzahnmutter* anzuführen, um ihren Herrn zu retten, und waren absolut überzeugt, das gleiche nun wieder zuwege zu bringen. Furcht und Schuldgefühl hatten ihre Erinnerung an den Aufstand lange unterdrückt. Nun aber, da es einmal mehr erforderlich war, ihren Herrn zu retten, stritten und zankten sie untereinander, Arm gegen Arm, Jotok gegen Jotok, um die Details wiederaufleben zu lassen, damit Spötteräffchen davon profitieren konnte. Noras Taten als Kriegerin waren offensichtlich – doch die Jotoki stritten lange und hitzig darüber, wie sie den Feldzug *geplant* hatte. Militärstrategie war für sie ein Buch mit sieben Siegeln. Und was sie nicht begriffen, das sollte Spötteräffchen für sie verstehen, denn er entstammte einem Kriegervolk.

Als Spötteräffchen schließlich in dem Bemühen, alles zu verstehen, nach den offensichtlichen geistigen Behinderungen seiner Mutter fragte, sprachen die Jotoki ausweichend von »Wunden« und »Verletzungen«. Keiner von ihnen wagte, Spötteräffchen den Verrat zu beichten, den die Jotoki an Lieutenant Argamentine begangen hatten. Nachdem sie die Vernichtung der Besatzung des Mutterschiffs geplant hatte, fürchteten die Jotoki, sie könnte auch ihren geliebten Herrn töten wollen. Ebensowenig verrieten sie dem Jungen von ihrer Mithilfe, als Netter-Gelber Noras Gedächtnis und ihre Sprachfähigkeit zerstörte. Damit sie keine Gefahr darstellte. Um sie zu etwas umzuformen, das Netter-Gelber begreifen konnte.

Der Haushalt erhielt die Anweisung, den Namen Grreff-Nig nie wieder zu erwähnen. Von ihrem herrischen neuen Meister erfuhren die Sklaven, daß ihr früherer Besitzer den Rätselpriestern des Unerreichten Geschicks übergeben worden war. Ihnen allen wurde gesagt, daß sie fortan härter arbeiten müßten. Auf dem Besitz würde eine neue Fabrik errichtet, in der empfindliche Schiffsinstrumente montiert werden sollten.

Ich bin ein Sklave; ich bin ein Sklave; ich bin ein Sklave, sagte Spötteräffchen sich immer wieder. Seine Mutter behandelte er mit neuem Respekt, wenn er zu ihr ging, um ihr mit einer Kzinrrettibürste den Pelz zu striegeln. Während er ihr die Knoten aus der langen rötlichbraunen Mähne kämmte, stellte er sich grinsend vor, wie ihre kzintischen Gegner vor Schrecken auf der Stelle starben, wenn sie nur knurrte. Kräftig striegelte er ihr das Haar, genauso, wie sie es am liebsten hatte, und fragte sich nicht einmal, weshalb weibliche Äffchen ein Fell hatten, männliche jedoch nicht; denn so war es von je gewesen. Er vergrub sein Gesicht in ihrem Haar und umarmte sie ängstlich.

Spötteräffchen war es nicht gewöhnt, von sich als Krieger zu denken. Sklave zu sein war viel ungefährlicher. Wenn er fortan grinste, mußte er *zornig* sein. Was sollte er statt Krallen nehmen? Nicht einmal spitze Zähne hatte er! Etwas in ihm widersetzte sich beharrlich den Wünschen der Jotoki. Sie wollten Netter-Gelber am nächsten Tag retten. Er nicht. Er kannte den Unterschied zwischen *sein* und *nur so tun.* Etwas sein konnte einen umbringen. Wenn man nur so tat, konnte man es wiederholen. Im Augenblick war er nicht zu mehr bereit, als nur so zu tun, Netter-Gelber retten zu wollen.

Mit vorgehaltener Pike führten acht+eins Akolythen, die froh über die Abwechslung von ihren Studien waren, den nackten Kzin ab, welcher ganz gleich, wie kalt es wurde, stets nackt bliebe. Die Akolythen trugen gewebte Gewänder in Gelb mit goldenen Labyrinthmustern. Die Schnallen der Gewänder bildeten ein Ringrätsel, und nur der Zähnefletschende Gott konnte dem Akolythen noch helfen, der die Abfolge vergaß, mit der allein sich der

Verschluß lösen ließ. Die hohen Kopfbedeckungen aus mehreren Häuptern verliehen ihnen einen wiegenden Gang und ließen sie drohend aufragen wie Riesen aus einer Sage.

Durch die Gezeitenwirkung von W'kkaisonne blieb die Kruste von W'kkai aktiv, obwohl der Planet einen geruhsamen Tag hatte, der eine ganze Woche andauerte. Es gab zahlreiche Gebirge und Hochplateaus. Nun war Vormittag, doch auf den Nordhängen lag noch immer der Abendschnee. Die Stufen ins Herz des Paradoxons leuchteten im hellen Sonnenlicht und waren feucht von schmelzendem Schnee. Weshalb befand sich der Eingang zum Tempel so hoch oben in der Klippe? Schon diese Frage stellte ein Rätsel dar.

Rätsel-Häftling konnte das Dach des Tempels nicht sehen, doch bestand es aus der Kuppe des Plateaus. Jahrtausendelang hatten die Rätselpriester sich in den Fels vorgearbeitet und ein Labyrinth aus Gefängniszellen errichtet, die so großartig angelegt waren, daß kein Wärter jemals Schlüssel benötigte. Die genau ausbalancierten Steine schlossen sich einfach um den Häftling. Ein einziger, exakt ausgerichteter Stoß mit dem Finger an der magischen Stelle öffnete die Zelle wieder – vielleicht; vielleicht bewirkte er auch nur ein grollendes Rumpeln, und dann wußte man, daß die Zelle sich auf die Größe eines Sarges verengt hatte.

Im Tempel wies ihnen ein graupelziger, gebeugter Wärter den Weg. Auf seinem Gesicht befand sich anstelle seiner halben Nase eine riesige Narbe. Er führte die Aokolythen und Rätsel-Häftlinge nicht etwa in einen Zellengang, sondern in einen furchteinflößenden Wald aus Steinen, Säulen und Blöcken, die ebenso solide wirkten wie das abschließende Kunststück eines Jongleurs, der im Palast des Patriarchen auftritt. Man blickte sich verzweifelt nach der Hand um, die sich vielbeschäftigt und eifrig bemühte, alles vor dem Zusammenbruch zu bewahren, aber diese Hand gab es nicht – das einzige, was sich gelegentlich bewegte, war der weiche Fußbodenbelag oder eine Säule, die sich neigte oder ein Monolith, der herumschwenkte und den Weg blockierte, zugleich aber einen anderen Durchgang freigab. Die Priester behaupteten, die Anlage sei erdbebensicher.

Rätsel-Häftling erkannte zunächst seine Zelle nicht, obwohl seine Führer davor stehenblieben. Sie wirkte wie ein aus dem Stein geschnittenes Feld, wie eine elektronenmikroskopische Aufnahme, die an eine bizarre Landschaft erinnerte. Am Tag zuvor war die Zelle für den nackten Kzin geöffnet worden, und nun sammelten die Akolythen die Gebeine des vorherigen Insassen auf. Der Wärter zog Rätsel-Häftling eine Kapuze über den Kopf und flocht sie zu. Alles, was der Gefangene noch hörte, waren ein leises Flüstern und ein tiefes Scharren, dann verschoben sich die Wände, und die Riegel rasteten ein.

Rätsel-Häftling riß und zerrte mit den Klauen an der Kapuze, aber sie ließ sich nicht öffnen. Er tastete nach den Schnüren. Ein weiteres Rätsel? Endlich nahm er schwach den Geruch der Oxidation wahr. Die Kapuze büßte allmählich immer mehr an Stärke und Festigkeit ein, bis Rätsel-Häftling sie abreißen konnte; schließlich zerfiel der Kapuzenstoff zu Asche. Die Zelle war geräumig, wenngleich ihre Geometrie von keinem gesunden Verstand ersonnen sein konnte. Es gab Öffnungen, einige davon weit genug, daß ein Kzin hineinzukriechen vermochte: Todesfallen. Rätsel-Häftling konnte Licht und Dunkelheit regeln, sogar den Geruch. Es gab einen Hahn, aus dem Flüssignahrung floß, wenn man ihn öffnete. Und er fand einen Wasserschlauch, mit dem er seine Exkremente davonspülen konnte.

Er mußte an die Käfige denken, in denen er die Versuchsäffchen aus Wunderland für seine Erforschung des menschlichen Nervensystems gehalten hatte.

Er empfand Zorn.

Aber durch Zorn ließen sich die Rätselpriester nicht beeindrucken. Jeder Gegenstand, jede Handlung in ihrer Philosophie diente allein der Beherrschung von Zorn. Ganz gleich, wieviel Zorn gegen diese Wände gerichtet würde, sie bewegten sich keinen Krallenbreit. Nur Vernunft konnte sie öffnen. Die panische Vernunft, die sich im ›Ausprobieren von allem‹ äußerte, würde ihn ebenfalls nicht weiterbringen. Es gab 8·8+1 Möglichkeiten, diese Steine in Bewegung zu versetzen – und 8·8 davon würden die Zelle auf die Größe eines Sarges zusammenschrumpfen lassen. Dann mußte er schmachvoll, in die Form einer verzerrten Brezel gebracht, sterben.

Er erinnerte sich an die Zeit, als er auf Aarku stationiert gewesen war und sich fürchterlich gelangweilt hatte. Er hatte eins der hölzernen Rätselspiele von W'kkai gefunden. Drei Tage und drei Nächte hatte er nicht geschlafen, während er versuchte, es zu lösen. Fast in den Wahnsinn getrieben hatte es ihn!

Nun saß er in dem Rätsel gefangen. Wenn er seinen Zorn zügelte, mußte er dem Wahnsinn verfallen. Wenn er seine Vernunft zügelte, verlor er ebenfalls den Verstand. Ganz gleich, wie gut seine Hypothese über die Geometrie der Zelle auch war, er konnte sie solange nicht durch Schieben oder Ziehen testen, bevor er nicht alle Konsequenzen durchdacht hatte. Wahnsinn – beide Möglichkeiten führten in den Wahnsinn! Und es gab nicht einmal Gras zu fressen.

Rätsel-Häftling war sein Name.

KAPITEL 15

(2437 n.Chr.)

Das Tagebuch von Lieutenant Nora Argamentine wurde eingelesen und auf dem Datenserver der Fregatte abgelegt; nur Hwass-Hwasschoaw blieb der Zugriff verwehrt. Der Kzin hatte bei den meisten Einzelheiten über den Aufstand an Bord der *Mutter* richtig gelegen, die Treue der Jotokisklaven zu ihrem Ausbilder eingeschlossen, nur beim Anführer war er einem Irrtum aufgesessen. Yankee grinste. Selbst der paranoideste aller Kzinti hätte niemals an einen *weiblichen* Gegner gedacht.

Auch bei den eigenen Leuten bemerkte Clandeboye mehr als genug Bestürzung darüber. Ein Kzintischiff aus lichtsekundenweiter Entfernung zu vernichten, erforderte Geschick und Mut – eines von *innen* im Handgemenge auszuschalten, mit keinen anderen Verbündeten als unbewaffneten Sklaven, das war eine schier unvergleichliche Heldentat. Yankee fand seine wunderländischen Marineinfanteristen im Besprechungsraum, wo sie laut und aufgeregt über die Abfolge der Ereignisse debattierten.

Dabei hatten diese Männer während der Ausräucherungsaktion von 2422 hier auf Hssin selbst Bodenkämpfe gegen Kzinti bestanden. Sie ließen das Innere der *Mutter* auf dem Hauptvortragsschirm simulieren, und Noras Tagebuch war in etlichen Infocomps abgespeichert – es gab sogar bereits verschiedene Ausdrucke des Tagebuchs an Bord –, und Hwass' Analyse des Kampfes wurde mit Auszügen aus Noras Tagebuch kommentiert. Und unablässig wurde diskutiert und geredet. In allen Einzelheiten, Schlag für Schlag, wurde der Kampf rekonstruiert. Eine Heldensage war im Entstehen begriffen.

Auf dem Wege introspektiver Monologe formulierte Yankee seine Schlüsse und auch seine Gefühle in hektischen Sendschreiben, die er eins nach dem anderen per Hyperwelle direkt an General Fry schickte, ohne eine Reaktion abzuwarten. Der General beantwortete die Missiven ausführlich und in einem weniger förmlichen Ton, als man von ihm gewöhnt war: Noras Heldentat überrasche ihn zutiefst, und er bitte um weitere Einzelheiten. Allein zu wissen, was mit ihr geschehen sei, heile einige seiner Wunden, aber das Geschehene sei selbstverständlich alles andere als angenehm.

Doch auch die edelsten Helden könnten nicht immerfort gewinnen.

Wenn Nora noch lebte – woran sie beide zweifelten –, dann war ihr Gedächtnis gelöscht worden, und die einzige Sprache, die ihr noch zur Verfügung stand, war die primitive weibliche Form der Heldensprache. Aus dem strategischen Blickwinkel betrachtet wog noch schwerer, daß es der tapferen Nora nicht gelungen war, die *Shark* den Klauen des Patriarchats zu entreißen. Yankees schlimmster Alptraum war somit zur Realität geworden. General Fry verhielt sich nicht mehr wie ein Mann, der sein Blatt verdeckt hält und alle Möglichkeiten durchdenkt, bevor er seinen Einsatz macht – nun war er offen Yankees Verbündeter.

Die ARM unterdrückte – wie nicht anders zu erwarten – die Erkenntnisse der Hssin-Expedition. Konteradmiral Blumenhandler wurde zu Schweigen verpflichtet. Seine Marineinfanteristen versetzte man auf Barnards Starbase. Die Repatriierung Hwass-Hwasschoaws wurde dermaßen beschleunigt, daß der Kzin auf Wunderland nicht einmal Gelegenheit hatte, sich mit den anderen Wunderkzinti in Verbindung zu setzen; ein letztes Treffen mit Interworld-Commissioner Ulf Reichstein Markham, dann war er fort. Yankee wurde gewarnt, nichts zu veröffentlichen. In alledem spürte der Major die Handschrift von Admiral Jenkins.

Nach seiner Rückkehr nach Gibraltar Base im Sol-System diskutierte Yankee zahlreiche Stunden mit General Fry in dessen kleiner Wohnung. Mittlerweile waren sie gute Freunde. Yankee fühlte sich von der Reaktion der Navy auf die Kaperung der *Shark* abgestoßen. Der Anordnung zum Trotze, es gebe keine »Neuigkeiten«, verbreitete sich die Neuigkeit durch Gerüchte und aberwitzigste Spekulationen wie ein Lauffeuer. Die vorherrschende Meinung behauptete allerdings, die Kzinti seien technisch zu unfähig, um den gestohlenen Hypershunt nachzubauen:

Vor Äonen hatten die Kzinti ihre Technologie einer Fremdintelligenz abgekauft und sie seither nicht verbessert, weil sie kein Ingenieurstalent besaßen.

Sie stagnierten auf ihrem Stand der Technik und besaßen weder den Willen noch die Kraft, sich zu verändern.

Das Patriarchat war nichts weiter als der dekadente Überrest einer alten Zivilisation. Was sollte es mit der *Shark* anfangen? Wer hätte je von einem neugierigen Kzin gehört?

Die Kzinti würden ein Jahrtausend brauchen, um den Hyperantrieb zu kopieren. Haha, die Kzinti seien so dumm, daß sie, wenn sie den Hyperantrieb endlich hätten, ihre sämtlichen Krieger in den Hyperraum schicken würden und nicht in der Lage wären, sie zurückzuholen! Wenn ein Kzin eine Glühbirne einschrauben wollte, mußte er die halbe Zeit auf dem Kopf stehen, weil er sich nie an die Richtung erinnern konnte, in die er drehen mußte.

»Was glaubst du, wie lang sie brauchen werden?« fragte Fry.

»Ich würde darauf wetten, daß sie bereits in diesem Augenblick irgendwo dort draußen einen Prototyp testen. Sie werden uns mit leerem Tank erwischen.«

»Fortschritt braucht seine Zeit. Viele der jüngeren Offiziere schließen sich deinen Ansichten an. Es braucht Zeit, Yankee. Politik braucht Zeit.«

»Vergiß mal die Kzinti. Wieviel *Menschen* braucht man, um eine Glühbirne einzuschrauben?«

»Weiß die jüngere Generation überhaupt noch, was eine Glühbirne ist? – Na, sag's schon!«

»Eintausendeins – fünfhundert, die die Birne gegen den Uhrzeigersinn drehen, und fünfhundertundeinen, die sie im Uhrzeigersinn drehen.«

»Genau.«

»Tut mir leid, daß ich Noras Spur verloren habe. Wenn wir wüßten, wohin die *Shark* gesprungen ist, könnten wir den Kätzchen dort die Hölle heißmachen.«

»Und einen weiteren Krieg riskieren? Nie im Leben!«

Yankee blickte nachdenklich in die Ferne. »Ich wollte dich etwas fragen. Unser Informant, dieser Hwass-Hwasschoaw, hat seine Repatriierung nach Kzin nie ausgeführt. Ich hörte gerüchteweise, daß er auf W'kkai geblieben ist. Glaubst du, er könnte etwas bemerkt haben, das uns entgangen ist?«

Der General grinste. »Das hab' ich hinter Markhams Rücken arrangiert – als Gefallen für Hwass und vielleicht auch für mich. Nach meinen Daten ist Hwass nämlich auf *W'kkai* geboren worden. Ich bin mir gar nicht sicher, ob er wirklich nach Kzin repatriiert werden wollte; das war vielmehr Markhams Idee. Hast du Markham je kennengelernt?«

»Jawohl. Ein zäher alter Bussard. Ich glaube, er ist mit

dem Durcheinander auf Wunderland überhaupt nicht glücklich. Das alles verstößt gegen seinen Ordnungssinn. Er hat so merkwürdige Ideen über einen allgemeinen Frieden mit den Kzinti und anderen Fremdintelligenzen, denen wir vielleicht noch begegnen. Möglich, daß er wegen seiner blutigen Vergangenheit Schuldgefühle hegt. Ich bezweifle, daß sein Friedensplan besonders realistisch ist.« Yankee zögerte, als faßte er etwas Undenkbares ins Auge. »Wie ich gehört habe, benutzte er Hwass als einen Friedensbotschafter zwischen Mensch und Kzin.«

»Genau richtig. Das ist aber gar nicht so merkwürdig, wie es dir vorkommt. Nach Markhams Informationen ist Hwass ein sehr religiöser Kzin und träumt davon, die gesamte Galaxis zu bekehren. Markham glaubt, daß Hwass im geheimen zum Christentum konvertiert ist.«

Der Major grinste amüsiert. »Hwass als Friedensbotschafter – das ist der Witz des Jahrhunderts. Versteh mich bitte nicht falsch – das alte Kätzchen und ich, wir sind miteinander ausgekommen. Sagen wir, wir hatten uns verstanden: Er wußte, daß ich befehlen würde, ihn zu töten, sobald er aus der Reihe tanzte, und ich wußte, daß er mich bei der ersten Gelegenheit in Stücke gerissen hätte. Friedensbotschafter! Möge Murphy sich unser erbarmen!«

»In letzter Sekunde hat er sich entschieden, nach W'kkai zu gehen. Also habe ich dafür gesorgt. Ich dachte, wir erfahren vielleicht Näheres, wenn wir ihn der eigenen Nase folgen ließen. Ein Schuß ins Blaue. Ich habe ihm Protokolle mitgegeben und einiges an nicht-geheimem Gerät, damit wir in Verbindung bleiben können. Hast du dem stolzen Krieger je von Nora erzählt? Ich meine, von Nora als kzintimordendem Schreckgespenst?«

»Nö. Ich wollte ihn lieber nicht wütend machen, solange ich mit ihm in einem Raum war.«

»Mein lieber kleiner Schuhverkäufer«, sinnierte Fry mit breitem Grinsen, »drückt sich also davor, unseren sensiblen Machokzin zu erzürnen. Da habe ich gute Neuigkeiten für dich: Nora selber ist es, die die Nachricht über die *Shark* verbreitet, trotz …« Er deutete mit dem Finger zur Decke, in die allgemeine Richtung der Mächte Ganz Oben, und verdrehte die Augen. »Obwohl die ARM die Angelegenheit komplett unter den Teppich kehren will, verbreitet sie sich über das Bilgenwasser. Ganz Barnards Starbase weiß schon davon. Wer könnte dieser Geschichte auch widerstehen? Die Kzinti kapern sich einen Hypershunt, und niemand steht ihnen im Weg außer einer kleinen, aber zu allem entschlossenen Frau. Weil eine offizielle Verlautbarung der ARM fehlt, wird die Geschichte mit jedem Augenblick immer wilder. Als ich sie das letztemal hörte, tötete Nora dreißig Kzinti, während sie nur nach der Damentoilette suchte. Mit jedem Tag sind die Katzen einen Zoll größer, und sie wird immer schöner. Diese Raumkadetten machen aus ihr eine Kriegerheilige.«

»Eine Heilige war sie nicht gerade«, meinte Yankee, der sie immer noch als zehnjähriges Mädchen vor sich sah.

»Sie ließ sich einfach nicht zügeln«, stimmte Fry zu. »Ich hab's versucht, ich hab's gewollt. Manche Frauen lassen sich einfach keine Vorschriften machen.«

»Vielleicht finden wir ihre Spur wieder«, sagte Yankee traurig.

»Vielleicht«, brummte General Fry und verlor sich in den Erinnerungen an die lange zurückliegende Romanze.

KAPITEL 16

(2438 n.Chr.)

Als Hwass-Hwasschoaw auf W'kkai anlangte, nachdem ein UNSN-Kriegsschiff ihn gemäß den Bedingungen des Friedensvertrags an der Singularitätsgrenze an eine kzintische Patrouille übergeben hatte, war er bereits prominent. Eine Weile berichtete er lang und unverblümt jedem w'kkaiischen Militär, der sich die Mühe machte, ihn anzuhören, von der Schlacht um Wunderland. Als er das, was er wissen wollte, erfahren hatte, tauchte er als wandernder Wahrheits-Prediger unter.

Hwass fand den Zirkel des Auges des Patriarchen: ein steinalter Kzin, der Hwass' Vater noch gekannt hatte und nach wie vor dem Netz angehörte. Das Auge litt unter Auflösungserscheinungen, und lediglich die angeborene Treue und die Fähigkeit, lange Verzögerungen zu ertragen, hielten den alten Kzin noch aufrecht. Um von Nutzen zu sein, hatte es immer eines ununterbrochenen Zuflusses von Mitteln und Talenten von Kzin bedurft. Und außerdem hatte das Auge stets Feuerfresser wie Hwass' Vater nötig gehabt, der die Organisation niemals Untergebenen hätte überlassen dürfen, um sich mit dem unbändigen Chuut-Riit in ein wildes Abenteuer zu stürzen.

Hwass konnte kaum die Krallen an sich halten, als er erfuhr, daß das Auge nichts von einem Hyperschiff wußte, das die Blockade durchbrochen hatte. Ein blindes Auge? Welche Schmach! Dann ergriff der Zweifel von ihm Besitz. Er hatte zwar die Notizen gefunden, die Ausbilder-der-Sklaven sich über Navigation gemacht hatte (ohne sie Clandeboye zu zeigen) und die bewiesen, daß dieser gelbe Teufel *geplant* hatte, sein UNSN-Schiff nach W'kkai zu bringen – aber war er je *eingetroffen?*

Noch ein wenig herumzuschnüffeln war also in Ordnung. In der Absicht, »Wasserlöcher auszuheben«, die sich für die kdaptistische Missionierung als nützlich erweisen mochten, reiste er als Wahrheits-Prediger an abgelegene Orte. Ein wenig Hausieren konnte nicht schaden. Die bessergestellten Kzinti hielten sich von den Städten fern, und da sie nicht in Übervölkerung lebten, waren sie in der Regel offener gegenüber neuen Ideen und zudem freigiebiger. Seine Predigten brachten ihm die geringen Geldmittel ein, die er benötigte, und erlaubten ihm, sehr viele Gerüchte und Klatsch aufzufangen. Zweierlei erfuhr er: (1) für eine besiegte Macht war W'kkai allzu selbstbewußt und zuversichtlich, und (2) ein neues Schisma spaltete die Flotte.

Die Selbstüberschätzung konnte auf die Arroganz des hochnäsigen Mundes des Patriarchen zurückzuführen sein, welcher selbst dann noch nicht seine Niederlage begriffen hätte, wenn sein abgetrennter Kopf in einem Faß Wein schwömme. Selbstüberschätzung ist ansteckend, und niemand blieb vom Geschmack des Mundes unbeeinflußt. Doch was war mit dem Hohen Admiral Si-Kish? Er baute im stillen eine Flotte auf – und es roch nach einer Flotte, die mächtiger war als alles, was W'kkai je in Dienst gestellt hatte. Doch wozu solch eine Flotte, solange man nicht über ein Hypershunt-Aggregat verfügte, das sie antrieb? Warum sonst die Geheimhaltung? Warum wurden nicht die alten Flottenkrieger in die neuen Jagdgründe übernommen? Seltsame Gerüchte für ein erniedrigtes Regime.

Der Flottenaufbau wurde vor dem Auge verborgen gehalten. Si-Kish aber hätte nicht einmal wissen dürfen, daß es das Auge gab.

Eins nach dem anderen. Nachdem Hwass sehr vorsichtig einige Landadlige über den Gott der Wahren Gestalt informiert und eine erquickliche Tagesjagd mit seinen Gastgebern verbracht hatte, beschäftigte er sich bei einem Becher vergorener Milch mit den örtlichen Sklavenangeboten. Wahrheits-Prediger war weder daran interessiert, Sklaven zu kaufen, noch benötigte er einen Leibdiener – er suchte vielleicht nach der Spur von Ausbilder-der-Sklaven.

Dieser gelbe Teufel hätte natürlich zugunsten eines lukrativeren Lebens das Geschäft aufgegeben und verbarg sich vermutlich hinter einem wichtigtuerischen Titel, den er sich selbst verliehen hatte – aber Spuren mußte er hinterlassen. Habgier – konnte er wirklich diese Nebenbeschäftigungen aufgeben, die ihm so viel Geld einbrachten?

... und da fand Hwass es schon: Eine unauffällige Annonce bot eine kleine Sippe kräftiger, fleißiger, wahrhaft einzigartiger *menschlicher* Sklaven an, von der sich ihr untröstlicher Besitzer bei der Auktion zu einem angemessenen Preis zu trennen gedachte. An dieser Auktion nahmen fünf Angehörige des Auges und Hwass selbst teil. Unter den zum Verkauf anstehenden Tieren war ein behaartes Menschenweibchen und eine Horde verstörter Halbwüchsiger.

Der feine Pelz des Menschenweibchens räumte Hwass' letzte Zweifel aus. Er hatte Menschensklaven besessen und wußte im Gegensatz zum Auktionator, daß Menschenweibchen unbehaart waren. Ausbilder-der-Sklaven hingegen hatte mit seinen Weibchen experimentiert, und eines seiner Lieblingsprojekte hatte darauf abgezielt, das genetisch latente Fell der Menschentiere zu aktivieren. Das Weibchen dort war Lieutenant Nora Argamentine, das mußte sie sein, ehemals United Nation

Space Navy, mit gelöschtem Gedächtnis. Eine sehr wertvolle Beute.

Hwass schickte einen seiner Gefolgsleute aus, die Festigkeit ihrer Muskulatur und den Zustand ihrer Zähne zu prüfen. Ausdrücklich befahl er ihm, unauffällig grob vorzugehen. Nora biß den Gutachter in den Finger, den er ihr in den Mund steckte. (Jede Kzinrret oberer Klasse, die Krieger gebar, hätte das gleiche getan.) Hwass kam ein alter Trick über den Sklavenkauf in den Sinn, mit dem er nun den Preis drücken konnte.

Der Auktionator und Hwass' Strohkzin gerieten in eine heftige Auseinandersetzung. Der Auktionator berief sich auf die ausgezeichnete Schärfe der Zähne seiner Ware, während Hwass' Gefolgsmann wütend davonstapfte, den blutenden Finger hochhob und jeden potentiellen Käufer, der ihm zuhörte, vor der Minderwertigkeit der angebotenen Sklaven warnte. So konnten Hwass und seine Leute alle Menschen zu einem Preis erwerben, den das verarmte Auge gerade noch aufzubringen vermochte.

Nun besaß Hwass eine Waffe gegen Clandeboye. Der Gott der Wahren Gestalt mußte ihm sehr zugeneigt sein. Sein Flehen, seine Gebete waren erhört, seine Opfer angenommen worden. Sobald seine neuen Sklaven ihn zum Hypershunt geführt hatten, wäre sein Triumph komplett. Wo war Ausbilder-der-Sklaven? Der hätte diese Sklaven nie und nimmer so billig verkauft.

Das Weibchen war als Informationsquelle nutzlos, aber ihr ältestes Junges wußte vermutlich einiges. Dieser Junge fürchtete ihn von allen am meisten, dieser Junge beobachtete ihn, dieser Junge stand bereit, seine Mutter und seine Geschwister zu schützen. Sein Verstand ließe sich gewiß nutzen. Vielleicht konnte Hwass aus ihm sogar einen Kdaptisten machen, der vor Gott die Sache der Kzinti vertrat.

Die lange Reise im Flugwagen führte an der Küste entlang. Hwass versuchte mit dem verängstigten Jungen englisch zu sprechen, aber das kleine Äffchen verstand ihn offensichtlich nicht. Er probierte es mit einer kzintischen Version der Mischung aus Dänisch und Plattdeutsch, die bei seinen wunderländischen Sklaven als Sprache gegolten hatte. Immer noch nichts. Es war sehr schwer, Zugang zu einem Sklaven zu finden, dem die Furcht den Mund verschloß.

Hwass betrachtete die See, wie sie jenseits der feuchten Felsblöcke entlangzog, die das Ufer säumten, und manchmal schaute er ins dunkle Innere des Wagens, wo brav die Sklaven hockten. Es gab immer eine Möglichkeit, sich Furcht zunutze zu machen. Zunächst mußte die Beute beruhigt werden, damit sie keinen schlechten Geschmack erhielt. Hwass bemerkte, daß das Nora-Tier durstig war. Eine günstige Gelegenheit. Er hielt dem Jungen Wasser hin, sprach das kzintische Wort dafür aus und deutete auf seine Mutter. Hunger und Durst durchdrangen schließlich die Furcht des kleinen Äffchens. Höflich, im Dominiertenfall, bat der Junge um Wasser für seine Mutter. Akzent und Grammatik waren gräßlich; offenkundig sprach der Junge eine Abart des Sklavenidioms der Jotoki, aber er war zu verstehen. Ein Fortschritt.

Schließlich erreichten sie die abgelegene, aus massivem Stein errichtete Zuflucht, einst die Festung eines mächtigen Kzins, nun ein sicheres Haus für das Auge. Hwass brachte den Jungen in die jüngst fertiggestellten Sklavenquartiere und übertrug ihm die Aufgabe, für die Unterbringung seiner Sippe zu sorgen. Außerdem verlieh er ihm die Gewalt über die Nahrung. So gedachte er Spötteräffchen auf seine Seite zu ziehen.

Hwass wählte die Essenszeiten, um mit dem Sklaven

zu sprechen, kurz bevor dieser seine Familie fütterte. Er machte kein großes Aufhebens darum und nutzte aus, daß ein Sklave niemals seinem Herrn ein höfliches Wort verweigert, wenn das dem Sklaven ermöglichte, Essen für seine Sippe auf den Tisch zu bringen. Die Gespräche wurden mit der Zeit immer länger, Spötteräffchen hatte immer weniger Angst.

Eines Tages berichtete der Sklave von Hssin, und Hwass wies ihn auf bestimmte Orte innerhalb der Trümmer hin, von denen auch er wußte. Spötteräffchen erinnerte sich an den Teppich im Palazzo. Hwass beschrieb ihm die Jagdszenen, die in den Teppich eingewoben waren. Nicht lange dauerte es, und Spötteräffchen erzählte ihm eifrig von den Abenteuern im Hyperraum, denen Hwass mit höchster Aufmerksamkeit lauschte.

»Und wo ist dein Netter-Gelber nun? Er scheint verschwunden zu sein.«

Spötteräffchen erbleichte, als ihm sein Fehler bewußt wurde: ohne es zu merken, hatte er den Jotokinamen für seinen Herrn verwendet. »Es tut mir leid, Herr. Meine unterwürfigste Entschuldigung. Fortan werde ich nicht mehr vergessen, den Titel Grreff-Nig zu benutzen.«

»Ach ja, Hschumpf. Sein Titel. Natürlich. Aber er ist nicht hier, also können wir ihn nennen, wie uns beliebt. Auf Wunderland nannten wir ihn hinter seinem Rücken Grasfresser.«

»O nein, Herr!« rief Spötteräffchen schockiert aus.

»Was ist mit ihm geschehen? Hat er im Palast seine Weste vergessen? Oder hat er sich dort in der Nase gebohrt?«

Spötteräffchen war nun sehr vorsichtig in Gegenwart dieses Kzins, der seinen Netter-Gelber mit einem Schimpfnamen wie Grasfresser belegte. »Wollt Ihr ihn ins Gefängnis bringen?«

»Dort also ist er? Nein, ich will ihn nicht im Gefängnis haben! Er ist der einzige Hyperraumpilot, den ich kenne. Welches Gefängnis? Was hast du gehört?«

»Das Unerreichte Geschick ... Die Rätselpriester halten ihn dort fest.«

»Wer hat dir das gesagt?«

»Mein Herr.«

»Dein Herr bin *ich!*«

»Der Kzin, der uns verkauft hat«, verbesserte Spötteräffchen sich eilig.

»Wenn die Rätselpriester ihn haben, muß ich mir wohl einen anderen Piloten suchen«, knurrte Hwass verärgert.

»Ihr wollt ihm nicht helfen? Ich habe mir geschworen, ein Krieger zu sein und einem Rätselpriester nach dem anderen den Kopf abzuhacken, bis sie ihn freilassen.«

Auf überaus furchteinflößende Art warf Hwass die Pranken hoch. »Wenn du noch ein einziges Mal das Wort ›Krieger‹ im falschen Fall benutzt, verschlinge ich dich zum Mittagessen, Wandelndes-Mahl!«

»Jawohl, Herr!« Spötteräffchen nahm eine unterwürfige Haltung an.

»Doch ist dieser gelbe Teufel vermutlich der einzige Hyperraumpilot auf ganz W'kkai. Weißt du, was mit seinem Schiff geschehen ist?«

Spötteräffchen schüttelte wachsam den Kopf.

Schon vor vielen Patriarchen hatte das Auge die Rätselpriester infiltriert, und in den Geheimarchiven des Auges ruhte eine komplette Simulation aller Rätselzellen, die jedoch einen entscheidenden Nachteil aufwies: die Einzelteile wurden nur in *geschlossener* Stellung gezeigt. Noch lebte der Akolyth, den das Auge vor langer Zeit bei den Rätselpriestern eingeschleust hatte, aber sein Informant war nun ein ein gebrechlicher alter Priester, der seine Tage mit dem Schnitzen von Holz zubrachte. Er konnte dem Auge verraten, in welcher Zelle Rätsel-Häftling gefangengehalten wurde, doch weder kannte der Alte die Lösung der Zelle, noch reichte seine Fertigkeit aus, um ihn zu befreien.

Im Keller der abgeschiedenen Festung, der von einem gewaltigen 3-D-Bildschirm erhellt wurde, brüteten die schärfsten Geister des Auges über dem Innenleben des Gefängnisses. In der Simulation konnten sie sich ohne weiteres in Grreff-Nigs Zelle vorarbeiten und ihre Funktion betrachten, was weit mehr war, als Grreff-Nig vermochte, aber es half dennoch nichts – das Rätsel war und blieb ein Rätsel. Dem Ersinnen von Rätseln weihten die Rätselpriester ihr Leben. Es gab einfache, die zur Erziehung von Jungen eingesetzt wurden. Es gab Rätsel, die den Verstand erweiterten und lehrten, die Gefühle zu zügeln. Es gab Rätsel, die Kunstwerke waren, und Rätsel, mit denen man wertvollen Besitz behütete. Und all diese Rätsel existierten in allen denkbaren Schwierigkeitsgraden. Die Meisterstücke der Priester aber waren ihre Gefängnisse. Jede Zelle hatte eine Lösung, die den Gefangenen freisetzte, und diese Lösung war für den Gefangenen stets zu schwierig.

Wurde die Zelle von der Innenseite geöffnet, so führte sie auf das Plateau hinaus. Dort gab es keinen Wärter, der eine Flucht verhindert hätte. Ein Gefangener, der so entkommen konnte, hatte seinen Verstand in einer Weise benutzt, die ihn von allen Sünden reinwusch. Verschwörern, die in eine Zelle *ein*brechen wollten, um einen Freund zu retten, half diese Regelung jedoch nicht weiter.

Von außen vermochte nur der Wärter die Zelle zu öffnen – und dann öffnete sie sich zu einem Lager voller grimmiger Tempelkrieger, für die es kein schlimmeres Verbrechen gab als den Betrug bei einem Rätselspiel.

Hwass-Hwasschoaw erwog, sich mit brutaler Gewalt den Zugang zu bahnen. Das Modell zeigte zwischen den beweglichen Teilen Kriechgänge an, die sämtlich zu eng waren für einen Kzin, aber nicht für einen halbwüchsigen Menschensklaven. Spötteräffchen kletterte sogar in die dreidimensionale Darstellung und zeigte mutig den Kzinti, wie er sich hier hindurchzuzwängen und dort vorbeizuschlängeln vermochte. Im Prinzip konnten sie sich jedoch auch zu Grreff-Nig durchbrennen, ihn herauszerren und so schnell fliehen, als wäre ihnen ein Thrintun auf den Fersen.

Die einzelnen Elemente der Rätselzelle waren solcherart angeordnet, daß sie in einem Zustand minimaler potentieller Energie ruhten. Um ein Element zu bewegen, mußte darum eine gewisse Kraft aufgewendet werden, so wie man Kraft aufbringen muß, um einen Eimer Wasser aus einem Brunnen zu ziehen; je tiefer der Brunnen, desto mehr Kraft ist erforderlich. Die Rätselelemente, zu deren Bewegung die wenigste Kraft nötig war, besaßen bis auf eines die unangenehme Eigenschaft, durch ihre Bewegung ähnlich labile, benachbarte Puzzlestücke in Bewegung zu setzen, die wiederum weitere auslösten; gewissermaßen stand man hier einer Lawine als Kunstform gegenüber. Nur die Betätigung des richtigen Puzzlestücks löste keine Katastrophe aus, und man konnte sich dem nächsten zuwenden. Tonnen von Felsgestein aber zerquetschten den Gefangenen, der nur einmal das falsche Element verrückte. Lediglich eine einzige Abfolge von Bewegungen öffnete die Zelle und entließ den Häftling unbeschadet in die Freiheit; brutale Gewalt oder willkürliches Herumprobieren wären niemals ›intelligent‹ genug, um diese eine richtige Bewegungsabfolge herauszufinden. Hwass' Gefährten waren auf W'kkai aufgewachsen. Ihr ganzes Leben lang hatten sie Rätsel gelöst. Sie waren süchtig danach. Mit Hilfe der Rätsel arbeiteten sie ihre Wut ab. Rätsel vertrieben die Zeit, bis die Morgensonne den Schnee der langen Nacht geschmolzen hatte. Und obwohl ein brutaler Sturm des Gefängnisses den einzigen vernünftigen Lösungsansatz ihres Problems darstellte, waren sie nicht der Lage herauszufinden, wie sie diese brutale Gewalt einsetzen konnten, ohne ihren Kzin zu töten. Jedesmal, wenn sie es versuchten – und scheiterten –, ließen sie sich von dem Gedanken verführen, daß sie mit vereinten Kräften das Rätsel lösen konnten, wenn sie sich nur schlau genug anstellten. Nur noch ein Versuch, und sie hätten es geschafft.

Spötteräffchen brachte seinem Herren mit den trüben Augen Erfrischungen. Nur aus Neugierde und weil er schon so lange vorgegeben hatte, der große Krieger zu sein, der Netter-Gelber befreite, fragte er: »Warum kleben wir die Teile nicht alle zusammen?« Er kannte den Unterschied zwischen *sein* und *nur so tun*, und er wußte, daß nur so tun ungefährlich war, weil nur so tun niemanden umbrachte. Aber er hatte schon tausendmal so getan, als hätte er Netter-Gelber auf 8·8 verschiedene Weisen gerettet, aber Netter-Gelber steckte trotzdem noch in der Rätselzelle fest, und Spötteräffchen wußte einfach nicht, welche Makel in seinen *vorgegebenen* Befreiungsplänen enthalten sein mochten. Er wollte, daß jemand es ihm sagte – und es war kein Jotok in der Nähe, den man fragen konnte.

Hwass-Hwasschoaw erwachte aus seiner Benommenheit. Gerade setzte er zu einer Erklärung an, weshalb Spötteräffchen nicht die Teile einer Rätselzelle zusammenkleben könne. »Natürlich kann man sie zusammenkleben!« brüllte Hwass.

Bei Sonnenuntergang vor der Nacht, in der sie zuschlagen wollten, wurde Spötteräffchen zu einer Kapelle gebracht. Hwass hatte ihn bereits instruiert, wie er dem Gott der Wahren Gestalt zu ehren habe. Es sei besser, wenn Spötteräffchen predigte, hatte Hwass gesagt, weil die Menschentiere anders als die Kzinti die Wahre Gestalt besäßen. Unter den flackernden Kerzen, die über den drei Kreuzen angebracht waren, betete Spötteräffchen zum Großvater und zum Vater und zum Sohn um die Erneuerung des Patriarchats, um einen Sieg der Kzinti; er betete, daß sie den verlorengegangenen Hyperraum-Shuntantrieb der *Shark* finden möchten. Inbrünstig flehte er um die Rettung von Netter-Gelber. Und für alle Fälle, wenn auch nicht laut, betete er zum Zähnefletschenden Gott, der wie ein Kzin aussah, daß er ein großer Krieger werde und dem Patriarchen beim Abenteuer dieser Nacht zur Ehre gereichte.

Noch vor Einsetzen des Schneefalls landeten sechs Kzinti und ein Sklave in schwarzen, modisch-eleganten Uniformen geräuschlos auf dem Plateau. Eine bedrohlich wirkende Maschine schwebte hinter ihnen aus dem Laster und brachte sich wie ein gewaltiger, fleischfressender Blutegel in Position.

Der Blutegel begann zu surren, und Licht flackerte, wo er sich in den Grund fraß. Hinter den Schutzrändern schäumte und prasselte brodelnde Lava. Mit einem Tierschrei erhob sich der Maschinenegel, verbreitete eine Hitzewelle und bewegte sich seitwärts, um mit mechanischen Pranken einen Bohrkern aus Basalt abzusetzen. Dann sprang er zurück und setzte den Angriff fort. Er schnitt, erhob sich, rülpste und griff wieder an; immer wieder, bis er ein zylindrisches Nest ausgehoben hatte. Ein rotierender Arm kleidete das Loch mit Isoliermaterial aus.

Dann ergriff die Maschine Spötteräffchen fast sanft und setzte ihn ins Nest – Nahrung für das Monstrum, das darin hauste. Es war warm. Selbst das Isoliermaterial war heiß. Spötteräffchen wurde ein Tank mit einem Schlauch daran gereicht. Er hatte eine Brille auf, die ihm jede Formation zeigte, auf die er stoßen würde, und die ihm immer sagte, wohin er sich wenden sollte. Er zog den Tank hinter sich her, ergriff den Sprühstab und begann, alle Spalten und Fugen zu füllen. Er hatte Angst. Einmal blieb er stecken. Krieger taten seltsame Dinge. Da wollte er doch lieber wieder ein Sklave sein. Er sprühte und sprühte, fand weitere Fugen, ging zurück, um sich einen neuen Tank zu holen, verirrte sich, sprühte trotzdem weiter, wand sich, weinte und kroch schließlich doch wieder in die Nacht hinaus, deren kalte Luft ihn frösteln ließ.

Die Helden aßen. Der Zement, so sagten Spötteräffchens kzintische Freunde, müsse erst noch abbinden.

Unter einem bezogenen Himmel bauten sie das Freßmaul um und brachten es in Position, um einen größeren Kern herauszubohren – ein Loch, durch das ein Kzin paßte. Sie bohrten sich direkt bis in die Zelle vor. Ein hitzegeschützter Aufzug fuhr hinunter, wartete und kam in einer Rauchwolke zurück – und Netter-Gelber stieg heraus. Spötteräffchens Freunde schienen keine Angst vor ihm zu haben; sie wackelten mit den Ohren. Rasch räumten sie die Bohrkerne in das Loch, bedeckten es flüchtig mit Erde und ein paar Büschen, die auf dem windgepeitschten Plateau wuchsen. Dann zwängten sie sich in den Lastenschweber, zerrten Spötteräffchen mit einem Ruck hinein, ließen es über den Abhang kippen und türmten.

Der Junge betrachtete Netter-Gelber; wegen der Enge befand sich das Gesicht des Jungen weniger als eine

Handbreit von den Zähnen seines alten Herrn entfernt. Netter-Gelbers Schnurrhaare zuckten; seine Ohren hingen schlaff herab. Er wirkte benommen. Der Junge wollte diesen einzigen Krieger berühren, der je mit ihm trainiert hatte, aber er wagte es nicht. »Es war meine Idee, die Teile zusammenzukleben, damit sie Euch nicht erdrücken können«, verkündete er stolz.

Doch Netter-Gelber erwachte nicht aus seiner Benommenheit. Er leckte nur den Schmutz von Spötteräffchens Gesicht.

Hwass, der auf einem harten Maschinenteil saß, zog seinen neu erworbenen interstellaren Piloten auf. »Du hast eine Aufgabe sicher. Du brauchst kein Krieger zu sein. Du setzt dich nur ins Hotel und wartest darauf, daß deine ausgesuchten Sklaven kommen und dir die Knoten aus dem Fell striegeln.« Er stieß Spötteräffchen an, der mit strahlendem Gesicht zuhörte.

Der Junge war stolz. Er fühlte sich doch gut als Krieger, aber es war alles andere als leicht, ein *Menschenkrieger* zu sein: Es fiel ihm so schwer, nicht über das ganze Gesicht zu grinsen.

KAPITEL 17

(2438 n.Chr.)

Nach der Rückkehr in die sichere Zuflucht des Auges erfuhr Hwass-Hwasschoaw vom Schicksal der *Shark* und zeigte sich darüber alles andere als erfreut. Auf der Stelle ersann er einen fellsträubenden Plan, mit Hilfe des Überraschungsmoments und brutaler Gewalt den W'kkaikzinti die *Shark* abzugewinnen. »Nein!« knurrte Grreff-Nig, der auf den steinernen Wehrgängen umherstreifte. Jetzt erst hatte er vollends begriffen, daß er wieder frei war, und gedachte nicht, diese Freiheit durch ein weiteres, schlecht geplantes Abenteuer zu verlieren. »Du kannst nichts tun, um Si-Kish noch aufzuhalten. Wir brauchen die *Shark* nicht. Ich habe alles im Kopf. Wir müssen nur meinen Verstand nach Kzin schaffen.«

»Die *Shark* ist unser *Transportmittel,* du Schtondat-Ganglion!« stieß Hwass hervor.

Wie lehrte man kluge Geduld? »Wir werden warten müssen, bis Si-Kish seine Flotte mit Hypershunts aus der Serienfertigung ausgestattet hat. Dann werden wir uns mit Hilfe einer List nach Kzin begeben. Kommst du frisch aus dem Schoß deiner Mutter, und muß sie dir noch die Augen sauberlecken?«

»Dann ist es zu spät!« begehrte Hwass auf. »Kzin wird wehrlos sein, sobald W'kkai allein über den Hyperraum gebietet!«

»Wir müssen abwarten!«

»Wenn wir abwarten, wird der Patriarch uns die Kehle zerfleischen lassen! Ich bin Hwass-Hwasschoaw und du wirst deine Befehle von mir entgegennehmen – Ausbilder-der-Sklaven!«

Grreff-Nig ging grinsend in die Hocke, als er in beleidigender Weise mit seinem früheren Namen angesprochen wurde. Er legte die fächerförmigen Ohren flach nach hinten an den Schädel und wechselte in den Drohfall der Heldensprache. »Um einen höheren Rang zu erhalten als du, brauche ich mir nur ein paar Messingknöpfe zu kaufen.« Er fauchte, und Hwass fauchte wild zurück. *Ich bin der mit der größeren Geduld,* dachte der kleinere, gelbere Kzin. Es stand zuviel auf dem Spiel, als daß sie sich nun wegen solcher Trivialitäten gegenseitig umbringen durften. Grreff-Nig stapfte die schmalen Treppen hinab und verwandte in der folgenden Viertelstunde seine Energie darauf, Nager unter den stattlichen Peitschenhaar-Bäumen zu jagen.

Ruhiger setzte er sich auf den Felsen, an dessen Fuße er die Beute erlegt hatte, spuckte Fell und Knochen der reizlosen Mahlzeit aus und versuchte schließlich mit den Zähnen, den Schädel des kleinen Tieres aufzubrechen, um sich wenigstens am Geschmack des Gehirns zu laben. Spötteräffchen war ihm gefolgt, wagte es jedoch nicht, sich ihm dichter zu nähern, und blieb im Schutze einiger junger Bäume stehen. Grreff-Nig roch seine Furcht, doch der Junge verbarg sich nicht. *Was für ein großartiger Ausbilder-der-Sklaven ich bin,* dachte er. *Unterwürfige Sklaven will ich züchten und erschaffe mir Krieger!* Für einen kurzen Augenblick überkam ihn das Grauen, denn er mußte an seine kzintimordenden Jotoki denken. Und jetzt wurden auch seine Menschen wild!

Dieses kleine Äffchentier dort zwischen den jungen Bäumen liebte nichts mehr als Scheinkämpfe. Wenn er mit wirbelnden Armen angriff, stand ihm immer ein wildes Grinsen auf dem Gesicht. Dabei hätte ein einziger Hieb ihn auf der Stelle getötet. Warum ging er solch ein Wagnis ein? Weil er der Sohn des Nora-Tieres war –

darum! Jahrhunderte würden vergehen, bevor diese Neigung zur Wildheit herausgezüchtet war. Er stellte sich vor, wie dieses kleine »Kätzchen« zwischen den Steinen des Rätselgefängnisses umhergekrochen war, zwischen all den Walzen, Hebeln, Gegengewichten und verborgenen Polarisatoren, entschlossen, seinen Herrn zu retten.

»Hierher, Äffchen«, knurrte Grreff-Nig.

Augenblicklich kam der Junge herbei. Er hielt einen Kamm bereit und begann, dem Kzin eifrig das Fell zu striegeln. Das fühlte sich gut an. Grreff-Nig fragte sich, was wohl mit seinen echten Söhnen geschehen war. Seine kleinen Kzinrretti würde wohl der neue Kzintosch retten, aber welches Schicksal hatten seine Söhne erlitten? »Ich bin nicht auf dich ärgerlich«, sagte er. »Ärgerlich bin ich auf diesen läusegeplagten, bepißten, dungfressenden Sohn eines Stutzers.« Er ruckte mit dem Kopf und wies mit gefletschten Zähnen auf die Festung. »Komm, wir wollen spazieren.«

Nebeneinander gingen sie unter den Bäumen, bis sie eine grüne Wiese erreichten, über die sich ein schmales Flüßchen schlängelte und das Grasland entlang der Ufer in von Binsen bestandenen Sumpf verwandelte. Die Binsen öffneten ihre Blüten zur Sonne, um Energie für die lange Nacht zu speichern. »Hier ist das Gras anders als auf Hssin. Als ich in deinem Alter war, habe ich einmal das Gras von Hssin gegessen. Schmeckt fürchterlich.«

»Ihr doch nicht! Hschumpfss! Gras! Bah!«

»Als ich in deinem Alter war, da war ich längst nicht so mutig wie du.«

Solche Komplimente liebte Spötteräffchen. Grinsend griff er Netter-Gelber mit einem gewaltigen Sprung an und schlug ihm in den Bauch. Der Kzin mußte ihn – behutsam – ins Gras schleudern. Davon ließ sich das Tierjunge nicht aufhalten. Kaum berührte er den Boden, rollte er sich ab, sprang auf und griff wieder an. Netter-Gelber mußte in die Hocke gehen, in echte Kampfhaltung, um ihn abzuwehren. Sie zischten und fauchten sich gegenseitig an, umkreisten sich, sprangen vor, schlugen zu, traten aus. Der Kzin dehnte die Übung länger aus als normalerweise, denn so vermochte er seinen Zorn auf Hwass ein wenig zu lindern. Der Junge blutete aus zahlreichen Kratzern, doch seine Kampfeslust erlahmte nicht. Breit stand ihm das Grinsen im haarlosen Gesicht.

Als Netter-Gelber genug hatte, reichte es dem Jungen noch lange nicht – deshalb stand der Kzin einfach da und ließ Spötteräffchen versuchen, ihn zu treffen, während er den Jungen immer wieder mit einem Schütteln des Beins abwehrte. »Was ist das für ein Unsinn?« fragte er. »Woher nimmst du deine Kriegerleber?«

»Schwer-zu-fangen hat gesagt, daß meine Mutter ein Krieger war. Das ist nicht wahr, oder?«

»Es sollte nicht wahr sein! Weibchen kämpfen nicht gut!«

»Außer, man knufft sie!« rief Spötteräffchen fröhlich; mit Knuffen kannte er sich aus.

»Nun, da hast du recht. Dann mußt du rennen, als wäre eine Herde Schtondats hinter dir her.«

»Schwer-zu-fangen hat mich gebeten, Euch zu retten«, fuhr Spötteräffchen ernst fort.

»Schwer-zu-fangen ist immer ein treuer Diener gewesen. Du hast dich tapfer geschlagen. Du dienst dem Patriarchat gut.«

Als sie zur Festung zurückkehrten, war Hwass-Hwasschoaw nicht mehr wütend. Dafür hatte er einen neuen verrückten Schlachtplan ersonnen: ein Hyperschiff der Menschen anzugreifen und zu kapern. *Noch eine lang-*

atmige Diskussion, die mit erhitzten Gemütern endet, dachte Grreff-Nig. Er hatte keine andere Wahl als zuzuhören. Hwass war ein *Quell* der Sprünge, und mitten im Sprung wurde er so ungeduldig, daß er zu einem neuen ansetzte. Manchmal wechselte er mitten in einer ernsthaften Diskussion in einen Vortrag über die neusten Modeströmungen. Während der Besprechung seiner Lieblingspläne (bei denen jeder Planungsfehler Todesopfer kosten würde) verfiel Hwass mitunter plötzlich in eine undurchschaubare Erörterung religiöser Detailfragen – oder sprach unvermittelt über die Schafzucht auf Wunderland. Er vertrat den bizarren Glauben, Gott habe sich in der Gestalt der Menschentiere manifestiert. Grreff-Nig mußte einräumen, daß Hwass' rhetorisches Talent ausreichte, um letztendlich andere davon zu überzeugen, Gott manifestiere sich in Gestalt der Schafe.

Verschlagen bezog sich Hwass auf Grreff-Nigs Erforschung des menschlichen Nervensystems, als dieser noch Ausbilder-der-Sklaven gewesen war; seine Forschung hatte viele Hundert Versuchsmenschen aus den Waisenhäusern Wunderlands das Leben gekostet. »Unter deinen Entdeckungen war doch ein Nervengas, das einen Menschen auf der Stelle lähmt und sodann tötet, indem es die Übertragung von Nervenimpulsen unterdrückt.«

»Mehrere sogar. Doch gebührt die Entdeckung nicht mir. Ich habe die Formel auf einem menschlichen Datenträger gefunden. Er kam im Gepäck eines von der ARM gejagten Tieres mit dem ersten Kolonistenschiff nach Wunderland.«

»Und damit könnte man die Besatzung eines Schiffes töten, ohne daß sie sich verteidigen kann?«

»Im Grunde schon. An Bord eines größeren Schiffes wie der *Nistenden Reißzahnmutter* erwies sich diese Waffe jedoch als wenig effektiv; sie beruhte auf einem langsamer wirkenden Gas, welches das kzintische Nervensystem angreift.«

»Diesen Angriff hast du geplant«, stellte Hwass grimmig fest, »und deine Sklaven haben ihn nach deinen Anweisungen ausgeführt. Er war erfolgreich.«

»Jawohl.« Grreff-Nig wagte nicht zu enthüllen, daß seine Sklaven auch für die Planung verantwortlich gewesen waren.

»Also läßt es sich durchführen.«

»Ich würde davon abraten, es an Bord eines größeren Schiffes zu versuchen.«

»Dann werden wir eben ein kleines Menschenschiff anlocken und überwältigen.«

Das gibt eine lange Jagd, dachte Grreff-Nig. Er würde seine energische Beute mit bohrenden Fragen verfolgen müssen, bis Hwass endlich die Dummheit seines neusten Vorhabens begriff. »Und allein dadurch, daß wir in üppiger Eleganz vor Si-Kish treten, wird er uns mit Vergnügen Schiffe zur Verfügung stellen, um eine UNSN-Patrouille in die Falle zu locken?«

»Du hältst mich für einen unpraktischen Träumer. Doch andererseits hast du meine praktischen Fähigkeiten bereits erlebt. Es gibt kein Schloß, das meine Finger aufhielte. Habe ich nicht in eine Rätselzelle gegriffen und dich herausgezogen – eine Tat, die in der Geschichte W'kkais einzigartig dasteht? Die alte Flotte steht in meinem Sold. Was glaubst du, weshalb Si-Kish sich eine neue Flotte aufbaut? Die alte Flotte ist voll von alten Kzinti, die treu zum legitimen Patriarchen stehen. Eine heimliche Reise an den Rand der Singularität läßt sich leicht als Routinepatrouille ausgeben.«

»Und von da müssen wir uns nur noch zum Tee in die Messe der Äffchen einladen?«

Hwass grinste schlachtlüstern. Das Grinsen beleidigte Grreff-Nig weder, noch forderte es ihn heraus, denn der feindselige Blick dieses Kzins war nach innen gerichtet, auf etwas, das nur er sehen konnte. »Ich kenne einen Major Yankee Clandeboye, der uns nur zu gern unser gewünschtes Schiff bringt und uns an Bord bittet, so daß wir es zur Kriegsbeute machen können.«

KAPITEL 18

(2438 n.Chr.)

An ihrem siebzehnten Geburtstag hatte Chloe Blumenhandler sich den Weiblichen Hilfstruppen angeschlossen. Ein beträchtlicher, einflußreicher Teil der Gesellschaft Wunderlands glaubte fest an die frühe militärische Ausbildung der Jugend, und daher existierten zahlreiche paramilitärische Corps, Milizen, Sternenpfadfinder und junge Hüter. Nicht nur das allgegenwärtige Unbehagen wegen der Kzinti hatte zur Gründung all dieser Gruppen geführt.

Die Kultur Wunderlands hatte ursprünglich auf einem Gefühl der interstellaren Isoliertheit basiert. Und dann ... Krieger stürzten sich aus der schwarzen Leere, unterwarfen ein Volk, das Sol verlassen hatte, gerade weil es seine Freiheit höher schätzte als Bequemlichkeit. Verlust von Landbesitz, Verlust von Eigentum, Verwandten, Kindern; Schreckensherrschaft, Steuern, Tod; in den Jagdparks wie die Füchse gehetzt zu werden; zermürbende Arbeit in Sklavenlagern an der Seite fremdartiger importierter Sklavenwesen; dann schließlich die Outsider, die militärische Macht verkauften – der Realitätssinn Wunderlands war bis in die Urfesten erschüttert worden.

Eltern wollen niemals, daß ihre Kinder so naiv sind, wie sie selbst es im gleichen Alter gewesen waren. Daher gründete die ältere Generation paramilitärische Gruppen und berief ihre Kinder ein – schuf aus schwer erkämpftem Wissen Institutionen, damit dieses Wissen nie wieder in Vergessenheit geriet. »Ob unsere Kinder bereit sein werden, wenn sie sich *ihnen* stellen müssen?« Gab es dort draußen noch *andere?*

Chloe hegte an einer Militärlaufbahn kein Interesse. Sie war ohne Mutter in einer Soldatenfamilie aufgewachsen. Bootsmannsmaate und manchmal ein stämmiger Unteroffizier der Marineinfanterie waren ihre Babysitter gewesen. Im Mittelpunkt ihrer Phantasien standen ein Junkerschloß auf Wunderland oder das Atelier eines heruntergekommenen Künstlers in einem Landhaus an der Somme im Frankreich des zweiundzwanzigsten Jahrhunderts. (Sie hatte einmal ein virtuelles französisches Landhaus des siebzehnten Jahrhunderts besucht, die sanitären Anlagen hatten ihr jedoch überhaupt nicht zugesagt.)

In ihren Träumen verliebte sie sich in wunderländische Politiker, Forscher von Crashland, jinxianische Wissenschaftler oder Weltraumartisten. In einer ihrer immer wiederkehrenden Phantasien lebte sie mit einem Musiker zusammen, der in einem großen Haus auf Plateau lebte und dort arbeitete. Das Haus stand am kahlen Hang von Mount Lookitthat und blickte auf den Long Fall River, wo er zum höchsten Wasserfall im Bekannten Weltraum wurde. Ein Mann mit Aussicht.

Flatlander fand Chloe gleichermaßen abstoßend wie faszinierend. Die Erde war so übervölkert! Wie Tiamat auf Planetengröße aufgeblasen! Und Flatlander übten derart seltsame Beschäftigungen aus – zum Beispiel rekonstruierten sie uralte portugiesische Karavellen, die sie aus ihrem nassen Grab am Grunde des Pazifischen Ozeans geborgen hatten. Ihre beste Flatlander-Phantasie spielte in einem rosigen Neapel und war von lachenden Römern und Italienern bevölkert, die an einem goldenen Meeresufer saßen; Chloe gehörte zu einer Menagerie aus lauter weiblichen Teenagern, die ein alter, prunksüchtiger neapolitanischer Altphilologe gefangenhielt, ein scharfzüngiger sexueller Athlet. Mit dieser Phantasie beschäftigte sie sich eine köstliche Woche lang, dann hatte sie von Italienern genug und wandte sich dem chinesischen Kaiserhof zu.

Welche zivilen Luxuriösitäten sie sich auch erträumte, im echten Leben verliebte sie sich immer über beide Ohren in Soldaten. Deshalb war es nur natürlich, daß sie sich im Alter von siebzehn Jahren aus Auflehnung gegen die militärische Laufbahn ihres Vaters ihre Unabhängigkeit dadurch bewies, daß sie einer Militärorganisation beitrat, welche es ihr erlaubte, ihre einseitige Liebesbeziehung zu einem gutaussehenden anderen Offizier der UNSN weiterzuverfolgen.

Als Major Yankee Clandeboye nach Barnards Starbase versetzt wurde, ganz wie Admiral Jenkins es verlangt hatte und einer der ruchloseren Pläne General Frys es vorsah, war Chloe zunächst untröstlich gewesen. Sie hatte ihrem Major Briefe geschickt, insgesamt fünf. Er antwortete einmal. Der knappe Gruß war mit einem krakeligen »Dein Yankee« unterzeichnet. Mehr Ermutigung benötigte sie nicht.

Im Zustand der Euphorie – sein Kurzbrief ruhte in ihrem BH – stieß sie auf ein Rekrutierungsplakat. Die Weiblichen Hilfstruppen suchten zwanzig junge Frauen, die nach Disziplin und wertvollen Erfahrungen auf Barnards Starbase suchten. Nun sprach die Disziplin Chloe nicht besonders an, die ›wertvollen Erfahrungen‹ hingegen sehr. Da sie erst siebzehn war, benötigte sie die Erlaubnis ihres Vaters. Der Herr Konteradmiral erhob Einwände und focht einen von vornherein aussichtslosen Dreitagekrieg, dann kapitulierte er. Jammervoll klagend unterschrieb er ihr die Zweijahresverpflichtung.

Selbstverständlich hatte Chloe ihrem Vater nichts von ihren Gefühlen für den neunundvierzig Jahre alten Yankee erzählt, denn sie wußte, wo auch Admiral Blumenhandlers Toleranz an ihre Grenzen stieß. Für ihren Vater war Yankee nur einer in der Reihe von Männern, an denen sie das Flirten übte. Der befehlsgewohnte Konteradmiral schätzte Yankee als Offizier und Gentleman und sandte ihm einen Brief, in dem er ihn bat, ja fast anflehte, seine Tochter unter die Fittiche zu nehmen und dafür zu sorgen, daß ihr kein Leid geschah. Im Grunde handelte es sich bei dieser Bitte um einen Befehl.

Auf Barnards Starbase fiel es Chloe überhaupt nicht schwer, in kleinere Schwierigkeiten zu geraten, aus denen Yankee sie herausholen mußte. Nicht selten holte sie seinen Rat ein. Oft aßen sie zusammen in der Kantine, einer kahlen, riesigen Hütte, ein ›Provisorium‹ aus Kriegszeiten. Chloe erzählte ihm Horrorgeschichten über die Matrone, die ihr Erster Offizier war, und er schmuggelte sie auf private Biergelage, wo sie mit allen Männern herausfordernd flirtete. Yankee wiegte sich damit in Sicherheit.

Barnards Starbase war nicht gerade die begehrteste Stationierung im Bekannten Weltraum. Sie war im Krieg hastig als Bereitstellungsraum für Vorstöße in kzintisches All errichtet worden, zu einer Zeit, als die Hauptsorge darin bestanden hatte, daß die Outsider eventuell den Hyperantrieb auch an das Patriarchat verkaufen könnten, wenn der Preis stimmte. Die UNSN hatte sichere Stützpunkte benötigt, von denen die Kzinti nichts wußten.

Die Basis befand sich auf einer felsigen, marsgroßen Welt, die von Gletschern aus Eis und gefrorenen Kohlenwasserstoffen bedeckt war: dem Mond eines ungastlichen Planeten von achtfacher Erdmasse. Die Basis befand sich angenehm nahe am Rand des Sonnensystems von Barnards Stern, weit genug innerhalb seiner Singularität, um sicher vor Blitzangriffen aus dem

Hyperraum zu sein, und dicht genug daran, daß UNSN-Schiffe rasch in den Hyperraum eintreten konnten. Zwei systemeinwärtige Gasriesen boten reichhaltige Versorgung mit Wasserstoff und Helium, ein schmaler Asteroidengürtel lieferte Schwermetalle. Ursprünglich sollte Barnards Starbase zu einer autarken Fabrikationsstätte ausgebaut werden, aber andere Prioritäten und das Kriegsende hatten die Vollendung der Werften hinausgezögert, bis schließlich Etatkürzungen dazu geführt hatten, daß die Übergangslösungen noch immer benutzt wurden, sogar die ursprünglichen Notunterkünfte.

Yankees Hauptaufgabe bestand hier wieder in der Ausbildung. General Fry hatte Barnards Starbase als idealen Startpunkt ausgemacht, die Unzufriedenheit mit der gegenwärtigen Politik der ARM zu schüren. Ohne eine kzintische Bedrohung besaß Barnards Starbase nur wenig Zweck, aber Menschen brauchen in ihrem Leben einen Sinn. Wo konnte man also besser beginnen, sich Gedanken darüber zu machen, wie sich die Lage auf lange Sicht entwickelte, als auf einer Basis, die mit der Idee einer Bedrohung durch eine kzintische Hyperflotte im Hinterkopf geplant worden war? Hier gab es Menschen, die ihre Lebensaufgabe durchaus darin suchen konnten, sich auf ein mit Hyperantrieb ausgestattetes Patriarchat vorzubereiten.

Yankee empfand seine Schutzbefohlene oft als angenehme Ablenkung. Sie hörte sich seine Sorgen an und zögerte bei keinem Thema, ihre unvoreingenommene Meinung zu äußern. Das verärgerte Yankee zwar mehr als einmal, zwang ihn jedoch, strategische Konzepte zu erläutern, über die er sich oft selbst nicht ganz im klaren war. Allmählich übertrug er ihr Recherchen und forderte teilweise sogar offiziell ihre Mithilfe während Dienststunden an. Mit Entzücken stellte er fest, daß sie von ihrem Vater den Sinn für strategisches Denken geerbt hatte. Was ihre Mutter ihr vererbt hatte, wußte er nicht genau zu sagen, aber ... Chloes Mutter war getötet worden, als sie mit einer Axt nach einem Kzin schlug, und diese Art Aggression besaß Chloe auf jeden Fall.

Die Krise in ihrer Beziehung kam völlig unerwartet. Sie saßen zusammen in der Gedächtnisbibliothek der Starbase – die Kapazität ihrer Infocomps reichte nicht aus, um die besonders diffizile und ermüdende Waffenvergleichsanalyse durchzuführen, die Yankee brauchte. Er hatte schlechte Laune, was ihren Enthusiasmus im Keim abtötete, aber sie war fest entschlossen, ihn so lange zu provozieren, bis er lachen mußte, damit sie sich endlich der Arbeit zuwenden konnten. Schließlich war es einfacher, fröhlich und respektlos zu sein als gelangweilt.

Zungenfertig begann sie, die diskutierten Waffensysteme in frei schwebenden Unsinn zu verwandeln. Schließlich entwickelte sich das Gespräch zu einem Gerangel über klassische japanische Pornographie. Chloe beschrieb Pinselstriche in der Luft und ahmte flirtende Geisha-Gesten nach, über die sie nichts wußte – und Yankee machte sich den Spaß vorzugeben, er wäre ein vom Sake berauschter Samurai im Teenageralter, der seinen ersten vorsichtigen Besuch in die Welt der Kissen auf einem Planeten mit geringer Schwerkraft unternahm. Immerhin kicherte er wie ein Teenager. Chloe war derart fasziniert – noch nie hatte sie ihn so herumalbern sehen –, daß sie einfach nicht aufhören konnte, ihn herauszufordern. *Es stimmt also,* dachte sie, *daß es in Männern den Teufel hervorlockt, wenn sie sich allein in öffentlichen Gebäuden befinden.* Der Teufel flüstert die ganze Zeit über, daß jemand hereinkommen könnte, und das macht es fast unmöglich, sich nicht albern zu benehmen. Sie selbst fühlte sich ebenfalls albern und gefährlich mutig.

Obwohl die acht Arbeitsplätze unbesetzt waren, wurde die Bibliothek intensiv genutzt – aber in der Regel von Terminals außerhalb des Bibliotheksraumes. Yankee und Chloe waren allein und würden es vermutlich auch bleiben. Aus einer Laune heraus entschlossen sie sich, Kakabunis Leitfaden der Erotik aus der Bibliothek zu stehlen, auch wenn dies völlig überflüssig war in einer Bibliothek, die auf Wunsch das gesamte Buch binnen eines Sekundenbruchteils in einen persönlichen Infocomp kopierte. Doch in ihrer verrückten Stimmung beschlossen sie, diejenigen sein zu *müssen*, die die *einzige* Ausgabe von Kakabuni auf Barnards Starbase besaßen. Um an das Werk zu gelangen, mußten sie eine von Hunderten Gleittüren öffnen und den Chip herausziehen – dazu war nur der Bibliothekar befugt. Es glückte ihnen, die Chipbank auszufahren, aber ihr Chip befand sich in einem Steckplatz in Bodennähe, und sie brauchten einen Chipzieher, den sie nicht zur Verfügung hatten, also liebten sie sich fast völlig angekleidet auf dem Boden. Als Yankee sie durch das Ganglabyrinth in ihr Wohnheim zurückbrachte, legte er sogar den Arm um Chloe.

Am nächsten Morgen wachte sie völlig am Boden zerstört auf. So etwas Dummes hatte sie noch nie getan! Auf dem Fußboden! In Kleidern. Sie meldete sich krank und erschien nicht zum Dienst. Den ganzen Morgen des darauffolgenden Tages wiederholte Chloe für sich, daß ihre Mutter schließlich mutig genug gewesen sei, um mit einer Axt nach einem Kzin zu schlagen (wenngleich dieser Mut ihren Tod herbeigeführt hatte). Sie klemmte sich ein Paket unter den Arm und begann, einen Korridor auf- und abzuschreiten, den Yankee irgendwann benutzen mußte. Wegen des Pakets konnte sie immer behaupten, sich auf einem Botengang zu befinden.

Sie sah ihn kommen, bevor er sie erblickte, und versuchte, sich hinter einem Stützpfosten zu verbergen, der jedoch zu dünn war. Das Paket lugte hervor. Voll Panik schaute sie in die andere Richtung.

»Hi, Chloe«, sagte Yankee.

»Oh. Du.« Sie versuchte, mit den Augenlidern zu schlagen, aber sie waren wie erstarrt. »Ich bin krank gewesen.« Krank? Sie stellte sich vor, wie er sie sehen mußte: fahl im Gesicht, mit Krücken und verzweifelt auf der Suche nach einem fröhlicheren Gesprächsthema. Yankee sagte jedoch ärgerlicherweise gar nichts. Alles, was Chloe einfiel, war Essen. Selbst Murphy konnte einem keine Schwierigkeiten machen, wenn man über Essen sprach. »Mittagessen?«

Yankee wirkte geradezu erleichtert. »Um eins in der Kantine?«

»Klar. Ich bring' meine Zähne mit.« Wie zornig sie auf sich selbst war, so etwas Dämliches zu sagen! Aber die Worte waren nun einmal ausgesprochen. *Ich bring' meine Zähne mit!* Innerlich krümmte Chloe sich zusammen. Und außerdem ärgerte sie sich darüber, daß Yankee sich in seinen Puritanismus zurückgezogen hatte. Am liebsten hätte sie ihm laut *Kakabuni!* hinterhergeschrien, als er sich hastig zurückzog. Aber das wagte sie nicht. Erwachsen zu werden war abscheulich: Mit dreizehn hatte der Sex ihr überhaupt nie Probleme bereitet.

Das Mittagessen war furchtbar. Sie aßen Meerschweinchen-Hackbraten und Gemüse, für das die falsche Gewürzmischung programmiert worden war. Sie wußten nicht, worüber sie reden sollten. Zu diesem schrecklichen Punkt ihrer Beziehung waren sie erst gelangt, als sie sich bereits alles gesagt hatten, was es zu sagen gab. Bei Finagles Augen, jetzt unterhielten sie sich schon über die Farbe des Gemüses!

»Weißt du, wie dieser Pastinak aussieht? Mich erinnert

er an diese alten bronzenen Schiffsgeschütze aus dem siebzehnten Jahrhundert.«

Diese Bemerkung rettete sie beide. Chloe wurde an die Waffensystem-Austausch-Analyse erinnert. Schon bald waren sie wieder vertraute alte Freunde und diskutierten die Auswirkungen, die Hyperschiffe auf die jahrtausendealte kzintische Militärtradition haben mußten. Die Kultur der Kzinti fußte auf dem ehernen Fundament der Unterlichtgeschwindigkeit. Nachschubdepots und Fertigung waren dezentralisiert. Ein Kzin konnte hingerichtet werden, wenn er nicht den Befehl ausführte, den sein Vater erhalten hatte – und das bis ins vierte Glied. Die Erlauchten Eroberer vor Ort besaßen weitreichende Vollmachten. Das Militär schätzte die Wahrheit vor allem deshalb so hoch, weil es keine andere Möglichkeit gab, Nachrichten über Jahrhunderte hinweg vor der Verstümmelung zu bewahren.

Chloe beobachtete mit Resignation, wie Yankee sich wieder in seinen Panzer zurückzog. Sie wußte, daß er sich nie mit ihr über Liebe unterhalten würde, in der Kantine schon gar nicht. Er war mehr ein angenehmer Amtsbruder als ein Geliebter. Ihr verdammter Vater hatte ihm *befohlen,* sich um sie zu kümmern, und genau das tat dieser blöde Yankee. Möglicherweise mochte er sie nicht einmal. Da hatte sie den ganzen Ärger auf sich genommen, um einem verdammten ach so romantischen Kriegshelden hinterherzuhetzen, und der hatte nichts Besseres zu tun, als sich wie einer dieser verdammten Heranwachsenden aufzuführen, die Chloe mied wie der Teufel das Weihwasser.

Zwei Tage später war alles wieder in normalen Bahnen, und sie konnte ihn sogar wieder ärgern, ohne daß er sich hinter seine reservierte Fassade verkroch. Nur »Kakabuni« blieb tabu. Über Sex sprachen sie nicht. Sie sprachen nicht einmal über Beziehungen. Einen Admiral zum Vater zu haben war so ähnlich wie mit einem Anker am Hals spazierenzugehen. Sechseinhalb Lichtjahre trennten sie von Alpha Centauri, und sie war noch immer an ihren Vater gekettet.

Vier Tage später legte Yankee tatsächlich einmal den Arm um sie und drückte sie flüchtig.

Zwei Wochen danach lud Jinny, eine ›Mitgefangene‹ bei der Weiblichen Hilfstruppe, Chloe zu einem Doppelrendezvous ein. Chloes Partner erwies sich leider als geistig ein wenig gehandikapt, so daß sie Jinny mit beiden Männern allein ließ und sich ihr eigenes Doppelrendezvous suchte. Es machte Spaß, zu jungen Männern spitzzüngig zu sein, die körperlich in so gutem Zustand waren, daß ihnen schon nach wenigen Minuten eine schlagfertige Antwort einfiel ... anders als ein gewisser seniler Yankee.

Und dann wartete sie vergebens auf ihre Periode. Sie dachte einige Tage lang darüber nach und holte sich schließlich in der Apotheke ein Schwangerschaftstestpflaster. Der Test fiel positiv aus. Sie kehrte in die Apotheke zurück, um sich dem kostspieligen Test im Autodoc zu unterziehen. Auch das Ergebnis fiel positiv aus, und der Autodoc stellte ihr eine völlig normale Schwangerschaft in Aussicht. Sie hätte den Autodoc nun um eine völlig normale Abtreibung bitten können, für die sie kein Rezept brauchte. Die Sache wäre zwischen ihr und dem Autodoc geblieben. Niemand hätte je davon erfahren.

Statt dessen entschied sich Chloe für einen Spaziergang. Sie glaubte nicht daran, daß das menschliche Leben bereits bei der Empfängnis begann. Das Leben begann erst, wenn man die Gebärmutter verließ und seine eigenen Entscheidungen treffen konnte – zum Beispiel, ob man nun atmen wollte oder nicht, oder welche

Rassel man benutzte. Deshalb dachte sie nicht über den Fötus nach; sie überlegte vielmehr, ob sie schon reif genug war, um eine Mutter zu sein. Sie hatte noch kein Nest gebaut. Sie war auf einer Militärbasis. Sie dachte an die Probleme, die ihr Vater gehabt hatte – ein Alleinerziehender während der schwierigen Zeit nach der Schlacht um Wunderland; ringsum die Zerstörungen durch den Krieg; die Wirtschaft, die in Trümmern lag.

Und sie hatte sich wie ein undankbares Balg verhalten – fordernd und zudringlich; bei jedem ihrer Hüter hatte sie zuallererst herausgefunden, wie sie ihn übers Ohr hauen konnte. Selbst jetzt suchte sie noch nach einer Mutter. Sie begab sich ins Zentrum der Starbase, ein sieben Stockwerke hohes Atrium, wo man sich von dem Ausblick auf die Balkonreihen den Atem rauben lassen und der beklemmenden Enge der Korridore entkommen konnte. Die Bank im zentralen Steingarten lud zum Niedersetzen ein. Eine der Kakteen blühte; ein seltener Anblick. Chloe weinte still auf der Bank und beobachtete die Menschen, die in der niedrigen Schwerkraft mit typischen, flüchtigen Bewegungen an ihr vorbeiglitten. Sie zog den eisernen Ehering ihrer Mutter hervor, den sie immer an einer Kette vor der Brust trug, und sann über die Mutter nach, die sie nie kennengelernt hatte.

Im Hauptquartier, ein Ort, den sie selten aufsuchte, ging sie zwischen den Schreibtischen emsiger uniformierter Männer und Frauen hindurch. Einige nickten ihr zu. Niemand hielt sie auf – jeder wußte, daß sie die Tochter eines einflußreichen Admirals war. Sie blickte in Yankees Kabuff, das mit Bildschirmen und Plottern überfüllt war. Ein VR-Helm lag auf dem Aktenschrank, ein weiterer auf einem Plotter, ein dritter auf dem Fußboden.

»Hallo, Fremder«, sagte Chloe.

Er faßte sie bei der Hand und zog sie ins Büro. So

unerwartet von ihm berührt zu werden trieb ihr die Tränen in die Augen. Nun vermochte sie nicht zu Ende zu führen, was zu sagen sie angesetzt hatte, und überließ es ihm, die Leere zu füllen. »Schön, daß du gerade heute auftauchst«, rief er fröhlich. »Den ganzen Morgen lang nur Probleme, da kommst du mir jetzt vor wie ein frischer Luftzug. Ich würde dir einen Platz anbieten, aber hier gibt es keinen.«

»Probleme scheinen dich glücklich zu machen«, entgegnete sie kühn.

»Wir haben meine Cousine gefunden. Heute morgen kam die Blitzmeldung von Gibraltar.«

»Nora? Lebt sie noch?«

»Ja; Nora und alle ihre Babys. Sie hat sechs Kinder!« Yankee wirkte darüber baff und aufgeregt zugleich.

Chloe brach in Tränen aus – nun hatte sie eine Entschuldigung. »Das kommt mir gar nicht wie ein Problem vor! Das ist doch wundervoll! Ich meine, daß man sie gefunden hat«, fügte sie rasch hinzu, als sie sich wieder gefangen hatte.

Yankee ergriff sie bei den Händen. »Du hast doch etwas auf dem Herzen.«

»Nur ein kleines Problem. Ich bin gekommen, um es mit dir zu besprechen. Aber das kann warten.«

»Kann es bis heute abend warten? Sollen wir zusammen essen?«

»Abendessen klingt gut.« Chloe verspürte Erleichterung: Der Augenblick der schrecklichen Wahrheit war aufgeschoben. »Wenn du Zeit hast.« Sie hoffte innerlich, er hätte eine gute Entschuldigung parat, die ihr erlaubte, den Moment noch weiter hinauszuzögern. Am nächsten Tag würde sie schon wieder zu sich finden.

Yankee indes redete weiter. »Mein Problem ist, daß wir Nora zwar gefunden haben, sie sich jedoch auf W'kkai befindet und wir sie irgendwie herausholen müssen. Hast du schon einmal von W'kkai gehört? Das ist von hier siebzehn Lichtjahre tief innerhalb des Patriarchats, eine größere kzintische Festung. Man hat mir Jay Mazzetta und meinen alten Busenfreund Beany Heinmann zugeteilt, damit sie mir bei der Planung helfen. In den nächsten paar Stunden haben wir ganz kräftig zu jonglieren.«

»Wir können auch morgen reden.«

»Heute abend. Morgen bin ich vielleicht schon nicht mehr da. Und kein Abendessen in der Kantine – wir gehen zu mir. Ich habe auf dem Hydroponikmarkt ein Faß Äpfel gesehen. Kauf ein paar davon. Ich mache einen Apfelkuchen nach guter alter Flatlander-Art. Laß dir etwas einfallen, was wir als Hauptgericht nehmen könnten. Etwas einfaches – mariniertes Kaninchenragout mit Zwiebeln oder dergleichen. Siebzehn Uhr.« Er reichte ihr seinen Schlüssel. »Hier, weil du nicht meine Fingerabdrücke hast.«

»Wir könnten es auf ein andermal verschieben.«

»Ein Mädchen weint nicht ohne Grund.«

Chloe ergriff die Flucht.

Sie mußte sich beeilen, und durch ihre Geschäftigkeit lenkte sie ihre Gedanken ab von dem, was sie Yankee beim Abendessen sagen mußte. Diesmal wollte sie das Fleisch nicht aus den Beständen der Kantine kaufen, wo sie es gewöhnlich erwarben, wenn sie in seiner Wohnung kochten. Deshalb nahm sie die Magnetbahn zur Ranch in den Höhlen, wo der Ehrliche Al Hühner, Truthähne, Meerschweinchen und Kaninchen wie am Fließband züchtete. Al dachte seit längerem darüber nach, auch echte Schweine ins Programm aufzunehmen, Zwergschweine zumindest, aber er war sich nicht sicher, ob sie sich in Käfigen halten ließen. »Jedes Schwein, das ich je kennengelernt habe, würde sich schnaubend aus jedem jemals gebauten Käfig rausbuddeln«, sagte er.

Eigentlich hatte Chloe Truthahn kaufen wollen, aber Al und seine Söhne schlachteten gerade Kaninchen, um das Fleisch einzufrieren, deshalb kaufte sie zwei davon. Sie hatte es eilig, und außerdem wollte sie verdammt sein, wenn sie sich die Mühe machte, einen Truthahn zu rupfen! Zwar war es Yankees Hobby, den Autokoch zu umgehen, aber Chloe hatte einmal für ihn ein Hähnchen gerupft und ausgenommen, und damit mußte es genug sein!

Bei der Hydroponik kaufte sie die üblichen Kartoffeln und Zwiebeln, doch es gab außerdem Kohlrabi, Paprika und Porree im Angebot, wovon sie ebenfalls ein wenig mitnahm. Dazu einen Batzen grüner Äpfel. Das Praktische am Ragout war ja, daß man es aus so gut wie allem zubereiten konnte. In Yankees Appartement häufte sie die Einkäufe auf den Tisch und ging unverzüglich zum Autokoch. Yankee hätte sie dafür ausgelacht, aber sie brauchte nun einmal den Rat des Autokochs. Das Gerät war ein einfaches militärisches Modell – mit Ausnahme des luxuriösen Würz-Zusatzmoduls –; das Essen des Autokochs war furchtbar, aber auf seinen Rat konnte man sich verlassen.

Chloe teilte der Maschine mit, was sie gekauft hatte, und bat um ein gutes Rezept. Der Autokoch begann einen Vortrag darüber, wie man Kohlrabi zubereitete, ohne daß das Gemüse an Geschmack einbüßte. »Aber ich möchte *Ragout.*« Das Gerät schlug verschiedene Ragoutrezepte vor. »Aber ich möchte das Kaninchen vorher marinieren! Und ich habe keine Zeit, weil er schon um siebzehn Uhr hier sein wird.« Der Autochef produzierte eine mit Enzymen angereicherte Marinade, die nur kurz auf das Fleisch einwirken mußte. Chloe zerlegte das

Kaninchen und übergoß die Fleischteile in einer Schüssel mit der Marinade, bevor sie das Gemüse zubereitete. Mit Gewürzen kannte sie sich überhaupt nicht aus. »Welche Gewürze soll ich nehmen? Und wenn du mir nicht das perfekte Rezept gibst, bringe ich dich um!« Die Maschine empfahl fünf verschiedene Kombinationen und erzeugte Proben von jeder, damit Chloe von jeder mit dem Finger kosten konnte. »Nummer zwo«, befahl sie. Alles ging in einen Topf, und als Yankee – verspätet – eintraf, schmorte es auf dem Herd.

Seine Augen leuchteten auf, und er schnappte sich einen grünen Apfel und biß genießerisch davon ab, bevor er ihr den gewohnten brüderlichen Kuß auf die Wange drückte. »Wie bei Großmuttern!« rief er und machte sich daran, mit jeweils sechs schnellen Schnitten einen Apfel nach dem anderen zu zerteilen. Er machte sich nicht die Mühe, sie vorher zu schälen. »Das Ragout riecht lecker. Hast du mit dem Autokoch gestritten?«

»Nein, wir führten nur eine ganz zivilisierte Diskussion. Ich mußte ihn ein paarmal abschalten.«

»Sei bloß vorsichtig. Er wird nie ärgerlich, aber wenn du ihn zu weit treibst, vergiftet er dir irgendwann das Essen.« Yankee rührte bereits den Teig für die Kruste des Apfelkuchens an.

»Wie kommt es, daß er keinen Teig machen kann? Ich wollte alles bereit haben, bevor du kamst!«

»Man soll Murphy auch für kleine Segnungen dankbar sein! Hast du jemals einen Kuchen aus dem Autokoch probiert?« Yankee grinste. Er forderte Zitronenzimt an, und die Maschine lieferte ein bräunliches Pulver – selbstverständlich synthetisch. Die Starbase lag nicht gerade auf den Haupt-Gewürzrouten. Chloe wunderte sich, daß Yankee wußte, wonach er fragen mußte.

»Wie ging es mit der Arbeit weiter?«

Er wartete mit der Antwort, bis der Kuchen im Backofen war und er sich selbst gesetzt und ein wenig entspannt hatte. »Erinnerst du dich noch an den verrückten Kzin, den wir nach Hssin mitgenommen haben? Das Kätzchen hat dort mehr herausgefunden, als er mir verriet. Fry hatte sich so etwas gedacht und ihm deshalb heimlich einen Sender zugesteckt.«

»Ihr habt einem Kzin die Hyperwelle mitgegeben?« rief Chloe ungläubig aus.

»Von wegen. Rein elektromagnetisch. Er sendet, unsere Patrouillen übertragen es. Und jetzt gerade haben wir erfahren, daß er Nora gefunden hat.«

»Bist du dir sicher?« fragte sie skeptisch.

»Hwass-Hwasschoaw hat uns Daten ihrer DNS geschickt, die er unmöglich gekannt haben kann. Er hat Nora. Er will sie und ihre Kinder gegen eine Passage nach Kzin eintauschen, und mich hat man zum Taxipiloten ernannt.«

»Das ist eine Falle! Du mußt vorsichtig sein. Sicher lügt er!«

»Kzinti lügen nie.«

»Das behaupten die Fremdintelligenzpsychologen, aber ich glaube keine Sekunde lang an kzintische Ehrbarkeit! Du etwa? Du bist wirklich noch ein *Junge!* Du bist wie all die heranwachsenden, *beschränkten* Jungen, die ich kenne! Glaubst du etwa allen Ernstes, ein Kzin könnte nicht lügen?«

Grinsend machte Yankee mit Kopf und Hand eine Gebärde, die ›ja und nein‹ zugleich bedeutete. »Was ist Wahrheit? Es gibt unendlich viele Möglichkeiten, um *Halb*wahrheiten zu erzählen – und mit keiner finiten Sprache läßt sich die *ganze* Wahrheit ausdrücken. Zum Beispiel kann ich doch vom anderen Ende der Stadt zu dir kommen und dir berichten, deine Wohnungstür sei nicht abgeschlossen, und das wäre wahr – aber zugleich könnte ich verschweigen, daß ich das Schloß mit einem Laser aufgeschossen, die Tür aus den Angeln getreten und deine Sammlung Urnen aus der Tang-Dynastie geklaut hätte.«

»Du hast mir gesagt, daß Hwass dich haßt.«

»Das tut er.«

»Und jetzt meldet er, er hätte Nora, und bittet dich, ihn abzuholen! Das ist eine *Falle!* Er will gar nicht nach Kzin. Er lügt! Er will dich umbringen.«

»Nein, er lügt nicht. Er will wirklich nach Kzin. Politisch gesehen schwimmt er wohl bis zum Hals im heißen Wasser. Er will an der Singularitätsgrenze abgeholt werden, von einem kleinen Schiff, das nicht gleich die gesamte w'kkaiische Flotte anlockt. Er muß unbedingt raus aus dem System, und meine Cousine ist seine Fahrkarte. Das glaube ich ihm. Sorgen bereitet mir nur das, was er mir *nicht* sagt.«

»Also gibst du zu, daß er lügt?«

»In einer Kultur, in der man für eine Lüge hingerichtet werden kann, gerät das Lügen zu einer Kunstform, die sich von der Wahrheit nicht mehr unterscheidet.«

»Kein Wunder, daß die Navy dich verabscheut!« stieß Chloe aufgebracht hervor. »Du greifst ins Schwarze und ziehst etwas Weißes hervor!«

»Bleiben wir lieber beim Thema.« Er schaute ihr ins Gesicht und wartete ab, bis sie wieder Blickkontakt zu ihm aufnahm. »Und womit hast du *mich* angelogen?«

Diese Frage machte sie wütend. »Ich habe dir immer die Wahrheit gesagt! Immer! Und das weißt du!«

»So ehrlich wie ein Kzin.«

»Ach so«, sagte sie. »Du redest von den Dingen, die ich dir verschwiegen habe.«

»Ja.«

»Das ist nicht fair. Du bist älter als ich. Wie wär's zuerst mit etwas Ragout?«

Er füllte großzügig zwei Teller, und sie aßen. »Tolles Ragout«, rief er, »großartiges Rezept.«

»Lügner!«

Das Gespräch verebbte, deshalb setzte Yankee neu an. »Ich warte.«

»Ich habe es nie übers Herz gebracht, dir eins zu sagen, und das nagt an mir, das zerfrißt mich von innen.« Ihr Blick flehte um seine Erlaubnis fortzufahren, wie ein einsames, verstoßenes Kind.

»Nur zu.«

»Kakabuni!« Und plötzlich war sie wieder ganz die schalkhafte, spitzbübische alte Chloe.

Er grunzte unter diesem Tiefschlag wie von einem Treffer auf den Solarplexus. »Jetzt hast du mich. Ja. Darüber haben wir nie sprechen können.« Das Tabuwort. Eine Weile konzentrierte er sich befangen auf sein Ragout, bis er den Mut aufbrachte, in ihr grinsendes Gesicht zu blicken. »Ich will ein Mann sein und meine Medizin nehmen. Was noch?«

»Du willst noch mehr? Wir sollten vorher Apfelkuchen essen«, sagte sie elend.

Irgendwie wandte sich das Gespräch wieder Nora Argamentine zu. Dieses Thema war unverfänglich, und beide hatten sie eine Menge darüber zu sagen. Ein Klingeln verkündete, der Apfelkuchen sei fertig. Mit Topflappen nahm Yankee ihn aus der Backröhre und schnitt Chloe ein Stück ab. »Er ist heiß«, warnte er.

Chloe brach sich mit der Gabel ein kleines Stück ab und pustete es an. »Ich bin schwanger.«

Yankee hatte halb damit gerechnet. Er hatte vergessen, Murphy sein Opfer zu bringen. *Was immer schiefgehen kann, geht schief.* Murphy war ein strenger Gott und erwartete, daß man in seinem Leben auch dem allerkleinsten Detail Rechnung trug. Vergaß man das auch nur ein einziges Mal, zog man sich Murphys Zorn zu. Murphy, Richter und Henker – sowie Kakabuni, Versucher.

»Du machst dir mehr Sorgen darüber, daß mein Vater dir den Kopf abreißen könnte, als um mich«, schmollte sie.

»Ich habe ihm schließlich versprochen, mich um dich zu kümmern.«

»Du hast dich auch sehr gut um mich gekümmert, wenn man zugrundelegt, was für eine Plage ich bin. Du kannst mich heiraten. Andernfalls treibe ich ab.«

»Hast du denn vor diesem Augenblick je daran gedacht, mich zu heiraten?« wollte er wissen.

»Das weißt du ja wohl – es sei denn, du bist blind. Ich bin dir hemmungslos hinterhergelaufen.«

»Du läufst allen Männern hemmungslos hinterher.«

»Das sind nur *Jungen.* Ich suche noch immer nach einem Mann, und alles, was ich finde, sind halbwüchsige *Jungen,* die es auf dem Fußboden treiben und dann davonlaufen.«

»Das sind doch Hirngespinste, Chloe. Ich bin zweiunddreißig Jahre älter als du.«

»Du lügst wie ein Kzin«, entgegnete sie. »Was du eigentlich sagen willst, ist, daß ich zweiunddreißig Jahre *jünger* bin als du. Du willst mir sagen, daß ich zu unreif bin, um dich zu verstehen, zu jung, um in dein Leben zu passen, daß ich zu oft kichere und daß ich für dein gesetztes Alter viel zu lebhaft bin.«

»Nun ... ja.«

»Und du hast Angst, daß mein Vater dich umbringt!«

»Das kommt noch dazu.«

»Hast du je darüber nachgedacht, wie wunderbar es wäre, mit mir verheiratet zu sein?«

»Mehr als du dir vorstellen kannst. Ich habe dich sehr lieb. Aber das ist auch nur ein Hirngespinst – von mir.«

»Warum?«

»Weil das Soldatenleben die Hölle ist.«

»Ich bin daran gewöhnt. Was soll ich sonst tun? Einen Maler heiraten und mit ihm auf einer chinesischen Dschunke in den Slums der San Francisco Bay leben? Oder einen wunderländischen Schafzüchter ehelichen?«

»Ich bin zu alt für dich.«

»Wenn du 210 bist, dann bin ich 178. Das ist doch kein Unterschied! Mann, was bist du für eine Memme! Du trotzt der ganzen Navy, aber du hast Angst davor, daß deine Schiffskameraden dich auslachen, nur weil du eine schlaksige Heranwachsende geheiratet hast.«

»Aber ich bin wirklich zu alt für dich.«

»Ich würde noch ein Stück von diesem hervorragenden Apfelkuchen essen, aber dazu bin ich jetzt zu wütend. Setz dich. Ich habe mich auf dich vorbereitet. Ich habe meine Hausaufgaben gemacht.« Sie zerrte ihn zur Couch und drückte ihn auf seinen Platz. Dann zog sie ihren Infocomp hervor und öffnete ein Verzeichnis »Alterung« und ein Unterverzeichnis »Jinx«. »Ich habe da einen Artikel, den du lesen mußt.« Aber sie vertraute nicht auf Yankees Konzentrationsfähigkeit und las ihn daher laut vor.

Vor über vierzig Jahren hatten die Laboratorien auf Jinx im Sirius-System etwas produziert, das sie »Boosterspice« nannten. Die neueren Varianten stellten gegenüber dem ursprünglichen Produkt einen gewaltigen Fortschritt dar. Die Substanz schwamm durch die Zelle und reparierte DNS, sie regulierte das Wachstum von Zelltypen, die sich nicht mehr von selbst teilten – und das, ohne Krebs hervorzurufen. Einige der ältesten Versuchspersonen lebten noch.

Yankee legte nüchtern den Arm um Chloe; er gebärdete sich wie ein Erwachsener, der einem Kind mit zärtlicher Liebe erklären muß, daß es das Rad neu erfunden habe. »Ich weiß alles über Boosterspice. Ich habe schon darüber gelesen, da warst du noch nicht geboren. Jedes Jahr bringt Jinx ein verbessertes Produkt heraus, und jedesmal macht man großen Rummel darum. Nach und nach werden die Nebenwirkungen ausgemerzt. Weißt du, was mit deinem Verstand geschieht, wenn sich in deinem Gehirn plötzlich Neuronen reproduzieren und an den falschen Stellen verknüpfen? Hast du überhaupt eine Vorstellung, wie teuer dieses Zeug ist? Und was bekommt man für sein Geld? Boosterspice hat tatsächlich schon Leben verlängert. Es hat aber auch schon gesunde Menschen zu Krüppeln gemacht. Es kann sogar tödlich sein. Einer der reichsten alten Männer auf der Erde ist auf den fahrenden Boosterspice-Zug aufgesprungen. Nun ist er sehr jung – aber ein geistig zurückgebliebener Jugendlicher mit leicht überentwickelter Muskulatur.«

»Dazu gibt es reiche Menschen schließlich«, erwiderte Chloe gereizt. »Es sind sehr nützliche Versuchskaninchen für uns arme Soldaten und Holzfäller. Die Reichen müssen bluten, um sich ausgefallene neue Technologie zu kaufen, solange sie noch nicht besonders gut ist. Sie wollen so verzweifelt länger leben, daß sie Tausende von verrückten Hexendoktoren dafür bezahlen, von ihnen mit ausgefallenen neuen Methoden umgebracht zu werden. Wenn die Reichen irgendwann nicht mehr daran sterben, wissen wir, daß das Produkt marktreif ist und man mit der billigen Massenproduktion beginnen kann.«

»Chloe!«

»Das ist, als wäre man Königin und hätte einen Vorkoster. Ich möchte einen älteren Mann heiraten, damit der das Boosterspice für mich ausprobieren kann. Wenn du stirbst, erbe ich dein Geld. Wenn du jung bleibst, wissen wir, daß es ungefährlich ist, Boosterspice zu nehmen.«

»Chloe, wie kommt es eigentlich, daß du den Kuchen für mich kostest? Durch dicke und durch dünne Kruste?«

Sie schmiegte sich an ihn. »Wie kommt's, daß du mir niemals sagst, daß du mich liebst?«

»Ich liebe dich.«

»Das ist schon besser. Wie kommt es, daß du nie mit mir schläfst? Seit ich dreizehn war, bin ich keine Jungfrau mehr gewesen.«

»Darum. Als ich dreizehn war, da waren siebzehnjährige Mädchen alte Vetteln für uns. Seitdem sind sie jedes Jahr ein bißchen jünger geworden. Mittlerweile habe ich längst die Übersicht verloren, wie alt eine Siebzehnjährige heutzutage ist.«

»Das ist doch albern! Sind wir etwa nicht in Stimmung für Kakabuni?«

»Ich muß mir darüber klarwerden, ob du erwachsen bist oder nicht.«

»Ich bin erwachsen. Denk daran, daß ich sogar schwanger bin. Ich bin in der Armee. Mein Vater ist sechs Lichtjahre weit weg.« Sie löste ihm den Gürtel.

»Also gut. Du bist erwachsen. Ich kann mich nicht vertun. Du wirst mit jedem Jahr älter.« Yankee hob Chloe hoch, hauptsächlich um sie daran zu hindern, ihn weiter auszuziehen, trug sie über die Schwelle der Schlafzimmertür und ließ sie in der geringen Schwerkraft zum schmalen Navybett in der Mitte des Raums schweben. Dann setzte er sich auf die Kante und begann, sie auszuziehen.

Sie griff mit beiden Händen nach seiner Hand und unterbrach ihn. Sie trug keinen Büstenhalter. »Wie kommt es, daß wir voreinander Angst haben?«

Yankee streifte ihre Finger nicht von seiner Hand ab, sondern ließ sie darauf ruhen. »Wer weiß? Du hast vielleicht Angst vor dir selbst, und ich vor deinem Vater.«

Chloe küßte ihm die Hand. »Bist du noch unberührt? Ich meine, warst du es, bevor du mich kennenlerntest?«

»Wohl kaum. Ich bin in der Navy – und ich habe mal ganz gut ausgesehen. Einmal hatte ich sogar einen Ehevertrag unter Flatlandern.«

»Mir kommst du so schüchtern vor.«

»Hängt immer davon ab, mit wem ich zusammen bin.«

»Wie viele Frauen?«

»Du stellst zu viele Fragen, junge Dame.« Er küßte sie auf die Nasenspitze.

Chloe setzte sich auf. »Ich kann mich selber ausziehen. Ich habe viele Männer gehabt, weißt du. Ich habe sogar mit deinem Crashlander-Freund gesext, Brobding Wie-hieß-er-doch-gleich.« Chloe war noch immer nicht an ihre Uniform gewöhnt, und so gelang es ihr nicht, sie elegant abzustreifen. Verdammt! »Den Ehering darfst du mir nicht abnehmen.« Sie spielte mit dem Ring ihrer Mutter, der zwischen ihren Brüsten lag. »Den trage ich immer.«

»War deine Mutter so schön wie du?«

»Aber nein. Ich bin viel schöner. Ich gerate nach meinem Vater. Muß ich dir befehlen, dich auszuziehen? Auf Wunderland ist es üblich, daß ein Mann erst dann Sex hat, wenn er angemessen nackt ist.«

Er lächelte nun. »Bei Flatlandern ist es üblich, daß die Liebenden sich gegenseitig aus den Kleidern helfen. Außer natürlich, man geht nach den Regeln des unbeabsichtigten Kakabuni vor.«

»Du bist ja pervers! Ich komme mir wie ein Baby mit Windeln vor, wenn ein Mann versucht, mich auszuziehen. Ist Clandeboye ein italienischer Name?«

»Ich glaube eher, er stammt aus einer düsteren schottischen Burg.« Bei diesen Worten blickte er zur Decke, weil sie ihm gerade die Unterhose zerriß. »Warte! Bei dem Hemd helfe ich dir lieber!«

Vorsätzlicher Kakabuni ergriff von ihnen Besitz. Die Wonnen von Fleisch an Fleisch. Liebevolle Blicke, die das menschliche Antlitz in übernatürliche Schönheit hüllen. Hormonelle Leidenschaft, die den menschlichen Körper über alle Konstruktionsparameter hinweg beansprucht. »Hast du genug?« »Nein.« »Ich auch nicht.« Merkwürdig, einen Mann zu lieben, dem jedes Süßholzraspeln fernlag.

In den Armes eines Mannes einzuschlafen war ebenfalls unnatürlich, es sei denn, man war in ihn verliebt. In einem Navybett hatte man außerdem keine andere Wahl. Chloes Hinterteil wurde gegen die Wand gepreßt und ein Fuß von einer Stange des Bettgerüstes verdreht. Sie konnte nicht schlafen. Sie fühlte sich gleichzeitig behaglich und verängstigt. Yankee sagte kein Wort. Chloe klopfte ihm mit den Fingerknöcheln auf den Schädel. »Klopf, klopf. Bist du zu Hause?«

»Mmmmmpf. Ja ...«

»Du hast noch nicht um meine Hand angehalten«, beklagte sie sich.

Er legte den Kopf zwischen ihre Brüste und schlief weiter.

»Männer halten *immer* um meine Hand an, bevor sie mit mir schlafen, ob es ihnen nun ernst ist damit oder nicht. Wie kommt es, daß du es nicht getan hast?«

»Formalität ... Protokoll ... Etikette ... Anstandsformen ...«, brummte er.

Sie kroch über ihn hinweg und setzte sich auf die Bettkante. »Ich fühle mich nicht geborgen. Wir könnten jetzt gleich heiraten.« Sie blickte auf ihn nieder. »He, ich weiß, daß du wach bist! Schließlich habe ich dich geweckt!« Sie schaltete das diffuse Licht ein.

»He, du siehst ja hübsch aus. Du siehst aus wie eine Frau. Was passiert mit meinem Verstand?«

»Lenke nun nicht vom Thema ab. Wir haben über die Heirat gesprochen.«

»Ich hab's noch nie versucht.«

»Hast du mein Kaninchenragout gemocht?«

»Ja ...«

»Er harmonierte sehr gut mit deinem Apfelkuchen, und deshalb sollten wir sofort heiraten.«

»Unsere Hochzeitsgäste wären über unser Déshabillé entsetzt!«

»Wirst du jetzt um mich anhalten?«

»Ich weiß nicht, wie das geht.«

»Du hast um eine Frau anzuhalten, bevor du mit ihr schläfst. Bringt man euch auf der Erde eigentlich keine Manieren bei? In meinem ganzen Leben bin ich noch nicht so rücksichtslos behandelt worden.« Chloe nahm die Kette ab und betrachtete nachdenklich den Ring. Das Eisen war unter hohem Druck geformt worden und steckte voller winziger funkelnder Diamanten. Sie befreite den Talisman von der Kette. »Willst du ihn anprobieren?«

»Er würde mir nicht passen.«

»Es ist ein Schweizer Präzisionsring, der sich ineinanderschiebt. Er paßt auf jeden Finger.« Sie schob ihn auf seinen Ringfinger. »Siehst du: paßt. Jetzt sind wir verheiratet. Ach, was ich zu erwähnen vergaß: Der Ring hat eine Inschrift – ›für immer‹.«

»Den muß es schon vor dem Boosterspice gegeben haben.« Yankee hob die Hand und betrachtete den Ring. »Du mußt ebenfalls eins von diesen Dingern tragen, das weißt du.«

»Aber dann könnte ich doch nicht mehr mit den Jungs flirten.« Sie kroch ins Bett zurück und rammte Yankee mit der Hüfte, damit er ihr Platz machte. »Liebling, eins habe ich dich zu fragen vergessen: schnarchst du? Falls ja, lasse ich auf der Stelle abtreiben.«

»Wenn du bei mir bist, bleibt mir sowieso die Luft weg. Wie wär's mit einer Hochzeitsreise nach Kzin? Die Karten habe ich schon.«

»Nein danke. Wenn du auf einer Hochzeitsreise nach Kzin bestehst, reiche ich morgen früh die Scheidung ein.« Sie gab ihm einen Gutenachtkuß und schlief glücklicher ein denn je zuvor.

Chloe träumte von einem Hochzeitsfest auf Kzin, das in einem uralten, herrschaftlichen Saal stattfand. Major Yankee Clandeboye war das Hauptgericht, Nora Argamentine und ihre Kinder die Nachspeise. Chloe beobachtete alles aus ihrem schaukelnden Käfig, der von der Decke hing. Yankee träumte von der Erde und der alten Royal Navy. Von einem sehr zornigen britischen Admiral wurde er über einen muschelbewachsenen Schiffsboden gekieltholt.

KAPITEL 19

(2438 n.Chr.)

Für Hwass-Hwasschoaw gestaltete sich die Organisation der Errettung von W'kkai als ausgesprochen schwierig. Die Signale, die sein von der UNSN gestellter Richtstrahlsender an das UNSN-Patrouillenschiff schickte, mußten durch die normale elektromagnetische Abstrahlung W'kkais getarnt werden. Auf einem Berg, der zu seinem Jagdrevier gehörte, hatte Hwass inmitten der unordentlichen Ausstattung eines astronomischen Amateurobservatoriums den Sender aufgebaut. Er wagte es nicht, mit niedrigem Richtwinkel abzustrahlen.

Erschwerend kam hinzu, daß er redundant von der UNSN generierte Signale empfangen mußte, die längs des Vektors einer interstellaren Radioquelle gesendet wurden. Die schwache Trägerwelle aus der verbrämenden Störstrahlung herauszufiltern, stellte kein geringes Problem dar.

Dann mußte jede der ausgehenden Meldungen von der UNSN und jede hereinkommende Nachricht durch einen Rafferspruch von W'kkai bestätigt werden. Ermüdend.

Auch seine politischen Fertigkeiten wurden auf die Probe gestellt. Klug mußte Hwass die Mittel des Auges einsetzen: die Amateurastronomen, die Spione in der Priesterschaft, der Regierung und der Flotte. Er war auf patriarchentreue Krieger angewiesen, um eine ungefährliche Passage zur Singularitätsgrenze zu arrangieren. Wäre es nur um Grreff-Nig und ihn gegangen, so hätte es keine Probleme gegeben. Aber Hwass mußte auch seinen Köder herausschmuggeln, das Nora-Tier und ihre sechs

Welpen. Ein verkrüppelter Kzin, dessen beide Söhne schon vor Jahren von Si-Kish im Kampf getötet worden waren, konstruierte für Hwass einen Behälter, der sich zur Aufbewahrung von Menschen im Tiefschlaf vorzüglich eignete. Grreff-Nig wurde als Experte für menschliche Physiologie hinzugezogen. Mehr Diskussionen. Mehr drohendes Fauchen. Aber alles mußte stimmen. Draußen blieb für Improvisationen kein Raum. Wenn Hwass das Nora-Tier nicht lebend ablieferte, würde er keine Passage nach Kzin erhalten, soviel stand fest; tatsächlich würde das Yankee-Tier dann sogar versuchen, ihn zu töten. Schon im Vorfeld Verdacht zu erregen, wäre überaus unklug.

Zahllose kleinliche Knoten mußten aus dem Pelz des Plans gebürstet werden. Anfänglich hatte Hwass gehofft, die im Laufe vieler Jahre gesammelten Beobachtungen auf W'kkai sowohl an w'kkaiischen als auch an menschlichen Augen vorbeischmuggeln zu können, und zwar in dem »diplomatischen« Beutel, den Interworld-Commissioner Markham ihm auf Tiamat gegeben hatte. Der Inhalt des Beutels war schließlich für Kzin bestimmt. Doch in einer seiner Nachrichten wies das Clandeboye-Tier ihn an, den alten Beutel zu vernichten. Ein Duplikat würde bereitgestellt und ihm übergeben werden, sobald er bei Kzin das UNSN-Schiff verließ. Soviel also dazu. Interstellare Kommunikation war zu wertvoll, um die Zeit bereitzustellen, sich mit Äffchen zu streiten.

Weltsicht gebar den größten Zankkadaver dieses Abenteuers. Hwass war ein kühner Stratege, dank seiner überragenden Fähigkeiten und gewandten Füße bereit, hohe Risiken einzugehen, Grreff-Nig hingegen war im Grunde seiner Seele ein Feigling, der Risiken verabscheute. Unglücklicherweise spielte er in jedem Plan, Clandeboyes Gnadenschiff zu kapern, die Hauptrolle.

Grreff-Nig vermochte ein Hyperschiff zu lenken; Hwass nicht. Grreff-Nig wußte, wie man einen Hyperantrieb baute; Hwass nicht. Grereff-Nig kannte die Zusammensetzung der Gifte, die den Verstand von Äffchen zerstörten; Hwass nicht.

Über jedes Detail ihres geplanten Diebstahls fauchten und knurrten sie sich an, doch trug stets der Feigling den Sieg davon, denn er wußte genau um seinen Wert. Hwass versuchte es damit, exotische Tiere als Jagdbeute heranschaffen zu lassen. Er versuchte es damit, Geruchsball gegen diesen Grasfresser auf den tiefgelegenen Wiesen zu spielen – in denen Hwass ihn gewinnen ließ. Doch keine noch so große Schmeichelei durchdrang den Pelz dieses Feiglings. Wie ermüdend! Hwass mußte während der Abendjagden seinen Zorn abreagieren.

Fünfzehn Lichtjahre trennten Kzin und W'kkai. Diese Entfernung ließ sich nicht mit einem einzigen Hyperraumsprung überwinden. Hwass verlangte, bereits nach dem ersten Sprung das Nervengas freizusetzen, das die Besatzung auf der Stelle töten sollte, und sodann gefälschte Notsignale auf Hyperwelle abzusetzen. Ging die UNSN von einem tödlichen Antriebsversagen aus, so würde Kzin keine Schuld zugewiesen werden.

Grreff-Nig hielt diesem Plan feige entgegen, daß ein unvorhergesehener Zwischenfall mit der Strandung des Schiffs enden konnte – und dann wären sowohl das Schiff als auch alle Dienste verloren, die sie dem Patriarchen vielleicht erweisen konnten. Scheu plädierte er dafür, das Gas erst einzusetzen, nachdem sie Kzin bereits erreicht hätten – nachdem der Austausch Sklave gegen Krieger bereits vorüber wäre. Wenn sie dann noch Pech hätten, wäre wenigstens Grreff-Nigs wertvolles Gehirn gerettet – und sein Hals.

Mit diesem Namensdieb arbeiten zu müssen, füllte

Hwass den Bauch mit ranzigem Fleisch. Sein Kompagnon begriff offenbar überhaupt nicht den strategischen Wert eines Gases, das eine menschliche Crew auf der Stelle tötete, ohne einen Kzin an Bord zu gefährden. In den Wäldern übte Hwass das Abschälen von Bäumen mit bloßen Klauen und zerschmetterte Felsen an zutage tretenden Bergwurzeln. In seinen Pranken zerquetschte er Nagetiere zu Brei.

Und doch blieb Grreff-Nig eisern: wenn das Gas bei Kzin seinen Zweck erfüllte, konnten Krieger das Hyperschiff gefahrlos entern; versagte es, und die Menschentiere wurden zornig, so wäre die Flotte Kzins zur Stelle, alarmiert und bereit, Kzinheimat zu schützen. Daß eine menschliche Flotte nicht imstande war, ein bedeutenderes kzintisches Sonnensystem einzunehmen, galt als erwiesen. Ein defensives Vorgehen hätte alle Vorteile auf seiner Seite. Und per Hyperantrieb brauchte man neunzig Tage, um von Kzinsonne nach Menschenheimat zu gelangen. Kzinti waren an langsame Nachschubwege gewöhnt, die Menschen nicht.

Grreff-Nig besaß seine eigenen Methoden, um seinen Zorn zu zügeln, den er angesichts der verlorenen Zeit während der Debatten mit seinem leberbeherrschten Mitverschwörer empfand. Er war sich vollkommen sicher, daß er Hwass im unbewaffneten Kampf töten könnte, wahrscheinlich sogar recht schnell. Sein Lehrer im Heldenkampf und Namensspender, Grreff-Hromfi vom Schwarzen Rudel, hatte ihn jahrelang persönlich unterwiesen – und Grreff-Nig am Ende die Kampfausbildung seiner eigenen Söhne anvertraut. Im Kampf zählte nicht die Körperkraft. Doch wenn er Hwass tötete, säße er auf W'kkai gefangen.

Seinen Zorn reagierte Grreff-Nig in kontrolliertem Kampf ab – indem er nach den Regeln des Turniers exerzierte. Er hatte einen Schüler: Spötteräffchen liebte zu kämpfen. Dadurch erhielt der ausgestoßene Kzin gleichzeitig eine Möglichkeit, seine Wut auszuleben und sie der Selbstbeherrschung zu unterwerfen. Den alten Ausbilder-der-Sklaven in ihm verlangte es noch immer danach, die Grenzen seiner Sklaven zu erkunden. Er wackelte mit den Ohren, wenn er den kleinen Jungen sah, der sich, über das ganze Gesicht grinsend, auf ihn stürzte.

Noch etwas anderes hätte Grreff-Nig gern erfahren: welches Schicksal seine männlichen Nachkommen erlitten hatten. Seine Töchter waren wahrscheinlich noch am Leben, die Söhne hingegen wohl tot, ermordet und vermutlich verspeist von dem narbenlosen Kzin, der ihm den Harem genommen hatte. So war Spötteräffchen wohl der einzige Sohn, den Grreff-Nig je haben würde. Was konnte es schaden, dem Jungen ein paar auserlesene Kniffe beizubringen? Schließlich würde der kleine Sklave schon bald genug sterben – für den Patriarchen. Manchmal mußten Väter zum Ruhm des Patriarchats das Leben ihrer Söhne opfern.

An diesem Tag ging schwerer Wind, und Grreff-Nig stellte die letzte Portion Nervengas unter recht ungünstigen Bedingungen her. Für Kzinti bestand keine Gefahr, doch führte Grreff-Nig die ganze Familie der Menschentiere windaufwärts zu einem Picknick aus, um sie vor jeder möglichen Gefährdung zu bewahren. Beinahe zärtlich vertrieb er sich die Zeit mit Spötteräffchen im trockenen, orangen Gras des Feldes, lehrte ihn, wie man einem heransausenden Hieb seitlich auswich und dann mit einem Tritt nach hinten zu einer tödlichen Riposte ansetzte.

Endlich war die Operation in die Wege geleitet. Ein UNSN-Schiff erschien, um die Singularität zu patrouillieren – ein Floh von einem Raumschiff, der auf W'kkai keinerlei leidenschaftliche Gefühlsausbrüche hervorrief. Freunde des Auges standen mit einer kleinen kzintischen Korvette bereit. Der Kommandant erbat und erhielt die Mission, das neue Geisterschiff zu beschatten. Die menschlichen Sklaven wurden im Schlaf betäubt, dann wurde jedem von ihnen ein dichtes Zäpfchen voller Nervengas eingeführt. Anschließend injizierte man ihnen die stoffwechselverlangsamenden Mittel, die Grreff-Nig in längst vergangenen Tagen entwickelt hatte, als er noch adäquate Mengen an Versuchstieren aus den Waisenhäusern Wunderlands erhielt. In diesem Zustand wurden die Sklaven in ihren Spezialbehälter gelegt und zum Raumhafen geschmuggelt.

Zu Grreff-Nigs immenser Erleichterung verlief das Unternehmen glatt. Si-Kishs Eliteeinheiten behelligten sie nicht, es kam zu keiner wilden Verfolgungsjagd. Hwass war ein großartiger Organisator – ganz wie er prahlte –, ein Jäger, der auch im trockensten Sommer noch geräuschlos über Zweige schlich. Selbst der Transfer von der w'kkaiischen Korvette zum UNSN-Flohschiff war ein Paradebeispiel wohlgeordneter Zusammenarbeit. Nur das Mißtrauen erzeugte Unbehagen. Grreff-Nig, der auf Gefängnisse aller Art allergisch reagierte, war höchst aufgebracht über ihren Gefangenenstatus. Hwass, der schon vorher von Major Yankee Clandeboye in einen Käfig gesperrt worden war, ergötzte sich an den Nöten seines Verbündeten, und er wußte genau, wie man sich der vorzüglichen Waffe bediente, die der Spottfall der Heldensprache darstellte. Mordlüstern dachte Grreff-Nig, daß es für Hwass sehr von Vorteil sei, daß sie in zwei verschiedenen Käfigen steckten.

Sie schwebten indes nicht in Gefahr. Wie von Hwass arrangiert, gestattete man ihnen den »Totkzinschalter«: Der Tod eines Kzins löste eine Explosivladung aus, die die Sklaven auf der Stelle tötete. Grreff-Nig war amüsiert, daß Hwass nicht mit dem Totmannschalter gerechnet hatte, den der effiziente Captain Jay Mazzetta zusätzlich hergerichtet hatte. Sobald einer der Sklaven starb, würde den kzintischen Gästen der UNSN eine tödliche Injektion verabreicht werden. Grreff-Nig wackelte bedächtig mit den Ohren; die Bewegung erinnerte die an das Wiegen eines Fächers; seine Art, sich spöttisch zu revanchieren. Die Gebärde bedeutete nichts anderes als: »Habe ich es nicht gesagt?« – Hwass' ursprünglicher Plan zur Übernahme des UNSN-Schiffes hätte niemals funktioniert.

Die Reise verlief in angespannter Stimmung. Drei Menschen, zwei Kzinti, sieben schlafende Sklaven. Sie währte fünfundvierzig Tage. Die Zeit wurde nicht völlig unproduktiv vertan. Yankee brachte den Kzinti Rommé mit Zehn bei. Da es keine gemeinsame Währung gab, wurden die Gewinne in Form ethnisch diskriminierender Witze ausbezahlt. Im ganzen Bekannten Weltraum gibt es keine Sprache, die mehr Möglichkeiten zu Beleidigungen bietet als die Heldensprache. Den eingesperrten Rattenkatern gingen darum die Äffchenwitze niemals aus. Wenn man sie in verstümmeltes Englisch übersetzte, ging der Unterton der Witze zwar verloren, die verbleibenden Aussagen jedoch besaßen den bizzar-ausgelassenen Charakter eines Zerrbilds, das die Kzinti nicht zu erfassen vermochten.

Hwass genoß es besonders, seine Kenntnisse über die Geschichte der Menschen zur Schau zu stellen. »Isst deutsches Äffchen sich selbst nennt Hitler-Führer. Isst denken isst gewinnen tausendjährige Dominanz über Äffchensklaven durch Schnauzbart und Handgruß.« Hwass imitierte Hitler, indem er sich einen schwarzen Finger unter die Nase hielt und einen bepelzten Arm ausstreckte. Sein deutscher Akzent war grauenhaft, die Pointe seiner Geschichte unverständlich. Dennoch bogen sich Yankee, Jay und Beany vor Lachen, sie konnten nicht anders. Hitler-Führer ließ seine Deutschen erst zu Zehnen, dann zu Hunderten, zu Tausenden und schließlich zu Millionen in das dümmlichste aller erdenklichen Äffchenabenteuer davonmarschieren.

Im Gegenzug brachten die Kzinti ihren Primatenchauffeuren ein Spiel mit fünfseitigen Karten namens Turnier bei. Sie waren davon überzeugt, daß kein niederes Tier dieses Spiel jemals meistern könnte, weil weder Geld noch Lügen irgendwelche Stiche einbrachten, sondern nur Ehrenhaftigkeit. Und während die Helden sehr gut im Rommé mit Zehn wurden, gewann kein Mensch je ein einziges Turnierspiel. So mußten sie sich sehr viele Witze auf ihre Kosten anhören.

Wenn Grreff-Nig an der Reihe war, Menschenwitze zu erzählen, zeigte er sich stets mehr von der technischen Unfähigkeit der Menschen amüsiert als von ihrer traurigen Historie. Besonders bevorzugte er einfache Beobachtungen über die Intelligenz der Menschenweibchen. Einmal habe er, so sagte er, eine blonde Frau (eins seiner Versuchstiere) dabei beobachtet, wie sie ein elektrisches Küchengerät reparierte. Sorgfältig verband sie die durchtrennten Leitungsdrähte miteinander, Eingang mit Eingang, Ausgang mit Ausgang. Dann drückte sie die Eingangs- und Ausgangsdrähte zusammen, weil sie das Kabelgewirr nicht mochte. Weil sie schon einmal von Isolierung gehört hätte, so fuhr Grreff-Nig fort, umwickelte sie das Ganze mit Isolierband, bis kein Kupfer mehr zu sehen war. Dann steckte sie den Stecker in die Dose. Grreff-Nig ahmte den weiblichen Schrei nach, der auf die explosive Verdampfung des Kupfers folgte. Bei der lustigen Erinnerung wackelten ihm die Ohren.

Yankee, Ray und Beany hörten sich Grreff-Nigs Witze über blonde »Menschenrrets« gerne an, seine Admiral-Äffchen-Witze hingegen fanden sie alles andere als komisch. Die Spötteleien waren überaus unfair – menschliche Admirale warfen sich ständig unvorbereitet ins Gefecht, tranken Kzintiurin aus Flaschen, die als Boosterspice etikettiert waren, oder sie verführten junge Lieutenants.

Die Bedingungen des Empfangs vor der Singularitätsgrenze von Kzinsonne waren via Hyper- und elektromagnetischer Welle verhandelt worden. Grreff-Nig gab die Strategie vor, Hwass kümmerte sich um die Taktik. Hwass machte den unverbesserlich naiven Äffchen kluge Vorschläge, und die UNSN erklärte sich mit einem Protokoll einverstanden, das einem Menschen durchaus freundlich vorkommen mußte, für jeden Kzin jedoch vor Feindseligkeit triefte. Das fragliche Protokoll hatte sich im Laufe von Jahrtausenden der interstellaren Streitigkeiten entwickelt, um Reibereien zwischen Erlauchten Eroberern unterschiedlicher Sonnensysteme beizulegen. Nach einem Gefangenenaustausch (den die eine Seite mehr ersehnte als die andere) wurde von den Boten erwartet, ihr Fehlverhalten im Dominiertenfall einzugestehen – oder sich einem Enterkommando zu stellen und bis zum Tod zu kämpfen.

Hwass wußte – und Grreff-Nig mußte ihm darin zustimmen –, daß die Verwendung dieses besonderen

Protokolls für die Helden von Kzin keinen Sinn ergeben würde; die UNSN war ein *Feind,* kein Rivale, und bestand aus *Tieren,* keinen Kriegern. Doch waren die Elitekrieger von Kzin die besten des Patriarchats. Sie würden Witterung aufnehmen, während sie den Worten lauschten – und erkennen, was das Protokoll ihnen über lichtjahreweite Entfernung meldete. Im Austauschschiff der Helden würde sich ein Enterkommando verbergen, das sich im selben Augenblick Hwass' Befehl unterstellte, in dem er kein Gefangener mehr war.

Die Verhandlungen fanden in kzintischem Weltraum statt und wurden mit der Präzision eines Räumkommandos ausgeführt, das eine Zeitbombe zu entschärfen hat. Kzinsonne war der hellste Stern am Firmament, Kzinheimat im gleißenden Licht des Sterns unsichtbar. Kzins größter Gasriese Hgrall reflektierte grelles Licht, aber um ihn zu finden, mußte ein Kzin wissen, wo er ihn zu suchen hatte, sonst unterschied er sich nicht von den Sternen im Sternbild des Zähnefletschenden Gottes. Grreff-Nig empfand eine Furcht, wie er sie seit seinem fehlgeschlagenen Fluchtversuch von W'kkai nicht mehr verspürt hatte. Das winzige Beiboot, das zwischen den Kriegsschiffen die Fähraufgaben versah, war ihm zu klein, zu verwundbar. Die Augenblicke nach dem Entschärfen der »Totehandschalter« würden am kritischsten, am gefährlichsten sein. In seinem Raumanzug roch Grreff-Nig die eigene Angst.

Hwass-Hwasschoaw hingegen empfand keinerlei Besorgnis; von den göttlichen Schoßtieren hatte er, der er an den Gott der Wahren Gestalt glaubte, nichts zu befürchten. Gott bedurfte der Fähigkeiten, die die Kzinti im Ausmerzen besaßen, um die untreue Respektlosigkeit seiner Schoßtiere zu zügeln. Nach der kdaptistischen Reformation würde Gott seinen Willen bekommen. Alles verlief genau nach Plan.

Graziös dockte die Fähre an das Kzintischiff an. Als freier Kzin sandte Hwass das Beiboot zurück in den Weltraum, ohne Piloten, und in der Fähre lag der diplomatische Beutel und gleich welche Verräterei sich darin neben den jämmerlichen Friedensbekundungen auch verbergen mochte. Hwass stieß seinen grasfressenden Begleiter ins Maul der Luftschleuse. Maschinen arbeiteten. Die inneren Schleusentüren teilten sich. Noch bevor Hwass ganz aus seinem Anzug heraus war, drängte er den schwarzgefleckten Kommandanten schon zur Kommandozentrale. Grreff-Nig ließ er stehen; sollte der sich doch um sich selbst kümmern!

»Haben wir Krieger an Bord, die Erfahrung im Entern besitzen?«

Der Kommandant, der sich keine Blöße geben wollte, bekundete mit seinem Fauchen qualifizierte Zustimmung, ja sogar Begeisterung. Schon zu lange verlief der Krieg gegen die Geisterschiffe schlecht, und die Schmach, so lange einem *Friedensvertrag* unterworfen gewesen zu sein, drängte jeden Helden dazu, brüllend und rachsüchtig nach Vergeltung zu verlangen – doch wollte der Kommandant als Verantwortlicher mehr erfahren als Hwass ihm hätte verraten können.

»Kommunikator!« Hwass winkte den Besatzungskzin von seinem Sitz; die Kommunikationsanlagen waren überall im Patriarchat standardisiert, und er war viel zu ungeduldig, um erst zu erklären, was er wollte. Aus dem Gedächtnis gab er ein Signal ein und strahlte es zum weit entfernten UNSN-Geisterschiff ab. Dann zählte er seine Herzschläge. *Jetzt!* Das Gas würde sich aus den Zäpfchen in den Anusöffnungen der Sklaven als Blähung des

Todes ausbreiten. In den Schiffen der Menschen, in denen Schwerelosigkeit herrschte, wurde die Atemluft von Maschinen umgewälzt. Das Schiff war klein. Grreff-Nigs Versuchstiere aus den Waisenhäusern auf Wunderland waren binnen *Sekunden* gestorben, als sie dem Gas ausgesetzt wurden.

Vom Geisterschiff kam keine Antwort. Hwass erhob sich von der Station des Kommunikators und drehte sich zum Kommandanten um. »Sie sind tot. Die gesamte Besatzung, die Sklaven, alle. Schick dein Enterkommando aus. Auf der Stelle! Wir haben einen Hyperantrieb erbeutet!«

Sechzehn Krieger, die schon seit Stunden bereitgestanden hatten, schwärmten wie zornige Wespen aus dem kzintischen Kriegsschiff. Sie wurden zunächst vorsichtig so ausgesetzt, daß sie nicht alle auf einmal getötet werden konnten. Sollten sie unter Beschuß geraten, so würden sie das Feuer erwidern – gezielt würden sie alle Waffensysteme des Geisterschiffs ausschalten. Doch die Waffen schwiegen. Zwei Krieger wollten sich gerade daran begeben, das Beuteschiff wie eine Rationsdose zu öffnen, als – es verschwand. Vierzehn überlebende Krieger hatten nichts anzugreifen.

Hwass-Hwasschoaw war vor Überraschung gelähmt. Im gleichen Augenblick übernahm Grreff-Nig die Dominanz, fast so, als wäre er wieder Ausbilder-der-Sklaven und diese Krieger sein Eigen, weil er mehr geboten hatte. »Geehrter Kommandant! *Ich* weiß, was geschehen ist! Rufe die Flotte. Schaffe Unterstützung herbei! Bis dahin volle Beschleunigung senkrecht zur Singularitätsgrenze. Hinab!«

»Meine Krieger!« jaulte der Kommandant.

»Sie schweben in keinerlei Gefahr«, zischte Grreff-Nig eindringlich. »Nimm sie später auf. Sie bleiben an Ort und Stelle. Doch ist es von größter Wichtigkeit, daß dieses Schiff nicht angegriffen wird! Wir besitzen das Geheimnis des Hyperantriebs und werden es dem Patriarchen bringen – es ist in meinem Kopf! Bring uns nach unten!« Dann wandte sich Grreff-Nig ruhiger zu Hwass um, der allmählich wieder Herr seiner selbst wurde. »Die Tiere hatten den Autopiloten aktiviert. Damit hätten wir rechnen sollen. Die Besatzung ist tot, doch ihr Schiff fliegt sich selbst.« Dem Kommandanten gegenüber machte er eine Gebärde, mit der er seinen Respekt bekundete. »An dich wird man sich als den Helden erinnern, der unserem kühnen Patriarchen die wertvolle Technologie des Hyperantriebs übergeben hat. Das Geheimnis befindet sich an Bord deines Schiffes! Begib dich sofort außer Reichweite der Äffchen!«

Gelassen erteilte der Kommandant die erforderlichen Befehle.

Zu Hwass sagte Grreff-Nig noch so laut, daß der Kommandant seine Worte verstehen konnte: »Pläne weisen immer ein Eigenleben auf. Wir haben mit hohem Einsatz gespielt, um Kzin nicht nur das Geheimnis des Hyperantriebs zu bringen, sondern auch ein überlichtschnelles Schiff. Wir haben verloren.«

Hwass versuchte, seine Enttäuschung zu verbergen, indem er seine Wut in verstümmeltem Englisch grollend hervorbrachte – aber nur für sich. »Major Yankee Clandeboye isst nicht am Leben!« Das Äffchen, das ihn gedemütigt, Markhams Wort gebrochen, mit Hwass gespielt und ihn in einen Käfig gesteckt hatte, war endlich tot, war vom Gott der Wahren Gestalt ausgemerzt worden. Das erinnerte ihn an den diplomatischen Beutel und den Auftrag, den Clandeboye durch seine Ankunft auf Tiamat gestört hatte.

Hwass verabredete mit dem Kommandanten, daß der

Beutel in der aufgegebenen Fähre von dem gleichen Schiff geborgen werden sollte, das auch die im All treibenden Krieger aufnähme; der Beutel sollte von einem Geräte-Experten untersucht und Hwass übergeben werden, sobald seine Ungefährlichkeit erwiesen war. *Frieden!* Hwass brachte *Frieden!* Welch enttäuschende Reise. Und ein Feigling, dem räudig das gelbe Haar ausfiel, sollte allen Ruhm ernten!

KAPITEL 20

(2438 n.Chr.)

Die Domäne des Patriarchen erschien karg und herb, ja düster, verglich man sie mit w'kkaiischen Gepflogenheiten. Die uralten Granitwände bestanden aus gröberer Steinmetzarbeit, als man im Zentrum einer galaktischen Großmacht erwartet hätte. Die steinernen Stufen der Wendeltreppen, die sich zu den Räumlichkeiten für die Gäste in die oberen Geschosse hinaufwanden, waren von vielen Füßen im Laufe der Jahrtausende ausgetreten worden und wirkten wie poliert. Der Wandschmuck war einfach: Gobelins; antike, vor Alter zerbrechliche Waffen; wulstige Rüstungen aus geflochtener Metallschnur. Eine Sammlung *Wzai*-Klingen. Vasen aus einer Zeit, in der das Feuer die mächtigste Energiequelle gewesen war.

Ein Kdatlynosklave mit offenbar strikten Befehlen führte Grreff-Nig überall herum; daher bekam er nur einen kleinen Teil des Palastes zu Gesicht, ja, er wußte nicht einmal, in welchem der Riit-Paläste er sich befand. Manchmal fiel sein Blick in Durchgänge, die zu betreten ihm verwehrt blieb. Von seinem Zimmer aus konnte er die Kuppel eines Rundbaus sehen, und auf einer Anhöhe in der Ferne die Ruine des alten Palastes, der vor mehr als acht Jahrtausenden von den Jotokihändlern vernichtet worden war. Sie hatten sich über den Mord an einem Buchhalter erregt. Heute vermochten sich nur noch wenige Kzinti ihre spinnenhaften Jotokisklaven als grimmige Sternenhändler vorzustellen. Ein alter Sklavenausbilder war dazu durchaus imstande. Im Laufe der Generationen war es offenbar nicht gelungen, den Jotoki ihre Grimmigkeit völlig abzuzüchten.

Wenn der Kdatlyno ihn zu den endlosen Gesprächen mit den Wissenschaftsbürokraten des Palastes geleitete, erhaschte Grreff-Nig immer wieder rasche Blicke in Kammern und auf Galerien sowie in ein faszinierendes Labyrinth, durch das ein ohrloser Kzintosch mit schneeweißem Fell eine Schar stummer Kzinrretti in Gewändern aus fließender Spitze führte. Grreff-Nig hätte am liebsten auf eigene Faust Streifzüge unternommen, doch in diesem ehrfurchterregenden Sitz der Macht beabsichtigte er nicht einmal dem Vorschlag eines Sklaven zuwiderzuhandeln, denn überall gab es Anzeichen, daß selbst die geringste Übertretung auf der Stelle mit dem Tod gesühnt würde.

Sein Führer stand unter dem Befehl, das eigene Leben hinzugeben, um etwaige Missetaten zu verhindern – unter Androhung eines ehrlosen Todes. Wer sollte wissen, in welchen schwarzen Künsten dieses Tier ausgebildet worden war? Dessen Arme waren riesig, auch in Proportion zu seinem Körper, der jeden Kzin überragte. Beim Gehen streiften dem Tier die Würgerhände über die Knie, und an den Knöcheln befanden sich acht ausfahrbare Krallen. Hörner entsprangen seinen Knien und Ellbogen. Dieses Tier angreifen? Die Hörner waren spitz gefeilt und dann auf Seidenglanz poliert worden. Die braune Haut hätte einen Messerstich abgehalten. Da der Kdatlyno seine Umgebung nur über seinen Radarsinn wahrnahm, besaß er keine Augen. Sein Gesicht bestand aus einem Mundschlitz unter einer knotigen Zone, über der sich die Haut spannte.

Am vierten Tag machte der Kdatlyno eine umständliche Gebärde der Ehrfurcht, eine Verbeugung, bei der das Tier gezwungen war, die herabhängenden Arme zu heben, damit seine Finger nicht den Boden berührten. Eine Maschine, die es sich an den Leib geschnallt hatte, redete Grreff-Nig in der Heldensprache an. »Bereitmachen für Audienz beim Patriarchen.«

Zwei Jotokisklaven kleideten ihn ein. Einer der Sklaven balancierte auf drei Armen, während die beiden übrigen Arme schnitten und nähten. Der andere saß auf dem Untermund, um alle fünf Hände freizuhaben, die hastig den Saum des Gewandes richteten. Die Jotoki produzierten eine schwere, fließende Robe, die einen Kämpfer behinderte; tatsächlich hätten angreifende Wächter die Robe sogar mit Leichtigkeit um ihn schließen können, wie einen Sack. Im Spiegel sah Grreff-Nig darin gut aus, wenngleich die Kleidung die Eitelkeit vermissen ließ, die er von W'kkai gewöhnt war. Grreff-Nig folgte dem Kdatlyno durch Wehrtürme, die er noch nie zuvor gesehen hatte. Schließlich geleitete ein Rudel Kzintigardisten sie in das Allerheiligste der Patriarchendomäne.

Der Raum war riesig und schlicht mit Reißzahnpelzen und Teppichen aus Kudlotlinfellen, Tischen und Stühlen aus Holz eingerichtet. Die Deckenfresken leuchteten von kühn geschwungenen Bögen, die dem Himmelszelt Konkurrenz machten. Eine kostbare intarsienverzierte Schlafbank mit Gravitationskontrolle war durch einen Sichtschirm zu sehen – ganz eindeutig diente der Saal langen Arbeitssitzungen. Eine große Bildschirmplatte beherrschte den hölzernen, unaufgeräumten Schreibtisch. Prunkhafte Kzinrrettizelte drängten sich in einem entfernten Winkel. Vor dem Herd, in dem ein waberndes Feuer brannte und von dem ein Kamin wie ein Turm aufragte, räkelte sich eine orange und gelb gestreifte Kzinrret.

Niemand hatte Grreff-Nig Instruktionen gegeben. Er verspürte den starken Drang, sich auf den Boden zu werfen und auf dem Bauch weiterzukriechen, doch der Patriarch erhob sich und winkte ihn vom anderen Ende des Raums mit einer Geste heran, die schon in alter Zeit inmitten der Wildnis Willkommen bedeutet hatte. Der grimmig wirkende alte Kzin gleich neben dem Patriarchen rührte sich nicht. Das mußte der Hohe Admiral Ress-Chiuu sein.

Grreff-Nig mußte all seine Willenskraft zusammennehmen, um nicht zu kriechen, und blieb in respektvoller Entfernung stehen. So zackig er nur konnte, fuhr er sich mit den Krallen über das Gesicht, zuerst vor dem Patriarchen, dann vor Ress-Chiuu.

Ungeduldig winkte der Patriarch ihn näher. Der Riit hielt sich nicht damit auf, sich oder den Hochadmiral vorzustellen. Statt dessen wandte er sich mit glücklichen Ohren der Kzinrret zu, die sich vor dem Feuer räkelte. »Mein Geschenk an dich. Aus meinem Harem. Gut ausgebildet und folgsam. Sie wird jedem deiner Bedürfnisse dienen. Eine außerordentliche Anzahl von Kniffen ist ihr beigebracht worden. Lismichi.«

Beim Klang ihres Namens hob Lismichi ihre großen gelben Augen, die hell zwischen ihren gelangweilten Ohren leuchteten. Sinnlich wiegte sie die Ohrenschirme.

»Komm her, Magd. Sieh deinen neuen Begatter.« Sie erhob sich und kam herbei. »Leg dich hin.« Der Patriarch wies Grreff-Nig einen Stuhl an, und Lismichi legte sich daneben; sie wartete ab, ob man ihr den Rücken streichelte oder nicht. »Howowrrr!« rief der Patriarch aus, »ich sehe, daß du dich nun wesentlich wohler fühlst als beim Betreten meines Saals, denn ich wittere mehr Lust als Angst!« Er wackelte mit den Ohren, die längst nicht so hübsch waren wie Lismichis.

Grreff-Nig brachte noch immer kein Wort heraus.

Ress-Chiuu hingegen wollte offenbar eine ernsthafte Diskussion beginnen. »Meine Ingenieure haben dich ausgefragt und glauben, daß du uns tatsächlich helfen kannst, eines jener Geisterschiffe zu bauen, die kommen und gehen, wie es ihnen beliebt. Uns sind sie ein furchterregendes Rätsel gewesen. Von Hwass-Hwasschoaw erfuhr ich, daß du auf W'kkai an einem ähnlichen Projekt gearbeitet hast. Können wir die W'kkaikzinti einholen, wenn wir dir alle unsere Mittel zur Verfügung stellen? Mir schaudert bei dem Gedanken, diese Puderhelden als Dominante zu sehen. Eine aufdringliche, oberflächliche Kultur, die nichts von ihrem Geburtsbau weiß. Hwass' Worten zufolge wird W'kkai innerhalb eines Oktaljahres eine größere Geisterflotte in Dienst stellen. Ist das möglich oder ein Hirngespinst? Wir leben in schweren Zeiten und besitzen nur wenige verläßliche Informationsquellen.«

»Es ist möglich. Als ich W'kkai erreichte, glaubte ich in hoffnungsloser Verzweiflung, es würde uns acht zum Quadrat Jahre kosten, am Ziel anzulangen, und auch das nur, wenn wir heimlich auf die Kreativität des gesamten Patriarchats zählen könnten. Doch W'kkais Naturalisten erstaunten mich mit ihren technischen Möglichkeiten. Nach meiner Einschätzung reicht Si-Kishs Arm genauso weit wie sein Ehrgeiz. Doch seine Zahlen, müßt Ihr wissen, sind die Zahlen, die ich ihm gegeben habe. Ich darf hinzufügen, daß ich von *Euren* Naturalisten erwarte, mich ebenfalls zu erstaunen.«

Der Patriarch säuberte sich mit schwarzen Krallen die Zähne. »Unsere Stärken sind nicht identisch. Die W'kkaikzinti haben sich schon immer an Rätseln und den abstrakten Launen der Symbolik erfreut. Unser Augenmerk liegt auf praktischeren Dingen, obwohl wir eine mathematische Tradition besitzen, die bis in die Zeit Chmeees des Blinden zurückreicht. Du warst noch nie auf Kzin? Dann mußt du die Mondfänger-Berge besuchen, wo die Jäger des Schicksalhaften Gedankens die

Grundsätze ihrer Geometrie in die Wände gemeißelt haben. Ihre bedeutendsten Theoreme peitschten sie in die Haut ihrer Feinde, doch nur wenige dieser Häute haben die Ankunft der Jotoki überstanden.«

Lismichi war es zufrieden, an dem Gespräch nicht teilzunehmen, doch nun wand sie ihren Schwanz zwischen Grreff-Nigs Beinen empor und ließ die Spitze auf- und abwippen. Das Gefühl lenkte ihn stark ab.

Ress-Chiuu ergriff erneut das Wort. »Hwass lieferte uns eine sehr beunruhigende Analyse der Lage auf W'kkai, aber er brachte außerdem ein höchst merkwürdiges Dokument, das dir vielleicht mehr sagt als uns. Unsere Ingenieure jedenfalls werden nicht schlau daraus – sie behaupten, ein ausgedehntes Forschungsprojekt sei erforderlich, um es in etwas zu übersetzen, das sie wenigstens lesen könnten. Während der Schmach von Ka'ashi bist du anwesend gewesen. Hast du jemals den Urin von Ulf Reichstein Markham gerochen?«

»Nur auf einer Brise, die von weit heranwehte. Er war ein wilder Sklave, der im Schlangenschwarm sein Unwesen trieb. Jedem Kzin, der seinen Kopf brachte, winkte eine Belohnung.«

»Nun ist er Interworld-Commissioner der Menschentiere. Uns gegenüber verhält er sich sehr merkwürdig: Er gibt Helden, die von Wunderland zurück nach Kzin kommen, Nachrichten für uns mit. Bisher haben wir ihn ignoriert.« Ress-Chiuu verfiel in den Spottfall. »Doch soll er nicht ignoriert bleiben; gemeinsam wollen wir die Galaxis mit tierhafter Neugierde und heldenhafter Disziplin erobern.« Der Admiral verstummte, als versuchte er, etwas Unverständliches zu begreifen. »In letzter Zeit deutet er immer offener an, daß er vielleicht mit uns zusammenarbeiten möchte – gegen Menschenheimat! Die Äffchen genießen es, sich gegenseitig zu verraten.

Was könnten wir verlieren, ermutigten wir ihn in seiner Narrheit?«

»Ihr besitzt Kontakte zu den Ästeschwingern? Auf W'kkai gibt es keinen.«

»W'kkaikzinti sind wie Wespen, sie schwärmen bei jedem Anstoß aus. Wir haben keine andere Wahl, als den Kontakt zu pflegen und unsere Patrouillen zur Zurückhaltung anzuweisen. Der MacDonald-Rishshi-Vertrag ist hier geschrieben worden. Dieser Vertrag bedarf der Anpassung, der Diskussion und des Zugeständnisses. Markham hat uns bei einigen Handelsgeschäften geholfen. Die Blockade schneidet uns ab, deshalb sind wir auf Menschenschiffe angewiesen, die unsere Frachten aufnehmen. Unser Handel wird erstickt, der ihrige floriert. Die Äffchen werden auf unsere Kosten reich. Wir machen ein wenig Geld, indem wir weggeworfene Abgüsse in einer kalten Ecke der Schmiede kühlen – doch das Geld gehört *ihnen*, und im Endeffekt wird es auch bei ihnen ausgegeben. Um unseren elenden Handelsinteressen den Weg zu glätten, haben wir Markham etwas Geld geschickt. Merkwürdigerweise hat er uns nun über Hwass nur ein Dokument zukommen lassen.«

»Hwass erwähnte einigen Unsinn. Ich will nicht unverschämt erscheinen – doch bot das Markham-Tier dem Patriarchat etwa nicht Unterwerfung und Tribut an?«

Ress-Chiuu erhob sich und begann, auf und ab zu schreiten. »›Unterwerfung und Tribut‹ ist keine korrekte Übersetzung des Wortes« – er brachte das Wort in verunstaltetem Englisch hervor – »›*Frieden*‹. Da kann ich dich nur an die Linguisten verweisen. Aber wir wollen uns hier gar nicht mit der Psychologie unverständlicher Fremdintelligenzen beschäftigen. Wenden wir uns lieber diesem Dokument zu, das keiner unserer Ingenieure versteht.« Er zog einen dicken Papierstapel hervor. »Das Dokument ist zur schnelleren Erfassung auch elektronisch zugänglich, aber ich möchte, daß du dich durch die Papierversion schnüffelst und mir rasch eine Beurteilung lieferst. Worum handelt es sich hierbei?«

»Jetzt?«

»Ja, jetzt!« fauchte Ress-Chiuu ungeduldig.

Grreff-Nig las hier und da, überschlug Seiten. »Gewissenhaft formuliert, in der förmlichen Grammatik der englischen Hochsprache«, stellte er fest. »Ich habe Schwierigkeiten, die Wörter auszusprechen, aber nicht, sie zu lesen.«

»Gut? Läuft es auf Gefasel über fremdweltliche Harmonien und Sphärenmusik und astrologisches Gefurze über vorausahnende Disteln hinaus – oder hat es irgendwelches rotes Fleisch in sich? Meine Ingenieure behaupten, das Dokument enthalte Gleichungen, doch die Notation ist ihnen unbekannt. Wie ich höre, gibt es bei den Äffchen Gleichungen sogar noch in ihren astrologischen Machwerken.«

Augenblicke später hob Grreff-Nig in höchstem Erstaunen die Schnauze. »Das ist eine Abhandlung über Hyperraummechanik!«

»Markhams gewundenes Gewäsch deutete auf dergleichen hin, aber wir sind einfach nicht bereit, an ein Äffchen zu glauben, das zu den Vögeln singt, während es über das Schlachtfeld marschiert.«

»Und was nun?«

»Lies weiter, du Auswurf einer lausgeplagten Kschat! Ist das Fleisch oder Feldsalat?«

Gehorsam las Grreff-Nig und wünschte sich währenddessen, er könnte Shakespeare-Newton an Hwass' Kdaptistenkreuz nageln, um sich von der Pein der menschlichen Notationssünden zu befreien. Patriarch und Hochadmiral warteten lautlos und wie erstarrt, als lauschten sie auf Beute, die sich durch das Buschwerk näherte. Lismichi rieb ihren Kopf gegen Grreff-Nigs Bein. Er fand eine Gleichung, die ihm bekannt vorkam, und übertrug sie in kzintische Schrift. Zwar ergab sie dann noch immer keinen Sinn, doch genau diese Gleichung hätte er verwendet, um eine Rotation in den Hyperraum zu beschreiben, wenn dergleichen eine Bedeutung besessen hätte.

Während Grreff-Nig arbeitete, befahl der Patriarch, einige Vatachs als Imbiß zu reichen. Diener ließen die kleinen Tiere im Saal frei, und der Patriarch hetzte Lismichi auf sie. Mit raffinierten Sprüngen und Windungen erlegte sie sie. Dabei rutschte sie über Teppiche und warf einige Stühle um. Ihren ersten Fang bot sie mit dem Maul dem Patriarchen dar und ließ ihn auf dessen goldenen Teller fallen, wo er den Vatach in Stücke riß. Er verschlang den Leckerbissen mitsamt Knochen, dann leckte er sich das Kinn und den Pelz ab, auf den das Blut gespritzt war. Die nächste Delikatesse ging an den Admiral, der sie weniger reinlich verspeiste. Lismichi leckte ihn sauber.

Nach einer dritten hektischen Jagd brachte sie Grreff-Nig den letzten Vatach, der sich unverletzt zwischen ihren Kiefern wand. Sorgfältig zerbrach sie ihm den Schädel mit den Zähnen, dann legte sie ihn behutsam vor Grreff-Nig auf den Teller. Der jedoch war zu aufgeregt, um Hunger zu verspüren. Er streichelte der Kzinrret den Kopf und stellte den Teller vor sie auf den Boden. Lismichi bekundete ihren Dank, indem sie mit der Hüfte gegen sein Bein schlug, schob einen Teppich beiseite, um diesen nicht zu besudeln, und verschlang ihren Fang auf dem Fußboden, peinlich darauf bedacht, kein Blut aufs Fell zu bekommen.

»Sie ist wirklich sehr stubenrein«, stellte der ehemalige Sklavenausbilder befriedigt fest. Er wußte dergleichen zu schätzen.

»Für ein Weibchen«, bellte der Patriarch.

Als Grreff-Nig mit seiner neuen Frau an der Leine dem Kdatlynoführer zurück in die Unterkunft folgte, nahm er keines der Wunder des Palastes bewußt wahr. Seine Gedanken überschlugen sich, während er über seine neuen Pflichten nachsann. Er war der hssinische Barbar, von dessen Entscheidungen plötzlich das Schicksal des Patriarchats abhing. Wie würde es verlaufen? Es würde einen neuen Krieg geben, so viel stand fest, und in diesem Krieg würden Kzin und W'kkai um das Territorium kämpfen, das von der kurzlebigen Menschenherrschaft befreit wurde.

Als sie in seinem Raum waren, beschnüffelte Lismichi die unvertraute Umgebung. Grreff-Nig rief eine Karte von Kzin auf die Bildschirmplatte und vergrößerte den kunstvollen Prachtbau, der seine neue Heimstatt werden sollte. Macht, Verantwortung und Respekt, wie èr sie nie zuvor erfahren hatte. Die Aussichten flößten ihm eine derartige Furcht ein, daß er kaum noch zu denken vermochte.

Ich bin zu alt, um Angst zu haben, sagte er sich.

Er packte seine Frau beim Genick und warf sie auf sein Bett, das ihm bislang zu groß erschienen war und nun zu klein wirkte. Nach den schrecklichen Monaten im Rätselgefängnis, wo nur Flüssignahrung und ein Wasserschlauch ihn am Leben erhielten und er auf dem steinernen Boden schlafen mußte, war es ihm ein pures Vergnügen, wieder eine Kzinrret zu haben, und dazu noch eine solch bezaubernde. Es hätte keinen Sinn gehabt zu versuchen, mit ihr Sex zu haben. Sie war nicht in Hitze und wäre nicht in der Stimmung gewesen. Wenn die Kzinrretti diesen bestimmten, köstlichen Geruch an sich hatten und voller Verlangen waren, entsprang dem Geschlechtsakt viel größeres Entzücken. Um das Leben wirklich genießen zu können, benötigte ein Held fünf Frauen mit passend gestaffelten Perioden.

Grreff-Nig löschte das Licht und warf einen letzten Blick auf die Ruinen des alten Palastes am Berghang. Er entkleidete sich und bettete seinen gewaltigen Leib an das zierliche Weibchen, um mit ihr zu kuscheln. Welche Ehre, eine Kzinrret aus dem Harem des Patriarchen zu erhalten! Grreff-Nig wollte liebevoll für sie sorgen. Lismichi leckte ihm zärtlich das Gesicht, und er mußte ihrer Zunge ausweichen. Das Leben war ein Vergnügen! Er nagte an ihren großen, geschmeidigen Ohren. Solche Schönheit verdiente er gar nicht.

Sie legte sich nieder, um in seinen Armen einzuschlummern. Ihr Fell roch noch leicht nach Holzrauch. Grreff-Nig konnte nicht schlafen. Ihn plagten zu viele Sorgen. Die Einsamkeit und Verzweiflung im Weltraum kamen ihm in den Sinn. *Damals war ich verrückt.* Er hatte seinen funktionsuntüchtigen Hyperraum-Shuntantrieb gehabt, seine Sklaven und eine vernichtete Welt, die ihn immer der Tödlichkeit der Äffchen von Menschensonne gemahnen sollte. Das Kuscheln mit Lismichi erinnerte Grreff-Nig nun an seine Tage mit dem Nora-Tier in dem nur noch schwach gegenwärtigen Palazzo auf jener Alptraumwelt Hssin.

Damals war sie bereits seiner Gewalt unterworfen gewesen: Die Erinnerung an ihre Vergangenheit hatte sie ebenso wie ihr Sprachvermögen verloren. Sie war nicht mehr jene furchteinflößende Kriegerin gewesen, die eine komplette kzintische Schiffsbesatzung getötet hatte –

und obendrein beinahe ihren Ausbilder-der-Sklaven. Friedsam und scheu war sie gewesen, wie eine junge Kzinrret, die sich neugierig mit ihrer ungewohnten Umgebung vertraut macht, die lernte, wie man fauchte, wie man wütend würde, wie sie ihr Fell pflegen und um Futter und Aufmerksamkeit betteln mußte. In vielerlei Hinsicht hatte Nora an eine junge Kzinrret denken lassen: mit wilder Treue hatte sie ihre Kinder beschützt – und sich doch von allen Kzinrretti unterschieden. Sie war anders gewesen. Seltsam, wie man dazu kommen konnte, für Sklaven Gefühle zu empfinden.

Die ganze Zeit über hatte Grreff-Nig neben ihr geschlafen, hatte sich an sie geschmiegt, wie er sich nun im Dunkeln an Lismichi schmiegte. Welch eigenartige Beziehung! Sex hatte es nie zwischen ihnen gegeben – Sex zwischen Kzin und Menschentier war so unmöglich wie zwischen Kzin und Jotok. Nora war nie in Hitze geraten und roch völlig falsch, so daß Grreff-Nig sie niemals begehrt hatte. Dazu kam, daß sie die häßlichsten Ohren hatte, die man sich an einem Tier vorstellen konnte. Aber er hatte sie gebraucht. Ihr weiches Fell zu streicheln, hatte er geliebt. Und sie hatte ihn gebraucht, um in der gefährlichen Umwelt, von Giftgasen umschlossen, zu überleben. Als sie mit dem begrenzten Sprachapparat, den er ihr gelassen hatte, wieder zu reden lernte, hatten ihre ersten Worte in dem gebrochenen Sklavenidiom gelautet: »Mein Held.« So naiv und treu, wie nur ein Sklave sein kann, war das Nora-Tier ihm überallhin gefolgt.

Grreff-Nig sann über das Töten von Sklaven nach; während er an diesem geheiligten Ort lag, wo einstmals Jotoki gnadenlos ihre versklavten Kzinti ermordet hatten, versuchte er sich vorzustellen, er sei ein Sklave, der von seinem Herrn getötet wurde. Das war unmöglich. So unmöglich, als versuchte man sich vorzustellen, ein Tier zu sein. Viele Kzinti töteten Sklaven. Jotoki schmeckten köstlich. Es gab keinen besseren Sofabezug als Kdatlynoleder. Kaum waren sie auf Kzin angekommen, machte Hwass-Hwasschoaw schon eine Quelle für Menschensklaven ausfindig, die vor langer Zeit als exotischer Luxus von Wunderland importiert worden waren – und er würde sie häuten, um Masken für die Zeremonien zu Ehren seines Einen Gottes herzustellen. Teure Masken, doch das mußte Hwass selber wissen.

Einen Sklaven am Leben zu lassen war moralisch nicht unbedingt notwendig.

Und dennoch hatte Grreff-Nig sein Nora-Tier sehr gern gemocht. Selbst auf W'kkai hatte sie noch Stunden damit zugebracht, ihm die Kletten aus dem Fell zu bürsten. Ihr Spötteräffchen war vermutlich der einzige Sohn, den er je haben würde. In seiner Leber war das Äffchen ein Krieger. Ein Kzin konnte es ertragen, keine Söhne zu haben. Er konnte wütend werden, wenn andere Kzinti seine hilflosen Söhne niedermetzelten, als wären es wertlose Sklaven. Einige seiner besten Freunde hatten die Ohren anderer Freunde am Gürtel getragen. Das Nora-Tier war eine Kzintimörderin, und sie hatte ihm so viel Furcht eingejagt, daß er auch Gras gefressen hätte, um sie wieder zu besänftigen. Ihr Sohn war ein Krieger. In seiner Jugend hatte Grreff-Nig sich einreden lassen, ihm sei es bestimmt, ein überragender Sklavenausbilder zu werden. Aber es würde wenigstens zehn Generationen dauern, um wahrhaft unterwürfige Menschensklaven zu züchten. Es würde gelingen – doch Grreff-Nig würde es nicht mehr erleben.

Ein Bild trat ihm vor Augen: Spötteräffchen, der über das Gras auf ihn zustürmte. Grreff-Nig liebkoste seine schlafende Kzinrret. Vielleicht würde er doch noch andere Söhne haben. Er war froh darüber, das Nervengas in den Zäpfchen heimlich gegen Kohlendioxid ausgetauscht zu haben. Immer wieder versicherte er sich, es nur deswegen getan zu haben, weil Hwass' Plan letzten Endes dumm gewesen sei. Durch perfiden Verrat an der Singularitätsgrenze von Kzinsonne ein hyperangetriebenes Schiff zu kapern, hätte eine Million von Kriegern herbeigerufen, die doppelt so groß waren wie Spötteräffchen, und das zu einer Zeit, in der das Patriarchat Schwäche zeigte.

Und Grreff-Nig war ein Feigling.

KAPITEL 21

(2438 n.Chr.)

Das Schiff durchschnitt den Hyperraum. Major Clandeboyes Piloten hatten die Steuerung übernommen und strahlten vergnügt wie Kinder bei einem Dragsterrennen. Irgendwie hatten sie den Austausch gefinagled. Nora und die Kinder befanden sich bei ihnen, und sie alle waren nun vor den beiden furchterregenden Kzinti sicher. Die Befreiten befanden sich im ungenutzen Raum hinter der Kabine. Trotzdem ließ ein ungutes Gefühl Yankee nicht los. Hwass hätte seinen Haß niemals leichthin abkühlen lassen. Überall konnte sich eine tödliche Falle befinden. Wenn dem so war, dann mußte Yankee sie finden – und zwar sofort.

Die Lebenserhaltungsanzeigen für Nora zeigten grünes Licht. Auch die Kinder befanden sich im grünen Bereich. Alle atmeten sie verlangsamt. Die Luft war gut, wenngleich ein wenig zu kohlendioxidhaltig, aber in einem kleinen Schiff konnte das leicht geschehen. Es roch zudem sehr stark nach kzintischen Körperausdünstungen. Obwohl bei der Verlangsamung des Stoffwechsels kein Kälteschlafverfahren zur Anwendung kam, machte sich Yankee Sorgen. Es handelte sich immerhin um kzintische Technik, und wer konnte schon sagen, wie gut sie an den menschlichen Stoffwechsel angepaßt worden war?

Yankee konnte nicht anders – er mußte Nora einfach wach erleben. Von dem Gedanken war er fast besessen. Und deshalb leitete er bedächtig und voller Umsicht den Wiedererweckungsvorgang ein. Noras Körpertemperatur stieg an. Allmählich nahm der Herzschlag zu. Sie atmete tiefer und weniger schwerfällig: alles genauso, wie der Kzin versprochen hatte. Er hatte behauptet, Menschen könnten nicht so stark verlangsamt werden wie Kzinti und würden deshalb rascher wieder erwachen. Da die Muskeln mechanisch gestärkt wurden, sei eine anschließende Physiotherapie nicht erforderlich. Wenn der Kzin gelogen hatte, so ahmten die verabreichten Drogen die Erholungsfunktion des Schlafes nach und stabilisierten das Gedächtnis. Wegen der Zeitdiskontinuität würden sie desorientiert erwachen, aber die normalerweise abstumpfende Belastung der Sinne durch Übersättigung würde ausbleiben. Bei der Wiederbelebung würden ihnen alle Farben grell, alle Gerüche stark vorkommen, aber der Verstand würde nur darauf warten, sich auf das erste auftauchende Problem zu stürzen.

Das klang fast zu gut, um wahr zu sein. Andererseits benutzten die Kzinti schon seit Jahrtausenden derartige Verfahren.

Als die Truhe normale Werte anzeigte, hob Yankee seine Cousine heraus. Sehr gemischte Gefühle tosten in ihm. Er wußte, daß sie versehrt war, doch der schlafenden Nora war nichts anzumerken. Ihre Nacktheit berührte Yankee peinlich, aber die Muskelstraffer erforderten dies. Noras Pelz hingegen weckte Entsetzen in ihm. In ihrem Gesicht sproß überall dort ein feiner Flaum, wo einem Mann der Bart wuchs. Ein dichterer, rötlichbrauner Pelz aber war überall dort, wo Schimpansen Fell hatten.

Er bemerkte nicht, wie sie erwachte; als er sie ansah, schaute er nicht in die Augen einer Schwachsinnigen, sondern in ruhige, gelassene Augen, mit denen sie die Kabine musterte, und erst dann nahmen sie einen entsetzten und verängstigten Ausdruck an. Bevor Yankee reagieren konnte, befand Nora sich in höchster Aufregung. Mit kzintischnellen Bewegungen huschte sie in die sicherste Ecke, von wo aus sie ihn mit tiefem Verdacht und höchster Feindseligkeit anstarrte, die Arme in Abwehrhaltung erhoben. Yankee war völlig überfordert. Das war die Cousine, die er ein Leben lang gekannt hatte; ihr Gesicht wirkte älter, aber noch immer jugendlich – sie hatte den gleichen prächtigen Haarschopf, die gleichen Grübchen, nur das widernatürliche Fell war ungewohnt. Ganz eindeutig erkannte sie ihn nicht. Merkwürdigerweise fühlte er sich vor den Kopf gestoßen – doch das war absurd. Schließlich wußte er bereits, daß ihr Gedächtnis zerstört worden war.

»Nora«, sprach er sie so sanft er nur konnte an.

Sie zischte. Sie bedrohte ihn; sie war bereit, ihn anzugreifen, sie fürchtete sich, aber sie war tapfer.

Jay ergriff plötzlich das Wort. Er sprach ruhig, mit bedächtigem Ernst, und seine Stimme klang nicht im geringsten bedrohlich. »Yankee, du hast eine gereizte Tigerin hier drinnen freigelassen. Mach etwas. Wirf ihr ein paar Kleider zu.«

»Nora, alles ist in Ordnung.«

Mittlerweile hatte sich auch Beany mit seiner Liege herumgeschwenkt. »Nichts ist in Ordnung, Yankee. Du bist doch noch nie Mutter gewesen. Sie ist rasend vor Sorge um ihre Kinder. Sie ist bereit, uns zu töten.«

Blitzschnell entschied sich Yankee und ging langsam zu den Schlafzellen. Er mußte Nora zeigen, daß mit den Kindern alles in Ordnung war. Keine einzige seiner Bewegungen entging ihren Augen. Bedächtig löste er die Sequenz aus, die den ältesten Jungen wiederbelebte. Es schien ewig zu dauern. Nicht einen Augenblick lang entspannte sich Nora aus ihrer Kampfhaltung. Sobald es ging, zog Yankee die Schublade heraus, damit Nora ihren Sohn atmen sah. Dann hob er den Jungen hoch – er war schätzungsweise acht –, und brachte ihn vorsichtig in eine Sitzhaltung.

Reglos wie eine Statue fauchte Nora eine Art Warnschrei.

Spötteräffchen wußte nicht, wo er war. W'kkai? Nein. In einem Schiff, vom Anblick der Sterne abgeschottet. Netter-Gelbers sagenhafter Hyperraum? Es roch stark nach Kzin. Aber eine kzintische Fähre war das nicht. Seine geliebte Prrt war hier und hatte große Angst. Außerdem waren drei Monstren in der Wahren Gestalt anwesend. Kein Netter-Gelber. Wieso konnte er die Gegenwart und das Vergangene nicht miteinander in Zusammenhang bringen? Noch gellte ihm der Warnschrei seiner Mutter in den Ohren.

Seine Nerven waren zum Zerreißen gespannt; nichts entging ihm, keine einzige Bedrohung, und er duckte sich zum Sprung. Die feindlichen Monstren der Wahren Gestalt waren alle größer als er, größer als seine hilflose Mutter. Einer stand, zwei saßen, und alle drei gaben sie leise Laute von sich, wie Sklaven. Sie waren überrascht, sie waren nicht auf ihn vorbereitet. Er hatte nur ganz kurz Gelegenheit zum Angriff. Es herrschte Schwerelosigkeit. Spötteräffchen atmete tief durch und rief sich alles in Erinnerung, was Netter-Gelber ihn je gelehrt hatte. Wie man tötete. Er holte noch einmal Luft und sprach ein stilles Kdaptistengebet. Vor ihm befanden sich Feinde Kzins. Er sprang.

In einer graziösen Bewegung packte er die Piloten beim Haar und knallte ihnen die Schädel zusammen; dann stieß er sich von der Wand ab und stürzte sich auf den Dritten, schlang ihm den Arm um den Hals und drückte so fest er konnte zu, bis der Mann das Bewußtsein verlor. Die Stärke eines Kriegers! Er hatte schon einmal gesehen, wie gut sich Beschleunigungsliegen dazu eigneten, Gefangene daran zu fesseln. Wenn die Feinde erwachten, würden sie sich keinen Fingerbreit rühren können. Spötteräffchen stieß den Triumphschrei der Helden aus. Sieg für den Patriarchen! Dann ging er zu seiner Mutter, um sie zu trösten.

Als Yankee das Bewußtsein wiedererlangte, hatte er Halsschmerzen und war an Händen und Füßen gefesselt. Sehen konnte er alles. Mit der Neugier eines Affen untersuchte Nora die Schlafmaschinen. Hier berührte sie, dort drehte sie etwas. Als der Junge ihr helfen wollte, knurrte sie ihm eine Warnung zu.

»Nora! Wir sind deine Freunde«, beschwor Yankee sie.

Sie zischte ihn bedrohlich an. Sorgfältig, sich an jede Bewegung erinnernd, die sie gesehen hatte, befreite sie ihre Kinder – die zwischen vier und acht Jahren alt waren.

Kaum war sie fertig, hatte sich die Kabine in ein Pandämonium verwandelt, in dem sieben Wilde ihr Unwesen trieben und drei Offiziere hilflos an ihre Liegen gefesselt waren. Yankee versuchte es bei dem Kriegerjungen mit Englisch; Jay und Beany probierten es mit anderen Sprachen. Der nackte Junge erwiderte etwas, das fast so klang wie Kzinti.

Yankee, der als einziger wenigstens das eine oder andere Wort der Heldensprache verstand, berichtete seinen Piloten, was er gehört zu haben glaubte. »Er hat gesagt, daß er uns töten wird. Ich vermute, er will wissen, was mit seinen kzintischen Freunden geschehen ist. Wenn wir sie nicht herbeizaubern, dann enden wir als Mittagessen.«

»He, Junge! Siehst du denn nicht, daß wir Menschen sind?« rief Jay flehend.

»Das ist wahrscheinlich das Problem: Er sieht, daß wir Menschen sind.«

Nora fand die Lebensmittel; eine gute Ablenkung. Alle Kinder werden irgendwann hungrig. Doch allzu lange würde der Vorrat nicht ausreichen. Mit Hyperantrieb waren sie neunzig Tage von Barnards Starbase entfernt. Das Schiff war zu klein. Laut Plan sollten sie aus dem Hyperraum austreten, per Hyperwelle ein »Juhu!« senden und von der *Abraham Lincoln* geborgen werden. Irgendwann würde die Automatik sie aus dem Hyperraum fallen lassen. Dann konnten sie bis in alle Ewigkeit durch den interstellaren Raum treiben.

Als die Blenden sich zu den Sternen öffneten, erlangte Spötteräffchen Gewißheit, daß sie sich im Hyperraum befanden. Den Sternenhimmel von W'kkai kannte er aus dem Hyperraum und vom Boden. Bis vor kurzem hatte er mit Netter-Gelber viel Zeit im Observatorium verbracht, und so erkannte er die Sternbilder wieder. Er musterte sie mit geschäftsmäßigem Interesse. Die helleren Sterne standen mehr oder minder dort, wo sie stehen sollten, einige der schwächeren fehlten jedoch. Sie waren nicht bei W'kkai. Sein Blick folgte den wegweisenden Sternen und suchte nach der wichtigsten Sonne am Himmel – Kzin. Sie fehlte – sie stand nicht einmal in der Nähe. Aha – das konnte nur bedeuten, daß sie sich ganz dicht bei Kzin befanden. Spötteräffchens Herz machte einen Sprung. Vielleicht hatte er noch eine Chance!

Sorgfältig suchte er den Himmel nach den hellsten Sternen ab. Achtern fand er einen sehr, sehr hellen, der dort nicht hätte stehen dürfen. Das mußte Kzin sein!

Nun wußte Spötteräffchen, wohin er wollte. Seine Gefangenen miauten in ihrer komischen, klagenden Sprache. Er schenkte ihnen keine Beachtung. Hwass, der Retter Netter-Gelbers, hatte ihm genug über diese Sünder erzählt!

Einen Moment lang wurde er durch ein Gezänk der Babys abgelenkt. Er übertrug Schnelltier die Aufgabe, sich um sie zu kümmern. Nacktgesicht, Spötteräffchens Zwillingsschwester, folgte nichtsnutzig der Mutter auf Schritt und Tritt. Seine Mutter wiederum war eine einzige Last, aber es war seine Pflicht, sich um sie zu kümmern. Amüsiert beobachtete er sie. Sie fummelte den Gefangenen an den Lenden, um sich ihre Geschlechtsteile zu betrachten. Spötteräffchen knurrte ihr eine Warnung zu. Fummeln wollte er ihr gestatten; eine Befreiung nicht. Sie knurrte zurück. Dreiste Mutter!

Jetzt mußte er nur noch lernen, wie man das Schiff lenkte. Schwer-zu-fangen hatte sein ganzes Wissen über Mechanik an Spötteräffchen weitergegeben. Der Junge war stolz darauf, alles Erdenkliche reparieren zu können, obwohl er nicht über fünf Arme verfügte. Eingehend betrachtete er die Kontrollinstrumente und versuchte, Rückschlüsse auf ihre Funktionen zu ziehen. Keinen Augenblick lang empfand er irgendwelche Versuchung, willkürlich zu ziehen und zu drücken und zu drehen, um zu sehen, was geschah. Er wußte es besser. Er begann, die Instrumente zu demontieren, um zu erfahren, wie sie funktionierten.

Seine *Kz'eerkt*-Gefangenen reagierten mit außerordentlicher Aufregung – aber selbstverständlich vermochten sie nichts zu unternehmen. Spötteräffchen arbeitete weiter – er rätselte und achtete sorgfältig darauf, nichts zu zerbrechen oder kurzzuschließen. Das hier war auch nicht schlimmer als ein w'kkaiisches Rätselspiel. Was er überhaupt nicht verstand, das ließ er zusammengebaut. Er wollte nur die Maschine auf Kzin richten und starten.

Stunden später war er noch immer bei der Arbeit; er konzentrierte sich, wie er sich noch nie in seinem Leben konzentriert hatte. Die Babys benahmen sich immer unbändiger. Trotz aller Anstrengung begriff Spötteräffchen überhaupt nichts. Seine Mutter hatte den Gefangenen Wasser in den Mund gespritzt und beobachtete nun gespannt, ob es gelb würde und, genau wie bei ihren Söhnen, wieder aus den überdimensionalen Penissen herausströmte. Während der langen Wartezeit hatte der Pelz, der den Gefesselten auf den Gesichtern zu wachsen begann, ihre Aufmerksamkeit auf sich gezogen. Als sie Spötteräffchen störte, um ihm den Pelz zu zeigen, knurrte er sie wütend an.

Ganz gleich, wie sehr er sich auch bemühte, er konnte den Drähten und kleinen Kistchen und mechanischen Verbindungen keinen Sinn entnehmen. Er konnte nicht einmal die Instrumente ablesen oder die Bildschirme dazu bringen, sich zu erhellen. Wäre Schwer-zu-fangen doch hier, um ihm alles zu erklären! Sogar Netter-Gelber hätte gewiß Antworten auf seine Fragen. Nur er, er verstand *nichts!* Spötteräffchen war zornig und bezähmte seine Wut, wie es Netter-Gelber ihm für den Kampf gezeigt hatte. Ganz wichtig war es, daß er nichts kaputtmachte! Er wußte genau, daß er sonst die Familie dem Tod überantwortete. Er wußte auch, wohin er sie alle bringen sollte, aber nicht, wie es zu bewerkstelligen war.

Tränen sammelten sich in seinen Augen, und er mußte sie abschütteln. Aber es hatte keinen Sinn. Er schluchzte vor Enttäuschung.

Seine Mutter verlor das Interesse an den Gesichtspelzen der Affen. Sie kam zu ihm und umschloß ihn mit den Armen. Spötteräffchen versuchte sie wegzustoßen, aber in Wirklichkeit wollte er gar nicht, daß sie ihn allein ließ. Zwar war sie sehr dumm, doch eine unübertroffene Trösterin. Also ließ er sich von ihr festhalten und weinte.

Yankee begriff die Enttäuschung des Jungen vollkommen. Der Major war so fest verschnürt, daß ihm allmählich die Füße einschliefen. Tränen des Mitleids traten ihm in die Augen, bis er nur noch durch einen wäßrigen feuchten Schleier blinzeln konnte. Die ganze Zeit über hatte er den Jungen beobachtet, zuerst mit Entsetzen, dann voller Bewunderung. Das Kind war ein mechanisches Genie. Das allerdings half ihm auch nicht: Die Kodes kannte er nicht, und das Schiff war kzintisicher. Kein Fremder hätte es steuern können. Was würde wohl mit ihnen geschehen?

Er sah Nora nur verschwommen, wie sie den Kopf ihres Sohnes an ihre Brüste drückte und Yankee anstarrte. Sanft und mit tröstendem Schnurren verließ sie ihren etwas beruhigten Sohn. Sie kam zu Yankee und starrte ihm in die Augen. Vielleicht erstaunte sie es, daß ihm das Wasser aus den Augen floß und nicht aus seinem Penis. Mit dem Finger berührte sie den Tränenstrom und kostete ihn. Dann leckte sie ihm mit der Zunge die Augen sauber. In ihr Gesicht war die Furcht zurückgekehrt, aber diesmal wirkte die Furcht verschlagen. Nora lächelte – kein wildes kzintisches Grinsen, sondern ein menschliches Lächeln, bei dem sich die Grübchen zeigten. Diese Frau wollte etwas von dem Mann, den sie fürchtete, und war sich nicht sicher, ob sie es bekäme, also setzte sie all ihren Charme ein.

Mit der Intelligenz von jemandem, der weiß, daß er niemanden um Hilfe bitten kann, begann sie, Yankee die Fesseln zu lösen. Der Junge sprang ernüchtert herbei, um sie aufzuhalten. Mit einem gereizten Fauchen stieß sie ihn zurück. Der noch nicht völlig befreite Yankee sperrte den Mund auf, als der Junge sie mit raschem kzintischen Gekläff anzuflehen begann. Der Major konnte es Nora am Gesicht ablesen, daß sie nicht eines der Worte ihres Sohnes begriff. Während sie unermüdlich an den Fesseln hantierte, lächelte sie abwechselnd Yankee zu und fauchte ihren Sohn an wie ein Kzin.

Zusammen mit Brüdern und Schwestern zog der Junge sich zurück, um zu schmollen. Yankee tastete sich die Beine ab. Sie waren taub und schmerzten, wenn er versuchte, sie zu benutzen. Aber unter Schwerelosigkeit benötigte er sie nicht. Eilig inspizierte er das Instrumentenbrett – keinerlei Schaden. Der Junge hatte nicht versucht, klüger zu sein als er war. Deshalb rief er ihn herbei und hieß ihn, ihm beim Zusammenbau zu helfen. Er lächelte den Jungen an – menschlicher Instinkt war ihre einzige gemeinsame Sprache. Der Junge half ihm furchtsam, aber er lächelte nicht zurück.

»He, hol uns aus diesen Kokons raus!« beschwerte sich Jay.

»Immer langsam mit den jungen Pferden!« Redewendungen können innerhalb einer Sprache unbegrenzt überleben. Yankee schaltete den Hypersender ein und rief das Bergungsschiff herbei, das irgendwo in der Nähe, kaum ein Zehntellichtjahr entfernt, auf sie warten mußte, wie es zuvor abgesprochen worden war. Yankee erhielt Antwort – eine aufgeregte Antwort. Stellare Bezugspunkte wurden ausgetauscht. Die *Abraham Lincoln* machte sich auf den Weg.

Nun mußte Yankee sich um den Jungen kümmern. Er schaltete ein Spiel namens *Brick Bradfords Schrumpfsphäre* auf alle Bildschirme. Der Spieler wurde in einen fraktalen, porösen Schwamm in unfaßbaren Farben und

Umrissen versetzt. Brick Bradford konnte seine Sphäre frei durch Poren steuern, und weil jede Fläche porös war, konnte er jede Wand durchdringen, indem er seine Sphäre schrumpfen ließ. Der erschütterte Junge war völlig gefesselt, als Yankee ihm das Spiel erklärte.

Der Major brauchte einen Namen, mit dem er das Kind ansprechen konnte, aber in der Heldensprache nach einem Namen zu fragen, war eine äußerst delikate Angelegenheit. Wenn ein Kzin einen Namen besaß, setzte man das eigene Leben aufs Spiel, wenn man ihn nach seinem Beruf fragte. Hatte er jedoch nur einen Beruf, war nicht einmal die *Annahme* gestattet, er könnte sich bereits einen Namen verdient haben. Wer kannte schon das für einen Sklaven angemessene Protokoll?

Yankee setzte die Kopfhörer auf und besprach sich mit dem Translator des Schiffes. Die Maschine lieferte nur vage Hinweise. Also versuchte er es mit seinen besten Zisch- und Fauchlauten. »Du hast die Ehre, mit Yankee-Clandeboye zu sprechen.« Bescheidenheit wäre vollkommen fehl am Platze gewesen. »Und ich werde dich anreden müssen.«

Der Junge war kein Krieger mehr. Er blickte zu Yankee hoch. »Kz'eerkttt«, antwortete er zaghaft. Am Ende des Wortes gab es einen abgehackten glottalen Knirschlaut. Der Junge sprach mit der Stimme eines verstörten Sklaven, der sich seiner Stellung im Leben ungewiß ist und nicht einmal mit Sicherheit sagen kann, ob er noch ein Leben besitzt. Die Maschine glaubte anscheinend, sein Flüstern als »die Schliche eines Äffchens« übersetzen zu können.

Yankee wußte nicht genau, ob es sich nun um einen Fluch aus der Heldensprache handelte oder um den Namen des Jungen. Wahrscheinlich beides. »Okay. Wir wollen dich Sir Monk Argamentine nennen.« Er nahm den Jungen bei der Hand und zeigte ihm, wie man im »Befehlsfeld« über der Tastatur mit den Fingern wedeln mußte, um sich durch den buntscheckigen Schwamm zu bewegen, und wie man die Sphäre zum Schrumpfen brachte, um in die Poren der einzelnen Wände eindringen zu können. Auf diese Weise gab Yankee dem Jungen ein wenig von der Selbstbeherrschung zurück, die er eingebüßt hatte. Monk war vielleicht nicht imstande, einen Hyperantrieb zu beherrschen – aber er vermochte ein mathematisches Schiff durch die Tiefen des Fraktalraums zu lenken.

Dann erst befreite Yankee, sehr zu ihrer Erleichterung, Jay und Beany. Lieutenant Nora Argamentine registrierte jede einzelne seiner Bewegungen. *Sie ist sehr klug*, begriff er. *Sie hat soeben eine ausweglose Pattsituation beseitigt.* Aber sie war nicht mehr die Nora, die er gekannt hatte. Das brach ihm das Herz.

KAPITEL 22

(2438 n.Chr.)

Die UNSN *Abraham Lincoln* glitt langsam an ihren Liegeplatz in der Umlaufbahn über der kahlen Oberfläche von Barnards Starbase. Ihre Ankunft war von der ARM als streng geheim klassifiziert worden. In der Empfangslounge unten auf dem Mond saß Chloe Blumenhandler neben einem sehr nervösen General Lucas Fry und beobachtete den Andockvorgang durch die Kamera des Lotsen. Chloe war hochschwanger und hatte ihren Ehemann seit sieben Monaten nicht mehr zu Gesicht bekommen. Reisen durch den Hyperraum gingen schnell, aber so schnell nun auch wieder nicht: um ein Lichtjahr zurückzulegen, benötigte man drei Tage. Fry hatte Nora seit achtzehn Jahren nicht mehr gesehen.

Ein Lautsprecher gab einige Takte aus Beethovens Fünfter von sich.

»Das ist für mich«, sagte Fry und zog das Comm-Set aus dem Infocomp an seinem Gürtel. »Hier Lucas.« Er lauschte einen Augenblick, dann wandte er sich an Chloe. »Es ist Yankee!« Er schaltete den Lautsprecher ein. »Gut gemacht! Sauber. Wir werden dich vergolden und oben aufs UN-Gebäude setzen!«

»Finagle hat dir noch nicht die Hälfte der Wahrheit erzählt. Ich rufe voraus, um dich zu warnen. Nora wird dich nicht mehr wiedererkennen.«

»Das weiß ich selber«, entgegnete der General schroff.

»Trotzdem ist es ein Schock. Weißt du, ich glaube, daß sie mich nach all dem Ärger links liegen läßt, den ich bei ihrer Befreiung hatte. Eine Sekunde lang war ich empört – sie hat das immer gemacht, als wir noch Kinder waren. Wenn sie wütend auf mich war, hat sie mich ignoriert. Ich habe es gehaßt.«

»Ja. Nun, ich bin aus härterem Metall gegossen als ihr feinfühligen Flatlander. Wie geht es ihr?«

»Sie ist kzingesund. Im Moment haben wir hier gewisse Schwierigkeiten. Sie reißt sich die Kleider schneller vom Leib, als du sie ihr anziehen kannst. Dickköpfig ist sie. Und sie mag definitiv keine Kleider. Für den Empfang werden wir sie in einen Overall einnähen müssen.«

»Klingt ganz nach Nora.«

»Das versuche ich dir ja gerade zu sagen, Lucas. Es ist nicht Nora. Ich habe jetzt drei Monate lang mit ihr auf engstem Raum zusammengelebt und kann dir nicht sagen, wer zum Teufel sie eigentlich ist!«

»Ist der Hirnschaden so schlimm?«

Yankee wechselte das Thema. »Ich habe gehört, man will ihretwegen Dr. Hunker einfliegen. Ist er angekommen?« Dr. Hunker arbeitete für das Institut für Wissenschaften auf Jinx. Er gehörte zum Boosterspice-Team und war Spezialist für die Umkehrung der Neuronenalterung.

»Ja, er ist schon da. Wie schlimm ist der Schaden?«

»Ihre Intelligenz ist nicht im mindesten betroffen. Sie ist so helle wie ein Messingknopf. Sie denkt nur nicht mehr in Worten. Was immer Intelligenz ist, mit Sprache hat sie nichts zu tun.«

»Man kann aber nicht ohne Wörter denken, Yankee.«

»So? Dann versuch mal, mit Wörtern einen Ball zu fangen. Du meinst vielmehr: Wörter ermöglichen die Kommunikation. Ein Eremit braucht auch keine Wörter.«

»Sie kennt überhaupt keine Wörter?«

»Ich war nicht in der Lage, ihr auch nur ein einziges englisches Wort beizubringen. Sie kennt ein wenig

Kzinti-Geplapper, aber nicht viel. Mich nennt sie den ›Haarlosen Helden‹. Das ist eine tödliche Beleidigung, aber sie sagt es mit einem Lächeln. Ihre Grübchen hat sie noch.«

»Sie kann lächeln?« General Fry griff nach Strohhalmen.

»Darauf kannst du wetten. Ihr Spezialgebiet ist das Streichespielen. Das Lächeln gehört zu Nora, weil ihr das Gesicht gehört, aber es ist nicht *Noras* Lächeln. Es ist weniger gehemmt. Nora war schüchtern. In dieser Dame ist nicht ein Hauch Schüchternheit. Als sie mich das erstemal sah, interessierte sie sich bei weitem mehr für meinen seltsam aussehenden Penis als für mich.«

Chloe kicherte laut und legte prustend beide Hände vor den Mund.

»General, du kicherst wie ein Eunuch«, meckerte Yankee.

Chloe ergriff das Comm-Set. »Ich bin's, Dummchen. Glaubst du etwa, ich wäre nicht hier, um auf dich warten?«

»Solange dein Vater nicht in der Nähe ist. Es tut so gut, deine Stimme zu hören. Was macht das Kleine?«

»Tritt mich kräftig«, antwortete sie stolz.

»Sie wachsen zu Monstren heran, weißt du. Ich habe hier einen Achtjährigen, der ist nur halb so groß wie der General und doppelt so schlau. Er hätte mich beinahe über die Schulter geschmissen und nach Kzin zurückgeschleudert.«

»Wovon sprichst du?«

»Von einem meiner Mißgeschicke. Eines Tages erzähl' ich dir mehr davon.«

Der General mußte mit Chloe ringen, um sein Comm-Set zurückzubekommen. »Wie geht es Noras Gören?«

»Die drei Jungen sind normal. Die drei Mädchen sind

ein wenig ... unterbelichtet. Hirnschäden. Jetzt gib mir meinen Schatz zurück.«

»Hör auf zu schwätzen!« forderte Chloe. »Komm auf der Stelle hierher runter.«

»Dann muß ich aus der *Lincoln* springen und auf dem Kom-Strahl hinunterreiten.«

ARM-Wachtposten brachten Nora zur Oberfläche hinab. Man hatte ihr ein ›Sperrquartier‹ eingerichtet, das gemessen an den Verhältnissen innerhalb der Starbase sehr geräumig war. Yankee hatte im Vorfeld arrangiert, daß Noras bizarres Mobiliar aus der *Nistenden Reißzahnmutter* als Einrichtung verwendet wurde. Medizinisches Personal und medizinische Ausrüstung wurden an Ort und Stelle gebracht, dazu Lehrer, Psychologen, Kindergärtner. Aber keine Presse: es herrschte absolute Zensur.

Chloe war eine der wenigen Personen, die rasch Zugang zu Nora fanden. Sie fühlte sich zu dieser Kriegsheldin hingezogen – einer Frau, die den Mut besaß, mit so gut wie bloßen Händen Kzinti anzugreifen. Eine Mutter war Chloe gestorben. Diese ›Ersatzmutter‹ war lediglich versehrt. Chloe hatte sich fest entschlossen, sich mit Nora anzufreunden und eine Möglichkeit zu finden, ihr das Sprechen wieder beizubringen.

Und Nora fühlte sich im Gegenzug zu Chloe hingezogen. Während des Lebens, an das sich Nora noch erinnern konnte, war sie die meiste Zeit schwanger gewesen; an die Zeit vor Beginn ihrer Schwangerschaften vermochte sie sich nicht mehr zu erinnern. In ihrer Vorstellung war sie die einzige gebärende Frau im ganzen Kosmos gewesen, und der Gedanke, daß ihre eigenen Töchter später selber Kinder entbinden könnten, wäre ihr irreal und phantastisch erschienen. Ihre erste Reaktion auf Chloe bestand darin zu versuchen, ihr das Umstandskleid vom Leibe zu reißen und den geschwollenen Bauch zu betrachten. Nora mochte Kleider überhaupt nicht.

Die Posten hielten Nora zurück, aber Chloe wußte, wie sie mit der Situation umzugehen hatte. Als sie ein paar Stunden später in einem abgeschiedenen Raum erneut zusammengebracht wurden, zeigte die werdende Mutter der erfahrenen Mutter, was diese zu sehen wünschte, nahm Noras Hand und hielt sie an die Stelle ihres Bauches, an der sie die Tritte ihres Babys spürte. Von diesem magischen Augenblick an bestand ein Band zwischen ihnen. Chloe war die einzige, die Nora zu trösten vermochte, als ihr das Fell auszufallen begann.

Die Psychologen plazierten zahlreiche Gegenstände, um die Wechselwirkungsmodi ihrer Patienten beobachten zu können. Nora liebte alle Bilderbücher und genoß es besonders, neue zusammen mit Chloe zu erkunden. Die Lieblingsbücher zeigte sie sodann ihren Kindern. Nora liebte es, mit ihrer vierjährigen Tochter das Spiel mit den russischen Eiern zu spielen: Sie entfernte das äußerste Ei und reichte das darin steckende an ihre Tochter, die sodann das nächste entfernte und das Spiel an die Mutter zurückgab. Wenn sie schließlich das winzige Huhn erreichten, lachten sie beide laut, steckten es in das kleinste Ei zurück und begannen, die Eier eins nach dem anderen wieder zusammenzustecken. Immer und immer wieder.

Nora verrammelte auch gern die Tür mit Stühlen, damit die Psychologen nicht hereinkamen, riß sich die Kleider vom Leib und jagte Chloe mit einem Paar VR-Brillen in der Hand um das Vierpfostenbett, bis sie Chloe eine davon fest über den Kopf gezogen hatte und sie sich gemeinsam in einem VR-Spiel amüsieren konnten, das

Andere Welten hieß. Man spielte Verstecken in einer Landschaft voller Fallen, und bei jedem neuen Spiel galten neue physikalische Gesetze.

Von den »Fallen« wurde man nicht etwa getötet – die Fallen stellten etwas mit dem Spieler an, der sie auslöste: Sie veränderten den Ausschnitt des elektromagnetischen Spektrums, in dem man sehen konnte; sie veränderten die Größe des Spielers, den Reibungskoeffizienten seiner Haut, die Durchlässigkeit von Stein. Als die beiden Freundinnen sich in einer Welt wiederfanden, in der einige Objekte positive Massen besaßen, andere jedoch negative, lernte Chloe eine Lektion bezüglich Intelligenz. Nora paßte sich kurzerhand an die fremdartigen Kraftverhältnisse an. Chloe hingegen versuchte zu rationalisieren und bemühte sich verzweifelt, vorherzusagen, was eine bestimmte Aktion bewirkte, indem sie newtonsche Formeln löste wie $F = -m \cdot a$.

Nora verhielt sich im allgemeinen wie eine gutmütige Kind-Frau, die gern ihren Psychologen und Ärzten Streiche spielte. Ihr Temperament hingegen war fürchterlich. Einmal, als der ARM eine Verschärfung der Sicherheitsvorkehrungen tunlich erschien, kam ein Mechaniker und montierte ein Schloß an der Tür zwischen Noras Raum und dem Kinderzimmer. Die ARM hatte zuvor nicht an das Kinderzimmer gedacht, als man ›*alle*‹ Türen befohlen hatte. Nora improvisierte aus zerschmetterten Möbeln Werkzeuge und schlug damit das Schloß zu Klump; währenddessen fauchte und zischte sie unablässig wie ein Kzin.

Selbstverständlich kam es auch zwischen Nora und Chloe zu Streitigkeiten. Nora mied Chloe, schmollte und tat so, als existiere Chloe überhaupt nicht. Sie versteckte Chloes VR-Brille und zog sich allein in die virtuelle Realität zurück. »Was ist denn los?« fragte Chloe. Sie wußte, daß sie keine Antwort erhalten würde, aber trotzdem stellte sie unablässig die Frage. *Ich muß sie zum Sprechen bringen!* Schließlich setzte sie sich mit Nora und ihrem Lieblingsbilderbuch nieder und ließ Nora die Seiten umblättern. Immer wieder wies sie auf die Bilder und benannte das Dargestellte. An diesem Nachmittag beschmierte Nora das Buch von vorn bis hinten mit Mayonnaise.

All dies war die ganze Zeit über beobachtet worden. Chloe wußte, daß sich in den Wänden Einwegspiegel verbargen, doch diese waren so unaufdringlich, daß man ihre Existenz leicht vergaß. Das beobachtende Personal war unsichtbar, auch in sozialer Hinsicht. Am Tag nach dem Mayonnaise-Zwischenfall lud Lura Hsi Yankees Frau zum Mittagessen ein. Lura Hsi war mit Dr. Hunker verheiratet, dem Boosterspice-Spezialisten, der sich mit der Regeneration von Noras Gehirn befaßte – sollte sich letzteres als möglich erweisen. Für eine Jinxianerin war Lura sehr zierlich und klein, doch auch sie wies den typischen starken Ochsenmuskel am Hals auf, der zudem kräftig genug wirkte, um einen Pflug an einem Joch zu ziehen. Sie war Psychologin.

»Lassen Sie mich Ihnen erklären, was Nora nicht vermag.«

»Aber ich mag sie doch so sehr! Ich tue doch alles, was ich kann, um ihr zu helfen! Sie mißversteht mich nur. Ich muß einfach zu ihr sprechen. Durch Kommunikation lassen sich alle Probleme ausräumen. Yankee und ich regeln auf diese wunderbare Weise alle unsere Probleme – wir sprechen uns aus!«

»Nora wird niemals wieder sprechen«, stellte Lura fest.

Chloe sank in sich zusammen. »Ich weiß. Immerhin knurrt sie mich an. Manchmal schimpft sie mich auf

Kzinti aus. Das weiß ich, weil mein Translator es mir gesagt hat.«

»Ihr Vokabular ist nicht größer als das eines Schimpansen.«

»Aber sie muß doch etwas lernen können – und wenn es nur ein paar Wörter sind. Sie ist so klug! Ich hasse den Kzin, der ihr *das* angetan hat!« Vergebens versuchte Chloe, ihre Tränen zurückzuhalten.

»Bleiben wir bei der Sache. Benennen Sie das Problem.«

»Sie kann nicht lernen zu sprechen«, antwortete Chloe.

»Aha.« Lura lächelte. »Und ist das Ihres oder Noras Problem?«

»Es ist ihr Problem. Yankee sagt, ich rede viel zuviel.«

»Wenn Sie Nora fragen könnten, würde sie Yankee wohl zustimmen. Sie reden zuviel.«

»Aber wie soll sie denn sonst lernen zu sprechen!«

»Denken Sie nach, Chloe. Sie lassen sich von einem instinktiven Automatismus leiten. Was tun Mütter, die ihren Kindern das Sprechen beibringen? – Sie plappern. Sie zeigen auf Gegenstände und benennen sie. Sie öffnen Türen und sagen: ›Offen‹. Jedes normale Kind verfügt über die nötigen Mechanismen, um all das zu verarbeiten, und deshalb sollte man ihnen auf diese Weise das Sprechen beibringen. Nora ist eine Seele von Mensch – aber Seelen erlernen nicht das Sprechen; dazu benötigt man eine neurale Maschinerie.« Sie machte eine Kunstpause, um hervorzuheben, worauf sie hinauswollte.

»Nora ist Ihnen böse, weil sie sich solche Mühe geben, sie zum Sprechen zu bringen. Sie *kann* nicht sprechen. Seit sie an Bord der *Abraham Lincoln* kam, bestehen alle möglichen Menschen darauf, daß sie etwas tut, was sie nicht zu tun vermag. Um Finagles willen, haben Sie doch Mitleid mit ihr! Jeder, der sie zum ersten Mal erblickt, sieht in ihr eine süße Zweijährige und verfällt ihr sofort – und geht automatisch dazu über, ihr das Sprechen beizubringen. ›Siehst du das *Hundi?* Ist das nicht ein *liebes* Hundi? Hundi *tut* dir nichts. Magst du *schwarze* Hundis? Der alte Rover da, der ist *schwarz*. Oder magst du lieber *braune* Hundis wie hier in dem Buch? Siehst du das *braune* Hundi? Ach, guck mal, der *rote* Retriever.‹«

Chloe dachte schweigend über das Gesagte nach.

»Lassen Sie mich ein Analogon ziehen«, fuhr Lura fort. »Ich hatte den liebsten Vater der Welt. Er war genauso lieb wie Sie.«

»Na, so ein Glück.«

»Aber das einzige, worüber er mit mir sprach, war Riemannsche Metrik und Gödelsche Rekursivität und Fiechbackersche Hyperräume – und das, seit ich zwei war. Mit meiner Mutter konnte er wohl interessante Gespräche über die Politik der alten Römer führen und sich mit seinem Bruder über verschiedene Eiskremsorten unterhalten. Sobald ich aber den Raum betrat, leuchteten seine Augen auf, und er schaltete in den *Erziehung-von-Lura*-Modus. Er hatte sich fest in den Kopf gesetzt, aus mir eine Mathematikerin zu machen. Er arbeitete als Forschungsmathematiker am Institut, und zwar deswegen, weil er für die Lehre hoffnungslos ungeeignet war. Er dozierte, und ich Kleines hörte zu. Ich konnte ihn nicht stoppen, weil ich keine Frage zu formulieren vermochte.

Und soviel Mühe ich mir auch gab zuzuhören, für mich blieb alles bedeutungsloses Gefasel. Ich liebte den Mann, er jedoch erwartete von mir, daß ich die Differentialgeometrie des *n*-Raums beherrschte, bevor ich das Zählen gelernt hatte, ganz zu schweigen von der Addition. Aber ich wollte ein mathematisches Genie sein, ganz verzweifelt wollte ich ihn zufriedenstellen, dabei wußte ich noch nicht einmal, was er von mir erwartete.

Als ich drei war, flieste er den Küchenboden neu, aber ich glaube, nur deswegen, weil es ein sehr berühmtes mathematisches Theorem darüber von einem Mann namens Kitchener gibt, und damit beschäftigte er sich gerade. Ich wollte, daß er aufhörte und neu von vorne anfing, aber ich wagte es nicht, ihn darum zu bitten. Er war ununterbrechbar. Ich bin ein sehr reizbares junges Mädchen gewesen.«

»Ich rede zuviel?«

»Ja.«

»Aber Nora muß doch irgendwie lernen zu kommunizieren.«

»Oh, kommunizieren kann sie. Die zu sehr an Worten orientierte Chloe hört nur nicht hin. Hat Nora nicht heute Ihr hübsches Buch über und über mit Mayonnaise beschmiert? Wie sonst sollte eine *nicht*-verbale Person wohl einer verbalen Person mitteilen, daß sie endlich den Mund halten soll?«

»Sollte ich sie lieber in Ruhe lassen?«

»Meine Liebe, Sie schlagen sich ganz hervorragend. Und ich schlage Ihnen vor, etwas zu versuchen, das den alles entscheidenden Unterschied bedeuten kann: Ich verbiete Ihnen, in Noras Nähe Wörter zu benutzen – außer solchen wie ›Holla‹, ›Autsch‹, ›Wow‹ oder ›Mist‹; die versteht Nora nämlich.«

»Ich soll reden wie ein hirnloser Teenager?« fragte Chloe entsetzt.

Lura lächelte und zog zwei Bierdosen aus dem Automaten. Sie bot Chloe eine an und öffnete sich die andere.

»Oh, wow!« rief Chloe und nahm es an. Sie öffnete es. Allmählich begriff sie. Sie nahm einen kräftigen Schluck.

»Erinnern Sie sich daran, wie Nora mit ihrem kleinen Mädchen mit den russischen Eiern gespielt hat? Was hat sie der Kleinen gesagt? ›Schau her, ich öffne das hübsche

Ei. Guck, das hübschere Ei da drinnen! Nimm das Ei. Mach das gleiche wie ich. Nun gib mir das Ei, und ich mache nach, was du getan hast.‹ Und all das, ohne ein Wort zu benutzen! Sie können mir nicht einreden, daß das keine Kommunikation sein soll.«

Chloe verzog das Gesicht und räumte mit diesem Mienenspiel – wenn auch widerwillig – die Stichhaltigkeit des Argumentes ein. »Auf die Weise lernt sie aber niemals Differentialgeometrie«, meinte sie bekümmert.

»Ja. Und sie kann auch nicht ihrer Mutter in Iowa City zum Geburtstag gratulieren. Und es fällt ihr nicht leicht, einer alten Plaudertasche wie Ihnen begreiflich zu machen, daß Sie aufhören sollen zu versuchen, Ihr das Sprechen beizubringen. Sie gibt sich solche Mühe, ein Mensch zu sein – aber wir Menschen sind nicht von dem Gedanken abzubringen, daß es unsere Sprache ist, die uns menschlich macht.«

»Ich will brav sein«, versprach Chloe. »Holla! – Das hab' ich ganz vergessen: Wir haben ein Paket aus Iowa bekommen. Noras Mutter hat uns all ihr Kinderspielzeug geschickt. Wir haben sogar alte Wachsfiguren aus der Kindergartenzeit, bei denen die Arme aus den Ohren herausragen! In der zweiten Klasse hat sie ein phantastisches Bild von einem Kzin gemalt. Der ist so groß, daß er sich unter den Oberrand des Blattes ducken muß. Es hat mir wirklich schreckliche Angst eingejagt! Ich bin wirklich eine Plaudertasche, stimmt's?«

KAPITEL 23

(2438 n.Chr.)

Eines Morgens kam Tam Claukski ungebeten in Yankees Büro und umschritt vorsichtig einen wackligen Bücherstapel, wobei sein Adamsapfel auf und ab zuckte. Er hatte Gewaltiges vor. Noch bevor er eine Stelle fand, an der er stehen konnte, ohne etwas umzustoßen, begann er Yankee eifrig seinen Plan von der groß angelegten Simulation eines zukünftigen Zweiten Kzin-Krieges zu unterbreiten, den er gerade konzipiert hatte.

Tams unmäßige Vorstellungskraft war es, die Yankee dazu verleitet hatte, ihn Admiral Blumenhandler abzuschwatzen. Wie die meisten enthusiastischen jungen Männer unterschätzte auch dieses Wunderkind völlig die Ausmaße und Tragweite der Pflichten, die es sich aufgebürdet hatte. Yankee rechnete solch ungeheure Leistungen gern in »Gallonen«, einer vorzeitlichen Maßeinheit der Flatlander, mit der sie die Mengen des Walöls maßen, das man bis tief in die Nacht hinein in rußenden Lampen verbrennen mußte, um eine Aufgabe bei Licht bewältigen zu können. Doch der Major bewahrte eine unbewegte Miene. »Nun, dann stehen Sie nicht rum und predigen, setzen Sie sich!«

»Wohin denn?«

Yankee bedeutete Tam, den VR-Helm vom Stuhl zu nehmen und auf einen Bücherstapel zu legen. Dann räumte er diverse Berichte von der Kontrolleiste des Wandbildschirms, so daß Tam seine Ausführungen graphisch verdeutlichen konnte. »Feuer frei. Fünf Minuten haben Sie.«

Tam legte den Helm auf den Bücherstapel, balancierte ihn und rollte mit dem Stuhl rücksichtslos zur Kontrollleiste vor, ohne mit dem Grinsen aufzuhören. Was schließlich auf dem Bildschirm erschien, wirkte ganz, als hätte es »etliche Gallonen« gekostet, und sah aus wie ein völlig unverständliches Organisationsschema. Tam war verzückt. »Es hat mich getroffen wie ein Blitzschlag. Für einen Taktiker wie mich ist die Hohe Kunst der Strategie ziemlich ehrfurchtgebietend.«

»Ich kenne ein altes Hausmittel gegen Ehrfurcht: einfach mal eine Eine-Million-Volt-Leitung anfassen.«

»Das ist das erste Mal, daß ich das Gesamtbild erfasse«, entgegnete Tam und hob die Arme vor dem Bildschirm, als wollte er ihn anbeten. »Was halten Sie davon?«

»Ich verstehe keine einzige Zeile«, beschwerte sich Yankee. »Sieht aus wie die Befehlsstruktur einer militärischen Organisation, aber die ARM ist so jedenfalls nicht strukturiert.«

»Die ARM dient der Erhaltung des Friedens«, stellte Tam tadelnd fest. »Wir sprechen hier von echter Kriegführung.«

»Sie sind sich hoffentlich im klaren darüber, daß wir mitten im *dritten* Krieg stecken werden, bevor Sie die ARM dazu bewegen können, auch nur in Erwägung zu ziehen, eine Kommission vorzubereiten, die sich unter Berücksichtigung eines möglichen zweiten Krieges mit einer militärischen Reorganisation befaßt.«

Tam blickte konsterniert auf das Diagramm. »Sie mißverstehen mich, Sir! Das ist nicht das Schema einer Militärorganisation. Ich habe nur meine Ideen in eine darstellbare Form gebracht. Strategie ist etwas Kompliziertes. Man muß dabei viel zu Murphy beten. Von Ihnen möchte ich nur erfahren, ob ich etwas vergessen habe, bevor Murphy persönlich mir für meine Nachlässigkeit den Kopf wäscht.«

»Lassen Sie's an der Wand stehen, ich werde es eine Weile anstarren.« Yankee starrte die Wand an. »Ich hoffe, es eilt nicht!«

»Nein, Sir. Sie können sich durchaus ein paar Tage Zeit lassen mit meinem Meisterwerk. Heute abend muß ich eine Strategietabelle für das *kzintische* Oberkommando erstellen. Das wird schwieriger, weil die Katzen auch bedeutende Entscheidungen vor Ort fällen. Und wir haben längst nicht genügend Informationen über die Andere Seite.« Damit meinte er die Welten am hinteren Rand des Patriarchats.

»Also ernennen Sie auch kzintische Admirale, was?«

»Wenn Sie gestatten, Sir.«

»Mir ist das alles nur recht. Sorgen Sie dafür, daß wir einem würdigen Patriarchen gegenüberstehen – und legen Sie den VR-Helm zurück auf den Stuhl, wenn Sie gehen.«

Im Laufe des Tages rief Yankee immer wieder verschiedene Dateien auf, die mit den Kästchen des Wandbildschirms verknüpft waren. Er wurde den Gedanken nicht los, daß es sich dabei samt und sonders um Stellenbeschreibungen handelte. Der arme Tam dachte wie eine von Neumannsche Maschine; er würde den Graphen noch linearisieren und danach periodisch überarbeiten müssen. Alles von Hand; Finagle stehe dem Jungen bei.

Chloe rief an, um mit Yankee zu schwätzen; eine willkommene Ablenkung. Der Klatsch, den sie ihm über die Industriellenfamilie Brozik erzählte, bewegte Yankee dazu, sich von seiner Routinearbeit abzuwenden und mit den aktuellen Wirtschaftsprognosen von We Made It zu beschäftigen. Die Rüstungsetats waren knapp. Schon lange versuchte Yankee auszurechnen, welche Belastung die zivile Wirtschaft der Crashlander hinnehmen könnte, würde man dort heimlich militärische Forschung betreiben. Die Broziks steckten offenbar alle Anstrengungen in eine Reihe von grundlegenden Raumschiffsrümpfen, sogenannten ›Hüllen‹, die man entweder für zivile Verwendung oder als Kriegsschiff ausstatten konnte. Im Falle eines Krieges gäbe es also auf We Made It bereits Fertigungsstraßen für Kriegsschiffe – allerdings wußte Yankee nicht, ob der Nutzen wirklich so groß wäre, denn Procyon war durch seine Position gefährdet wie ein Dompteur, der dem Patriarchen den Kopf zwischen die Kiefern steckt. Chloes Neuigkeit, die sie von ihrem Vater erfahren hatte, besagte, daß eine dieser Crashlander-Hüllen zu Tests und letzten Anpassungen nach Barnards Starbase verlegt würde – und daß das Schiff mit einem kzintischen Gravitationsantrieb ausgestattet war, der auf Wunderland erbeutet und von Admiral Blumenhandler freigegeben worden war. Auch über Hyperwelle verbreiteten sich Gerüchte schneller als militärische Kommunikation.

Yankee rief seinen Spezialisten für Kriegsschiffbau an und lud ihn zu Kaffee und Salat ein. Wenn Stefan Brozik keine konstruktiven Rückmeldungen aus den Reihen des Militärs erhielte, mußte sich sein ehrgeiziges Projekt zu einem einzigen Desaster entwickeln. Es wäre verdammt gut, eine dieser Hüllen in die Hände zu bekommen. Man könnte sie dann unter Belastung erproben und die wunden Punkte ermitteln.

Als Yankee vom Imbiß zurückkehrte, schichtete er einige der Bücherstapel auf dem Fußboden so um, daß er Platz zum Auf- und Abwandern erhielt. Das Schema an der Wand starrte ihn unablässig an. Er seufzte über dessen überlegene Logik. Wenn er nur zu einer derart vernünftig organisierten Struktur gehörte, könnte er endlich *wichtige* Dinge erledigen. Im Augenblick sah es eher so aus, als müßte alles Notwendige entweder außerhalb der offiziellen Kanäle zuwegegebracht werden – oder gar nicht.

General Fry war diesbezüglich ein Meister. Auf der Starbase hatte er nicht einmal eine Kommandostelle inne, doch im Grunde war er ihr Verbindungsoffizier zum fernen Gibraltar – verstohlen entfernte er die Leute von Barnards Stern, die dort nicht zu gebrauchen waren oder nicht mit der aggressiven Philosophie der Starbase zurechtkamen, und genauso heimlich schaffte er immer mehr Leute heran, die das Patriarchat als akute Bedrohung betrachteten. Yankee hatte von seinem Mentor etliche Tricks gelernt. Mittlerweile traf er wichtige Entscheidungen über technische Ausstattung – und die Technik gehörte nicht im entferntesten zu seinen Schulungsaufgaben. Und dann gab es noch Tam, der nicht einmal ahnte, daß er die Adjutantenpflichten eines Generalstabschefs versah.

Manchmal führt angestrengtes Denken zur körperlichen Erschöpfung. Yankee blieb stehen. Er ließ sich in seinen Sessel fallen und blickte zu Tams elektronischen Glyphen hoch. Unglaublich, wieviel getan werden mußte, um die Menschheit auch nur in Abwehrposition zum nächsten Kzintisturm zu bringen. In einer Traumwelt besäße er immerhin die Macht, den Kästchen am Wandbildschirm Namen zuzuteilen! Es handelte sich um Stellenbeschreibungen, und Stellen mußten mit Menschen besetzt werden, damit sie die zugehörigen Aufgaben erledigten, oder nicht?

Der Traum entwickelte ein Eigenleben. Die Wunschvorstellung beförderte Yankees Seele nach Sol, wo er als der größte schwarze Gorilla der ARM in einem prunkhaften Büro eine wichtige, profunde Entscheidung nach der anderen traf. Blumenhandler übertrug er das Kommando über die Patrouillen; Jay Mazzetta wurde zu Blumenhandlers wichtigster Eingreifreserve. Fry wurde – selbstverständlich – Chef des Generalstabs. Welch angenehme Machtphantasie. Wie Wasser durch einen geborstenen Damm strömten die Namen von Personen auf ihn ein, mit denen er die Posten besetzen würde.

Diese schockierende Erkenntnis brachte ihn in die Gegenwart zurück. Der Traum wirkte als ganz hervorragende Anregung seiner Phantasie. Bisher hatte Yankee nicht einmal geahnt, wie viele fähige Leute er kannte. Wie war es dazu gekommen? Fry, der alte Bastard, hatte ihn in diese Lage gebracht!

Yankee unterzog seine Vergangenheit einer näheren Betrachtung. Man muß zurückblicken, um die Zukunft sehen zu können. Was hatte Fry an ihm gefunden – einen Außenseiter, der jeden Kleingeist mit Worten und selbst den Fäusten herausforderte? Was genau hatte Fry getan, um aus ihm einen Mann zu machen, der sich behaglich fühlte in Gegenwart der Leute, die die wichtigen Aufgaben erledigten? Das war kein leichtes Rätsel.

Eine befreiende Idee kam Yankee in den Sinn, als er weiterhin Tams Schema musterte. Warum nicht einen Exil-Generalstab aufstellen und sich wirklich auf den nächsten Zug des Patriarchen vorbereiten? Was sagte der Unteroffizier zu dem Soldaten, der sich darüber beklagte, einer unfähigen Armee beigetreten zu sein? »Beschwerden bringen Sie nur um – und zwar schnell; rekrutieren Sie sich Ihre eigenen guten Leute!«

Chloe stand nun kurz vor der Entbindung. Eines ihrer eher verschlagenen Manöver bestand darin, ihre Geburtshelferin zu hintergehen. Das plante sie sehr sorgfältig, ohne Noras Hilfe in Anspruch zu nehmen. Nora verstand sich nicht sehr gut auf Lüge und List. Chloe kam die Idee, als sie bemerkte, daß Nora sich auf ihre Art für die bevorstehende Geburt wappnete – alles, was sie brauchte, schaffte Nora heran: Wasser, um das Neugeborene abzuwaschen, Windeltücher und improvisierte Werkzeuge zum Durchtrennen und Abbinden der Nabelschnur.

»Woher weiß sie das alles?« fragte Chloe, als sie am Abend neben Yankee im Bett lag. »Ich kann es überhaupt nicht fassen. Sieh dir das hier an! Was, glaubst du, ist das?«

»Sieht aus wie ein Stück Holz.« Er kniff hinein. »Hartholz.«

»Das ist für mich – ich soll daraufbeißen, wenn die Wehen einsetzen! Sie hat es mich ausprobieren lassen.«

»Was überrascht dich so sehr?«

»Sie erinnert sich doch an nichts von der Erde!«

»Ihr Kzin wird es ihr beigebracht haben.«

»Diese eingebildeten Machos! Was wissen die denn schon von Frauen?«

»Denk dran, daß er von Beruf Sklavenausbilder war. In ihrem Tagebuch mutmaßt Nora, daß er die Zucht von Menschensklaven plante. Er hat ihr alles beigebracht, was sie wissen mußte, um ihre Töchter zu lehren, gesunde Kinder zur Welt zu bringen.«

»Du machst wohl Witze! Ein Kzin?«

»Was glaubst du wohl, wer bei Nora Hebamme gespielt hat? Nach Ansicht der Xenologen kennen sich die Kzintimänner erheblich besser in der Geburtshilfe aus als Menschenmänner. Ihre Weibchen tragen die Kinder aus und ernähren sie, sie schützen sie sogar. Die Männchen müssen sich um die Notfälle kümmern und die Kätzchen mit der Kultur vertraut machen. Den Söhnen ein Vater zu sein, ist bei den Kzinti eine sehr anspruchsvolle Aufgabe.«

»Krieger sind es, die fortgehen und ihre Jungen im Stich lassen!«

»Chloe. Du warst schwanger. Ich ließ dich im Stich, um mich auf ein wildes militärisches Mantel-und-Degen-Abenteuer nach W'kkai einzulassen, obwohl an meiner Stelle genausogut ein junger Heißsporn hätte gehen können. Wenn die Kzinti mich umgebracht hätten, hättest du unser Kind zur Welt gebracht und allein vermutlich sehr gut aufgezogen, ernährt und geschult. So funktioniert die menschliche Gesellschaft. Schon immer haben die Männer ihre Frauen im Stich gelassen – und die Frauen haben die Kinder alleine großgezogen. Warum glaubst du aber, daß die kzintische Gesellschaft wohl oder übel genauso funktionieren muß?«

»Weil sie Krieger sind! Im gleichen Moment, in dem sie einen Schuß hören, rennen sie aufs Schlachtfeld!«

»Du vermenschlichst die Kzinti.«

»Wie bitte?«

»Du suchst in den Kzinti einen menschlichen Kern. Du mußt dir folgendes vor Augen halten: Für den Dienst auf einem kzintischen Kriegsschiff gibt es keine Altersgrenze. Wenn ein Kzin keine Babysitter für seine Söhne finden kann und keine Krippe oder keinen Bruder hat, der auf sie achtgibt, dann nimmt er sie mit in den Kampf. Sie kämpfen – so wie der vierjährige Sohn eines unser bäurischen Vorfahren die Kühe gemolken hat.«

»Kinderarbeit auf einem Kriegsschiff? Das ist ja grauenerregend!«

»Denk mal nach. Stell dir vor, ein Kzin verläßt oder verkauft eine Frau. Oder sie läuft ihm davon. Angenommen, ein mächtigerer Kzin findet Gefallen an ihr und nimmt sie sich mit Gewalt. Wer bekommt die Kätzchen? Der Vater, immer und unabwendbar der Vater. Angenommen, der Vater wird getötet oder muß ins Gefängnis oder gibt seine Kinder auf. Das Männchen, das eine Kzinrret übernimmt, tötet auf der Stelle ihren männlichen Nachwuchs. Und schon ist die patriarchalische Linie eines Kzins zum Teufel, wenn er nicht sehr starke Vatergene besitzt. Ein Äffchen wie ich hingegen kann sich die Hörner abstoßen und die Frau in dem Wissen verlassen, daß sie meinen Sohn entweder allein oder mit einem anderen Mann aufziehen wird.«

Chloe schaltete das Licht an und erhob sich im Bett wie eine Walküre, die soeben einen Helden erwählt hat, den sie tot nach Walhall bringen will. »Das würdest du mir doch nicht antun!«

»Ich hab's einer anderen Frau angetan. Auf der Erde habe ich einen Sohn, etwa in deinem Alter. Ein anderer Mann hat ihn großgezogen – soweit ich weiß, mit Erfolg.«

Chloe war schockiert.

»Das hast du mir nie erzählt.«

Er lächelte matt. »Du hast mir auch nie von dem ersten Jungen erzählt, den du als Dreizehnjährige verführt hast.«

»Du Rattenkatze!« Sie schleuderte ihm ein Kissen ins Gesicht.

»Mumflupf!« beschwerte er sich.

Sie hob ihm das Kissen vom Kopf, weil sie hören wollte, wie die Geschichte weiterging. »Also?« fragte sie.

»Eine lange Geschichte. Ich erzähl' sie dir ein andermal. Es war Krieg. Die Kzinti standen vor den Toren. Wer wußte, was kommen würde? Die nächste Flotte konnte das Ende der Menschheit bedeuten. Der Hyperantrieb war etwas ganz Neues. Ich hatte die Chance, einen Angriff im offenen Raum zu fliegen, wahrscheinlich weiter draußen als je ein Mensch zuvor gewesen war. Mir kam es vor, als müßte ich es tun.«

»Du hast ihn einfach zurückgelassen?«

»Chloe, ich bin nie wieder zur Erde zurückgekommen. Die Post nach 59 Virginis ist sehr lange unterwegs.«

Als Chloes erste Wehen einsetzten, schlich sie sich in Noras Appartement. Sie machte sich wegen der Einwegspiegel Sorgen, deshalb stapelte sie Sofas und andere Möbelstücke zu einer Art Höhle mit gewinkeltem Eingang auf. Nora half ihr. (Sie glaubte zu wissen, was vor sich ging. Auf Netter-Gelbers Landsitz auf W'kkai hatte sie mehrmals Kzinrretti beobachtet, die in Nestbaupanik gerieten.) Chloe beabsichtigte nicht, sich auf Nora zu verlassen. Nora war wohl eine Mutter und von einer kzintischen Hebamme ausgebildet worden (was schon genügte, um Chloe eine Gänsehaut zu verursachen), aber Chloe hatte Bücher gelesen. In ihrem Infocomp hatte sie Leitfäden zur Geburtshilfe gespeichert, und das Comm-Set lag bereit, einen Notruf abzusetzen. Für alle Fälle. Und sie hatte eine Taschenlampe mitgebracht.

Chloe kroch in die Höhle und begann mit der Entbindung. Ein seltsames Geschenk, das sie Nora da machen wollte, um die Bande zwischen ihnen zu festigen. Außerdem war sie sehr neugierig darauf, wie es wohl wäre, in einem Kzinrrettinest tief unter der verwüsteten Stadt Hssin ein Kind zu gebären, umwirbelt von Giftgasen, geschützt nur durch improvisierte Dichtungen und ein repariertes Lebenserhaltungssystem, auf Lichtjahre keinen einzigen Menschen zur Gesellschaft. Es dauerte Stunden. Nachdem sie ihren Hartholzstab fast durchgebissen hatte, kam sie zu dem Schluß, sie müsse verrückt geworden sein.

Schließlich plumpste das Baby heraus, und Nora erledigte alles Nötige schneller, als Chloe sich an das Gelesene erinnern konnte. Der Säugling brüllte aus vollem Hals. Nora band die Nabelschnur ab, bevor Chloe die richtige Abbildung auf ihrem Infocomp aufgerufen hatte. Dann wuschen sie den winzigen Leib des Babys mit warmem Wasser ab. Und da lag es in die Windeln gewickelt neben Chloe, ein schläfriges, erschöpftes kleines Mädchen. Und zwei grinsende Frauen betrachteten es im Licht der Taschenlampe in der Geburtshöhle aus Möbeln.

Yankee war außer sich vor Zorn. Eilends schaffte er Chloe und das Baby auf die Krankenstation. Die Geburtshelferin war ebenfalls außer sich vor Zorn und schaffte das dennoch sehr gesunde Baby eilends in einen Kinder-Autodoc, der es aufs genauste untersuchte. Das Baby erwachte und verlangte lauthals danach, gefüttert zu werden.

Schließlich beruhigte Yankee sich wieder. Allmählich gewöhnte er sich daran, mit einer Teenagerin verheiratet zu sein. In vielerlei Hinsicht war er ohnehin der Vater von neun Kindern, die im Alter von Nora bis hin zu seiner neugeborenen Tochter variierten. Welche Erfahrung, mit einem erwachsenen Kind, einer wilden Teenagerin, drei stummen Töchtern, zwei schüchternen Jungen, einem Baby und Monk zu tun zu haben.

Sir Monk, wie Yankee ihn nannte, half ihm voller Begeisterung bei allem. Monk hatte sich stets als den Mann in der Familie betrachtet, als die gesamte Menschheit noch aus seiner Familie zu bestehen schien. In dieser Hinsicht dachte er wie ein Kzin. Nun hatte er gravierende Schwierigkeiten: Wenn er sich als Herr der Lage glaubte, verhielt er sich kzintisch; fühlte er sich unsicher oder wurde er überwältigt, verfiel er in das Verhalten eines Sklaven. Mit englischer Grammatik und Aussprache focht er schwere Kämpfe, aber er liebte den Computer, der ihn geduldig darin unterwies. Und er war glücklich, einen Onkel zu haben. Politik aller Art begegnete er mit Unverständnis. Seine erste Unterhaltung mit Yankee, die einem Gespräch schon recht nahekam, drehte sich um seinen Herrn Netter-Gelber. Monk berichtete in einer Mischung aus Fauchen, Zischen und einem Englisch, das sich zu nie ganz korrekten grammatischen Konstruktionen zusammenfügte, wie er seinen Freund aus den Kerkern W'kkais errettete. Yankee brachte es einfach nicht übers Herz, ihm zu erklären, daß Netter-Gelber für den Geisteszustand seiner Mutter verantwortlich war und bereits Jungen wie Spötteräffchen verspeist hatte, nachdem er an ihnen Experimente durchgeführt hatte.

Weil Monk so schwer arbeitete, schmuggelte Yankee ihn in die Simulatoren der Starbase und zeigte ihm, wie man im virtuellen Raum ein Sternenschiff flog. Dieses Kind war einfach nicht zu stoppen – er war ein geborener Kämpfer, und irgendwann würde er seinen kzintischen Akzent schon verlieren. Das einzige, wovor es Yankee jedesmal graute, waren die Lektionen in kzintischem Kampfsport, denn Monk bestand darauf, ihn darin zu unterweisen – Kralle gegen Kralle.

Deshalb betrachtete Yankee es durchaus als willkommene Abwechslung, wenn er Windeln wechseln und das winzige Etwas füttern konnte, das nach Chloes Willen Valiance getauft worden war – Kühnheit. Val genoß lieber die einfachen Dinge des Lebens – zum Beispiel, in den Armen ihres Vaters zu schlafen.

KAPITEL 24

(2439 n.Chr.)

Das interstellare Spiel ›Brücken & Trolle‹ wurde innerhalb einer bestimmten Strömung des Militärs auf der Stelle zum Erfolg. Major Yankee Clandeboye hatte eigentlich mit dem Gedanken gespielt, das Spiel ›Exil-Generalstab‹ zu nennen, aber sich letztendlich doch nicht getraut, eine derartige Provokation ins Netz zu geben. Er führte die Entscheidung auf seine Reife zurück; schließlich war er gerade fünfzig geworden.

Das Spiel zeigte eine andere Struktur, als sie Yankee ursprünglich vorgeschwebt hatte. Doch war es undurchführbar kompliziert, eine »Schatten-ARM« aufzustellen. Statt dessen entwickelte sich »Brücken & Trolle« zu einer Art »Einzelkämpferabzeichen«. Es gab zahlreiche isolierte Offiziere im Bekannten Weltraum, in deren Augen die aktuelle Befehlsstruktur versagt hatte und die nach einer Art ›Umgehungsstraße‹ suchten, welche sie in B&T fanden.

Innerhalb einer militärischen Organisation ist die Umgehung der Befehlskette normalerweise eine schlechte Angewohnheit, denn dergleichen führt in der Praxis zu unvereinbaren Widersprüchen. Niemand kann schneller eine Armee zerstören als Kompaniechefs, die Befehle von Generälen ausführen müssen, die sich wiederum nicht mit anderen Generälen austauschen. Trotzdem waren Befehlsketten schon immer umgangen worden. Jahrhundertelang nannte man diese Möglichkeit das ›Netz der alten Kameraden‹. Die Umgehung von Befehlsketten ist eine Kunstform mit klar definierten Strategien, Regeln und Protokollen.

Junge Männer unter sechzig Jahren kommen nicht als Ausübende dieser arkanen Kunst in Frage und sollten sich um Rat an einen Mentor wenden. In seiner naiven Erstfassung brachte B&T die Spieler mit mächtigen Männern in Konflikt. Admiral Jenkins erlitt einen Tobsuchtsanfall, als eine seiner Patrouillen zwei verschiedene Befehlssätze erhielt. Er vermutete dahinter das Wirken Frys – obwohl Fry diesmal unschuldig war – und stürzte sich zum Endkampf auf ihn: Er verlangte eine vollständige Untersuchung der Tricksereien auf Barnards Starbase.

Völlig überrascht leitete Fry eigene Ermittlungen ein und stellte fest, daß man ihn in einem sehr merkwürdigen Schabernack, der bereits monatelang vor seiner Nase im Gange war, zum ›Großwesir‹ ernannt hatte. Schockiert befaßte er sich mit den Spielregeln und verfaßte eine vernichtende Erwiderung, die an alle Schwachköpfe der Starbase gerichtet war, dann überlegte er es sich jedoch anders und stellte fest, daß er dringend eine Entschuldigung brauchte, um Nora wiederzusehen. Eilends beschaffte er sich eine Reisemöglichkeit nach Barnards Stern. Unmittelbar nach seiner Ankunft hielt er seinen jungen Anhängern in ernstestem Ton einen Vortrag. Doch da war er bereits amüsiert über die ganze Angelegenheit, ja verspürte ein Hochgefühl.

Als Großwesir von B&T plazierte er die Jungs und zeigte ihnen, wie das Spiel wirklich funktionierte. Mit einer Hand arrangierte er, daß Admiral Jenkins zum Chef des »Jenkins-Ausschusses für militärische Ethik« ernannt wurde. Den entsprechenden Bericht zu verfassen würde Jenkins für wenigstens fünf Jahre in Anspruch nehmen. Und für den Fall, daß der Admiral zu aggressiv wurde ... Nun, in seiner eigenen Vergangenheit gab es ethische Fragen, die er wohl gern der Vergessenheit überantwortet hätte. Mit der anderen Hand nutzte Fry einige seiner Kontakte zum wunderländischen Rat der Patrizier, um die ARM auszumanövrieren und Jenkins' frühere Verwendung an Konteradmiral Blumenhandler zu übertragen.

Während diese Beförderungen noch im Gange waren, überlegte Fry, daß Blumenhandler vielleicht erfreut wäre, einen Übersichtsartikel bezüglich der Patrouillenmethoden auf seinem Schreibtisch vorzufinden, wenn er in Jenkins' Büro umzog. Das Große Kzintistrategiemodell von B&T wurde ausgebreitet. An allen Ecken und Enden waren neue Arten von Information vonnöten, die durch Patrouillen eruiert werden konnten. Ein Dokument wurde aufgesetzt, das sich aus aktuellen B&T-Daten zusammensetzte. Diese Daten waren von Patrouillenoffizieren eingesandt worden, die glaubten, daß gewisse Berichte, die von vorgesetzten Stellen unbeachtet blieben, noch an einen zweiten Adressaten gehen sollten. Fry fügte seinen Wunschzettel hinzu. Gibraltar schätzte die kleineren Welten des Patriarchats nicht aggressiv genug ein und beging einen Schnitzer nach dem anderen. Am Ende ergab die Synthese eine Richtlinie, die von Blumenhandler ernst genommen werden konnte.

»Das war eine Menge Arbeit.« Fry dozierte gern vor seinen Schülern. Seinen ungestümen Major mochte er immer mehr. »Aber wird dein verknöcherter Schwiegervater diesen Bericht überhaupt lesen? Wir brauchen eine Rückversicherung. Einen persönlichen Touch. Ich werde ihn um einen Gefallen angehen. Das versetzt mich in seine Schuld, und später kann er mich, wenn er es wirklich nötig hat, ebenfalls um einen Gefallen bitten.«

Unter Zugrundelegung von Blumenhandlers Marotten

verfaßte Fry unter eigenem Namen eine Bitte um Patrouillenzeit, um die angebliche kzintische Festung Brückenkopf auszukundschaften. Während man die Festung suchte, würde man vielleicht sogar auf die unbekannten Fremdintelligenzen namens Pierin stoßen, die möglicherweise an einem Bündnis mit der Menschheit interessiert waren. Fry betonte, daß wunderländische Offiziere für diese Mission am besten geeignet seien.

Lucas Fry besaß nicht die Autorität, den UNSN-Patrouillen derartige Befehle zu übermitteln, aber Chloes Vater in seiner neuen Funktion selbstverständlich schon. Daher würde dieser Befehl ergehen.

In den Wochen, in denen der General zu Besuch auf der Starbase weilte, verfolgte Tam Claukski voller Ehrfurcht jeden seiner Schritte, machte sich Notizen und schuf aus allem, was er wahrnahm, einen Satz von Richtlinien. Der alte Schurke hielt sogar Seminare ab, in denen er alles lehrte, was ein verschlagener Offizier über die Umgehung der Regeln wissen sollte. Der General hatte sehr feste Vorstellungen, was durch die offiziellen Kanäle geleitet werden konnte, was man lieber durch die Kommunikationsverbindungen von B&T versandte und was man am besten verwarf.

Einen ganzen Tag verbrachte er mit Tam, und per Hand bearbeiteten sie Nachrichten, die Tams Programmroutinen automatisch kopierten und umlenkten.

»Nehmen Sie den Jungen hier.« Fry meinte die Nachricht, nicht den Absender. Er benutzte seinen Bleistift als Zeigestab. »Diese drei Sätze stellen eine Wehklage an Gott dar, ein Jammerlied über die Machtlosigkeit des Absenders. Der nächste Absatz ist ein unverhohlenes Flehen um Mitleid. Dann wird er ärgerlich, und wir müssen eine ganze Seite lesen, die nichts weiter darstellt als eine Schmähschrift gegen seinen Vorgesetzten. Schließlich baut er noch eine Verschwörungstheorie ein. Nur die letzten beiden Sätze enthalten den Kernpunkt eines nützlichen Vorschlags. Wenn dieser Trauerkloß versuchen würde, solch ein Schreiben durch offizielle Kanäle zu verschieben, würde er zum Latrinenreinigen eingeteilt.« Fry lachte auf. »Aber wie ich höre, versucht B&T ja mehr zu sein als ein normaler Kanal.«

Tam verzog das Gesicht. »Es ist schwierig, mit einem wutschäumenden Wirrwarr wie diesem etwas anzufangen. Ich habe ein gutes Semantikprogramm, dem ich beibringe, dergleichen auszusortieren und zu löschen.«

»*Nein!*« rief der General. »Wenn Sie so etwas löschen, kippen Sie den Goldstaub mit dem Sand weg.« Fry markierte mit seinem Stift die Textstelle, in der der Verfasser wehklagte, und hängte die Bemerkung ›Tilgen‹ an. Dann ging er zu den letzten beiden Sätzen, hob sie mit einer größeren, fetteren Schrift hervor und hängte diesmal die Bemerkung »Nach näherer Ausführung neu einreichen« an. Er grinste. »Das sollte unserem tobenden Opfer die Eier schrumpfen lassen. Wir müssen ihn zum Nachdenken zwingen. Sonst ist er nur fürs Latrinenreinigen zu gebrauchen.«

Viel zu früh am nächsten Morgen hielt Fry dem exklusiven Zirkel der Starbase, der sich dem ›Brücken & Trolle‹ verschrieben hatte, ein Seminar. Mit vernichtender Rücksichtslosigkeit durchkämmte er die B&T-Kategorien. Tam betrachtete diese Kategorien als Skelett, auf dem er eine Verteidigungsstrategie aufbauen wollte. Yankee sah sie als alternative Kommandostruktur. Fry erkannte in ihnen Kommunikationsknoten, die Menschen auf eine Weise verband, wie es Befehlsketten nicht vermochten. Der General bemühte sich zu erklären, weshalb das B&T-Team nach nur zwei Monaten eine bessere strategische Analyse der drohenden Kzintigefahr aufgestellt hatte als der gewaltige teure Apparat aus Denkfabriken der ARM.

Er blickte über den Seminarraum und sah den eifrigen Offizieren ins Gesicht, die im nächsten Krieg vermutlich die Liste der Helden dominieren würden und nun zwar geschmeichelt waren, ihm jedoch nicht wirklich glaubten. Sie machten sich vielleicht über die ARM lustig, aber trotzdem waren sie in Ehrfurcht vor der geheimen Dominanz der Alliierten Regionalmiliz aufgewachsen. Die ARM hatte einige tödliche Tricks aus dem Hut gezogen, als die Kzinti schon unüberwindlich erschienen. Sie genoß den Nimbus der Unbesiegbarkeit, der endlosen kabbalistischen Mächte, über die sie gebot, wenn es sein mußte.

Also mußte Fry ganz unten anfangen. In der ersten Stunde belehrte der General seine Neophyten über die Vorgehensweise der ARM. Wie entwickelte die ARM eine Große Strategie? Sie besaß die Mittel, um die größten strategischen Denker der Menschheit zusammenzubringen. Sie verfügte sogar über Drogen, die die Kreativität eines Menschen zeitweilig steigerten. Sie brauchte den Denkern nur das nötige Gefahrenbewußtsein zu injizieren, und sie dachten über Bedrohungsstrategien nach; dazu das richtige Maß an kühlem Konzentrationsvermögen, und schon vermochte man logistische Probleme zu lösen. Die Denkfabriken der ARM waren hochmoderne, mit allen Ressourcen ausgestattete Einrichtungen. Aber sie funktionierten nicht – weil sie ihre Erkenntnisse nicht den einfachen Taktikern klarmachen konnten, die diese Hohe Strategie in die Tat umsetzen mußten. Aber warum?

Vierhundert Jahre lang hatte die ARM sich bemüht, die Rachezyklen zu unterdrücken, die einst die Erde zu vernichten und auch den Weltraum zu infizieren drohten.

Schon in längst vergangenen Zeiten hatten Mütter ihrem kleinen Sohn eingeschärft, er habe die Pflicht, den Mörder seines Vater zu ermorden. Männer planten Rache für vergewaltigte Töchter. Stämme löschten sich gegenseitig aus, um eine einzige Beleidigung zu rächen. Jede brütende Generation fügte ihre Sedimentschicht an Schmerz hinzu und nahm für sich den Status des Opfers in Anspruch. Rache wurde allmählich zu religiösen Dogmen formalisiert und erhob sich durch die technische Entwicklung zur Kunstform – sie geißelte Europa mit Religionskriegen und verwüstete den Nahen Osten durch einen Dschihad nach dem anderen, während rachsüchtige Christen die Juden in Länder drängten, in denen Propheten die Rache zur Grundlage allen Lebens erklärt hatten.

Kolossaler Unsinn, solche Weltbilder. Trotzdem löste sich niemand leicht von diesen Vorstellungen. Auch spätere Denker dieser gewalttätigen Ära erfanden einen ›Klassen*kampf*‹ als neuen spirituellen Reiniger, Atheisten, die sich von der Gedankenlosigkeit eines religiösen Geistes abgestoßen fühlten, der Männer in Frankreich in schlammigen Schützengräben sterben ließ. Die ARM hingegen zwang den Geist des Menschen dazu, sich vom Frieden prägen zu lassen, und ging in ihrer Unterweisung sehr katholisch vor.

Die jahrhundertelangen Bemühungen zeigten so viel Erfolg, daß die jungen Offiziere von Barnards Starbase nicht einmal ihre eigene Geschichte kannten. Jeder von ihnen betrachtete die Menschheit als grundsätzlich wohlwollend. Was immer sie im einzelnen dachten, sie waren sich darin einig, daß das Böse eine Abweichung sei und keine Wahlmöglichkeit. Und sie stimmten darin überein, daß die Seele eines Soldaten stets in tödlicher Gefahr schwebe und die Absolution sein Los sei.

Was der General ihnen sagte, sollte sie schockieren: Wer immer dort draußen lauerte, Kzinti oder nicht Kzinti, die ARM konnte keinem Menschen gestatten, seine Seele dadurch in Gefahr zu bringen, daß er über Krieg nachdachte. Da sei es besser, zu sterben und im Zustand der Gnade im Himmel einzutreffen. Die Militärstrategen der ARM waren wie die Priester der Altkatholischen Kirche, die in der Bibel lasen, ihrer Gemeinde die Lektüre jedoch verboten, weil es zu gefährlich sei. Fry merkte trocken an, daß ein Priester, der mit seiner Gemeinde nicht über Theologie diskutieren kann, als Theologe verkümmert und seine Tage damit beschließt, Galileis zu schikanieren.

Der General fuhr mit seinen Analogien fort. Die ARM bewahrte ihre Militärstrategen wie tödliche Versuchsviren in versiegelten Flaschen auf, in abgeschotteten Laboratorien, und schützte die schwache Menschheit durch ausgeklügelte Protokolle vor dem militärischen Sachverstand. Waren diese Strategen noch immer virulent? Wie gefährlich konnte ein mutierendes Virus sein, das Generationen lang von seinem Wirt getrennt gewesen war und sich auf regierungseigenen Nährböden gemästet hatte?

Brachte Fry seine Zuhörer gegen sich auf, wenn er es mit der Häresie übertrieb? Er mußte diesen Jungen begreiflich machen, daß sie die Hauptkampflinie der Menschheit bildeten, wenn die Kzinti angriffen. »Die ARM-Strategen können nicht einmal untereinander konferieren, ohne ausgeklügelten Protokollen zu unterliegen, nach denen jeder nur erfahren darf, was er wissen *muß*. Selbst ich kann nicht mit ihnen sprechen, ohne die offiziellen Kanäle zu bemühen und den Hütern des Protokolls genau darzulegen, was ich wissen muß und weshalb! Ich könnte gefährlich sein. Ich könnte mich infizieren und bewirken, daß man sich auf der Erde wieder an die Rache erinnert. Ich könnte die ultimative Waffe zu neuem Leben erwecken und sie benutzen.« Fry verstummte und ging auf und ab, bis sein neugieriges Publikum darauf wartete, daß er weitersprach. »Wenn ich Ihnen nun sage, daß Barnards Starbase die beste strategische Denkfabrik ist, die die Menschheit im Augenblick besitzt, dann will ich Ihnen damit sagen, daß Sie mich ernst nehmen sollen!«

Ein großspuriger Offizier in den hinteren Reihen fragte: »Und wann macht die ARM uns den Laden dicht?«

»Aha, da hinten sitzt also ein Verschwörungstheoretiker. Die ARM wird uns nicht den Laden dicht machen. Sie glauben vielleicht, die ARM wäre eine Oligarchie, die sich verzweifelt an die Macht klammert, selbst wenn das die Niederlage im Krieg gegen das Patriarchat bedeuten würde. Das ist Unsinn. Die ARM ist nichts weiter als eine Tradition mit einer Menge sozialer Trägheit. Ich habe mit Männern gesprochen, die in der ARM ganz oben stehen. Sie wissen, was falsch läuft. Im letzten Krieg haben wir Schlachten verloren, weil man sich nicht überwinden konnte, uns, dem Militär, gewisse technische Errungenschaften rechtzeitig zur Verfügung zu stellen – man hegte die aufrichtige Befürchtung, daß wir diese Waffen gegen uns selbst richten könnten. Haben Sie je den Los-Alamos-Appell an Präsident Truman gelesen, die erste Kernspaltungsbombe nicht gegen Japan einzusetzen? Die ARM hat sich während des Krieges um einschneidende Veränderungen bemüht. Diese Veränderungen haben stattgefunden. Sie würden niemals glauben, welche Vorwürfe die ARM-Führung sich gemacht hat, als die Kzinti zu gewinnen schienen.

Dann kam der Frieden, und die Auffassungen aus der

Zeit vor der Begegnung mit den Kzinti schnappten zurück wie Gummi mit molekularem Gedächtnis. Wie leicht ist die Abschaffung der Sklaverei gewesen? Wie leicht ließ sich der Dreißigjährige Krieg beenden? Wie leicht war es, das biblische durch das wissenschaftliche Weltbild zu ersetzen? Im Augenblick ist die ARM mächtiger als jede Einzelperson. Die Lehren der ARM hatten unbemerkt bereits Milliarden Menschen vereinnahmt, bevor wir auf die Kzinti gestoßen sind. Wenn wir heute jeden Angehörigen der ARM erschießen würden, würde sich die ARM erneut aus der Asche erheben und mit ihrer Bestimmung fortfahren, den Krieg aus dem Verstand des Menschen zu tilgen. Hier auf der Starbase haben wir keine Traditionen. Wir reisen schnell mit leichtem Gepäck. Der nächste Krieg wird der schrecklichste Krieg, den die Menschheit jemals erlebt hat, und wir brauchen Menschen, die darüber nachdenken können, ohne Ballast mitzuschleppen.«

Zu Ende des Seminars wandte Lucas Fry sich Yankee zu. »Schleichen wir uns davon. Ich wünsche mir nun nichts sehnlicher, als irgendein dummes Spiel mit Nora zu spielen. Kann ich hier irgendwo ein Geschenk für sie bekommen? Gibt es irgend etwas, das sie mag?«

Yankee führte den General zum Haus eines Freundes, dessen Tochter in ihrer Freizeit Schmuck anfertigte. »Mir fällt nichts ein, was sie lieber mag als bunten Schnickschnack.«

Lucas suchte sich ein Stirnband aus Platinkettchen aus, in das durchscheinende Steine einlegt waren. Die Steine stammten von dem Planeten, den der Mond mit der Starbase umkreiste. »Glaubst du, es gefällt ihr?«

»Sie wird es wohl nie tragen. Sie hamstert hübsche Dinge lieber und versteckt sie, um sie ab und zu auszugraben und sich daran zu erfreuen.«

»Nun, Frauen tragen ihren Schmuck sowieso nie. Sie bewahren ihn in Kistchen auf, um damit vor ihren Freundinnen protzen zu können.« Fry kaufte dem jungen Mädchen das Stirnband ab und lobte dabei ihre Handwerkskunst.

»Eine gute Rede, die du uns gehalten hast«, bemerkte Yankee. Sie durchquerten die große Halle und erklommen die Stahltreppe. »Du bist ein guter Lehrer.«

»Dafür sind Großwesire da«, brummte der General barsch. »Aber es muß so oberflächlich bleiben, mehr Zeit haben wir nicht. Meine größte Sorge gilt der Erde.«

»Wieso?«

»Du bist ein Flatlander. Du mußt die Lösung finden, ich kann es nicht. Wir müssen die Masse der Flatlander auf unsere Seite ziehen. Doch die haben schon vergessen, daß es jemals einen Krieg gegeben hat. Amnesie. Nur die Kolonien bereiten sich auf den nächsten Krieg vor. Aber wenn die Kzinti erst die Fabriken aufgebaut haben, um Hyperraum-Shuntantriebe zu bauen, dann werden sie sich von überall aus dem Patriarchat auf sämtliche Menschenwelten stürzen, die sie kennen. Die Flatlander aber werden die hauptsächliche Wucht des Sturms abbekommen. Die Erde ist der am dichtesten bevölkerte Planet. Dort müssen wir unser Kanonenfutter finden.«

»Glaubst du, daß die ARM hinter dem Versiegen der öffentlichen Debatte steht?«

»Aber gewiß. Aus Sicherheitsgründen. Eine alte Gewohnheit. Die ARM kann keiner Arglist widerstehen, mit der man Menschen daran hindert, sich mit dem Krieg zu befassen. Vielleicht habt ihr Flatlander zu viele Spielzeugpistolen gekauft. Da wurde die ARM nervös und hat reagiert. Aber es steckt nicht nur die ARM dahinter. Die Flatlander sind es selbst. Sie haben mittlerweile die Botschaft der ARM zum integralen Bestandteil der Kultur gemacht. Krieg gehört mittlerweile nicht einmal mehr zum Wortschatz. Die Kzintikrieger müssen erst durch Kansas marschieren, bevor … Ach, was soll's, zum Teufel. Was Nora wohl für ein Gesicht macht, wenn sie mein Geschenk sieht? Du glaubst doch nicht, daß sie Angst vor mir hat, oder?«

Yankee besaß sämtliche alten Papiere seiner Cousine. Ihre Jahrbücher aus der High-School. Ihre vielen Versuche, ein Tagebuch zu führen. Briefe an ihren Vater. Schulaufsätze. Zeichnungen. Ihr Fotoalbum. Ihr zuerst schmerzerfüllter und am Ende wütender Schriftverkehr mit dem Kriegsministerium. Ihre patriotischen Zeitungsartikel, die für eine Weile im Netz vertrieben worden waren. Entwürfe der vielen Liebesbriefe, die sie an Jungen geschrieben hatte. Erste Entwürfe zu niemals abgesandten Briefen – Peinlichkeiten, die sie andererseits nicht hatte wegwerfen wollen. Eins der Schreiben war ein gefühlsduseliger Liebesbrief an einen gewissen Yankee Clandeboye. Aus der Art, wie Nora ihn behandelt hatte, hätte Yankee nie erahnt, daß sie sich einmal in ihn verliebt haben könnte.

Aus keinem besonderen Grund begann er, Ordnung in das Durcheinander zu bringen. Alle hofften sie, daß Nora eines Tages wieder Wörter benutzen konnte. Ihre Erinnerungen jedoch blieben für immer verloren. Sie wäre immer die Frau, die halb als Sklavin und halb als Kzinrret aufgewachsen und auf Hssin geboren war. Andere Erinnerungen gab es nicht für sie. Doch wenn sie lernte, wieder zu sprechen und zu lesen, dann würde sie vielleicht Interesse an den Papieren der Frau finden, die sie einmal gewesen war – wie eine Enkelin, die im modrigen Tagebuch einer heldenhaften Großmutter las, die sie niemals kennengelernt hatte.

Und als Yankee sich weiter in die Materie vertiefte, als

seine Erinnerungen an die Charmeurin erwachten, die in all den Jahren, in denen er sie kannte, immer mit der gleichen Locke gespielt hatte, da begann er, über sie zu schreiben. Er mußte seine Gedanken ordnen, und er wollte, daß auch andere Menschen diese Heldin verstehen konnten. Die Geschichte wuchs immer weiter, doch Noras hssinische Tagebücher bildeten letztlich das Kernstück.

In Yankee regte sich etwas, erhob die Stimme und sagte, dies sei der Weg, ins Innerste der Flatlanderseele vorzudringen.

Yankees Erzählung begann damit, wie Lieutenant Nora Argamentine als Kzinrret im Verlies einer zerstörten interstellaren Festung in der Umlaufbahn eines sterbenden Sterns lebte und völlig abhängig war von einem Kzin, der es für selbstverständlich hielt, daß sich Weibchen ohne unabhängiges Selbst um ihr Männchen und die Jungen kümmerten; – ein Kzin, der über biotechnische Mittel gebot und entschlossen war, ihr den Verstand zu nehmen, damit sie sich leichter in seine Welt fügte und ihm diente.

Yankee machte Noras Tagebuch zum Zentrum der Legende. Nach jeder Gehirnoperation war es für Nora um so wichtiger, alles aufzuzeichnen, was sie für immer zu verlieren befürchtete. Liebevoll ergänzte Yankee ihre Notizen mit Bildern aus ihrer Hand, mit anderen Zeilen, die sie geschrieben hatte, und mit seinen eigenen Erinnerungen an sie. Auf dem weit entfernten Hssin gedachte sie traurig eines Jungen, den sie einmal auf der Erde gekannt hatte. Yankee hängte ihren Liebesbrief an diesen Jungen an, in der Grammatik einer Vierzehnjährigen.

Sehr vorsichtig flocht er in das Buch die Geschichte von dem Hypershunt-Aggregat ein, das während der Schlacht von Wunderland in kzintische Hand gefallen war; und ebenso vorsichtig schrieb er von Lieutenant Argamentines kühnen Versuchen, das Aggregat zu zerstören. Eine fast erfolgreiche Meuterei. Der Tod der Kzintibesatzung. Der letzte Kzin. Die erneute Gefangennahme. Die Versuche, den letzten Kzin zu töten. Der Fehlschlag. Ihr Häscher hätte sie töten können, fand sie jedoch nützlich, wenngleich zu gefährlich, solange sie noch über einen Verstand verfügte. Menschliche Helden werden nicht durch ihren Sieg definiert; Held ist, wer nicht von seinen Prinzipien abweicht. Ein Held ist, wer niemals aufhört, sich zu bemühen, und niemals aufhört zu lernen.

Warum gab sich Lieutenant Argamentine solche Mühe, das Aggregat zu vernichten, wenn sie sich auch vernünftig hätte verhalten können, und nicht bedrohlich, um dadurch vielleicht ihren Verstand zu retten? Yankee deutete dem Leser die unbequeme Wahrheit an, die ihm eine Gänsehaut verschaffen sollte: Vielleicht, weil Lieutenant Argamentine sah, was die Entschlüsselung des Hyperantriebs für das Patriarchat bedeutete? Hatte sie vor ihrem geistigen Auge die Fertigungsstraßen auf hundert Kzintiwelten gesehen, die eine neue und größere Flotte bauten, um sie mit allen Ressourcen des Patriarchats im Rücken gegen Sol zu senden?

Noras Vater war in den Tagen der Verzweiflung gestorben, als die Menschheit sich bei Ceres gegen eine Flotte verteidigte, von der sie *beinahe* versklavt worden wäre – und doch war der Feind von damals nur ein abenteuerlich zusammengewürfelter Schiffsverband gewesen, bemannt von Grenzbarbaren, deren Nachschub völlig von den Fabriken Wunderlands abhing. Im nächsten Krieg aber gäbe es keine Lichtbarriere mehr, die Sol vor dem trägen Riesen schützte; der Feind würde, wütend über fremde Mücken, die es gewagt hatten, unverschämt in sein Gebiet einzudringen, den lästigen Insekten die Flügel ausreißen und sie echten Kriegern geben, die wußten, was sie mit solcherart beschleunigten Reflexen anstellen sollten.

Seine Leser sollten den Konflikt zwischen Mensch und Kzin mit den Augen von Nora Argamentine sehen – das war Yankees Hoffnung.

Das Projekt war aberwitzig und anstrengend; er beschäftigte sich immer erst damit, nachdem er seine eigentliche Arbeit erledigt hatte. Manchmal mußte ein Mann jedoch auch aufhören und nach Hause gehen.

»Du kommst spät«, begrüßte ihn Chloe, die froh war, ihn zu sehen. Sie saß auf dem Bett und gab Val die Brust.

»Laß mich sie auf den Arm nehmen.«

»Erst wenn sie satt ist, du Dummkopf.«

»Wie war's denn heute so?«

»Ich bin wieder bei Nora und den Kindern gewesen. Ihre Jungen sind mir einfach zu viel. Sie wissen immer noch nicht, wie sie sich gegenüber einer sprechenden Frau verhalten sollen. – Yankee«, fügte sie traurig hinzu, »Nora macht überhaupt keine Fortschritte.«

»Das kommt vielleicht noch.« Er zog sich aus und kroch unter die Bettdecke. Nun wollte er nur noch die Augen schließen und den Kopf tief in die Kissen versenken, aber ein Mann verliert seine Ehefrau, wenn er sie nicht beachtet. Er hob die Hand und schaltete den Flachschirm des Schlafzimmers ein. Dann stellte er eine Verbindung zu seinem Büro her. Er rief ein Bild ab, das eindeutig als Gehirnscan zu erkennen war.

»Das ist eins von Dr. Hunkers Bildern. Siehst du den weißen Pelz innerhalb der grauen Zone? Ich erhöhe den Kontrast durch Falschfarben. Das sind Babyneuronen.«

»Wird sie je wieder reden?«

»Hunker kann es nicht sagen, aber er gibt sich alle

Mühe. Bei den Mädchen wird es viel leichter sein, weil sie jünger sind.«

»Hat *dieser Kzin* nicht in ihrem Gehirn viele neue Neuronen wachsen lassen?«

»Das hat er. Er hat aber auch viele davon abgetötet. Sein Dendritenwachstum hat mit Noras Gehirn Jo-Jo gespielt. Hunker hat sich mit den Notizen dieses Ausbilder-der-Sklaven eingehend befaßt. Einige Aspekte der kzintischen Biotechnologie will er in seine maßgeschneiderten Boosterspices einbauen.«

»Macht er auch eine für dich, so daß ich einen netten, kichernden Teenager zum Ehemann bekomme?«

»Nein. Aber ich bearbeitete ihn, daß er mir ein Anti-Boosterspice kocht, das ich dir in die Suppe schmuggeln will. Wenn ich mir vorstelle, neben einer erwachsenen Frau aufzuwachen ...«

»Du hast Boosterspice nie gemocht.«

»Stimmt. Es jagt mir fürchterliche Angst ein. Besonders, seitdem ich mich mit Hunker über diese grausigen Nebenwirkungen unterhalten habe, die es haben kann.«

»... aber nur auf reiche alte Versuchsplayboys. Macht er Experimente mit Nora?«

»Ja. Er ist sehr vorsichtig und geht es langsam an. Einen Schritt nach dem anderen. Es ist sehr schwierig. Aufbau und Reparatur folgen nicht den gleichen Regeln. Es ist einfacher, etwas zu bauen, das nicht repariert werden kann, als etwas, das sich wiederherstellen läßt. Menschen sind nicht dazu gedacht, repariert zu werden. Wir sind sozusagen Einwegflaschen. Wenn wir lange genug leben, um zu sehen, wie unsere Kinder die schreckliche Teenagerzeit hinter sich gebracht haben, sehen unsere Gene nicht mehr ein, weshalb wir zur Generalüberholung taugen sollten.«

»Mein armer Papa ist also reif für den Schrottplatz?«

»Du bist noch nicht ganz aus dem Teenageralter raus, mein Schatz. Vielleicht brauchst du ihn noch.«

»Männer halten Frauen also für Einwegflaschen«, stellte Chloe fest.

»Ach Quatsch, natürlich nicht. Dich auch nicht.« Er gab dem Baby einen Kuß. »Ich habe die Menschen nicht als Einwegflaschen konzipiert; daran ist Gott schuld. Angenommen, du baust dir irgendein Dingsda. Irgendwann geht es kaputt, und du mußt es reparieren. Was machst du? Wenn es billiger ist, ein neues zu bauen, als das alte zu reparieren, dann schmeißt du dein Dingsda weg. Wenn es billiger ist, es zu reparieren, als es zu ersetzen, dann reparierst du es eben. Menschen sind so schwierig zu reparieren, daß sie sich zum Einwegformat entwickelt haben. Sie lassen sich billig herstellen.«

»Du brauchst nur deinen Zauberstab zu wedeln und ›Kakabuni‹ zu sagen, stimmt's?« grinste Chloe.

»So einfach auch wieder nicht.« Yankee legte sich Val auf die Brust, wo sie glücklich zu plappern begann. »Du mußt natürlich einbeziehen, was es kostet, die kleinen Scheißerles großzuziehen, bis sie genug Verstand haben, um das Haus verlassen zu können. Dadurch entstehen Kosten. Du und ich, wir wissen noch gar nicht, was da auf uns zukommt. Aber trotzdem kann ich für das, was ein einziger Schuß Boosterspice kostet, gleich zehn Teenager großziehen. Was wird eine Firma bei diesen Kostenverhältnissen also tun? Entweder holt sie sich ein frisch entwöhntes kluges Kind von der Uni, weist es ein und vergräbt den abgenutzten Arbeiter. Oder sie kauft dem alten Angestellten einen Schuß Boosterspice. Bei den augenblicklichen Preisen hat man gar keine Wahl.«

»Ist es denn so teuer, Nora zu helfen?«

»Es kostet ein Vermögen. Das Institut für Wissenschaften begleicht die Rechnung, denn man erwartet, eine

Menge zu lernen. Die Informationen in unseren Genen erklären uns zwar, wie man ein Gehirn baut, aber überhaupt nichts über seine Heilung, denn die genetischen Kosten, diese Information zu tragen, sind weitaus höher als der Straßenpreis für einen Teenager, dich einmal ausgenommen.«

»Jetzt willst du mich schon *kaufen!*«

»Ich will jetzt schlafen – und *dein* kleiner Liebling hat mich gerade vollgepinkelt.«

Beim Frühstück setzte Yankee erfrischt die Diskussion fort. Er druckte Bilder von Noras Gehirn aus, auf denen bestimmte Bereiche vergrößert dargestellt waren. Das Frühstück bestand aus gedörrtem Meerschweinchenfleisch und Pfannkuchen mit künstlichem Ahornsirup.

»Immer, wenn Hunker mir von Hirnreparatur erzählt, richte ich meinen Blick gen Orbit. Und zwar deswegen, weil die Natur klug genug ist, es gar nicht erst zu versuchen. Gehirnzellen sterben und basta. Wir können nicht die Gene aktivieren, die Nora ein Gehirn wachsen lassen, weil sie schon eins hat. Wir können auch nicht einfach Babyneuronen genau an der Stelle wachsen lassen, wo sich einmal Noras Sprachzentrum befunden hat, weil sie wachsen und sich verbinden müssen – und bei einem Erwachsenen müssen sie sich nach anderen Regeln verbinden als bei einem Säugling. Hunker mußte die Sprachreparaturprotokolle entwickeln und das Boosterspice damit programmieren. Und im Boosterspice steckt bereits die Hälfte der menschlichen Erbinformation. Das ist eine ganze Menge.«

»Yankee, mir ist so elend. Du kommst abends kaum noch nach Hause. Liebst du mich nicht mehr?«

»Nur noch eins von meinen verdammten Projekten.«

»Welches Projekt denn? Ein neues? Verrat mir bloß nichts! Ist es ein militärisches Geheimnis?«

»Nein. Dazu stecke ich zu tief in der Sache mit Nora.«

»Ich auch! Du mußt mit mir reden! Eigentlich solltest du sogar mit mir zusammenarbeiten.«

»Ich dachte, es könnte dich eifersüchtig machen. Schließlich ist es fast so, als wäre ich zu einer alten Flamme zurückgekehrt.«

»Ach, Yankee!«

»Du hast recht.« Er führte Chloe ins Schlafzimmer und übertrug die gesamte Nora-Datei aus seinem Arbeitscomputer. »Lies es. Das wird dich den Tag kosten. Sag mir, was du davon hältst.«

Chloe machte Kaninchenragout zum Abendessen, und Yankee kam früher nach Hause. Sie war wieder glücklich. »Es ist einfach wunderbar. Aber was willst du damit anfangen? Wenn du es veröffentlichst, werden sie dich umbringen. Du änderst dich aber auch nie.«

»Ich werde es veröffentlichen.«

»Auf der Erde? Aber nur über die Leiche der ARM! Dazu erhältst du nie und nimmer die Genehmigung!«

»So dick habe ich aufgetragen? Na, wahrscheinlich schon. Ich will zwar Noras Geschichte erzählen, aber ich will sie gleichzeitig als politische Keule benutzen.«

»Keine der Noras hätte etwas dagegen, und das weißt du!«

»Ich werde überhaupt nicht um eine Genehmigung ersuchen. Ich werde die Geschichte ohne Copyright veröffentlichen. Ich ziehe tausend Kopien auf Chips und verstecke sie unter irgendwelchen Felsen. Dann schmuggle ich einen Chip auf die Erde und lege die Geschichte kostenlos ins Netz. Die ARM kann versuchen, die Geschichte zu unterdrücken. Das wird aber so sein, als liefen sie mit Dosen voller Unkrautvertilgungsmittel herum und sprühten das Zeug auf den Löwenzahn.«

Chloe riß die Augen weit auf. »Du willst dich der ARM offen widersetzen? Sie haben niemandem erlaubt, auch nur ein Wort über Nora zu schreiben. Sie werden dich umbringen. Sie stecken dich ins Militärgefängnis. Sie schicken dich auf die andere Seite von Kzin. Sie werden dich mit Beruhigungsmitteln vollpumpen!« Was würde aus Val werden? Das Glück sollte doch anhalten – zumindest für immer. Aber so kam es nie.

»Nö.«

»Nö!« äffte sie ihn ärgerlich nach. »Warum muß ich mich immer in tapfere Männer verlieben? Was bin ich doch für eine Närrin!«

»Chloe, hör gut zu, wenn ein alter Mann dir einen Rat erteilt. Seit ich ein Kind war, habe ich in Schwierigkeiten gesteckt. Unterdrücker haben eine große Schwäche: Sie glauben ihre eigenen Geschichten. Sie machen dunkle Andeutungen darüber, was sie mit dir anstellen, wenn du den Mund aufmachst. Naive Menschen glauben ihnen und bekommen Angst, und wenn sie erst einmal Angst haben, dann *unterdrücken sie sich selbst.* Die Unterdrücker wiederum sind dumm genug, um zu denken, daß die Unterdrückung allein auf ihr Konto geht. Von der ARM habe ich überhaupt nichts zu befürchten. Ich muß nur all den armen Menschen ausweichen, die sich fürchten.«

»Wird General Fry dich schützen?«

»Aber sicher. Und dein Vater ebenso. Die besten Leute sind *meine* Freunde. Du wärst überrascht, wie groß die Gruppe mittlerweile geworden ist.«

»Nachdem ich deine Geschichte gelesen habe, fühle ich mich selber tapfer. Trotzdem gehöre ich noch zu den Leuten, die Bammel haben.«

»Das ist okay. Die nächsten paar Jahre werden für uns alle turbulent. Empörung und Streitigkeiten, aber das bedeutet nichts. Dann, in vielleicht fünf Jahren, begegnet irgendein armer Schwachkopf einem überlichtschnellen kzintischen Kriegsschiff und holt sich eine blutige Nase. Plötzlich bin ich ein Prophet und ein Held. Aber erinnern wird man sich an Nora. Wenn die Lage ernst wird und sich der Himmel mit grinsenden Kzinti füllt und das Äffchenleben ziemlich hoffnungslos erscheint, dann werden sie sich an die Heldensage von Lieutenant Nora Argamentine erinnern, und sie werden sagen: ›Zum Teufel, wenn Nora die Kätzchen aufmischen konnte, dann kann ich das auch!‹«

»Warum nennst du es eine Sage? Yankee, sie hat all das wirklich getan!«

»Sieh mich an, Chloe. Alle Autoren sind Lügner. Ich bin ein politischer Autor. Die Menschheit ist jahrhundertelang nicht mehr im Krieg gewesen. Uns werden die Helden knapp. Wir werden welche brauchen. Deshalb habe ich diese Geschichte verwendet und aus Nora eine überlebensgroße Gestalt gemacht. Ich habe die ganzen guten alten Archetypen eingebaut. Deshalb ist es eine Sage. Meine einzige Entschuldigung lautet, daß ich inspiriert gewesen bin. Geschichten wachsen von selbst. Diese hier wird gigantisch. Es tut mir leid, daß ich das ausgerechnet meiner armen Nora antun muß, aber ich habe keine andere Wahl. Aus dieser verrückten Geschichte werden Kerle in winzigen Blechbüchsen Mut schöpfen, wenn sie von kzintischen Hypershunt-Dreadnaughts beschossen werden. Nur deshalb gibt es nämlich Sagen.«

DIE TROJANISCHE KATZE

VON MARK O. MARTIN
UND GREGORY BENFORD

INS DEUTSCHE ÜBERTRAGEN
VON RUGGERO LEÒ

KAPITEL 1

Relativistische Jagd

Wir waren nur ein halbes Lichtjahr von Sol entfernt, aber ich benötigte einen Moment, um die helle Nadelspitze unter all den anderen Sonnen auszumachen. Irgendwie wirkte sie gar nicht wärmer als die anderen funkelnden Punkte. Vielleicht aber bildete ich mir das nur ein.

Das näherliegende Ziel war unübersehbar. Ein Finger wies direkt in seine Richtung – ein strahlender Finger von gut hunderttausend Kilometern Länge.

Selbst im Vergleich zu dem kzintischen Truppentransporter, mit dem ich über vier Lichtjahre zurückgelegt hatte, war das Raumschiff gigantisch. Kalt glitzerten rings um das Schiff ferne Sterne auf dem Bildschirm, auf dem ich es mit starker Vergrößerung betrachtete. Welche Wohltat, eine Sternenlandschaft betrachten zu können, die nicht von der Relativität verzerrt und voraus und achteraus zusammengedrückt wurde. Bei zehn Prozent der Lichtgeschwindigkeit bemerkte man den Dopplereffekt fast gar nicht.

Obwohl ich am ganzen Körper einen starken Juckreiz verspürte, wandte ich den Blick nicht vom Bildschirm ab, um mich zu kratzen. Mein kleiner Einsitzer befand sich gewiß schon innerhalb der Ortungsreichweite des Schiffs, und die Besatzung hatte keine Möglichkeit zu bestimmen, ob ich ihr Freund oder ihr Feind war.

Ich wartete auf den Tod. Fast hoffte ich darauf.

Natürlich blieb mir so viel Glück verwehrt. Nicht, daß ich damit allein gewesen wäre: Der gesamten Menschheit ging allmählich das Glück aus.

Ich erhöhte die Bildschirmvergrößerung ein wenig

und betrachtete das Ziel; zweihundert Kilometer Weltraum lagen zwischen meinem Einsitzer und dem unterlichtschnellen Sternenschiff. Es erinnerte an einen flachen Zylinder, der auf der harten weißen Flamme eines Fusionstriebwerkes saß. Trotz des nachgerüsteten Schwerkraftpolarisators hatte ich eine Stunde benötigt, um die tödliche Fahne des Triebwerkausstoßes weiträumig zu umsteuern, der die *R. P. Feynman* Sol entgegentrieb. Wäre ich auch nur in die Nähe dieser Säule aus Fusionsenergie geraten, so wäre ich gründlich geröstet worden.

Reaktionstriebwerke können eine wirksame Waffe sein, und zwar direkt proportional zur jeweiligen Antriebsleistung. So viel hatten die Kzinti gelernt; zumindest munkelten dies die Rattenkatzen, die sich bei mindestens zwei Angriffen auf das Sol-System versengte Schwänze geholt hatten. Ich machte ein finsteres Gesicht. *Wenn doch nur ...*

Zu dumm, daß das Alpha-Centauri-System einige Jahrzehnte zuvor, als die Kzinti erstmals aufgetaucht waren, nicht ein paar große, fusionsgetriebene Schiffe mehr hatte aufbieten können. Dann hätten die Ereignisse eine ganz andere Entwicklung genommen – sowohl für die Schwarm-Belter als auch für die Wunderländer. Auch mein Leben wäre ganz anders verlaufen, und ich wäre nie in die Lage geraten, in der ich mich nun befand.

Aus dem Lautsprecher auf dem Instrumentenbrett erklang ein Piepton: Die ersten, noch sehr schwachen magnetischen Kraftlinien erreichten die Sensorantennen meines Einsitzers. Ich rief eine Falschfarbendarstellung auf, um die Struktur der Magnetfelder am Bug und an den Flanken der *Feynman* sichtbar zu machen. Scharfe, purpurrote Linien bildeten ein gewaltiges, kompliziertes Muster auf dem Bildschirm.

Das Staustrahlfeld streckte unsichtbare Finger über Hunderte von Kilometern aus, die interstellaren Wasserstoff und gefrorene Staubmikropartikel zum Fusionstriebwerk des Schiffes schleusten, als fütterten sie einen unsichtbaren Rachen. Jedes Teilchen mit noch so geringer elektrischer Ladung sog das Magnetfeld auf und leitete es in den Fusionsreaktor.

Wie es jeder anständige Belter getan hätte, saß ich regungslos in meinem Sitz, betrachtete konzentriert den Bildschirm und suchte nach einem Kurs, der mich durch die dicht nebeneinander verlaufenden Feldlinien führte. Der Ramscoop, also die elektromagnetische Schaufel, die dem Raumschiff seinen Treibstoff verschaffte, war längst nicht so leistungsstark wie etwa bei unbemannten Rambots, die beinahe neunzig Prozent der Lichtgeschwindigkeit erreichten. Die Schaufel des Sternenschiffes gestattete höchstens 0,1 *c*. Die Ionenanregung der Austrittswolke verriet, daß die *Feynman* sich mit Maximalgeschwindigkeit bewegte.

Die *Feynman* gehörte zu den alten, langsamen Kolonieschiffen. Trotz der glühenden Emissionsfahne, die den Sternenhimmel durchschnitt, war das Sternenschiff langsam; langsam wie eine Schnecke, verglichen mit den flinken Schiffen der Kzinti. Lächerlich: vierzig Jahre Reisezeit von Wunderland nach Sol.

Aus diesem Grund lagen die Passagiere des Schiffs wie die Konserven im Kälteschlaf. Nun, da sie so nah bei Sol waren, hatten sie einen langen Weg hinter sich. Die Crew der *Feynman* mußte etliche Wachablösungen durchgemacht haben: Ein Teil der Besatzung lag im Kälteschlaf, andere nicht, und man wechselte sich ab – im Rhythmus von mehreren Jahren.

Verzweifelte Leute. Und sie würden es nicht schaffen.

Auch mit maximaler Vergrößerung betrachtet erweckte die *Feynman* noch einen guten Eindruck. Die wachhabende Crew mußte während der Reise Reparaturen und Wartungsarbeiten vorgenommen haben, denn die Kolonieschiffe waren ursprünglich nur für den Einmalgebrauch konstruiert worden: für den Weg von der Erde *nach* Wunderland.

Die *Feynman* sah alt aus: verkratzt und voller Flecken. Selbst das neuste der drei Kolonieschiffe hatte – unbemannt und vernachlässigt – Wunderland über fünfzig Jahre lang umkreist.

Es war naheliegend gewesen, die alten Kolonieschiffe zu reparieren, zu bemannen und sie schließlich unter Notbeschleunigung aus dem System zu schaffen. Prolets, Junker und Belter arbeiteten dieses eine Mal Hand in Hand, bevor die siegreichen Rattenkatzen den Planeten besetzten. Alle drei hatten es geschafft, nachdem die Kzinti nur einen halbherzigen Versuch unternahmen, die Schiffe aufzuhalten.

Und wofür? rief ich mir erbittert in Erinnerung. Wir anderen hatten nahezu alles verloren – Rechte, Würde, Besitz, unzählige auch das Leben –, nur damit einige wenige *Herren* und *Herrinnen* vor den Kzinti davonlaufen konnten.

Und ich wußte noch besser als die meisten, wovon ich redete; ich fühlte es ganz tief in mir.

Der Magnet-Trichter der *Feynman* war zwar längst nicht so tödlich wie der eines Ramrobots, aber dennoch überaus gefährlich für jedes Lebewesen, das ein Nervensystem besaß. Ich mußte vorsichtig sein, wenn ich das Schiff näher an die Plasmazunge manövrieren wollte; dort draußen wanden sich magnetische Wirbelfelder, berührten und verschlangen einander: hochgradige Turbulenzen. Sie konnten mein kleines Schiff wie mit Gummifingern packen und es wie eine Gitarrensaite vibrieren lassen. So etwas bei 0,1-facher Lichtgeschwindigkeit wurde vom Hersteller gar nicht empfohlen.

Als ob irgend jemand, selbst ein Kzin, dergleichen je versucht hätte.

Der Navigationscomputer hielt meine Position relativ zur *Feynman,* während ich die verschiedenen Intensitäten der Feldlinien näher studierte und einen Zickzack-Kurs durch das unsichtbare Makramee aus Magnetkräften festlegte. Das Geräusch zerreißenden Stoffs, das der Schwerkraftpolarisator von sich gab, verwandelte sich in ein leises Knistern. Ich rieb mir flüchtig die Stirn, dann atmete ich tief durch. Die Kzinti hatten meinen Einsitzer mit einem sehr kleinen Triebwerk ausgestattet, das mit den Antrieben ihrer Kriegsschiffe oder Transporter nicht vergleichbar war. Das Triebwerk krümmte den Raum ungleichmäßig, und die unausgewogenen Gravitationsemissionen verursachten mir dann jedesmal rasende Kopfschmerzen.

Zeit für meinen großen Auftritt.

Ich trank einen großen Schluck lauwarmes Wasser aus dem Saugnippel am Kragen meines Raumanzugs. Dann räusperte ich mich und drückte auf die Taste des Rundstrahl-Funksenders.

»*Feynman, Feynman*«, rief ich laut und bemühte mich, geschäftsmäßig nüchtern zu klingen. »Hier spricht die *Victrix,* abgesandtes Raumschiff der Marine des Freien Wunderland. Kode Ajax. Hören Sie mich?«

Die Lüge brannte mir schwer und bitter auf der Zunge wie schlechter Kaffee. *Trojanisches Pferd* oder Lockvogel wären zutreffendere Namen für meinen friedlich aussehenden, umgebauten Einsitzer gewesen. Ich rief mich zur Vernunft. Kein Wunderländer, ob Dreckwühler oder Belter, schuldete diesen flüchtigen Feiglingen auch nur das Geringste.

Trotzdem hatte ich das Gefühl, das Falsche zu tun. Und dieses Gefühl sollte mich für den Rest meiner Mission begleiten.

Mir blieb keine andere Wahl. Ich hatte Gründe, den Kzinti zu dienen. Vier Gründe, um genau zu sein.

Aber wie Jacobi bin ich nicht.

Diesen Satz hatte ich mir monatelang immer und immer wieder eingebleut, wie ein Mantra.

Erneut wartete ich darauf, daß die Alarmsignale meiner Sensoren losheulten. Das wäre die erste Warnung, bevor der Signallaser der *Feynman* meinen Einsitzer in ein Dampfwölkchen zerschießen würde. Die erste und einzige Warnung, dann blieb mir vielleicht noch eine halbe Sekunde.

Keine Antwort auf meine Sendung. Nur ein schwaches, einsames Zischen, das aus dem Komlautsprecher der Konsole drang: Rückstromemission, verursacht durch die Schwingungsfrequenz der Plasmawolke. Die Sterne wirkten weit entfernt, kalt und teilnahmslos. Sol sah warm aus, aber unerreichbar. Warum nur war ich je von dort fortgegangen?

Ich wiederholte meinen Funkspruch. Nichts. Ich schaltete den Sender auf Autowiederholung, ließ die Empfangslautstärke unverändert und wartete, schälte einen Rationsriegel aus der Verpackung, biß ein Stück ab und kaute langsam auf dem fasrigen Klumpen. Schluckte. Versuchte nicht an das verfluchte Rattenkatzen-Holo in meiner Tasche zu denken – oder an meine vier guten Gründe, den Kzinti zu dienen.

Ich biß wieder ein Stück ab. Der Rationsriegel schmeckte sogar noch fader als gewöhnlich. *Sklavenfraß. Affenfutter.*

Vielleicht war die ganze Crew tot und hatte das Kolonieschiff auf Autopilot belassen. Doch eindeutig waren an der alten *Feynman* Reparaturen und Modifikationen durchgeführt worden, und zwar zu einem Zeitpunkt irgendwann nach der Flucht. Die Bildvergrößerung machte frische Schweißnähte sichtbar, improvisierte Antennen und ausgewechselte Fluxgeneratoren mit schlampiger Abdichtung.

Also schön, sie saßen da drinnen, fett und glücklich, während der Rest von uns den verdammten Rattenkatzen als Sklaven diente.

Ich zerdrückte wütend den Rationsriegel. Kaum hatte sich die Kzinti-Gefahr im Alpha-Centauri-System gezeigt, war der ach so wichtige Ehrenkodex unserer Führungselite, unserer geliebten Herren, vergessen. Wie jeder gewöhnliche Prolet ergriffen sie das Hasenpanier und flohen zu ihren Brüdern Richtung Sol.

Weshalb sie geflohen waren, begriff ich nicht, es sei denn aus Feigheit. Wir Wunderländer hatten rasch gelernt, daß die Schwerkraftpolarisatoren der Kzinti unsere Strategie und Taktik völlig über den Haufen warfen. Die Miezekatzen vermochten mit den Polarisatoren innerhalb von ein bis zwei Wochen auf 0,8-fache Lichtgeschwindigkeit zu beschleunigen; sie hätten sich die Kolonistenschiffe jederzeit vornehmen können, wenn ihnen der Sinn danach gestanden hätte. Die edlen H*erren* wären besser geblieben und hätten gekämpft, um wenigstens ein paar der Rattenkatzen mit in den Tod zu nehmen. Aber die Feiglinge kniffen und suchten einfach das Weite.

Ihre großartigen Phrasen bedeuteten nichts. *Ehre.* Bei der Erinnerung daran runzelte ich angewidert die Stirn. Die ehrwürdigen *Herren* hatten nichts weiter getan, als die eigene kostbare Haut zu retten.

Die automatische Sendewiederholung lief unablässig. Keine Antwort. In unregelmäßigen Abständen drang statisches Rauschen aus dem Lautsprecher und zerschnitt die Stille. Von wegen Sphärenmusik! Ich schob mir das letzte Stück Rationsriegel in den Mund und verzehrte auch die eßbare Verpackung – in puncto Geschmack oder Konsistenz bestand ohnehin kein großer Unterschied.

Mittlerweile hoffte ich, daß die gesamte Besatzung an Bord der *Feynman* tot wäre. Das würde mir meinen Auftrag ein wenig erleichtern. Nicht viel, aber ein wenig. Am besten Augen zu und durch ...

Hatte ich eine Wahl? Ich schluckte einen fauligen Geschmack herunter, der nichts mit Nahrungsrationen zu tun hatte. Plötzlich zischte das Bordfunkgerät.

»*Victrix, Victrix*. Hier spricht die *Feynman*. Antworten Sie augenblicklich über Bündelstrahl, sowohl über Bild- als auch Multiplex-Datalink.«

Sie hatten es nicht nötig, mich direkt zu bedrohen; die Gefahr war offensichtlich genug: Eine kleine Veränderung in der Ramjet-Fluxnetzkonfiguration, und das Magnetfeld würde jedes nicht-optische Datenbyte in meinen Bordcomputern zerstören. Und mir wahrscheinlich auch noch das Gehirn ausbrennen.

Zu allem Überfluß befand ich mich gewiß in Reichweite ihres Hauptlasers. Der Laser war eigentlich dazu entwickelt worden, Nachrichten über Lichtjahre hinweg zu transportieren, aber ebenso eignete er sich zum Verglühen unerwünschter Besucher.

Ich trank noch einen Schluck lauwarmes Wasser und machte mich an die Arbeit. Der Bordcomputer ermittelte rasch, welche Sendertypen die *Feynman* benutzte: Ein Standard-Glimmerparabolsystem mit fünf Metern Durchmesser, geschützt in einer Vertiefung am hinteren Rumpfdrittel des Schiffes angebracht; im entsprechenden Bugschaft saß ein Radargerät mit phasengesteuerter

Gruppenantenne. Der modulierte Laserlink arbeitete auf der üblichen Wellenlänge von 420 Nanometern. Ich stellte meinen Signallaser auf die gleiche Wellenlänge und visierte mit dem Fadenkreuz die Parabolantenne der *Feynman* an. Per Tastendruck aktivierte ich ein Unterprogramm, das einen Daten-Handshake durchführte. Der Signallaser suchte kurz sein Ziel, dann richtete er sich auf die Antennenreihe aus. *Verbindung hergestellt* – und ich lebte noch.

Begleitet von einem tiefen Brummton flimmerten Kommunikationsdaten über die Hauptbildschirme. Die Datenübertragung funktionierte.

Zeit für den nächsten Akt.

Ein Druck auf die Sendetaste, und die Bild-Sprechverbindung stand. Matte Farben und ein unruhiges, flackerndes Bild. Trotzdem erkannte ich einen recht jungen Mann mit dem idiotischen asymmetrischen Bart, wie ihn die *Herren*-Dandys in München auf Wunderland getragen hatten. Entweder hatte er den überwiegenden Teil der Reise im Kälteschlaf verbracht oder einen großen Vorrat der ausgesprochen teuren Alterungshemmer mit an Bord genommen.

Schließlich war die *Feynman* seit über fünfunddreißig Jahren unterwegs. Das reglose Gesicht auf dem Bildschirm zeigte den charakteristischen, arroganten Ausdruck der Eliteklasse, der Neunzehn Familien. Steif hockte der Blödian auf seiner Andrückliege. In München sah man solche Mienen schon lange nicht mehr, auch nicht auf den Gesichtern der Kollaborateure. Es hatte sich einiges geändert, dank unserer kzintischen Herren und Meister.

Mach weiter. Du darfst dir von alledem nichts anmerken lassen. Jetzt steht alles auf dem Spiel. Ich zwang mich zu einem freundliche Lächeln. Das germanische Sprachgemisch des Wunderland-Adels kam mir mühelos über die Lippen: »Guten Tag, gnädiger Herr. Mein Name ist ...«

»Es besteht keine Notwendigkeit, Wunderländisch zu sprechen«, unterbrach er mich. In seinen Augen funkelten Härte, Stolz und Mißtrauen. Nicht die geringste Spur eines Akzents lag auf seinen abgehackt ausgesprochenen Worten. »Sie sind eindeutig Schwarm-Belter und sollten sich nicht mit Federn schmücken, die Ihnen nicht gebühren. Sprechen Sie doch bitte Belter-Standard.«

»Wie Sie wünschen.« Ich lächelte. Arroganter Narr. Wie würde es ihm wohl gefallen, wenn seine Kinder zum Jagdspielzeug irgendwelcher aristokratischen Kzintisöhnchen würden? »Ich hatte lediglich die Absicht, mich in höflicher Form vorzustellen.«

Ich sprach nicht weiter und wartete, bis mich mein hochmütiger kleiner Freund mit einer Geste zum Weiterreden aufforderte.

»Mein Name ist Karl Friedrich Höchte. Ich überbringe Ihnen gute Nachrichten.«

Selbstverständlich ein falscher Name; mein richtiger hätte ihn überrascht und augenblicklich sein Mißtrauen geschärft. Deshalb hatte ich mir einen unbescholtenen Adelsnamen ausgesucht, um die *Herren*-Besatzung der *Feynman* in Sicherheit zu wiegen. Der Name klang ganz danach, als stammte ich aus einer Seitenlinie der Neunzehn Familien – ein Dandy von der Sorte, die die Lippen spitzt und bei der Vorstellung ihren Vornamen nennt. Ein überzeugendes kleines Detail, hoffte ich.

Er hatte sich in der Gewalt, so viel muß ich ihm zugestehen: Durch nichts ließ er sich seine Neugier anmerken, wie ich die *Feynman* eingeholt hatte – nur wenig mehr als ein halbes Lichtjahr von Sol entfernt. Er zuckte nicht einmal mit den langen *Herren*-Ohren.

»Ich heiße Klaus Bergen«, sagte er, ohne je die Stimme

zu heben. »Sie erwähnten Nachrichten? Ich möchte Sie daran erinnern, daß wir uns verteidigen können.«

Ich beugte mich vor, machte ein ernstes Gesicht und rief begeistert: »Klaus, mein Freund, wir haben sie besiegt!«

»Unmöglich.«

Nun gut, er war also nicht völlig dumm. »Wir hatten Glück. Die meisten Kzinti sind fort – wir wissen immer noch nicht genau, aus welchem Grund –, und wir haben die Garnison, die sie zurückgelassen hatten, überwältigt. Nur wenige von uns haben überlebt. Aber wir haben es geschafft, wir haben sie von Wunderland und aus dem System vertrieben.«

Jetzt zuckten Bergens Ohren; er zeigte Interesse. Argwöhnisch und überheblich hob er eine Augenbraue. *Ich bleibe besser bei der vorbereiteten Geschichte,* dachte ich. Man sollte niemals mehr improvisieren als unbedingt erforderlich. »Und wir jagen ihnen hinterher und versengen ihnen die Rattenschwänze, das kann ich Ihnen sagen.«

»Sie übertreiben gewiß.« Sein Blick war unverhohlen streng.

»Das ist die Wahrheit«, bekräftigte ich. »Ich bin im Namen der Überlebenden von Wunderland zur *Feynman* gekommen. Wir haben das Geheimnis des Kzintischen Schwerkraftpolarisators geknackt, und die Widerstandsbewegung im Schlangenschwarm ...«, – ich unterbrach mich und klopfte liebevoll auf die Kontrollkonsole – »hat Kampfschiffe entwickelt, die uns den Miezekätzchen ebenbürtig machen. Und wir waren in der Überzahl.«

Eine lange Pause folgte. Nun stand alles auf der Kippe. Wenn er mir die Geschichte nicht glaubte ...

Bergen starrte mich aus dem Bildschirm an, von der gehobenen Augenbraue abgesehen, noch immer völlig ausdruckslos. Er blickte zur Seite, in einen Teil des Raums, den die Kamera nicht erfaßte und hörte aufmerksam jemandem zu. Dann nickte er und wandte sich wieder an mich.

»Sie werden unser Mißtrauen verstehen.« Noch sprach er in seinem abgehackten, herablassenden Tonfall, aber nun schwang ein Hauch von Erregung mit. Ausgezeichnet.

»Ich nehme an, Sie haben Beweise, die wir überprüfen können?«

Ich grinste harmlos und deutete auf das enge Cockpit. »Gnädiger Herr Bergen, Sie sehen, daß die *Victrix* unbewaffnet ist, und ich bin der einzige Passagier. Sogar jetzt bin ich Ihnen ausgeliefert, mein Freund. Ein größeres Schiff wartet weiter außerhalb, um die *Feynman* mit einem Gravitationstriebwerk auszustatten und weitere Modifikationen vorzunehmen. Wir glaubten, die *Victrix* würde auf Sie weniger bedrohlich wirken, deshalb kam ich als Abgesandter zu Ihnen.«

Auch diese Worte brannten mir bitter auf der Zunge, und ich unterdrückte eine gequälte Grimasse. Wenigstens lag ein Körnchen Wahrheit in meiner Darstellung.

Der *Herr* schwieg. Ich begann mir Sorgen zu machen.

»Schließlich«, fuhr ich fort, »verfügen Sie nicht gerade über den stärksten Antrieb. Sobald die *Feynman* nachgerüstet ist, können Sie Sol innerhalb weniger Wochen erreichen.«

Er stutzte. Die Zustände in seinem Schiff mußten recht unbehaglich sein, und die Aussicht, die Erde mit all ihrem Überfluß rasch erreichen zu können ... Diese verlockende Vorstellung beeinflußte die Lage sicherlich zu meinen Gunsten. *Herr* bleibt schließlich *Herr*.

Ich wechselte das Thema. »Wo wir gerade bei Treu und Glauben sind: Ich glaube, daß der Schwerkraftpolarisator der *Victrix* Beweis genug ist. Aber ich verfüge noch über Holos und Datendisks, die Sie überprüfen können, gnädiger Herr. Sie enthalten Details unseres Sieges über die Rattenkatzen.«

»Diese Daten würde ich gerne sehen«, entgegnete mein arroganter kleiner Freund. Er klang nicht sonderlich von meinen Worten überzeugt.

Zeit, meine Trumpfkarte auszuspielen.

Ich legte sie auf den Tisch – und gaukelte Bergen dabei vor, einer plötzlichen Eingebung zu folgen. »Ich bin im Besitz eines weiteren Beweisstücks, das Sie gewiß überzeugender finden werden«, sagte ich in fröhlichem Ton und griff in die durchsichtige Organiformtasche, die ich neben meiner Andruckliege befestigt hatte. »Oder zutreffender: Beweis*stücke*.«

Ich lächelte in die Kameralinse und hielt einen Metallring hoch, der mit kunstvollen Gravuren besetzt war. Dutzende mumifizierter Kzintiohren baumelten sacht im Luftzug, der aus dem Gitter des Kabinenventilators drang. Ich suchte ein bestimmtes Ohr aus und spannte es wie einen alten chinesischen Sonnenschirm auf, damit Berger die purpurroten Tätowierungen in dem getrockneten weißen Gewebe erkennen konnte.

»Ehrenwerter Herr Bergen, mein Freund, kennen Sie sich mit der Rangordnung der Miezekatzen aus? Dieses spezielle Ohr gehörte einem Flottenkommandanten, wie Sie am Muster der Tätowierung ersehen können.« Ich machte eine Sprechpause und schnippte mit einem Finger gegen das Ohr, um meine Worte zu unterstreichen. »Er war nicht damit einverstanden, daß ich es ihm abnehmen wollte, aber sein Protest war mir völlig gleichgültig.«

Wiederum hatte ich nicht gelogen.

Bergens Stimme klang nun heiser und kein bißchen

überheblich. »Wie viele Ohren haben Sie denn da an diesem Trophäenring?«

Ich las Bergen verschiedene Gefühle von den Augen ab, und seine Verschlossenheit schmolz dahin. Keine Sekunde lang wandte er den Blick von den Ohren ab.

»Einunddreißig. Und Ihre unausgesprochene Vermutung ist zutreffend: Es handelt sich tatsächlich um einen kzintischen Trophäenring.«

»Wie haben Sie den denn ...«

»Der gehörte einmal einem anderen Kommandanten der Rattenkatzen. Auch er hat ihn alles andere als freiwillig hergegeben. Viele von uns in der Marine des Freien Wunderland haben sich ähnliche Souvenirs angeeignet. Ich dachte, meine kleine Trophäe hier könnte meiner gegenwärtigen Absicht durchaus dienlich sein, *nicht wahr?*«

Der Wunderländer blickte erneut zu seinem Berater außerhalb des Erfassungsbereichs der Kamera, dann biß er die Zähne zusammen. »Ich gebe zu, ich finde Ihre Beweise überzeugend. Ein Kzintikriegsschiff würde wohl kaum seine Zeit mit solchen Schattenspielchen vergeuden. Man würde uns aus gebührendem Sicherheitsabstand vernichten und anschließend von dannen ziehen.« Bergens Augen nahmen wieder einen harten Ausdruck an, was seinen asymmetrischen Bart um so absurder erscheinen ließ. »Gnädiger Herr Höchte, Sie dürfen nun durch die Feldlinien unseres Rammjets zu unserer Hauptluftschleuse manövrieren ...«

»Vielen Dank.« Man fährt doch stets am besten, wenn man den Kunden selbst die erwünschten Schlüsse ziehen läßt.

»... wo wir Sie in Empfang nehmen werden. Wir möchten Sie daran erinnern, daß wir Sie äußerst vorsichtig beobachten werden, und wir haben ... Mittel ... mit denen wir die *Feynman* verteidigen können.«

Ich versuchte, besorgt auszusehen. »Sie hegen also immer noch Mißtrauen?« Ich sprach die Worte gelassen aus und würzte sie mit einem Hauch von Sarkasmus, den mein Gegenüber bemerken sollte.

»Wir wollen Sie nicht beleidigen – *wenn* Sie der sind, für den Sie sich ausgeben.«

»Ich sage Ihn ...«

»Sie müssen unseren Standpunkt verstehen, gnädiger Herr Höchte. Wir tragen die Hoffnung Wunderlands mit uns, und wir können angesichts solch kostbarer Fracht keinerlei Risiko eingehen.« Er sprach nicht weiter, und sein Gesicht gerann wieder zu einer undurchschaubaren Maske.

Höchste Zeit für die frostige, beleidigte Tour. »Wir sind gleicher Abstammung, das wissen Sie.«

Das ignorierte er hochmütig. »Sie sind sich darüber im klaren, daß wir die Abstände zwischen unseren Magnetfeldlinien weder reduzieren noch vergrößern können?«

»Ich kenne Ihre Spezifikationen«, sagte ich unwillig und machte dabei ein verstimmtes Gesicht. *Vorsichtig jetzt ...*

Bergen schwieg kurz, doch sein eiserner *Herren*-Gesichtsausdruck weichte geringfügig auf. »Ehrwürdiger Herr Höchte, ich glaube Ihnen Ihre Geschichte. Schließlich könnte uns jeder aus gebührender Entfernung mühelos vernichten, wenn er uns feindlich gesonnen wäre, habe ich recht?«

Ja, dachte ich, *das ist eine der möglichen Betrachtungsweisen.* Ich nickte Bergen mit gespielter Zufriedenheit zu.

Bergen erwiderte das Nicken kurz, und seine Miene war wieder regungslos und arrogant. »*Feynman* Ende.«

So weit, so gut, dachte ich grimmig.

Das Bild auf dem Display wich einem holographischen Flimmern. Er hatte mich ›wegtreten‹ lassen; ganz egal, daß ich ihm angeblich den Hintern rettete, ich war für ihn noch immer nichts weiter als ein Prolet und Bodenwühler.

Ich atmete mehrmals tief durch, um meine Nerven zu beruhigen. Dann begab ich mich an die Arbeit – an kniffige Arbeit.

Es gab keinen Spielraum für Fehler.

Ich benötigte allein eine halbe Stunde, um den Schwerkraftpolarisator auf Maximalleistung zu optimieren. Danach gab ich meine Makros ein – Routinen, die mich durch die Magnetfeldlinien manövrieren sollten. Der mittlerweile vertraute Kopfschmerz begann wieder zu pochen, als der Polarisator seine Arbeit mit voller Leistung aufnahm und mich dem Kolonistenschiff entgegentrug.

Über eine Stunde mußte ich äußerst behutsam durch die Feldlinien navigieren, immer nur mit einem Ziel: die Hauptluftschleuse der *Feynman*. Die elektrische Spannung der Felder – spielend zehn Kilogauß – erzeugte Vibrationen. Magnetfeldlinien sind wie unverwüstliche Gummibänder: Sie können nicht reißen, sind aber ausgesprochen dehnbar. Ich mußte mich durch die steilen Gradienten zwängen, während unaufhörlich Plasma gegen meine Schiffshülle prasselte. Feldlinien dehnen sich, schön und gut, aber sie können auch zurückschnellen. Das wäre unangenehm gewesen.

Jeder zurückgelegte Kilometer schien einen ganzen Tag zu dauern. Mir war klar, daß mich die Besatzung der *Feynman* bereits durch die geringfügigste Veränderung innerhalb der Fluxlinienkonfiguration ihres Schiffes augenblicklich töten konnte; sollten sie Lust auf ein nettes grelles Spektakel verspüren, brauchten sie mich nur mit ihrem Signallaser zu Dampf verkochen.

Vielleicht wäre das gar nicht so schlimm gewesen;

zumindest hätte ich es hinter mir gehabt. Warum sollte ich überhaupt erst darauf warten, daß *sie* mich ins Jenseits beförderten? Ein Teil von mir ersehnte den Tod, wollte unter Maximalschub genau in die ... genau: in die weißglühende Plasmawolke steuern.

Aber ich wußte, was Kraach-Kommandant dann tun würde. Wer würde denn wegen meiner ach so noblen Geste leiden müssen?

Gewiß, ich war ein Verräter, aber nicht wie Jacobi. Nicht im geringsten wie Jacobi. Ich hatte meine Gründe, den Rattenkatzen zu dienen, vier sehr gute Gründe: Sharna, Gretha, Henry und Hilda.

Kraach-Kommandant würde sich an das Abkommen halten, wenn ich meinen Teil erfüllt hatte. Vielleicht war das die gute Seite der Kzinti: Koste es, was es wolle, sie hielten ihr Wort. Raubkatzenehre.

Im Gegensatz zu fast allen Menschen – besonders Jacobi. Furchtbar zu wissen, daß ich dem Wort eines Alienmonsters mehr trauen konnte als dem Wort eines Menschen.

Plasma in der Farbe von angelaufenem Gold wirbelte und peitschte um die *Victrix*. Obwohl ich mich von der Emissionswolke der *Feynman* fernhielt, stoben abgeirrte Plasmawirbel die Feldlinien entlang und verursachten Bugturbulenzen. Der Gravitationspolarisator jammerte und dröhnte unter der Belastung. *Vorsichtig, vorsichtig* ... Mein Ziel ragte bedrohlich vor mir auf, ein riesiger Schiffsrumpf, zerkerbt und angesengt. Ein leichter Ruck ging durch die *Victrix*, als ich sie nahe der Hauptluftschleuse zum Stillstand brachte. Auf dem Bildschirm sah die Schleuse gewaltig aus – wie auch jedes andere Detail der *Feynman*, das ich zu erkennen vermochte. Ich aktivierte das Draggenfeld. Als die *Victrix* am Kolonieschiff anlegte, jagte mir das hohle Dröhnen der harten Kollision einen gehörigen Schrecken ein – so angespannt war ich.

Auf dem Bildschirm beobachtete ich, wie der Verbindungsschlauch der *Feynman* langsam zur Luftschleuse meines Einsitzers ausfuhr.

Wie der Rüssel eines Elefanten aus einem alten Holovid, das über die Vergangenheit berichtet, in der es noch Elefanten gab.

Clunk, Whirr ... Der Schlauch der *Feynman* paßte sich der Form meiner Schleusenluke an und schuf eine druckfeste Verbindung. Die Statusanzeige blinkte grün, und ich leitete den Druckausgleich ein.

Du bist drin, Junge. Der erste Teil war einfach ...

Ich schluckte ein Aufputschmittel, um die Auswirkungen meiner Übermüdung zu lindern. Von den nächsten Stunden hing alles ab. Einfach alles.

Ein Summen ertönte, dann schwang die Schleusenluke meines Einsitzers lautlos auf. Meine Ohren knackten leicht wegen des leichten Druckabfalls. Ich ließ den Helm offen, um einen möglichst harmlosen Eindruck auf mein Begrüßungskomitee zu machen. Gähnend faßte ich nach den Haltegriffen und hangelte mich durch die schwach beleuchtete Zustiegsröhre, während ich mich bereits auf meinen vorbereiteten Text konzentrierte.

Das Tor am Ende der Röhre war verschlossen – natürlich. Sie wollten mich noch ein letztes Mal unter die Lupe nehmen. *Versuch doch, so auszusehen wie Karl Friedrich Höchte.*

Ich hockte mich ungezwungen hin, stützte mich mit einer Hand und einem Fuß in der geringen Schwerkraft ab und grinste in die Kameralinse neben dem Schleusentor. Die Atemluft, die aus dem Kolonieschiff in die Schleusenröhre gelassen worden war, roch muffig und stank nach Öl. Ich hatte Zweifel gehegt, daß noch viele

Systeme der *Feynman* optimal arbeiteten; die Atemluft lieferte mir den ersten Beweis.

Langsam öffnete sich das Schleusentor wie die Iris eines gewaltigen Auges. Da stand ich nun, und dabei hatte ich doch nur ein Stückchen Schmuggelware gewinnbringend abliefern wollen – eine Million Jahre oder so war das her …

KAPITEL 2

Schmugglerblues

Der Asteroid auf dem Bildschirm der *Victrix* besaß in den Navigationskarten keinen offiziellen Namen. Man führte diesen glänzenden Brocken als 2121-21, der einundzwanzigste Asteroid, der während der Vermessung des Schlangenschwarms im Jahre 2121 n.Chr. katalogisiert worden war. Die Steineklopfer-Crews, die zeitweise dort lebten, hatten dem Asteroiden einen naheliegenden Spitznamen verliehen: Siebzehnundvier.

Siebzehnundvier war ein beinahe rechtwinkliger, zwanzig Kilometer langer Steinquader, der sich gemächlich um seine Achse drehte. Ertragreiche Adern aus Eis und Nickeleisen durchzogen den Felsen, und auch Ablagerungen kohlenstoffhaltiger Chrondriten befanden sich in seinem Inneren. Im Laufe der Äonen waren viele andere Asteroiden des Schlangenschwarms mit dem riesigen Felsblock kollidiert und hatten auf der Oberfläche Krater hinterlassen, und so umkreiste der narbenübersäte Siebzehnundvier in einer Entfernung von einer halben Milliarde Kilometer Alpha Centauri A ohne jede Hast. Der Felsklotz verfügte über Rohstoffe und Energiequellen und war zudem mühelos in einem Einsitzer zu erreichen.

Zwar gab es im Schlangenschwarm noch viele weitere Asteroiden, aber Siebzehnundvier unterschied sich ein wenig von den anderen. Einige Wochen lang sollte dieses herumwirbelnde Bruchstück eines nie geborenen Planeten das Zuhause der wenigen Menschen sein, die den stahlharten Klauen und scharfen Fängen der Kzinti noch immer Widerstand leisteten.

Ich beabsichtigte, mein Teil zum Widerstand beizutragen, indem ich jenen Menschen half, zumindest dieses eine letzte Mal. Gewiß, manche Rebellen verstanden sich mehr als Piraten denn als Freiheitskämpfer und waren eher daran interessiert, sich die eigenen Taschen zu füllen statt Kzintiohren zu sammeln. Aber ich erinnerte mich an ein altes Sprichwort von Alterde: »Der Feind deines Feindes ist dein Freund.«

Wenn das doch nur immer die Wahrheit wäre.

Ich klappte die Schaltfläche der Signallaserbedienungen auf. Das Sonnenlicht blendete mich, und blinzelnd richtete ich das Zielfadenkreuz auf den winzigen hellen Punkt in eintausend Kilometern Entfernung: die Empfangsschüssel. Der Laserleitstrahl streifte durchs All, suchte nach seinem Ziel. Ein leises Piepen – Ziel erfaßt.

Ich hielt kurz inne, dann betätigte ich den Schalter für die Signalerkennung und betrachtete den höchst illegalen Monopol-Detektor, den ich über dem Instrumentenbrett angebracht hatte. Ich studierte sein kleines Display mit größter Sorgfalt, als ob mein Leben davon abhinge.

Was auch der Fall war.

Drei bernsteinfarbene Lichtstreifen leuchteten mich beständig in der Dunkelheit der engen Pilotenkabine an. Alles in Ordnung – kein Kzintischiff innerhalb der Reichweite des Detektors. Ich erhöhte die Empfindlichkeit des Geräts, dann blickte ich wieder auf die Lichtstreifen; die Gravitationspolarisatoren der Kzinti benötigten große Mengen magnetischer Monopole. Daran ließen die Kzintischiffe sich leicht identifizieren, wenn man Zugriff auf die mittlerweile illegale Technik besaß. Unseren Kzintiherren durfte man gewiß viel nachsagen, aber dumm waren sie nicht. Nach einer Weile gab der Detektor ein schläfriges *Ping* von sich: die Bestätigung, daß sich im Umkreis von wenigstens einhunderttausend Kilometern um Siebzehnundvier keinerlei Häufungen magnetischer Monopole befanden.

Ich öffnete die Klappe des Comm-Sets und setzte vorsichtig den kleinen Chip ein, den ich im Restaurant Nipponese auf Tiamat erhalten hatte. Die Bereitschaftsdioden leuchteten grün auf. Ich leitete die Kodesequenz für die Verbindungskennung ein. Bunte Lichter tanzten über das kleine Display, als der Signallaser die Schmugglernachricht herunterlud.

Vorsicht bedeutete in meiner Branche alles. Es hätte unseren ach so mächtigen Kätzchen wahrlich nicht gutgetan, wären sie in der Nähe gewesen, während ich meine letzte Schmuggelaktion für diesen Proletenbastard Jacobi unternahm. Die Widerstandsbewegung benötigte nur noch eine einzige Ausrüstungslieferung: Monopol-Detektoren, Submolar- und Nanoeinheiten, Teile für Fusionsgeneratoren. Auf Tiamat hatte ich über die Fracht doppelt Buch geführt – äußerst vorsichtig – und dann die Schmuggelware zusammen mit meiner völlig legalen Fracht in den Container verladen. Die Kzinti waren keine guten Buchhalter; das paßte nicht zu ihrer Idealvorstellung des wahren Kriegerherzens. Wie sollte sich ein Held brüllend und springend den Weg zu einem Vollen Namen bahnen, wenn er lange Frachtgutlisten in einen Handlink eingeben mußte?

Bei ihren warzigen Jotoki-Monstern sah das schon anders aus, denn diese Kreaturen mit fünf Armen und ebenso vielen Augen waren stets wachsam und neugierig. Ich hatte abgewartet, bis mich niemand mehr auf dem Umschlagdock beaufsichtigte, und dann sehr sorgfältig alle Spuren im Computer verwischt. Es war ein Kinderspiel gewesen; schließlich hatten Menschen die Computer entwickelt und programmiert, und keine Aliens. Und was ein Jotok nicht hört und sieht, das kann er auch nicht seinen haarigen, rattenschwänzigen Herren berichten.

Ich koppelte schließlich den Container mit der darin versteckten Schmuggelware an die *Victrix* und begab mich auf meine Handels- und Zustellungsroute, für die ich eine Genehmigung der Kzinti besaß. Die Route verlief im Zickzackkurs durch den Schwarm: von Tiamat nach Avalon; von Avalon nach Lodestar; von Lodestar nach Archangel. Und von dort schließlich zu meinem undokumentierten Stopp bei Siebzehnundvier – dem heikelsten Teil der Reise. Nach Siebzehnundvier wollte ich wieder Tiamat ansteuern. Fünf lange Monate lagen hinter mir, und ich sehnte mich nach Sharna und den Kindern.

Hätte ich anstatt meines Fusionstriebwerks einen Gravitationspolarisator der Kzinti verwenden dürfen, wäre ich nur einige Tage unterwegs gewesen, aber derartige Kzintitechnologie war nicht für ›Sklavenvölker‹ bestimmt.

Das Comm-Set beantwortete trällernd die Signalkennung: Die Übertragungsverbindung für die Schmugglerdaten war hergestellt. Alles verlief nach Plan – was mich ein wenig beunruhigte.

Dennoch befolgte ich meine Anweisungen. Kein unverschlüsselter Signalverkehr, nicht mal über Bündelstrahl. Ich erhöhte die Leistung des Fusionstriebwerks. Das Triebwerk brummte und trug die *Victrix* auf gemächlichem Vektor Siebzehnundvier entgegen. Es zahlt sich nie aus, unnötiges Aufsehen zu erregen, selbst wenn man unbeobachtet ist. Auf dem Bildschirm verfolgte ich, wie der Asteroid von einem glitzernden Punkt langsam auf die Größe eines Kieselsteins anwuchs und schließlich die Form eines ungleichmäßigen Ziegelsteins annahm. Kurz nach dem ersten Angriff der Kzinti auf

Wunderland war Siebzehnundvier verlassen worden. Nachdem die Kzinti den militärischen Widerstand niedergeschlagen hatten, richteten sie ihr Augenmerk auf den Schlangenschwarm, denn der Großteil der Belter konzentrierte sich auf die Verteidigung Tiamats mit seinen Schiffswerften und Orbitalfarmen.

Nicht, daß sich dies auf lange Sicht ausgezahlt hätte. Die Fusionstriebwerke der Einsitzer waren den Gravitationsantrieben der Kzinti hoffnungslos unterlegen. Der Schaden an dicht besiedelten Asteroiden wie Tiamat und Thule war gewaltig, und die Reparaturarbeiten kosteten viel Zeit. Die kleineren Felsbrocken, wie etwa Siebzehnundvier waren indes einigermaßen unbehelligt geblieben – was sehr nützlich für Schmuggler und Piraten war, beziehungsweise für ›wilde Menschen‹, wie höhergestellte Kzinti die Aufsässigen zu bezeichnen pflegten. Während Siebzehnundvier auf dem Bildschirm allmählich anwuchs, bearbeitete ich die Frachtgutliste und dachte darüber nach, wofür ich meine unrechtmäßig erworbenen Gewinne ausgeben sollte. Bislang hatte ich meine Familie durch die Schmuggelprofite gut von den Kzinti isolieren können, und das sollte auch in Zukunft so bleiben. Jacobi hatte sogar kühn behauptet, daß mir die Lieferung genug Credits einbringen könnte, um meinen Kindern eine Unterkunft auf den kometaren Industrieanlagen von Proxima zu erkaufen. Kzinti suchten Proxima fast nie auf. Das war ihnen nicht heroisch genug.

Aus einer Höhe von etwa zwei Kilometern über der Asteroidenoberfläche sah ich die rhythmisch blinkende Landebake gleich neben der durchsichtigen Dachkuppel einer Förderstation. Ich schaltete das Fusionstriebwerk ab und aktivierte die chemischen Antriebsdüsen, damit ich in der geringen Schwerkraft präzise die Luftschleuse ansteuern konnte. Während der Annäherung schloß ich meinen Anzugshelm und pumpte die Luft der Pilotenkabine zurück in die Tanks. Ich sah keine Notwendigkeit, auch nur wenige wertvolle Atemzüge zu vergeuden, wenn ich die Schleusenluke der *Victrix* öffnete.

Fahles Sonnenlicht funkelte auf Solarzellen und Stützsäulen, die nahe der Förderanlage frei im Vakuum standen. Ich näherte mich der Landebake. Auf einem kleinen Asteroiden wie Siebzehnundvier *landet* man nicht; man hat ein ›Rendezvous‹. Positionsdüsen hielten meinen Einsitzer ruhig, während ich vorsichtig eine Haltetrosse durch einen stählernen Landungsbügel schoß, die *Victrix* daraufhin mit der Bordwinde zur Oberfläche des gewaltigen Asteroiden hinabließ und abschließend sicherte.

Wenige Minuten später befand ich mich in der Luftschleuse der Förderanlage und horchte auf das anschwellende Pfeifen des Druckanstiegs. Alles verlief nach Plan, wie am Schnürchen. Die Kontrollanzeigen der Luftschleuse blinkten schließlich grün, und das innere Schleusentor öffnete sich.

Das erste, was ich sah, war Jacobis höhnisches Grinsen. Aber sogar noch bevor ich diesen Anblick richtig verarbeiten konnte, drang mir der beißend-saure Geruch nach aufgeregten Kzinti in die Nase – was eigentlich nur meiner Einbildung entspringen konnte, denn mein Anzugshelm war noch immer dicht verschlossen.

Jacobi stand steif vor dem Schleusentor, eine Betäubungspistole in der Hand, und seine Augen leuchteten hell in dem vernarbten Gesicht. Rechts und links von ihm stand je ein Kzin in Kampfrüstung, und beide hatten die Raubtierzähne gleichermaßen zu einem bedrohlichen Grinsen gefletscht. Noch bevor ich mit der Hand die Schaltfläche neben dem Schleusentor erreichen konnte, um den Druckausgleich einzuleiten, bohrte sich etwas mit großer Wucht in meinen rechten Oberarm. Ich drehte den Oberkörper und gab so der Kraft des Aufpralls nach: meine Belter-Reflexe hatten mich davor bewahrt, in der geringen Schwerkraft die Balance zu verlieren. Ich betrachtete meinen Arm. Ein dicker, hohler Bolzen ragte aus meinem Raumanzug; der automatische Dichtungsmechanismus meines Anzugs hätte nun nicht mehr funktioniert. Karminrote Bluttropfen drangen aus der Wunde und tanzten träge in der geringen Schwerkraft davon.

Wenn ich die Luftschleuse erneut benutzte, würde ich wegen des Einschußlochs nach wenigen Sekunden nur noch Vakuum atmen. Schmerz erfüllte plötzlich meinen Arm und breitete sich bis in meine Eingeweide aus, und als ich mich voller Qual zusammenkrümmte, hoben meine Füße vom Schleusenboden ab.

»Ich bin so erfreut, Sie wiederzusehen, *Herr* Upton-Schleisser«, hörte ich Jacobi ironisch zischen.

Ich fluchte innerlich, als die beiden knurrenden Gestalten, jede über drei Meter groß, nach meinen schwebenden Körper schnappten wie zwei junge Kätzchen, die mit einem Wollknäuel spielten. Schwarze Punkte tanzten vor meinen Augen. Ich tat das einzig Sinnvolle: Ich verlor die Besinnung.

Der beißende Schmerz aus einem Aufputschmittelpflaster in meinen Nacken brachte mich wieder zu Bewußtsein. Mein Anzug und mein Helm waren verschwunden. Ich trug einen Standardbordanzug. Mein rechter Arm pochte heftig, und ich sah, daß die Wunde mit einem Kzintischen Verband umwickelt worden war; er war mindestens dreimal größer als erforderlich – medizinische Versorgung nach Kzintimaßtäben. Schnüre schnitten in meine Fußknöchel und Handgelenke und fesselten mich fest an eine Verladekiste.

Ich blickte auf und sah Jacobi, der wenige Meter entfernt in der Luft schwebte. Eine dünne Leine sicherte ihn und verhinderte, daß er vom Luftzug des Wandventilators durch den Raum getrieben wurde. Wir befanden uns in einem kleinen Lagerraum, der von grellen Stollenlampen erhellt wurde. Die kalte Luft roch nach Öl und Stahl. Und nach Kzinti, natürlich. Ich schüttelte den Kopf, um wieder einen klaren Gedanken fassen zu können. Es nutzte nichts. »Jacobi«, sagte ich so gelassen wie möglich, während mein Nacken noch immer von der verabreichten Droge schmerzte, »ich wußte nicht, daß du ein Speichellecker der Miezekätzchen bist.«

Er antwortete nicht, sah mich nur stumm an. Es war schwer, seinem vernarbten Gesicht irgendeine Gefühlsregung zu entnehmen. Während der Kzinti-Invasion, als ich mich noch im Knabenalter befunden hatte, war Tomás Jacobi ein Anführer der Schwarm-Belter gewesen. Seine Streitkräfte hatten die einrückenden Truppentransporter über eine Woche lang von Tiamat abgewehrt. Dann hatte während des letzten Sturmangriffs ein Lasertreffer seine Pilotenkabine aufgerissen und ihm das Gesicht versengt; durch den plötzlichen Druckabfall hatte er zahlreiche Dekompressionsnarben davongetragen. Später wurde Jacobi zu einem der größten Schmuggler im Schwarm und zum Lieferanten für die Widerstandsbewegung. Ein Verbrecher zwar – aber ein menschenfreundlicher Krimineller.

Ganz so wie ich.

Was hatte ausgerechnet ihn zum Kollaborateur gemacht?

Jacobis eisblaue Augen blinzelten teilnahmslos zwischen den Falten und Narben in seinem Gesicht. Er schnalzte mit der Zunge. In all den Jahren, während derer ich mit Jacobi zu tun hatte, spielte er mir stets den ›freundlichen Onkel‹ vor. Ich kannte ihn aber besser.

»Kenneth, Kenneth«, sagte er sanft, »es gibt keinen Grund, beleidigend zu werden. Ich mußte sichergehen, daß du nicht plötzlich abhaust, oder? Und ich mußte auch einen gewissen Eindruck auf meine ... hm ... Auftraggeber machen. Jedenfalls habe ich mich persönlich um deine Wunde gekümmert. Mit dem Arm ist nichts Schlimmes passiert.«

Ich unterband jede Gefühlsregung in meinem Gesicht und meinem Tonfall. »Spar dir den Scheiß. Du hast mich an die Kzinti verraten.« Ich atmete tief durch, als ich an meine Familie dachte. »Du kannst mich genausogut umbringen, Jacobi. Ich mache nicht den Kollaborateur für die verdammten Rattenschwänze.«

»Schweig.« Er fuhr sich mit der flachen Hand quer über die Kehle, als wolle er mich notfalls mit Gewalt zum Schweigen bringen. »Kraach-Kommandant spricht Belter-Standard, Wunderländisch, Jotoki und Gott weiß was sonst noch alles. Beleidige nicht seine Ehre oder seine Person.« Jacobis Augen funkelten streng in dem zerrütteten Gesicht. »Und was meinen Verrat an irgendwem angeht: Vor einem unbedeutenden Schmalspurschmuggler brauche ich meine Entscheidungen nicht zu rechtfertigen.«

Ich unterdrückte meine Gefühle nicht und blickte ihn zornig an. Jacobi seufzte verärgert. Er griff an sich hinab und löste die Sicherheitsleine. Ihm fehlten beide Beine; ein weiteres Vermächtnis der Kzintiwaffen. Er griff nach einem Wandhaltering, drückte sich ab, schwebte zu mir und packte zu. Sein Griff war sehr stark. Jacobis Mund befand sich nur wenige Zentimeter von meinem Ohr entfernt.

»Kenneth, mein Freund«, flüsterte er, »man wird dich Kraach-Kommandant vorführen. Sobald ich dich losgebunden habe, hast du zwei Möglichkeiten. Die erste: Du könntest mich überwältigen, was dir nicht allzu schwer fallen dürfte. Aber wenn du das tust, was machst du dann danach?«

»Dir das Genick brechen.«

»Und dann? Es sind über fünfzig Helden hier auf Siebzehnundvier. Willst du gegen alle kämpfen? Und wenn, zu welchem Zweck?« Er sprach nicht weiter und beobachtete mich lauernd, scharfsinnig und wissend. Genau diese Miene setzte er stets auf, wenn er um Schmuggelfrachten schacherte. Ich antwortete nicht.

»Die zweite Möglichkeit«, fuhr er fort, »wäre folgende: Ich könnte ein paar Helden herbeirufen, die dich dann persönlich zu Kraach-Kommandant eskortieren. Aber das will ich nicht. Es wäre besser, weil würdevoller, wenn wir selbst zu Kraach-Kommandant gingen. Das wäre für uns beide besser. Sicherlich würdest du es bevorzugen, aus eigener Kraft vor ihn zu treten, und nicht als bewegungsunfähiger Krüppel, den Kzintiwächter tragen müßten.« Jacobi verzog die narbigen Lippen und wartete auf meine Antwort.

Schließlich nickte ich knapp. Geschickt löste Jacobi meine Fesseln. Ich hielt mich an einem Haltering an der Wand fest, um nicht in der geringen Schwerkraft vom Boden abzuheben. Jacobi bedeutete mir, ihm zu folgen, stieß sich ab und trieb auf den Eingang zu.

»Erklär mir nur eins«, bat ich ihn. »Warum arbeitest ausgerechnet *du* für die Rattenkatzen? Dein ganzes Leben hast du sie bekämpft. Und selbst wenn du der geborene Verräter sein solltest, sie haben dich zum *Krüppel* gemacht, Finagle noch mal!«

Jacobi versteifte sich bei meinen Worten, aber er entgegnete nichts. Wir sprangen behutsam von Wandring zu Wandring durch die Korridore der Förderstation. Der beinlose Jacobi bewegte sich elegant durch die geringe Schwerkraft, indem er sich immer nur mit den Fingerspitzen an den Wänden abstützte, um seine ›Sätze‹ auszubalancieren. Während ich ihm folgte, unterdrückte ich meinen Zorn und versuchte, einen Ausweg zu finden. Mir fiel nichts ein.

Die Schwerkraftbedingungen auf Siebzehnundvier erschwerten zudem die Suche nach Lösungsmöglichkeiten und Optionen. Kzinti haßten niedrige Schwerkraft, da sie bereits seit Jahrhunderten ihre Schwerkraftpolarisatoren verwandten, um künstliche Schwerkraft zu erzeugen; dank ihrer Schiffe voller Monopole konnten sie auch auf Siebzehnundvier für künstliche Schwerkraft sorgen, sobald sie zu dem Asteroiden zurückkehrten. Die Kzinti vertrugen den Körperflüssigkeitsandrang nicht sonderlich gut, den Mikroschwerkraft verursachte; sie wurden ein wenig ... aufbrausend, selbst für Kzinti.

Nach fünf Minuten, während derer wir kein Wort wechselten, erreichten wir die stillgelegte Kommunikationszentrale. Jacobi klopfte einmal, die Luke öffnete sich, und ich folgte ihm in einen großen Raum. Die Raumdecke war hoch genug, daß ein Kzin aufrecht stehen konnte. Drei Kzintiwachen in voller Raumrüstung standen am Eingang, und ihre Waffen funkelten im Licht der orangenen Beleuchtung. Als wir an ihnen vorbeigingen, fauchten sie leise.

Ein ausgesprochen großer Tisch stand in der Raummitte; er war im Boden verankert. Holowürfel und Datentafeln waren in ordentlichen Reihen an den Tisch geklammert, so daß der offensichtlich hochrangige Kzin sie mit einem Griff erreichen konnte; der Kzin, der an dem Schreibtisch arbeitete, ließ sich nicht im geringsten anmerken, daß er unsere Anwesenheit bemerkt hatte. Jacobi und ich hockten regungslos vor dem Tisch, vermieden den direkten Blickkontakt zu dem Kzin und warteten. Ich spürte, daß mich die drei Kzintiwachen an der Luke hinter mir anstarrten. Die Luft war kalt und sehr trocken.

Schließlich knurrte einer der Wächter leise. Der Kzin hinter dem behelfsmäßigen Schreibtisch sah von einem tragbaren Flachdisplay auf und blinzelte uns an. Mit seiner schwarzen, feuchten Nase schnüffelte er in unsere Richtung. Große, violette Augen suchten und fanden meinen Blick, abwägend und urteilend. Das Fell an seiner kurzen Schnauze war graumeliert, und ich bemerkte die tiefen Kampfnarben auf seinem Gesicht und seinen Armen. Sehr alt für einen Kzin. Und es gab keine dummen, alten Kzinti.

Jacobi begann in der fisteligen, menschlichen Version der Kzintisprache zu zischen und zu spucken. Angesichts der jüngsten Ereignisse war ich nicht sonderlich überrascht, daß er die Sprache beherrschte. Der Kzin hinter dem Schreibtisch fletschte jedoch die Zähne und brachte Jacobi mit lautem Brüllen zum Verstummen. Das Grollen schien im Raum für einen Moment nachzuhallen.

»Besser«, sagte der sitzende Alien rauh in passablem Belter-Standard. Seine Stimme war einige Oktaven tiefer als die eines Menschen. »Wenn es nicht zwingend erforderlich ist, sollten Menschen die Heldensprache nicht verunglimpfen. Kein Kriegerherz – keine Ehre. Ich werde dir sagen, wann du sprechen darfst.« Er verstummte. Wir schwiegen folgsam, und der alte Kzin fuhr zufrieden fort.

»Mein Name ist Kraach-Kommandant«, knurrte er. Sein Blick durchbohrte mich. »Wie nennt man dich, Sklave, der bald schon Futter sein wird?«

»Man nennt mich Kenneth Upton-Schleisser«, antwortete ich langsam und vermied wohlwissend den direkten Blickkontankt zu ihm. Ich hatte meine Worte mit Bedacht gewählt; ein Kzin muß sich seinen Namen verdienen und bekommt ihn nicht einfach geschenkt.

»Ssso«, grollte Kraach-Kommandant. »Es ist, wie der beinlose Affe sagt. Das Jacobi-Tier besitzt zwar so viel Ehre wie Beine, aber wenigstens in dieser Angelegenheit hat sein Sklavenmund die Wahrheit gesprochen. Deine beiden Väter, haben sie Helden bekämpft, als wir erstmals nach *Ka'ashi* gelangten?« Ich schüttelte verwirrt den Kopf. Schließlich stieß der alte Kzin zischend einen Fluch aus und gab Jacobi beiläufig mit der Pranke ein Zeichen. Die Krallen an seinen Fingern glitzerten dabei.

Jacobi beugte sich dicht zu mir herüber und flüsterte mir ins Ohr. »Kraach-Kommandant meint deinen Vater und deine Mutter, Kenneth. Weibliche Kzinti sind nicht mit Vernunft begabt ...«

»Das weiß ich«, unterbrach ich ihn laut, aber noch immer verwirrt. Ich schloß abrupt den Mund, als mich einer der Wächter von hinten warnend anknurrte. Der Geruch von Jacobis Angstschweiß stieg mir in die Nase.

»Mach das nicht noch mal. Sie setzen voraus, daß ich dir das alles schon erklärt habe.« Mit streng funkelndem Blick bedeutete mir Jacobi zu schweigen. »Einem Sklaven Details zu erklären ist die Aufgabe eines Sklaven, nicht eines Helden. Hör mir jetzt gut zu. Sie wissen über deinen Vater und deine Mutter Bescheid, Kenneth, aber Kzintiweibchen sind nicht intelligent, deshalb habe ich ihnen erzählt ...«

»Ich hab' verstanden«, schnitt ich Jacobi die Erklärung ab; ich war einfach daran interessiert zu erfahren, mit welcher bizarren Geschichte er meine Mutter in einen zweiten Vater umgewandelt hatte. Ich atmete tief durch und spürte, wie ein vertrauter, beinahe wohltuender Zorn in mir aufstieg und die unsteten Gefühlswallungen in meinem Innersten zum Teil verdrängte. Meine Eltern. Henry Upton war ein ehrenwerter Schwarm-Belter gewesen, ein Steineklopfer und vor allem ein Menschenfreund, dem die Verbesserung der Beziehungen zwischen Schwarm und Wunderland am Herzen gelegen und die er darum gefördert hatte. Seine Bemühungen waren so fruchtbar gewesen, daß er schließlich Helga Schleisser geheiratet hatte, die frostige *Herren*-Tochter der Ersten Familie. Ich sollte ihr einziges Kind bleiben; als die Kzinti auftauchten, war ich fünf Jahre alt. Mein Vater starb bei der Abwehr der Rattenkatzen. Meine Mutter floh in einem der Kolonieschiffe. Im Chaos der Invasion endete ich als Zwangsarbeiter.

Ich blickte wieder Kraach-Kommandant an. »Ja«, sagte ich. »Meine ... Väter ... haben damals gegen die Helden gekämpft.«

Mit seinen großen Augen las der Kzin in meinem Gesicht. Offenbar kannte er sich mit Menschen gut genug aus, um zumindest zu versuchen, unser Mienenspiel zu deuten. »Du scheinst ein kluges Tier zu sein. Vielleicht wird dein Leben verschont.«

Ich antwortete nicht und wandte den Blick wieder von dem alten Kzin ab. Es war sicherer, nur dann zu einem Kzin zu sprechen, wenn dieser eine konkrete Frage gestellt hatte. Es überraschte mich ein wenig, wie schnell ich mich an die nötigen Verhaltensregeln erinnerte, um in Gegenwart eines Kzins am Leben zu bleiben. Ich legte wieder das Benehmen eines Sklaven an den Tag – ein verhaßter Reflex.

»Ich bedarf eines Menschensklaven – eines Sklaven, der mit dem Denken und Verhalten der Wilden Menschen vertraut ist«, fügte der Kzin hinzu.

»O Dominanter«, sagte ich langsam und deutlich und haßte zugleich meine Unterwürfigkeit und meinen Überlebensdrang. »Jacobi ist vielfach bewanderter, was das Denken und Verhalten der Wilden Menschen betrifft.« Jacobi schnappte nach Luft.

Der alte Kzin blickte mich einen Moment lang blinzelnd an. Dann brach er in Kzintigelächter aus und leckte sich die schwarzen Lefzen mit der heraushängenden Zunge. »Sehr amüsant, Mensch. Jacobi ist ein *Krüppel.* Schlimmer als ein Abkömmling des schwächlichsten Wurfes eines Affen niederster Herkunft. Nutzlos für die Pläne eines Kühnen Helden.«

»Das verstehe ich nicht«, sagte ich.

»Das Jacobi-Tier wird dir sogleich meinen Heldenplan darlegen. Du wirst mir bei der Ausführung meines Vorhabens dienen, das wirst du in der Tat.«

Kraach-Kommandant begann, sich systematisch das Fell zu lecken. Um besser mithören zu können, entfaltete er die Ohren, die mich an chinesische Sonnenschirme erinnerten.

Jacobi beugte sich zu mir. »Kraach-Kommandant strebt danach, seinen vollen Namen wiederzuerlangen. Er hat die Erlaubnis vom Eroberungsgouverneur, mit einem kleinen Truppentransporter eines der Kolonieschiffe zu verfolgen, die sich auf dem Weg zurück zur Erde befinden.«

»Ergibt keinen Sinn«, sagte ich. Die Staustrahlschiffe hatten Sol mittlerweile fast erreicht. Die Rattenkatzen hätten sie jederzeit zerstören können, hatten aber aus irgendeinem Grund beschlossen, sich nicht um die Ramjets zu kümmern. Vielleicht war ihnen ihre Zeit zu kostbar für derartige Unterfangen. Warum sollte dies nun anders sein, wo doch die Kosten viel größer sein würden?

Jacobi reagierte nicht auf meinen Einwand und fuhr

gefühllos fort, wobei er sich weigerte, mich anzublicken. »Die Kzinti haben schwere Verluste erlitten, als sie versuchten, die äußeren Verteidigungslinien von Sol zu durchbrechen. Kraach-Kommandant will eine Kzinti-Elitetruppe und Waffen an Bord eines zuvor aufgebrachten Kolonialschiffes bringen und dann damit einen Überraschungsschlag gegen den äußeren Verteidigungsring durchführen, um einer nachfolgenden Kzintiflotte ungehinderten Einmarsch in das Sol-System zu ermöglichen.« Jacobi hielt inne. »Eine Trojanische Katze, sozusagen.«

Vor Schock vermochte ich nur leise zu antworten. »Du Judas!«

Kraach-Kommandant unterbrach seine Fellpflege für einen Augenblick und blickte mich scharf an. Vielleicht hatte ich doch nicht so leise gesprochen. Er sog prüfend Luft ein und knurrte.

Jacobi redete leise weiter. »Kenneth, wir schulden den Erdlingen gar nichts.«

»Wir sind immer noch ...«

»Sie haben uns fast vierzig Jahre lang den Kzinti überlassen. Was haben sie denn für uns getan? Und die *Junker* in den Kolonieschiffen ... nun, du hast sogar mehr Anlaß, sie zu hassen, als sonst jemand.«

»Ich bin kein Prolet, Jacobi«, entgegnete ich standhaft.

»Ich habe einige Details ausgelassen, Kenneth.« Jacobi machte eine Redepause. »Das Kolonieschiff, das die Kzinti aufbringen wollen, heißt *R. P. Feynman*.«

Meine Mutter hatte Wunderland an Bord der *Feynman* verlassen.

Das war zuviel. Jacobi war schon immer ein von Grund auf sadistischer Bastard gewesen. Wenn er schon den Judas spielte, dann wohl offenbar gründlich, und dabei wollte er mich als Lockvogel mißbrauchen. Und er benutzte meine verhaßte Vergangenheit, um mich zu ködern. Ich stützte mich vorsichtig mit beiden Händen ab und hielt mein Gesicht völlig ausdruckslos. Dann beugte ich mich vor und trat nach Jacobi, so hart ich nur konnte. Dummerweise besaß er mehr Erfahrung im Kampf bei niedriger Schwerkraft und fing den Stoß geschickt ab, so daß er sich lediglich langsam um seine Längsachse drehte; ich hingegen trieb durch den Raum auf die gegenüberliegende Wand zu. Einer der Kzintiwächter sprang auf mich zu wie eine haarige, orangefarbene Rakete von drei Metern Länge.

Kraach-Kommandant brüllte los wie ein Feuerwerksheuler. Der Wächter schoß an mir vorbei, prallte von der Wand zurück und ging in Hab-acht-Stellung. Dann fauchte und spuckte der alte Kzin den anderen grollenden Wachen Befehle zu.

Nach wenigen Augenblicken befanden sich Jacobi und ich wieder vor Kraach-Kommandants Schreibtisch. Die Wachen standen nun jedoch über uns, bereit, jeden weiteren ›Sklavenaufstand‹ zu unterbinden. Jacobi keuchte leicht und rieb sich die geprellten Rippen, die meinen Tritt abgefangen hatten, welcher eigentlich für seine Wirbelsäule bestimmt gewesen war.

»Upton-Schleisser«, knurrte Kraach-Kommandant, »ich stimme deiner Gesinnung zu. Das Jacobi-Tier ist in der Tat ein Grasfresser. Dennoch werden wir ihn mit den Beinen und dem Gesicht belohnen, die er sich wünscht – wenn unser Vorhaben erfolgreich verläuft. Und natürlich mit Reichtum und Menschenfrauen.« Er blinzelte mit den schweren Lidern. »Allerdings wird ihm seine Belohnung nicht einmal Affenehre einbringen.«

Meine Gedanken wirbelten durcheinander. Sollte die Invasion der Kzinti gelingen, würden sie zuallererst die Organbänke abschalten. Für einen Kzin war jede Organbank ein Kühlschrank voller Snacks.

Jacobi verriet Menschen für ein Paar Beine und ein neues Gesicht. Ich saß steif da und dachte nach. Ich konnte nichts weiter tun. Jacobi hatte die Sache zu gründlich eingefädelt. Er mußte alles schon seit Jahren geplant haben. Es gab nur einen Ausweg. Ich sah zu Kraach-Kommandant hoch und suchte unverwandt seinen Blick. Die Wachen knurrten drohend wegen meiner offenbar absichtlichen Unhöflichkeit.

»Sie können mich nicht zwingen, Ihnen zu dienen«, sagte ich. »Ich habe nur eins zu sagen, Kraach-Kommandant.«

Der Kzin blinzelte mich neugierig an. Zeit, meinen Zug zu machen.

»*Ch'rauwl* dich ins Knie!« brüllte ich in der Heldensprache, so laut ich konnte. Der Kzintifluch bedeutete mein sicheres Todesurteil, aber wenigstens würde ich reinen Gewissens sterben. Im Raum herrschte tödliches Schweigen, und ich dachte an meine Frau und meine Kinder, die so weit weg auf Tiamat waren. Ich spürte, wie die großen Pranken der Wachen meine Schultern packten und mich zu Boden drückten. Ich bereitete mich auf den Tod vor.

Nichts geschah. Ich hörte das Blut in meinen Ohren rauschen.

Sogar die Wachen schwiegen.

Endlich brach Kraach-Kommandant in Gelächter aus. »Das Jacobi-Tier behält erneut recht!« Er deutete mit einer ebenholzfarbenen Kralle auf Jacobi. »Dieser Sklave hat sich genauso verhalten, wie du es vorhergesagt hast. Du verdienst dir wahrlich deine Beine.« In einem Ausbruch von Großzügigkeit fügte er hinzu: »Und ich werde veranlassen, daß sie einem muskulösen, jungen Artgenossen genommen werden, der exakt deine Körpergröße besitzt oder vielleicht sogar ein wenig höhergewachsen ist. Frisch erlegt, natürlich. Deine Arbeit ist es tatsächlich wert, daß an dem Spenderopfer eine Heldenmahlzeit verlorengeht.«

Jacobi gab keine Antwort und starrte einfach auf die leere Wand vor sich.

Der Kzin drehte mir seinen riesigen Kopf zu. In einem Tonfall, der unter Kzinti als milde galt, sagte er: »Nochmals erkenne ich deinen Mut an, kleiner Sklave. Er ist wie der Mut eines undisziplinierten Kätzchens, aber immerhin ist es Mut.« Seine violetten Augen nahmen plötzlich einen harten, kalten Ausdruck an. Er fauchte: »Aber wisse eines, Sklave: Du *wirst* uns dienen.« Kraach-Kommandant tippte mit einer Kralle auf eine kleine Kryobox, die auf dem behelfsmäßigen Schreibtisch stand. »Öffne sie.«

Ich riß das Klettverschlußband auf, das die Box auf dem Tisch hielt. In solchen Behältern bewahrte man für gewöhnlich Tieftemperatur-Arzneien auf, mit denen Autodocs bestückt wurden. Benommen betätigte ich den Öffnungsmechanismus. Die Dichtungen öffneten sich zischend. Der Deckel der Box glitt langsam auf.

In dem Behälter lag die Hand eines Menschen.

Die linke Hand.

Dann erkannte ich den Ring am Ringfinger. Den Ring, den ich selbst auf diesen Finger gesteckt hatte. An Sharnas Hand.

Ich war sprachlos. Mein Blick trübte sich.

Aus weiter Ferne drang Jacobis Stimme zu mir. »Sie ist noch am Leben, Kenneth. Ich habe die Kzinti davon überzeugen können, daß ihnen deine Frau lebendig von größerem Nutzen wäre als tot. Vergiß das nicht, Junge.«

Ich gab keine Antwort, starrte noch immer in den Behälter. Reif blitzte auf der abgetrennten Hand meiner Frau. Dann bedeckte der dunkle Schatten einer riesigen, vierfingrigen Pranke die kleine Hand und entwand die Box meinem Griff. Kraach-Kommandant lehnte sich in seinem Sitz zurück und befestigte die Kryobox wieder mit dem Klettverschlußband.

Jacobi sprach weiter, und seine Stimme ging beinahe in dem Pochen meiner Schläfen unter. »Die Hand ist noch transplantierbar. Wenn du für sie arbeitest, werden sie deiner Frau die Hand wieder ansetzen. So, wie sie mir neue Beine und ein neues Gesicht geben.

Meine Lippen waren taub. »Meine Kinder?«

Der vernarbte kleine Mann neben mir schwieg einen Moment. »Kenneth«, sagte er endlich, »Kraach-Kommandant wird weder dir noch deiner Familie etwas zuleide tun, wenn du für ihn arbeitest. Er wird dich sogar zu einem Mitglied seines Hauses machen. Du ständest unter seinem Schutz, verstehst du?« Er räusperte sich, dann fuhr er fort. »Weigere dich, und er wird ... deine Frau fressen. Seine Zähne werden das letzte sein, was sie sieht.«

Ich atmete ruhig, ließ die Worte auf mich wirken. In meinen Ohren kreischte lautes Schrillen.

»Deine Kinder werden dabei zusehen. Danach werden sie zum Jagdspielzeug für Kraach-Kommandants Söhne.«

Ich wagte nicht, Jacobi anzusehen. Ich hätte augenblicklich versucht, ihn zu töten, wenn ich ihn anblickte. Irgendwann, irgendwie würde er für seinen Verrat bezahlen. Aber für den Augenblick wandte ich meine Aufmerksamkeit wieder dem Kzintikommandanten zu. Ich mußte den Kopf bewahren, um meiner Familie willen.

»Kraach-Kommandant«, sagte ich, und die Worte lagen mir tot und leer auf der Zunge, »woher soll ich wissen, daß Sie sich an diese ... diese Abmachung halten werden?«

Die Wachen knurrten und grollten wegen dieser Anspielung, aber der alte Kzin blinzelte mich lediglich an. »Kleiner Sklave«, brummte er, »das Wort eines Helden ist bindend. Ich bürge mit meinem Namen für mein Wort, mit meinen Ländereien und meinen Söhnen.«

Kraach-Kommandant machte eine Gebärde, die unter den Kzinti ein Schulterzucken bedeutete. »Versage nicht.«

Mit einer Krallenspitze klopfte er auf einen harmlos aussehenden Holowürfel, der an den Tisch geklammert war. Er löste die Klammer und reichte mir den Würfel. »Nimm diese Aufzeichnung. Sieh sie dir gut an, und dann trage sie als ständige Gedächtnisstütze bei dir.«

»Was zeigt die Aufzeichnung?« fragte ich träge und nahm den Würfel entgegen. Doch ich kannte die Antwort bereits.

»Sie zeigt meine Sitzung mit deiner Gefährtin, als ich ihr die Hand abgenommen habe«, antwortete der alte Kzin rauh. »Diese Unterredung ist beendet.«

Die Pranken der Wachen ließen meine Schultern los, und Jacobi raunte mir ins Ohr: »Komm jetzt, Kenneth. Kraach-Kommandant hat alles beschafft, was wir brauchen. Wir müssen noch vieles planen.«

Ich ließ mich von Jacobi abführen.

KAPITEL 3

Das Gambit des Handlangers

Lügen. Sie brannten mir wie ein saurer Klumpen in der Brust, während ich in der Luftschleuse der *Feynman* stand und wartete.

Selbstbeherrschung bedeutete nun alles, doch es war nicht leicht, konzentriert zu bleiben. Ich mußte an meine Kinder denken, und an meine Frau. Ich dachte an die Kryobox und den riesigen Tisch in der Kommunikationszentrale von Siebzehnundvier. Ich dachte an das Versprechen, das Kraach-Kommandant mir vier Lichtjahre weit weg gegeben hatte. Die Gesichter meiner Kinder spukten mir durchs Gedächtnis. Erinnerte sich die kleine Gretha noch an mich? Mir fiel plötzlich ein, daß sie mittlerweile gar nicht mehr so klein war; ich hatte sie vor vier Jahren objektiver Zeit zuletzt gesehen – was für mich nur wenige Wochen bedeutete.

Der verfluchte Holowürfel in meiner Innentasche schien ungewöhnlich schwer zu wiegen und mahnte mich daran, was auf dem Spiel stand. Ich würde nicht zulassen, daß eines meiner Kinder als Spielzeug in einem Jagdpark der Kzinti diente. Schon gar nicht, um einem dünkelhaften, feigen *Herren* das Leben zu retten. *Du hast keine Wahl.* Ich schluckte meinen Verdruß herunter und blickte mit gespielter Ruhe auf das innere Schleusentor, das sich beiseite schob.

Mit metallischem Knirschen und Schwall expandierender Luft öffnete sich die Luke der *Feynman* vollständig. Mein kleiner *Herren*-Freund stand mitten im Schleusentor und hielt vielsagend einen Schweißlaser in beiden Händen. Keine sonderlich gefährliche Waffe, doch reichte sie für ihren Zweck völlig aus, o ja. Seine Augen zuckten hin und her, sein Blick musterte die Luftschleuse hinter mir. In rund zehn Metern Entfernung stand eine junge *Herrin* neben einer Lukenöffnung und beobachtete uns wachsam.

»Ah, der ehrwürdige Herr Bergen, nehme ich an?« sagte ich und zwang meine Lippen zum Lächeln und meine Stimme zur Freundlichkeit. Leicht fiel es mir nicht, aber blieb mir eine andere Wahl?

Benimm dich vielleicht wie Jacobi – aber werde *nicht wie er.*

Bergen richtete den großen Laser auf meine Brust und winkte mich mit der freien Hand ins Schiffsinnere. »Bitte halten Sie Ihre Hände vom Körper weg, damit ich sie sehen kann.« Die kleinen gefärbten Büschel in dem asymmetrischen Bart ließen Bergen wie den Ziegenbock aussehen, den ich einmal auf Tiamat im Zoo gesehen hatte.

»Ich verstehe Ihre Vorsicht«, sagte ich. Beruhigender Tonfall, freundliches Gesicht. Immer noch hörte ich die Stimme meiner Frau und sah die Gesichter meiner Kinder, und diese Erinnerung stach mir wie ein Messer ins Herz. Vorsichtig breitete ich die Hände aus und betrat die *Feynman.* Hinter mir schloß sich das Schleusentor wieder und zischte während des Abdichtungsprozesses wie ein wütender Kzin.

Bergen ließ mich nicht aus den Augen, während er einige Schritte zurücktrat. Er übergab den Schweißlaser der Frau. Sie stellte sich auf wie eine Scharfschützin. Bergen flüsterte ihr etwas zu und näherte sich mir wieder, wobei die Magnetsohlen seiner Bordschuhe auf dem Deck klackten. Er griff in eine der Werkzeugtaschen an seinem Gürtel.

»Es tut gut, Sie wiederzusehen, mein Freund«, sagte ich ungezwungen. *Bin ich zu freundlich? Muß den richtigen Ton treffen.*

Bergen schwenkte ein kleines Gerät mit blinkenden Lichtern über meinen Raumanzug und meine Bordtasche; er suchte nach ungewöhnlichen Energieemissionen – wie denen einer Waffe. Er grunzte zufrieden und steckte das Gerät weg. Die Frau mit dem Schweißlaser blieb jedoch weiterhin in angespannter Haltung stehen.

»Vertrauen ist etwas Wunderbares«, stichelte ich. Ironisch? Witzig? Was für eine Rolle spielte ich ihnen eigentlich vor? Weder Bergen noch die Frau antworteten.

Ich öffnete den Helm und hängte ihn an einen Klettflicken nahe der Luftschleuse. Dann nahm ich meine Tasche auf und blickte Bergen fragend an. Ein Nicken. Er nickte und führte mich zu einer Luke. Die schweigsame Frau folgte uns. Ich spürte das Jucken eines Ziellaserstrahls im Kreuz. Der Schuß würde meine Körperflüssigkeit blitzschnell zum Kochen bringen und mich in eine Dampfsäule verwandeln.

Mißtrauische Oberschicht, in der Tat. Andererseits sollten sie bald herausfinden, daß sie allen Grund für ihr Mißtrauen hatten; nichts davon beruhigte mein Gewissen jedoch im mindesten.

Die *Feynman* war dazu konstruiert worden, beinahe automatisch zu funktionieren. Neben einer aktiven Crew von drei oder vier Besatzungsmitgliedern befanden sich über dreihundert Kälteschläfer an Bord, und das Schiff verfügte zudem über eine beträchtliche Frachtkapazität. Die Lebenserhaltungsabteilungen, die wir durchschritten, waren aus diesem Grunde klein und beengend. Ein großer Frachter mit wenig Platz im Lebenserhaltungssystem. Immerhin war das Schiff in gutem Zustand, sogar sauber. Ich bemerkte im Vorbeigehen große Wanddisplays, die komplexe automatisierte Überwachungsauswertungen zeigten.

Die geringe Schwerkraft von 0,1 *g* reichte aus, um eine

Orientierung nach ›oben‹ und ›unten‹ zu ermöglichen. Magnetbordstiefel verhinderten, daß wir wie wunderländische Zithraras die Korridore entlanghüpften. Bald mündete der Gang mit einer sanften Krümmung in den Hauptkorridor-Ring, was mir erstmals einen realistischen Eindruck von Größe und Umfang der *Feynman* vermittelte.

Sie wirkte riesig, leer und verlassen. Matte Korridorbeleuchtung, kühle, widerhallende Gänge; Wände, die von den Jahren angelaufen waren; in der Luft üble Gerüche, die sowohl biologische wie auch mechanische Ursachen hatten. Gewiß befanden sich nur wenige Besatzungsmitglieder der *Feynman* im Wachzustand; die Lebenserhaltung konnte nicht viele Personen bewältigen. Zahlreiche verschlossene Türen und Luken säumten den Hauptkorridor-Ring, einige davon mit Dichtungen, an denen bereits die Oxidation nagte. Manche führten in den Frachtraum, wie ich wußte, andere wiederum in verschiedene Funktionsbereiche des Schiffes. Nur wenige würden zu den Flüssigstickstoff-Kammern führen.

Kälteschlaf. Irgendwo an Bord mußte es eine Passagierliste geben. Ich hatte mir geschworen, schon bald eine kurzes Gespräch mit meiner Mutter zu führen, die sich im Kälteschlaf befand. Sie sollte sehen, wohin ihre Feigheit schließlich geführt hatte.

Wir traten gebückt durch eine niedrige Luke und durchschritten einen kurzen Korridor, der in den kleinen Kontrollraum der *Feynman* mündete. Eine alte Frau saß vor einer Schalttafel, und die Kontrollampen beleuchteten ihr Gesicht schwach. Ich sah, daß sie auf einem der Bildschirme einen Breitbandscan an der *Victrix* ausführte. Die alte Frau blickte auf, ihre Augen zeigten Müdigkeit.

»Sie sind Höchte?« fragte sie barsch. Ihre Stimme

klang rauh und spröde. Sie hatte schneeweißes, dünnes Haar. Diese Frau hatte keine Alterungshemmer genommen. Die Zeit hatte tiefe Furchen in ihr Gesicht gegraben, das einen dunklen Teint besaß und durch die Arbeit am Fusionsantrieb gegerbt worden war. Offenbar hatte sie zuviel Zeit im Herzen der *Feynman* verbracht und die Fusion überwacht, die durch den Magnettrichter des Ramjets mit interstellarer Materie gespeist wurde. Ihre Augen jedoch leuchteten hell und lebhaft.

Ich hielt mein Lächeln aufrecht. »Das ist richtig, gnädige Frau. Und mit wem habe ich das Vergnügen?«

Sie gab sich wie eine *Herrin* alter Schule, wie die Großtanten, die ich noch zu Lebzeiten meines Vaters kennengelernt hatte, oder wie einige der verräterischen Doyens aus München. Sie trug keinerlei Schmuck; eine drahtige Gestalt in einfachem Bordanzug. Ihr Gesichtsausdruck zeigte mehr als nur Hochmut; etwas anderes lag darin, ich vermochte es nur nicht so recht in Worte zu fassen. Ich fühlte Verunsicherung.

Sie blickte mich für einen Moment kühl an, dann lachte sie leise. »Ich bin Freya Svensdottir. Ich habe während dieser Wachschicht das Kommando. Klaus Bergen kennen Sie ja schon, und auch seine schweigsame, aber überaus tüchtige Gattin, Madgen Franke.«

»Ich freue mich, Ihre Bekanntschaft zu machen.« Die üblichen Höflichkeitsfloskeln beschäftigten uns eine Weile und boten Gelegenheit, einander abschätzend zu beäugen. Außer der alten Frau, Bergen und dessen Gemahlin konnten allenfalls noch ein oder zwei Besatzungsmitglieder wach sein. Mehr Personen hätten die Umweltsysteme nicht am Leben erhalten können. Mein Auftrag verlief bislang problemloser als erwartet. Doch etwas an der alten Frau machte mich nervös und drängte mich, mein Vorhaben so schnell wie möglich hinter mich zu bringen. Ihr Ausdruck blieb unverändert. »Und Sie bringen uns Nachricht, die Kzinti seien besiegt worden? Von Wunderland vertrieben?«

Ich nickte. »Es ist mir eine große Freude, Ihnen dies mitteilen zu dürfen.« Eine Geste auf meine Bordtasche. »Erlauben Sie?«

Svensdottir nickte. Ich öffnete den kleinen Koffer und holte die Gegenstände hervor, die Jacobi und Kraach-Kommandant während der Reise zur *Feynman* so sorgfältig vorbereitet hatten: Holowürfel. Gefälschte Nachrichtenaufzeichnungen. Sogar der Trophäenring mit den Kzintiohren, den ich Bergen schon via Bündelstrahl gezeigt hatte. Kraach-Kommandant hatte die Ohren persönlich erworben, als er sich mit seinen Konkurrenten um die Erlaubnis duellierte, die Expedition zur *Feynman* durchzuführen.

Während der folgenden Stunde berichtete ich über die fiktive Marine des Freien Wunderland und deren gleichermaßen fiktive Siege; wie sie die Rattenkatzen aus Wunderland und dem gesamten System vertrieben hatte. Großartige Geschichten. Ich hatte genügend Zeit damit verbracht, sie einzustudieren.

Wären sie nur wahr gewesen.

Die Besatzung der *Feynman* konnte die Wahrheit nicht wissen. Die Kolonieschiffe hatten keine Anstalten gemacht, mit Wunderland Verbindung aufzunehmen. Und auch die Erde hatten sie nicht kontaktiert, soweit dies den Kzinti bekannt war. Es wäre sehr schwierig gewesen, eine Verbindung durch die Plasmawolke und elektromagnetische ›Bugwelle‹ hindurch zustandezubringen.

Unsere ach so weisen Brüder von der Erde hatten uns Wunderländer im Stich gelassen. Nun wurde diese Informationssperre der *Feynman* zum Verhängnis.

Bergen zeigte allmählich Begeisterung für meine Geschichten. Seine Gattin starrte mich einfach nur an. Vielleicht bekam die Isolation der langen Wachschicht ihrer Psyche nicht sonderlich gut. Svensdottir nahm ebenfalls nicht die Augen von mir, doch sie schaute mich wachsam und abwägend an; sie hatte eindeutig das Kommando, also war sie es, die ich überzeugen mußte.

Ich berichtete meinen Gastgebern über das größere Schiff, das mich in die Nähe des Kolonieschiffes gebracht hatte und nun in einiger Entfernung zur *Feynman* wartete. Ich erklärte, daß dieses Schiff die *Feynman* mit einem Gravitationspolarisator ausstatten würde, mit dem sie die übrige Strecke nach Sol innerhalb weniger Wochen zurücklegen könnte.

Bergen strich sich nachdenklich über das Kinn. »Wir müßten also die Ramjetfelder deaktivieren, richtig?«

Ich nickte zustimmend. »Das Tenderschiff ist groß. Ich bezweifle, daß es sich einen Weg durch die Fluxlinien bahnen könnte, obwohl der Gravitationspolarisator ein Schutzfeld erzeugt.«

»Es würde eine Weile dauern«, erklärte Svensdottir. »Während des Abschaltungsprozesses müssen wir jede Instabilität des Feldes vermeiden. Das Fusionstriebwerk ist ausgesprochen empfindlich ausbalanciert.« Sie erhob sich. »Ich gehe nach unten und beginne mit der Programmierung der Abschaltung.«

Ich blinzelte. Ich hatte ein wenig mehr Zweifel erwartet, vielleicht sogar Widerstand oder zumindest Debatten. Aber andererseits war die Besatzung der *Feynman* verzweifelt. Die langen Jahre hatten an ihnen gezehrt. Und dann war ich gekommen, hatte an ihre Tür geklopft und ihnen die Aussicht auf Sicherheit, Freiheit ... und Hoffnung gebracht.

Ich drängte meine Gefühle zurück und konzentrierte

mich auf Bilder von unschuldigen Gesichtern, auf die abgetrennte Hand einer Frau.

Als die grauhaarige Frau den Kontrollraum verlassen hatte, blickte ich Bergen an. »Sie macht einen recht eisernen Eindruck.«

»Das stimmt. Aber sie hat die *Feynman* funktionstüchtig gehalten, die ganze Zeit über.« Trotz seiner anerzogenen Ernsthaftigkeit lächelte er leicht.

»Sie meinen, sie war die ganze Reise über wach?«

Er nickte. »Seit wir von Wunderland gestartet und den Kzinti nur knapp entkommen sind. Sie betrachtete nur einmal flüchtig die zerstörte Flotte des Schlangenschwarms hinter uns, und dann verweigerte sie den Kälteschlaf.« Bergen sah nachdenklich aus. »Da die Lebenserhaltungssysteme an Bord nicht gerade die allerbesten sind, schieben wir abwechselnd Wachschichten. Aber die alte Dame ... nun, sie ist seit beinah vierzig Jahren im Dienst.«

»Merkwürdig«, sagte ich.

»Der Weltraum ist groß, gnädiger Herr Höchte. Wir sind im gleichen Alter, sie und ich«, sagte Bergen, »aber ich habe die meiste Zeit verschlafen.«

»Konnten Sie sie denn nicht dazu überreden, sich ablösen zu lassen? Sein Leben so zu verbringen ...« Ich schürzte die Lippen und wies mit einer ausholenden Geste auf das Innere des Schiffes.

Er zuckte die Schultern. »Sie besteht darauf.«

Typisches Benehmen für eine *Herrin*.

Ich nickte. »Eine beeindruckende Frau. Sie alle waren sehr mutig. Die ganze Erde wird Ihnen zujubeln.« Komplimente zu verteilen schadete nicht. Die Menschen beruhigt so etwas. Madgen Franke lächelte, was bei ihr sicher nicht häufig vorkam.

Ich zuckte mit den Schultern. »Nun, während sich Ihre

geschätzte Kommandantin um die Abschaltung des Fusionstriebwerks kümmert, haben wir noch einen letzten Punkt der Geschäftsordnung zu besprechen.« Ich griff wieder in die Bordtasche und holte äußerst vorsichtig einen Stift hervor. Ich hatte die Absicht, die Angelegenheit so schnell wie möglich hinter mich zu bringen, damit es keine Komplikationen gab. Auf keinen Fall sollte jemand an den Schiffsantennen manipulieren, ohne daß ich ihn oder sie dabei überwachte. Das wäre viel zu riskant gewesen.

Ich achtete darauf, nur durch die Nase zu atmen, als ich an dem zylinderförmigen Stift in meiner Hand drehte. Eine lautlose, unsichtbare Gaswolke: die vollkommene Überraschung. Aus Bergens Gesicht wich die anfängliche Überraschung, und seine Züge gerannen zu einer starren Maske. Frankes tauben Fingern entglitt der Schweißlaser und fiel nutzlos aufs Deck. Ihr Gesichtsausdruck änderte sich nicht sonderlich, ob sie nun wach war oder schlief.

Schnell und sauber.

Ich war nicht länger auf die unsichtbaren Nasenfilter angewiesen – das Gas hatte sich bereits nach dreißig Sekunden soweit abgebaut, daß für mich keine Gefahr mehr bestand – und nahm durch den Mund einen tiefen Atemzug der stechend riechenden Schiffsluft. Ich steckte den Stift in die Tasche und legte Bergen und Franke flach auf den Boden des Kontrollraums. Dann ergriff ich den Schweißlaser. Zeit, ein wenig auf die Jagd zu gehen.

»Ich habe es gleich geahnt.« Zu meiner Überraschung bemerkte ich, beinahe damit gerechnet zu haben, daß diese Stimme von der Luke her zu mir drang – aber warum? Ich wandte mich um und blickte der zerbrechlichen alten Frau ins Gesicht. Ich würde den Laser nicht brauchen. Svensdottir war unbewaffnet und würdigte mich keines Blickes, sondern musterte die reglosen Körper von Bergen und Franke.

Ich schwieg. Selbst das ignorierte sie.

Schließlich hob sie den Blick. »Leben sie noch?«

»Ja«, entgegnete ich ruhig und beruhigend. »Ein einfaches Nervengas. Die Wirkung läßt in ein paar Stunden nach.«

»Sie arbeiten für die Kzinti«, stellte sie fest.

Ich nickte wiederum, entfernte die kleinen Filter aus der Nase und steckte sie in die Tasche. Ich wollte weder sie noch mich demütigen, indem ich meine Beweggründe erläuterte. Wie hätte sie mich auch verstehen sollen?

»Ich nehme an, Sie werden mich nun des Kommandos entheben, wie sie einen lästigen Schoßhund einfach auf den Boden setzen würden?« Die scharfen Falten um Svensdottirs Mund vertieften sich in der schwachen Beleuchtung des Kontrollraums. Ihre Miene zeigte Mißbilligung, als wäre sie eine Großtante, die zerbrochenes Geschirr betrachtet, das ein ungeschicktes Kleinkind bei einem unerwarteten Besuch hinterlassen hat.

»Wohl kaum«, antwortete ich. »Meine ... Auftraggeber ... brauchen Sie lebend, damit Sie sie einweisen und unterrichten können.«

Ihre Augen wurden zu Schlitzen, dann weiteten sie sich; fast augenblicklich schien sie das Trojanische Katzengambit begriffen zu haben. »*Niemals!*«

»Das habe ich auch zuerst gesagt«, erwiderte ich sanft, freundlich beinahe. »Nun sehen Sie mich an ...«

»Was geschieht jetzt, Verräter?« Ich konnte ihr nicht in die Augen sehen; wollte nicht die Anklage von ihrem alten Gesicht ablesen.

Ich schwieg und befeuchtete mir die Lippen. »Es gibt etwas, das Sie für mich tun könnten«, begann ich.

Die alte Frau erwiderte nichts. Ihr Gesicht war regungslos. Ich sah ihr an, daß sie eine harte Frau war – und schon immer eine harte Frau gewesen war. Sie zitterte vor Zorn über meinen Verrat.

»*Tante*«, sagte ich mild.

Ihre hellen, stechenden Augen fanden meinen Blick, und sie sah mich lange prüfend an. Schmerz und Verlust schienen ihr die Falten ins Gesicht gegraben zu haben. Ich wußte, wie sie sich fühlte. Sie zog eine Augenbraue hoch; ihre langen *Herren*-Ohren paßten nicht zu ihrem Gesicht. »Sie sollten mich nicht vertraulich Tante nennen«, sagte die alte Frau endlich, und ihr Ton war beinahe freundlich. »Sie sind ein Verräter.«

»Kannten Sie Helga Schleisser?« fragte ich und ignorierte ihre Beleidigung.

Wiederum langes Schweigen, dann seufzte sie. »Ja. Sie war eine stolze Frau; vielleicht zu stolz.« Trockene, knisternde Präzision. »Sie mußte ihrer Pflicht und Ehre gerecht werden. Das war eine schwere Bürde für sie.« Svensdottir dachte einen Moment nach. »Vielleicht zu schwer.«

Ich schnaubte spöttisch.

Die alte Frau stieß mir einen knorrigen Finger furchtlos und hart gegen die Brust. »Spielen Sie nicht Ehre und Pflicht herunter und auch nicht die damit verbundene Bürde, gnädiger Herr Höchte. Dies sind Attribute, die uns von den Tieren unterscheiden.« Sie runzelte die Stirn, und ihre Falten vertieften sich. »Aber zu große Beachtung dieser Attribute macht uns den Kzinti-Teufeln ähnlich, ist es nicht so?«

Ich nickte. Ich konnte ihre Worte nicht länger ertragen. Der Betäubungsstift lag wie ein brennendes Gewicht in meiner Tasche. Plötzlich hörte ich Sharnas glockenhelles Lachen in meinem Kopf.

»Was ist mit Helga Schleisser geschehen?« fragte ich.

»Das will ich Ihnen zeigen«, entgegnete die alte Frau und bedeutete mir, ihr zu folgen. Ich ließ sie vorgehen. Svensdottir war unbewaffnet, und meine Reflexe bei niedriger Schwerkraft waren besser als die ihren. Ich hatte nichts zu befürchten.

Der gewundene Gang führte schließlich zu einer verschlossenen Luke, die die alte Frau mit einem ID-Schlüssel öffnete, den sie um den Hals trug. Die Luke zischte und glitt beiseite; neblige, bitterkalte Luft strömte in den Korridor. Mich fröstelte; das lag an dem flüssigen Stickstoff, der 77 Grad über dem absoluten Nullpunkt kalt war. Der Hauch des Grabes – wenngleich eines vorübergehenden. Im Inneren der Keramikkammer leuchteten flackernd matte Lampen auf.

Ich folgte Svensdottir in einen Gang aus miteinander verbundenen, durchsichtigen Frachtbehältern, die Reihe um Reihe vom Boden bis zur Decke gestapelt waren. Im Innenraum eines jeden Behälters befand sich eine Kälteschlafkoje, in jedem das gleiche Modell. Svensdottir schien ihr Ziel genau zu kennen, als sie an den aufeinandergetürmten Reihen aus sargähnlichen Containern vorbeischritt. Schließlich blieb sie vor einer der unteren Kälteschlafkojen stehen und deutete darauf. Im Schimmer der Bereitschaftslichter auf dem Behälter las ich das Namensschild: HELGA JACOBSON SCHLEISSER.

Die Kälteschlafkoje war leer.

Verwirrt blickte ich Svensdottir an – im gleichen Augenblick traf mich der Magnetschraubenschlüssel in die Magengrube.

Ich ging in die Knie, keuchte, griff nach ihren Beinen – und sie schlug erneut nach mir. Diesmal traf sie mich hinter dem Ohr. Stechender Schmerz durchzuckte mich, und mein Blickfeld verengte sich weiter.

»Ich konnte einfach nicht anders, Sohn«, sagte sie traurig. Ich blickte sie mühsam an; grelle Punkte tanzten vor meinen Augen.

Irgendwo hatte sie sich einen Schweißlaser beschafft, den sie nun auf mich gerichtet hielt. Gelassen war sie, und streng. Sie hatte das alles geplant. Hatte *mir* eiskalt eine Falle gestellt. »Ich ...«

»Ich hielt es für falsch, all die Jahrzehnte zu verschlafen und die anderen meine Bürde tragen zu lassen. Ich hatte Henry verloren, dich ... alles. Mir blieb lediglich, die *Feynman* intakt zu halten und sie zur Erde zu bringen. Nur Ehre und Pflicht.« Sie wies auf die gestapelten Kälteschlafkojen. »In den Kojen liegen alle Kzinti-Experten, die wir finden konnten; die Menschen, die das Wenige wissen, was über die Rattenkatzen herausgefunden wurde – sie präsentieren all unsere Erfahrung im Kampf gegen die Kzinti. Wir haben sogar einige Wrackteile von Kzinti-Kriegsschiffen an Bord. Vielleicht begreifen ja wenigstens die irdischen Ingenieure die Technik der Kzinti.«

Ich gab mir größte Mühe, wieder zu Atem zu kommen; meine Gedanken rasten. »Du wußtest die ganze Zeit, wer ich bin.« Der Laser in ihren Händen zitterte kein bißchen.

Meine Mutter nickte. »Die Jahre, in denen ich den Fusionsreaktor überwachte und das Schiff funktionstüchtig hielt, sind nicht spurlos an mir vorübergegangen. Es war sinnvolle Arbeit, die jedoch ihren Preis gefordert hat. Du aber, Kenneth, bist zum Abbild deines Vaters herangewachsen. Wie hätte ich dich nicht erkennen können?«

Sie musterte mich lange Zeit. Ihre Augen lagen tief in den Höhlen, blitzten unerbittlich. Ich erinnerte mich nun an diese Augen, die mich vor langer, langer Zeit zuletzt angeschaut hatten. Gebieterisch lasteten sie auf mir.

Ich unternahm nichts. Was sollte ich sagen?

»Wir haben einige Kälteschlafkojen frei. Ich werde dich in eine davon verfrachten und mich mit dir befassen, sobald wir die Erde erreicht haben. Die Kzinti können uns töten, aber sie werden das Schiff nicht entern.« Ich glaubte ihr voll und ganz.

»Möchtest du eigentlich nicht meine Gründe erfahren?« fragte ich.

Sie schüttelte entschieden den Kopf. »Nicht unbedingt. Ich hatte eine Situation wie diese in Betracht gezogen, allerdings nicht, daß der Verräter mein Sohn sein würde. Wir können uns mit der Sache in etwa sechs Monaten näher auseinandersetzen. Jetzt ist dafür keine Zeit. Ich muß Vorbereitungen treffen, um mit deinen ›Gebietern‹ fertigzuwerden.«

Meine Mutter schwieg einen Augenblick. »Der Signallaser ist schon lange defekt. Die Kzinti hätten die *Feynman* beinahe zerstört, als wir Wunderland verließen. Wir verfügen nicht über die nötigen Ersatzteile, um den Laser zu reparieren. Deshalb kann ich nichts über die Lage auf der Erde, auf Wunderland oder über die Kzinti in Erfahrung bringen. Ich mußte vorsichtig sein. Nur gut, daß ich Vorbereitungen getroffen hatte.« Ich machte Anstalten, mich zu erheben und streckte hilfesuchend eine Hand aus.

»Schön langsam jetzt«, warnte sie mich und trat einige Schritte zurück.

»Ohne den Signallaser kannst du die Kzinti nicht davon abhalten, die *Feynman* zu entern.« Schlagartig war ich verärgert. Ich brauchte mich nicht einmal mehr zu opfern. All meine Mühen – vergeblich!

Sie lächelte kalt. »Vielleicht ist es den Kzinti einen Versuch wert, aber mit den Ramjetfeldern und dem Fusionstriebwerk können wir sie in Schach halten, denke ich.« Sie zuckte herrisch mit dem Laser. »Steh auf.«

»Du verstehst nicht«, entgegnete ich und erhob mich. »Ich hatte keine Wahl.«

Die Furchen in ihrem Gesicht vertieften sich. Unter der dunkelgegerbten Haut errötete sie. Mutter schnaubte verächtlich und verzog spöttisch das Gesicht. »Ich nehme an, du hast lediglich Befehle befolgt?«

»Wohl kaum.«

Erneut bedeutete sie mir mit dem Schweißlaser, zu einer der Kälteschlafkojen zu gehen. Befand ich mich in der Koje, würde mich der integrierte Autodoc selbsttätig ruhigstellen und den Einfrierungsprozeß einleiten. Viel Zeit zum Nachdenken blieb mir nicht mehr. Mit der rechten Hand hielt meine Mutter den Laser auf mich gerichtet, mit der linken bediente sie das kleine Tastenfeld der Kälteschlafkoje. Sie trat beiseite, als das Kontrollsystem der Koje melodisch piepte.

Auf dem Diagnosedisplay erschien eine Reihe grüner Lichter, und die Kälteschlafkoje zischte. Die Einstiegsklappe der Koje öffnete sich wie ein Sargdeckel zur Seite. Ich hielt inne.

»Mutter, hör mich an.« Ich begegnete ihrem eisigen Blick. Es war meine letzte Chance.

Sie gab zwar keine Antwort, aber sie schoß auch nicht auf mich. Wenn ich versagte, würde Kraach-Kommandant Nachricht nach Wunderland geben, und meine Familie würde sterben. Ein unwillkommenes Bild erschien vor meinem geistigen Auge: scharfe weiße Zähne, dazu geschaffen, lebende Beute zu zerreißen.

»Es bedeutet dir vielleicht nichts«, hörte ich mich eilig sagen. »Aber die Rattenkatzen haben meine Familie. Deine Enkelkinder. Ich hatte keine Wahl.«

Zeit, zu handeln – alles auf eine Karte zu setzen.

Ich sprang zurück. Der Laser feuerte einen starken Energiestrahl auf die Stelle, an der ich noch einen

Moment zuvor gestanden hatte. Wo er die Kälteschlafkoje getroffen hatte, brutzelte und zischte die freigelegte Elektronik. Ein Alarm heulte auf.

Ich schlug meiner Mutter den Schweißlaser aus der Hand. Er flog wirbelnd durch die Kältekammer. Meine Belter-Reflexe übernahmen das Kommando, und ich duckte mich, rollte mich über die Schulter nach vorn ab und richtete mich rasch wieder auf – den Betäubungsstift in der Hand.

»Es tut mir leid«, sagte ich, und meine Worte überraschten mich.

Meine Mutter blickte mich an, das Gesicht angespannt von Schreck und Resignation. Sie jammerte nicht um Erbarmen, was ich ihr zugute hielt.

»Ist es wahr?« fragte sie.

»Was?«

»Das mit deiner Familie.«

Ihre Frage erstaunte mich. »Natürlich. Auf jede andere Bedrohung hätte ich mit Selbstmord reagieren können.« Ich griff in die Tasche meines Raumanzugs, holte die Nasenfilter hervor und setzte sie ein. Dann nahm ich einen tiefen Atemzug und hielt die Luft an. Der Stift zischte.

Die unsichtbare Gaswolke hüllte augenblicklich ihr Gesicht ein.

Sie schüttelte den Kopf, als wolle sie die Benommenheit vertreiben, und sackte langsam auf dem Deck zusammen. »Nicht deine Schuld«, murmelte sie. »Bekam nie Gelegenheit ... dich ... zu einem *Herren* zu erziehen.« Ihre Lider flatterten und schlossen sich. Ihr faltiges Gesicht glättete sich ein wenig, als sie das Bewußtsein verlor.

Ich nahm den Schweißlaser auf und hängte ihn mir über die Schulter. Dann hob ich meine Mutter auf und trug sie zurück in den Kontrollraum. In der geringen Schwerkraft war sie leicht wie eine Feder.

Ringsum brummten die Schiffssysteme. *Jemand zu Hause?* Es hätte meiner Mutter ähnlich gesehen, vor meiner Ankunft sicherheitshalber einem Besatzungsmitglied zu befehlen, sich irgendwo versteckt zu halten oder das Schiff durch versteckte Sprengladungen zu sichern. Ich war wütend und nervös.

Den Laser hielt ich griffbereit, doch die Gänge erwiesen sich als menschenleer. Im Kontrollraum legte ich meine Mutter zu den beiden anderen aufs Deck und untersuchte rasch die Bordcomputer. Sie unterschieden sich kaum von den Computern im Schwarm; die Kzinti unterdrückten jegliche Innovation.

SCHIFFSINTERNE ABTASTUNG: AKTIV: IR. Das Infrarot-Display zeigte keine weiteren Wärmequellen, die auf ein verborgenes Crewmitglied innerhalb der *Feynman* hingewiesen hätten. Nichts bewegte sich, außer kleinen, automatischen Reinigungs- und Wartungsrobotern. Gut. Ich hatte für eine Schicht auch bereits genug Überraschungen erlebt.

Nun mußte ich meinen Auftrag zum Abschluß bringen. Ich sah auf die drei reglosen Körper zu meinen Füßen und atmete tief durch. Die Sache wäre beinahe ins Auge gegangen. Ich überprüfte noch einmal flugs ihre Lebenszeichen. Puls und Atmung waren bei allen stark und regelmäßig, sogar bei meiner Mutter. Jacobi hatte also bezüglich des Nervengases nicht gelogen. Die drei konnten meinen Auftraggebern nur bei bester Gesundheit die Systeme der *Feynman* erklären.

Ich haßte es, wie diese Worte in meinem Kopf klangen. Das Deck vibrierte leicht unter meinen Füßen. Im Kontrollraum war es mucksmäuschenstill. Fühlte sich so Triumph an? Ich überlegte, was mein Verrat mir eingebracht hatte. Ich unterschied mich von Jacobi; ich hatte für meine Frau und Kinder getan, was ich tun mußte. Das ernste, strahlengegerbte Gesicht meiner Mutter klagte mich an, obwohl sie bewußtlos war.

Jacobi konnte sich Beine und ein Gesicht kaufen. Was hatte ich mir erkauft?

Ich gab die zukünftigen Kinder meiner Kinder – und auch deren Kinder – in die Versklavung durch die Kzinti. Aber zumindest würden sie leben. *Irgendwann kommt die Zeit,* dachte ich, *das* Richtige *zu tun; und nicht das Bestmögliche; und auch nicht das, was man am liebsten tun würde.*

Das *Richtige* tun.

Ich dachte an Sklaverei und Niederlage und meine Familie. An Ehre. An leere Platitüden über Freiheit, denen die barsche Realität einer reifbedeckten, abgetrennten Hand in einer Kryobox gegenüberstand. Ich dachte an orange-gestreifte Gestalten, die in Wäldern Menschenkinder jagten.

Meine Kinder.

Es wurde allmählich Zeit, Kraach-Kommandant und seine Helden zu rufen, damit sie die *Feynman* in eine Trojanische Katze voller Kzintitechnik, -soldaten und -waffen verwandelen konnten; dann würde ich dieser Trojanischen Katze helfen, dem Verteidigungsgürtel rings um Sol das Rückgrat zu brechen, damit die nachfolgende Kzintiflotte im Sol-System zerstören und erobern konnte wie schon bei Wunderland. Wenigstens half ich den Aliens nicht, um an zwei neue Beine zu gelangen, nein.

Ich war ein besserer Mensch als Jacobi ... und doch tönte eine schwache Stimme in meinem Kopf: *Aha? Inwiefern besser?*

Als hätte mein Körper auf Autopilot geschaltet, schritt ich von den reglosen Körpern weg und folgte dem Hauptkorridor-Ring. Der Holowürfel wog schwer in meiner Innentasche, während ich die Luftschleuse benutzte und wieder in meinen Einsitzer stieg. Automatisch bedienten meine Finger die *Victrix* und richteten den Signallaser korrekt aus. Ich konnte meine Erfolgsnachricht nun umgehend via Bündelstrahl übermitteln ...

Meine Finger hielten inne. Zum einen würde es noch dauern, bis die Ramjetfelder und der Fusionsantrieb der *Feynman* heruntergefahren waren.

Zum anderen sah ich vor meinem geistigen Auge, wie eine Kzintiarmada die Menschheit endgültig unterjochte. Ich sah meine Ururenkel als kleinlaute Sklaven in einem Kzinti-Haus, sah, wie sie mit großen Haartrocknern und Bürsten das Fell ihrer trägen Raubtierherren pflegten.

Nichts als eine weitere Sklavenrasse, wahrscheinlich nicht besser als ein degenerierter Jotok.

Die Vorstellung machte mich krank. Ich dachte daran, wie künftige Generationen insgeheim auf meinen Namen fluchten, wie ein Sklave ihn dem anderen ins Ohr flüsterte, wenn ihre Herren schliefen. Kleine Menschen, die durch riesige Kzintianwesen trippelten und die Namen des Menschen verfluchten, der das Geburtsrecht und die Zukunft der Sklaven verkauft hatte. Vielleicht würden sich meine Nachkommen nicht an den Namen erinnern. Aber ich würde es. Die verhaßten Namen kamen mir mühelos über die Lippen, hallten in meinem Kopf nach.

Arnold.

Quisling.

Chien.

Easterhouse.

Upton-Schleisser.

Ich wandte mich vom Comm-Set ab. Rasch und ohne nachzudenken verließ ich meinen Einsitzer und ging wieder an Bord der *Feynman*. Ich lief zurück in den Kontrollraum, zu den drei besinnungslosen Gestalten, die noch unter dem Einfluß des Nervengases standen. Mit widerstreitenden Gefühlen blickte ich auf sie hinab.

Meine Frau, meine Kinder: Ja, sie würden sterben, wenn ich versagte. Mein Lebensglück, jeder Sinn würde mit ihnen verschwinden.

Aber wenigstens würden sie wissen, daß ich, Ehemann und Vater – und vor allem: Mensch – endlich etwas glaubte, das größer war als ich selbst.

Ein einzelner Mensch *kann* etwas verändern, ganz gleich, was Leute wie Jacobi behaupten.

Und vielleicht war es noch nicht zu spät.

Ich fällte meine Entscheidung. Unter leisen Flüchen griff ich in meine Tasche, wo ich die Ampullen mit dem Gegenmittel für das Nervengas aufbewahrte. Meine Finger zitterten dabei leicht, aber ich achtete nicht darauf. Ich injizierte meiner Mutter das Antidot in den Hals und wartete darauf, daß sie aufwachte.

Schwer würde es werden. Nichts ist schwieriger, als sich das erste Mal zu sich selbst zu bekennen.

Meine Mutter hatte recht gehabt, verflucht sei ihre strenge Seele. Einmal ein *Herr*, immer ein *Herr*.

Sie hustete, ihre Lider flatterten, und sie versuchte, sich aufzusetzen.

Als sie schließlich wieder voll bei Bewußtsein war, berichtete ich ihr alles.

KAPITEL 4

Punica Fides

Verlösche wie das Feuer einer Rakete, nicht wie das eines zischenden, nassen Streichholzes.

Diese Worte stammen von meiner Mutter. Sie besitzen einen gewissen düsteren Unterton, der mir gefällt.

Ein weiteres Mal legte ich die Strecke vom Kzintitruppentransporter zur *Feynman* zurück, in der Weite zwischen den Sternen. Diesmal allerdings saß ich in einem kleinen Kzintiraumjäger, nicht in der *Victrix*. Das Schiffsinnere war geräumig, durch Orangefilter-Beleuchtung erhellt und nach Kzintimaßstäben konstruiert. Die Atemluft war kalt und trocken und schmerzte mir in den Nebenhöhlen. Ich schob mich unauffällig an eine der Geschützstationen; die Sicherheitsgurte, mit denen man mich festgeschnallt hatte, waren auch in der engsten Einstellung zu weit für mich. Jacobi war neben mir festgeschnallt. Ich weigerte mich, ihn anzusehen.

Die Triebwerke vibrierten schwach, und ich hörte, wie sich vorn im Cockpit Kraach-Kommandant und Fremdarten-Technologe fauchend und spuckend unterhielten. Der sauer-scharfe Geruch nach Wut füllte die ganze Kabine. Ich versuchte, die Geräusche des Zorns zu überhören. Wenigstens verursachte mir der Gravitationspolarisator an Bord des Jägers keine hämmernden Kopfschmerzen.

Die *Victrix* befand sich unter strenger Bewachung beim Hauptschiff der Kzinti. Über Bündelstrahl hatte ich den Kzinti mitgeteilt, daß sich die Fusionsstarter an Bord der *Feynman* von den Aggregaten unterschieden, die sie im Schlangenschwarm erbeutet hatten, und daß ich ihnen einige Aufzeichnungen mitbrächte, die ihre Fremdarten-technologen untersuchen könnten.

Was mehr oder minder der Wahrheit entsprach.

Zugleich berichtete ich Kraach-Kommandant, daß ich den Menschen an Bord der *Feynman* auch mit Folter keine Informationen entlocken könne. Ebensowenig sei ich imstande herauszufinden, wie ich die Systeme allein abschalten solle. Ich sei nun auf die Hilfe von Experten angewiesen. Vermutlich liege Sabotage vor, und zudem gebe es wahrscheinlich versteckte Sprengladungen an Bord.

Jacobi mißtraute mir, aber Kraach-Kommandant sah in mir einen verläßlichen Tiersklaven. Der Kzin glaubte die Leine gut zu kennen, die er mir übergeworfen hatte und an der er mich hielt; dennoch hatte er Jacobi mitgenommen, damit dieser mich im Auge behielt.

Vorn im engen Cockpit berieten sich Kraach-Kommandant und Fremdarten-Technologe über ihren Flachdisplays. Sie knurrten sich Argumente zu über die Ramjetfelder und die Anflugroute, die den Jäger durch das verworrene Netz aus Magnetfeldlinien führen sollte. Kzinti scheuen nicht den Zweikampf, und Kraach-Kommandants höherer Rang zügelte nicht gerade sein Temperament. Die Ehre gebot ihm als Eroberer und Held, an der Kaperung der *Feynman* und der Abschaltung ihrer Systeme persönlich teilzunehmen. Vermutlich hätte er selbst dann darauf bestanden, wenn ich ihm berichtet hätte, die *Feynman* ganz alleine abschalten zu können.

Zum Glück: Der ganze Plan basierte auf dem Verhaltensideal des ›Kriegerherzens‹, das die Kzinti so sehr verehrten und nach dem zu leben sie strebten. Ich hatte hoch gepokert, aber leider wußte ich, daß ich bluffte.

Jacobi und ich bekamen nicht viel von dem Schiff zu sehen. Er roch nach saurer Angst und Schweiß. Was hatte den ehemaligen Widerstandskämpfer innerlich so gebrochen, daß er sich nun in diesem erbärmlichen Zustand befand? Ich ignorierte ihn, so gut ich konnte, und betrachtete die Punkt-und-Komma-Zeichen der Kzintischrift, mit der die verschiedenen Systeme und Bordanlagen der Rattenkatzen in unserer Kabine beschriftet waren.

»Kenneth«, flüsterte Jacobi.

Ich beachtete ihn nicht und studierte statt dessen weiterhin die Kabinenausstattung, die im grellen orangefarbenen Licht der Deckenbeleuchtung glänzte. Ich bezweifelte, daß irgendein Mensch zuvor so viel Einblick in die Innenausstattung eines Kzintiraumschiffes bekommen hatte wie wir beide in den vergangenen paar Monaten.

Ich für meinen Teil begriff allerdings nicht sonderlich viel von dem, was wir gesehen hatten. Während der langen Reise zur *Feynman* hatte Kraach-Kommandant uns in einer geräumigen Kabine mit eigenen Vorräten und Autodocs festgesetzt. Bei den seltenen Gelegenheiten, zu denen wir die Kabine verlassen durften, hatten wir zwar auch andere Teile des Schiffs zu Gesicht bekommen, doch die unterschieden sich von unserem ›Aufenthaltsraum‹ kaum: höhlenähnliche Räume, orangefarbene Beleuchtung; seltsam geformte Geräte, flackernde Flachdisplays. Konnten uns diese Informationen je etwas nutzen? Ich schüttelte den Kopf und versuchte, der fremdartigen Umgebung Funktionen zuzuweisen. Aber leider war ich Einsitzerpilot und Teilzeitschmuggler, kein Genie.

»Hast du deine Mutter gefunden, Junge?« drängte sich Jacobi mir erneut wie ein hartnäckiges, lästiges Insekt auf.

Nun wandte ich mich ihm zu und sah ihn an. »Ja«, sagte ich rauh. *Spiel deine Rolle bloß weiter!* »Ich habe getan, was ich tun mußte. Ich bin dir nicht dankbar dafür.«

Jacobi nickte. »In den kommenden Jahren, Kenneth«, antwortete er, »wirst du schon noch begreifen, daß ich nur dein Bestes wollte.« Er streckte die Hand aus, vermutlich, um mir den Arm zu tätscheln.

Meine Miene ließ ihn in der Bewegung verharren; ich blickte ihm in das entstellte Gesicht und grinste drohend wie ein Kzin. »Ich habe einen gewissen Respekt vor dir, Jacobi, obwohl du ein Verräter bist. Wegen der Narben, die du im Kampf gegen die Kzinti davongetragen hast. Trotzdem solltest du mich nicht provozieren.«

Hohn glänzte in seinen Augen. »Und was bist *du*? Ein Heiliger?«

»Ich bin nicht im geringsten wie du, Jacobi. *Nicht im geringsten.* Nun halt die Klappe, bevor ich probiere, ob Kraach-Kommandant schnell genug ist, um rechtzeitig nach hier hinten zu kommen und meine Hände von deinem elenden Hals zu lösen.«

Er verfiel in Schweigen.

Der Rest der Überfahrt verlief ruhig, von weiteren unverständlichen Auseinandersetzungen in der Heldensprache abgesehen, die aus dem Cockpit zu uns drangen. Ich hätte Jacobi dazu bringen können, mir die Gespräche zwischen Kraach-Kommandant und Fremdarten-Technologe zu übersetzen, aber ich glaubte auch ohne seine Hilfe das Wesentliche zu verstehen. Ärger klingt wohl bei den meisten vernunftbegabten Spezies ähnlich.

Als ich von der *Feynman* in die *Victrix* stieg, hatte ich die äußere Schleusenluke offengelassen. Die Schleusenröhre des Kzintijägers koppelte sich an die Luke des Kolonieschiffs und verband beide Schiffe vakuumfest miteinander. Wir wurden instruiert, die Helme offen zu lassen und den Kzinti zu folgen. Kraach-Kommandant war offensichtlich ungeduldig, bereit, den wichtigsten Teil der Mission anzugehen.

Der alte Kzin hielt kurz inne, bevor wir die Schleusenröhre des Jägers verließen. Er beugte sich tief zu mir herab, so daß unsere Gesichter sich beinahe berührten, und knurrte: »Denk an deine Söhne und deine Gefährtin. Ihr Schicksal liegt in deinen Händen.«

»Ich weiß, Kraach-Kommandant.« Ich vermied bewußt, ihm in die großen Augen zu blicken.

Zur Antwort hustete und spuckte er, dann drängten er und Fremdarten-Technologe uns an Bord der *Feynman*. Fremdarten-Technologe hatte sich ein kompliziertes Gerät an den Unterarm geschnallt, das in regelmäßigen Abständen piepte.

Ich spürte ein schweres Gewicht auf der Schulter. Eine vierfingrige, schwarze Hand drückte wie ein Schraubstock zu. »Führe uns in die Kontrollhöhle«, grollte Kraach-Kommandant. Ich führte sie den Hauptkorridor-Ring entlang. Die Kzinti konnten nur gebeugt gehen. Ich hörte, daß Fremdarten-Technologe Kraach-Kommandant eine Bemerkung zufauchte, der daraufhin in Kzintigelächter ausbrach. Vielleicht hatte er einen Witz über die Genießbarkeit der Passagiere im Kälteschlaf gemacht.

Ich führte sie in den beengenden Kontrollraum und spürte, wie die Anspannung allgemein wuchs. Ich deutete auf die schlafenden Gestalten auf dem Deckboden. *Vorsichtig, vorsichtig …*

»Ihre Informationsquellen, Kraach-Kommandant«, sagte ich. »Sie haben die Schiffssysteme derart abgewandelt, daß ich den Ramjet nicht alleine abschalten kann.«

Kraach-Kommandant musterte den Kontrollraum und schnüffelte dabei durch sein offenes Helmvisier. »Wir werden uns gleich mit ihnen befassen«, donnerte er.

»Zeig uns diese Schiffssysteme.« Gelassen rief ich die verschiedenen Subroutinen auf dem Hauptbildschirm auf. Jacobi beugte sich über meine Schulter, um besser sehen zu können. Zunächst zeigte ich ihnen die Sicherheitskopplungen. Da das Fusionstriebwerk interstellare Materie verwandte, die mittels der Ramjetfelder zum Reaktor geleitet wurden, gestaltete sich die Abschaltung der Felder als ausgesprochen delikate Angelegenheit. Ich rief einen verschlüsselten Datenblock nach dem anderen auf, von denen jeder mit einer anderen Phase des komplexen Abschaltungsprozesses verknüpft war. Die Kzinti grollten und fauchten ungeduldig. Ihre Klauen tanzten über Tastenfelder und riefen Diagnoseunterprogramme auf – weitaus schneller, als ich erwartet hatte.

Ich warf einen verstohlenen Blick auf das Chronometer über der Hauptkonsole. Es war bald soweit.

Kraach-Kommandant setzte den Helm ab und drehte sich zu mir um. »Bereite einen von diesen Menschen zum Verhör vor.« Er wies beiläufig mit einer Kralle auf die drei schlafenden Gestalten.

Vorsichtig hob ich meine Mutter auf und ging auf einen Drehsessel zu, um sie hineinzusetzen.

»Nein!« brüllte Kraach-Kommandant. »Dieser Mensch ist zu zerbrechlich für ein Verhör.« Er sprach fauchend und spuckend mit Fremdarten-Technologe, der mit einem Heulen antwortete.

Jacobi sah nachdenklich aus. »Darf ich sprechen, o Dominanter?«

Kraach-Kommandant winkte gleichgültig mit den ausgefahrenen Krallen.

»Möglicherweise ist eine ältere Frau die bessere Wahl«, fuhr Jacobi fort. »Helden neigen zuweilen dazu ... äh, die Grenzen der Menschen zu überschätzen. Ein Held könnte das qualvolle Winden und Schreien eines jungen

Mannes fälschlicherweise als Aufsässigkeit deuten.« Vorsichtig wandte er den Blick ab.

»Hrrr ...«, knurrte Kraach-Kommandant nachdenklich. »Du könntest durchaus recht haben, Affe. Bereite sie vor.«

Ich machte mich daran, meine Mutter an den Drehsessel zu schnallen.

Plötzlich dröhnte ein lautes Breitbandkreischen aus den Lautsprechern – gleichzeitig auf allen Frequenzen. Die beiden Aliens brüllten überrascht und schmerzerfüllt auf. Am lautesten dröhnte es aus dem großen Comm-Armband von Fremdarten-Technologe. Kraach-Kommandant schaute auf den Hauptbildschirm und erblickte die vielfarbige Wolke ionisierten Gases, die an genau der Stelle im Weltraum fluoreszierte, wo sein Schiff gewartet hatte.

Der Kzin starrte auf den Schirm, und der Atem stockte ihm. Die Gaswolke glühte, wechselte die Farbe von Blau zu Gelb und nahm einen rötlichen Ton an, während sie sich ausdehnte und abkühlte. Hinter den Kzinti sprang meine Mutter blitzschnell aus dem Drehsessel und verschwand, in der geringen Schwerkraft auf und ab hüpfend, im Korridor.

Kraach-Kommandant legte plötzlich die beeindruckenden Ohren an und faltete sie fest zusammen. Wütend sträubte er das Fell, und die orangefarbenen Haare traten nun deutlich aus dem Anzugkragen hervor.

»Todesschrei«, grollte er durch die dünnen schwarzen Lefzen.

Der alte Kzin wandte sich um und sah mich an, grinsend wie ein ... wie ein Kzin. »Was hast du getan?«

Ich blickte ihm unverwandt in die Augen und trat vorsichtig zur Seite. »Der Fusionsstarter, den ich in der *Victrix* mitgebracht hatte, war sabotiert. Er hat soeben das

Innere Ihres Truppentransportes geröstet, Kraach-Kommandant.«

Fremdarten-Technologe knurrte etwas Unverständliches, aber Kraach-Kommandant brachte ihn mit einer Geste zum Schweigen. Er fuhr die Krallen aus und duckte sich zum Sprung. Angespannt machte ich mich darauf gefaßt, dem Angriff des älteren Kzin auszuweichen.

Hinter dem großen Fremdwesen sprang plötzlich Klaus Bergen aus seiner vorgetäuschten Bewußtlosigkeit auf; unwillkürlich mußte ich an ein Stehaufmännchen denken. Er rammte Kraach-Kommandant ein angespitztes Stromkabel ins Kreuz. Der Kzin breitete die langen Arme wie zu einer gewaltigen Umarmung aus, brüllte aus vollem Hals, kreischte höher und höher ...

... und verstummte. Schlaff hing er in der Luft, und sein Fell qualmte.

Madgen Franke stieß Fremdarten-Technologe eine ähnliche, improvisierte Elektrode in den Leib. Obwohl sie sich behende bewegte, traf sie der Kzin mit einem unwillkürlichen Hieb, der ihr den Arm abtrennte. Sie prallte gegen ein Schott; Blut spritzte aus der klaffenden Wunde in der freigelegten Gelenkgrube: Fremdarten-Technologe brüllte auf und brach zuckend zusammen.

Bergens Gesicht glich einer gramverzerrten Maske, aber dennoch lockerte er keine Sekunde den Griff um die Elektrode, die er Kraach-Kommandant in den Rücken gestoßen hatte.

Meine Mutter lugte in den Raum, einen Laser schußbereit im Anschlag. Rasch sah sie sich um, dann warf sie mir den Laser zu. Dann ergriff sie die Elektrode, die Fremdarten-Technologe durchbohrt hatte, und stellte sich vor die schwerverwundete, auf dem Deck liegende Frau.

Jacobi blickte gehetzt von einem besinnungslosen Kzinti zum anderen, dann auf die beiden Crewmitglieder, die besonnen und ruhig die Elektroden in Händen hielten. Er sah mich ruckartig an.

»Du«, rief er aus.

»Ich«, entgegnete ich und legte den Laser nieder.

Dann brach ich ihm mit bloßen Händen das Genick. Ich empfand nichts dabei.

Wir hatten die Trojanische Katze mit einem Trojanischen Pferd besiegt. Oder vielleicht besser: Mit einem Trojanischen Affen.

Meine Mutter paßte mit dem Schweißlaser in den Händen auf, während Bergen und ich schnell, aber sehr vorsichtig die beiden besinnungslosen Kzinti fesselten. Franke hatte augenblicklich das Bewußtsein verloren. Wir konnten sie für einige Minuten vernachlässigen, ohne größere Folgeschäden für ihre Gesundheit befürchten zu müssen.

Wenn es etwas gab, worauf sich die Crew der *Feynman* verstand, dann war es Kälteschlaf; alles weitere würde der Autodoc der Koje erledigen.

Ich ging an Bord des Kzintijägers, um nach medizinischer Ausrüstung zu suchen. Sorgfältig achtete ich darauf, nichts zu berühren. Dieser Jäger war nun eine überaus wertvolle Prise. Überall konnten versteckte Sprengladungen lauern. Seltsame Geräte, komplizierte Kontrollpulte. Ich durchschaute die fremde Technik einfach nicht. Vielleicht würde das aber klügeren Köpfen als mir gelingen.

»Gut gemacht, mein Sohn«, hörte ich meine Mutter sagen, nachdem ich die Schleuse zum Kzintischiff hinter mir verschlossen hatte. »Ich bin stolz auf dich.«

Ich lächelte knapp und schüttelte zugleich den Kopf. Ich hatte getan, was ich mußte, doch wie hoch der Preis für meine Tat war, das würde ich niemals erfahren, denn entrichten würden ihn andere.

Trotzdem, wenigstens empfand ich mein Tun als *richtig*.

Später stand ich in dem kleinen Kontrollraum der *Feynman*. Sterne füllten den Bildschirm aus, ein Durcheinander greller Lichtpunkte, die sich von der samtenen Schwärze abhoben. Durch Nachdenken und sorgfältige Orientierung machte ich schließlich unter den vielen Lichtpunkten Sol aus. Der Anblick flößte mir auch jetzt keine Wärme ein, und ebensowenig verhalf er mir zu einem Gefühl des Sieges.

Hinter mir hörte ich eine Stimme. »Sohn?«

»Ja, Mutter?« antwortete ich, ohne das Bedürfnis zu verspüren, mich umzudrehen.

»Es ist Zeit.« Ihre Stimme klang zwar alt, aber dennoch barg sie den knisternd brennenden Befehlston einer *Herrin*.

Das bereits vertraute Gegenargument kam mir in den Sinn, und ich sprach es aus. »Ich sehe keinen Grund, warum wir nicht wenigstens versuchen sollten, den Antrieb der Rattenkatzen zu verstehen. Wenn wir Erfolg hätten, könnten wir ...«

»Wenn, wenn, wenn«, unterbrach sie mich sanft. »Du weißt ganz genau, daß die Kzinti ihre Systeme und Geräte mit Sprengladungen verminen, damit sie nicht Sklavenvölkern in die Hände gelangen. Und wir können nicht riskieren, uns die Sicherheitsvorkehrungen hier und jetzt von einem unserer beiden Gefangenen erklären zu lassen.«

Ärgerlicherweise hatte sie recht. Sowohl Kraach-Kommandant als auch Fremdarten-Technologe waren von unschätzbarem Wert, sobald wir die Erde erreicht hatten, denn dort könnten sie der Menschheit dabei helfen, die kzintische Technik zu enträtseln. Doch waren die Aliens viel zu groß und stark, um sie bei Bewußtsein an Bord der *Feynman* lassen zu können. Angesichts des kleinen Schiffsraums, der an die schwache Lebenserhaltung gekoppelt war, stellten sie ein unannehmbares Risiko dar. Ohnedies zeigten die Lebenserhaltungssysteme der *Feynman* bereits erste Ausfallerscheinungen. Überall an Bord stank es. Wir hatten zwei Kälteschlafkammern für gefangene Kzinti vorbereitet und sie für den weiteren Verlauf der Reise eingefroren.

Zuerst aber legten wir Madgen Franke behutsam in eine Kälteschlafkoje; dank des integrierten Autodocs würde sie wieder völlig gesund und mit zwei Armen erwachen.

Kraach-Kommandant war nicht wieder zu sich gekommen, und wir konnten ihn mühelos einfrieren. Seine Kzintiphysiologie hatte ihn in eine Art von Winterschlaf versetzt, ganz ohne die biochemischen Tricks, auf die wir Menschen angewiesen waren. Ich erhielt nie die Gelegenheit, dem alten Kzin die menschliche Ehrauffassung zu erläutern.

Oder die menschliche Rache.

Meine Mutter und ich betrachteten eine Weile schweigend die Sterne.

Ich sagte nichts. Wieso sollte der Sieg nach Asche schmecken?

Schließlich ergriff sie das Wort. »Denk immer an das, was ich dir jetzt sage, mein Sohn. Hättest du mit deinem ursprünglichen Plan Erfolg gehabt, so hättest du ihnen zwar das Leben gerettet, aber sie wären Sklaven gewesen.« Sie deutete auf Sol. »Vielleicht haben wir dank unserer neuen Nutzlast eine Chance, den Kzinti eines

Tages als ebenbürtige Gegner gegenüberzutreten. Wenn wir sie zurückschlagen und Wunderland befreien wollen, müssen wir zuallererst ihren technologischen Vorteil ausmerzen.« Sie hatte recht. Ein intakter Kzintijäger samt Besatzung stellte in der Tat eine wertvolle Prise dar. *Und doch ...*

Ich preßte die Lippen fest zusammen. »Das reicht nicht. Sharna und die Kinder ... sie müssen erfahren, daß ich sie nicht betrogen habe.«

»Sie werden es nicht erfahren – und müssen es auch nicht. Die Kzinti sollen glauben, ihr Unternehmen Trojanisches Pferd sei ein völliger Fehlschlag gewesen.« Ich hörte ironische Belustigung in ihrer Stimme. »Aber denk daran, Kenneth: Du hast über mich gerichtet, oder nicht? Eine feige Verräterin war ich für dich, wenn ich mich nicht irre. Doch beide stehen wir zu dem, was wir getan haben – was wir tun mußten.«

Würde Sharna mir vertrauen? Würden meine Kinder in mir einen Handlanger der Kzinti sehen oder einen Helden? Würden sie jemals erfahren, was in mir vorgegangen war, was ich getan hatte?

Werde damit fertig. Die Worte meiner Mutter hallten mir im Kopf nach. Das also war Ehre: die magere Gewißheit, richtig gehandelt zu haben? Das wog nicht im geringsten den Gedanken daran auf, daß ich meine Frau und Kinder hätte wiedersehen und ihnen persönlich die Wahrheit mitteilen können.

Ich spürte ein Zerren am Arm, blickte hinab und sah eine knorrige, blauadrige Hand an meinem Ellbogen. Die vielen Jahre, während derer meine Mutter dem Ramjet-Fusionsgenerator ausgesetzt gewesen war, hatten sie altern lassen und alles in ihr ausgebrannt – bis auf die Hingabe, sich für ein höheres Ideal einzusetzen. Und ich wußte, welch hohles Gefühl der Sieg verursachen kann.

»Zeit für dich, in Kälteschlaf zu gehen«, sagte sie schlicht. »Wenn du auf der Erde wieder erwachst, bist du ein Held. Vielleicht überzeugst du die Erdregierung sogar davon, dich nach Wunderland zurückzuschicken, damit du für die Werte kämpfen kannst, an die du glaubst.« Ein vielsagendes Lächeln trat auf ihr gealtertes Gesicht.

Selbst wenn sie lächelte, wirkte sie noch ernst. Ich erkannte mich selbst in diesem Gesicht wieder. Wie hatte ich das nur übersehen können?

Meine verworrenen inneren Konflikte hatten mich wohl geblendet.

»Nein«, antwortete ich. »Ich bleibe wach – mit dir.«

Sie packte meinen Arm ein wenig fester. »Kenneth, Bergen ist mit der *Feynman* weitaus besser vertraut als du.«

»Nichts, was Bergen weiß, wäre zu hoch für mich. Ich könnte es lernen.«

Sie lächelte matt. »Nein, es gibt nichts, was du nicht lernen könntest. Aber trotzdem, du mußt schlafen.«

»*Du* hast dir den Schlaf erst recht verdient.«

»Was mich anbelangt, so halte ich die Strapazen des Kälteschlafs nicht mehr aus.« Sie lachte leise. »Mach dir keine Sorgen, Kenneth. Klaus und ich, wir sind ein eingespieltes Team.«

Ich fand keine Worte, um meine Gefühle auszudrücken. Also nickte ich zustimmend.

»Es geht schon in Ordnung«, beruhigte sie mich und stellte sich ein wenig aufrechter. »Ich mag gebrechlich sein, aber verwechsle nie Gebrechlichkeit mit Schwäche. Vergiß nicht, ich bin eine *Herrin*, so wie du ein *Herr* bist.« Ihr leises Lachen erfüllte den schwach beleuchteten Kontrollraum. »Auf der Erde werde ich da sein und dich aufwecken, mein Sohn, wie ich es getan habe, als du noch ein Kind warst. Ich hätte nicht erwartet, daß mir diese Ehre noch einmal zuteil würde.«

Schließlich nickte ich einfach. Ich fand keine Worte.

Ich machte mich daran, den Bildschirm abzustimmen, um einen letzten flüchtigen Blick auf Alpha Centauri werfen zu können, bevor ich den Kontrollraum verließ. Ich wollte den schwachen Lichtschimmer noch einmal sehen, der, so Gott wollte, vor vier Jahren vielleicht auf meine Frau und Kinder geschienen hatte. Aber als ich mit den Abstimmungen begann, drehte mich meine Mutter sanft um. Sie blickte mir entschlossen ins Gesicht.

»Nie zurückschauen, Kenneth.« Ihre Stimme klang zwar alt, aber stark, sehr stark. »Schau immer nach vorn. Jeder *Herr* sollte immer nur nach vorn schauen.«

Jeder Herr sollte das tun. Ich nickte knapp. Ich mußte mich auf die Zukunft konzentrieren.

Wir wandten uns von den warmen Lichtern des Kontrollraums ab und machten uns auf den Weg zu den Kälteschlafkammern. Ich dachte an die sonnenbeschienenen Meere der Erde, an das salzige Wasser, und versuchte die Bilder zu ignorieren, die in meinem Kopf tanzten; Bilder von kleinen, blassen Gestalten, die gehetzt und ohne Hoffnung über Waldlichtungen flohen.

ENDE

Greg Mandel, Ex-Mitglied des MINDSTAR-Batallions, verdient sich sein Geld inzwischen als Privatdetektiv mit einer ausgefallenen Eigenschaft: Er kann Gedanken lesen. In einer High-Tech-Zeit, in der Verbrechen über Computernetze verübt werden, in einer Zeit künstlicher Intelligenz ist Greg Mandel derjenige, der gerufen wird, wenn es hart auf hart kommt. So auch, als ein Saboteur die mächtige Organisation EVENT HORIZON bedroht. Doch diesmal ist das Netz der Intrigen, in das Mandel verstrickt wird, besonders dicht. Wertvolle wissenschaftliche Entdeckungen stehen auf dem Spiel – und sogar die Zukunft der Erde . . .

Lange mußte die SF auf einen Autor wie Hamilton warten: Bei ihm verbindet sich auf geniale Weise die Tradition der Space Opera mit den modernsten Entwicklungen in der SF. Somit führt Hamilton das Genre einen Schritt weiter in die Zukunft, und das völlig unaufdringlich in einem erstklassigen Krimi!

ISBN 3-404-23202-X

BASTEI LÜBBE

Einsam steht sie auf Iapetus, einem Mond des Saturn: die riesige Statue eines außerirdischen Wesens, mit einer Inschrift, die allen Entschlüsselungsversuchen trotzt. Sie ist nicht das einzige Relikt. Nach Entwicklung des überlichtschnellen Antriebs entdecken Forscher weitere geheimnisvolle Bauwerke – und alle auf Welten, die von kosmischen Katastrophen heimgesucht wurden. Die Archäologen von der Erde stehen vor einem Rätsel. Gibt es einen Zusammenhang zwischen den fremden Wesen und dem Untergang so vieler Zivilisationen? Und wohin sind die Monument-Erbauer verschwunden?
Doch es bleibt nicht mehr viel Zeit, Antworten zu finden, denn die Erde, die sich am Rande einer ökologischen Katastrophe befindt, kann keine weiteren Gelder für Forschungen bereitstellen – selbst wenn in ihnen der Schlüssel für das Überleben der ganzen menschlichen Rasse liegen könnte ...

Ein neuer, ungewöhnlicher SF-Roman aus der Feder des Philip-K.-Dick-Arward-Preisträgers JACK McDEVITT.

›Interstellare Archäologie mit erstaunlichen Ideen, einer beeindruckenden Atmosphäre und der Spannung eines ausgeklügelten Krimis. Unwiderstehlich!‹ *Gregory Benford*

ISBN 3-404-24208-4

BASTEI LÜBBE